SANS L'OMBRE D'UN DOUTE

Michael **CONNELLY**

SANS L'OMBRE D'UN DOUTE

Traduit de l'anglais (États-Unis)
par Robert Pépin

CALMANN LÉVY NOIR

CALMANN LÉVY
ÉDITEUR DEPUIS 1836

Titre original :
RESURRECTION WALK

Première publication : Little, Brown and Company, une division d'Hachette Book Group Inc., New York, NY, 2023

Couverture : Augustin Manaranche
Photographie : © Dan Sommer/iStock photo

ISBN 978-2-7021-8903-0

À la mémoire de Sam Wells

La famille se rassembla dans la partie visiteurs. La mère et le frère de Jorge Ochoa, et moi. Les mains prises dans les grains d'un chapelet, Mme Ochoa s'était vêtue comme pour aller à l'église, d'une robe jaune pâle avec col et manchettes blancs. Oscar Ochoa, lui, s'était mis en grande tenue cholo : jean baggy taille basse tombant sur des Doc Martens noires, chaîne de portefeuille, tee-shirt blanc et Ray-Ban noires. Il avait le cou couvert de tatouages de prison à l'encre bleue, où « Double O », son nom de membre du gang des Vineland Boyz, s'étalait à la vue de tous.

Et moi en costume trois-pièces de coupe italienne, l'air bien pour les caméras et baignant dans toute la majesté de la loi.

À force de dégringoler dans le ciel, le soleil éclairait maintenant presque à plat la ligne d'enceinte de la prison à quelque six mètres de hauteur et nous plongeait tous dans le clair-obscur d'un tableau du Caravage. Je levai les yeux vers la tour de garde et crus voir des silhouettes d'hommes armés de fusils derrière les vitres au verre teinté.

Le moment n'était pas banal. Le pénitencier d'État de Corcoran n'est pas une prison que ses pensionnaires quittent souvent debout sur leurs deux pieds. Dans cet établissement de type LWOP (« Life Without Parole »), les hommes sont tous condamnés à perpétuité sans possibilité de libération conditionnelle. Si on y entre bien, on n'en sort jamais. Charlie Manson y mourut de vieillesse, mais beaucoup ne tiennent pas jusque-là. Les homicides perpétrés à l'intérieur même des cellules n'ont rien de rare. Quelques années plus tôt, Jorge Ochoa s'était trouvé à deux portes en acier d'un détenu qui s'était fait décapiter puis démembrer par son compagnon de cellule, un sataniste avoué, qui s'était fabriqué un collier avec les oreilles et les doigts de sa victime. C'était ça, Corcoran.

Mais, Dieu sait comment, Jorge Ochoa y avait survécu à quatorze ans d'incarcération pour un meurtre qu'il n'avait pas commis. Et c'était son grand jour. Sa condamnation à perpète avait enfin été annulée après qu'un tribunal l'avait déclaré innocent. Il allait se relever et revenir au pays des vivants. Suivis par des fourgons de médias, nous avions pris la route de Los Angeles dans ma Lincoln et devions être à la porte de la prison pour l'accueillir lorsqu'il en sortirait.

À dix-sept heures exactement, une série de coups de trompe se répandit en échos dans la prison et attira notre attention. Les cameramen des deux chaînes d'informations de Los Angeles se hissèrent leur équipement sur l'épaule tandis que les reporters préparaient leurs micros et s'arrangeaient les cheveux.

Une porte s'ouvrant tout en bas de la tour de garde, un officier en tenue en émergea. Suivi par Jorge Ochoa.

— *Dios mio!* s'écria Mme Ochoa en voyant son fils. *Dios mio!*

C'était un instant qu'elle n'avait jamais vu venir. Que personne n'avait vu venir. Jusqu'à ce que je prenne l'affaire.

Le garde déverrouilla une porte dans la clôture d'enceinte et Jorge fut autorisé à la franchir. Je remarquai que les vêtements que je lui avais achetés pour sa libération lui allaient parfaitement. Polo blanc, pantalon en coton marron et Nike blanches. Je ne voulais surtout pas qu'il ressemble à son frère cadet pour les caméras. Un procès en condamnation abusive se profilait à l'horizon et il n'est jamais trop tôt pour envoyer un message au futur pool de jurés du Comté de Los Angeles.

Jorge se dirigea vers nous et au dernier moment se mit à courir. Puis il se pencha, attrapa sa minuscule maman, la souleva de terre et tout doucement la reposa par terre. Ils se tinrent enlacés pendant encore trois bonnes minutes pendant que les caméras filmaient sous tous les angles possibles les larmes qui leur coulaient des yeux. Puis ce fut au tour de Double O de serrer son frère dans ses bras et de lui taper très virilement dans le dos.

Enfin, ce fut au mien. Je levai la main, mais Jorge m'enlaça aussi.

— Monsieur Haller, je ne sais pas quoi dire, lança-t-il, mais merci.

— Appelez-moi Mickey.

— Vous m'avez sauvé, Mickey.

— Bon retour dans le monde.

Par-dessus son épaule, je vis les caméras enregistrer notre étreinte. Mais à ce moment-là, tout cela ne m'intéressa plus alors que je sentis le creux à l'estomac qui m'avait si longtemps habité commencer à se refermer. J'avais ressuscité cet homme d'entre les morts et en éprouvais un sentiment d'accomplissement comme jamais encore je n'en avais connu dans ma vie ou la pratique du droit.

Première partie

MARS – LA BOTTE DE FOIN

CHAPITRE 1

Bosch avait installé la lettre sur le volant. Il remarqua que le tirage était lisible et les marges nettes. C'était en anglais, certes, mais pas parfait. Il y avait des fautes d'orthographe et des termes impropres. *Des homonymes*, songea-t-il. « J'ai pas fait ça et je vous vœu avocat devant la courre. »

Ce fut la dernière ligne du paragraphe qui retint son attention : « L'avocat m'a dit plaidé-coupable ou j'auré perpétuité pour tuer un officier des forces de l'ordre. »

Il retourna la feuille pour voir s'il y avait autre chose au dos. Il découvrit un nombre estampillé en haut, signe que quelqu'un de l'unité du renseignement de Chino l'avait lue avant qu'elle ne soit approuvée et expédiée.

Bosch s'éclaircit soigneusement la gorge. Elle était encore à vif après la dernière séance de son traitement et il n'avait pas envie d'aggraver les choses. Il relut la lettre : « Je l'aimais pas mais c'été le père de mon enfant. Je le tuerais jamais. C'est mensonge. »

Il hésita entre la glisser dans le tas des possibles ou celui des non. Il n'avait toujours pas décidé lorsque la portière passager s'ouvrant, Haller monta dans la voiture après avoir attrapé la pile de lettres non lues sur le siège pour la jeter sur le tableau de bord.

— T'as pas eu mon SMS ? demanda-t-il.

— Désolé, j'ai pas entendu, lui répondit Bosch.

Celui-ci déposa à son tour sa lettre sur le tableau de bord de la Lincoln et mit aussitôt le contact.

— On va où ?

— Tribunal de l'aéroport, lui lança Haller. Et je suis en retard. J'espérais que tu me prennes devant chez moi.

— Désolé, répéta Bosch.

— Oui bon, mais va dire ça au juge si j'arrive en retard à l'audience !

Bosch passa en drive, déboîta du trottoir, gagna Broadway et prit la 101 direction nord. Le rond-point était couvert de tentes et d'abris de fortune en carton. La dernière élection au poste de maire avait tourné autour de la question de savoir qui serait le candidat le plus capable de régler le problème grandissant des sans-abri. Pour l'heure, il n'y avait toujours aucun changement que Bosch eût remarqué.

Il rallia aussitôt la 110 qui, en prenant vers le sud, finirait par les conduire au Century Freeway et directement à l'aéroport.

— De bons candidats ? s'enquit Haller.

Bosch lui passa la lettre de Lucinda Sanz. Haller se mit à la lire, après avoir jeté un coup d'œil au nom du prisonnier.

— Une femme, dit-il. Intéressant. C'est quoi, son histoire ?

— Elle a tué son ex. Et on dirait que c'était un flic. Elle a accepté l'accusation d'homicide involontaire parce qu'ils faisaient planer la menace de perpète au-dessus de sa tête.

— Eux sans intention de rire.

Haller continua de lire, puis jeta la lettre sur le tas des autres.

— Tu n'as rien de mieux ?

— Pour l'instant, non, lui répondit Bosch. Mais j'en ai encore à lire.

— Elle affirme ne pas avoir fait le coup, mais ne pointe personne du doigt. Qu'est-ce qu'on peut faire avec ça ?

— Elle ne sait pas. C'est pour ça qu'elle veut ton aide.

Bosch roula en silence pendant que Haller consultait son téléphone, puis appelait Lorna, son assistante, afin qu'elle lui rappelle ce qu'il avait sur le feu. Lorsque ce fut fini, Bosch lui demanda combien de temps ils passeraient à l'arrêt suivant.

— Tout dépendra de mon client et de son témoin. Il ne veut pas suivre mon conseil et a décidé de dire au juge pourquoi il n'est pas si coupable que ça. Je préférerais que son fils demande la clémence du juge, mais je ne suis pas sûr qu'il se pointe, et ne sais ni s'il parlera ni comment ça tournera.

— C'est quoi, son affaire ? demanda Bosch.

— Fraude. Du huit à douze ans. Tu veux venir voir ?

— Non. Je me disais que puisqu'on sera là-bas, je pourrais aller voir Ballard… à condition qu'elle soit là. Ce n'est pas loin du tribunal. Envoie-moi un SMS quand tu auras fini au prétoire et je te reprends.

— À condition que tu entendes le SMS.

— Alors passe-moi un coup de fil. Ça, je l'entendrai.

Dix minutes plus tard, Bosch s'arrêtait devant le tribunal de La Cienega Boulevard.

— À plus, Julius, lui lança Haller en descendant de voiture. Monte le son de ton téléphone.

Après qu'il eut refermé sa portière, Bosch fit ce qu'on lui demandait. Il n'avait pas été complètement franc avec Haller sur sa perte d'audition. Le traitement contre le cancer qu'il recevait à UCLA avait eu pour effet secondaire une réduction de son champ auditif. Pour l'instant, il n'avait pas de problème avec la voix et les conversations, mais certains sons électroniques étaient à la limite de ce qu'il pouvait entendre. Il avait bien essayé de récupérer divers signaux d'appel et d'alertes SMS, mais n'avait pas encore trouvé le bon équilibre. En attendant, plutôt que de compter sur les notifications de messages ou les appels téléphoniques, il s'en remettait aux vibrations de son portable. Mais il l'avait posé dans le porte-gobelet et avait donc raté l'appel de Haller lui demandant de le prendre devant le tribunal.

Il repartit et appela Renée Ballard. Elle décrocha aussitôt.

— Harry ?

— Salut !

— Ça va ?

— Évidemment. Tu es à l'Ahmanson ?

— Oui. Quoi de neuf ?

— Je suis dans le quartier. Ça t'embête si je passe te voir en coup de vent ?

— Je ne bouge pas.

— J'arrive.

CHAPITRE 2

Le Centre Ahmanson se trouvait à dix minutes en voiture, dans Manchester Avenue. C'était le principal établissement où étaient recrutés et entraînés les policiers du LAPD. Mais c'était aussi là qu'étaient conservées les archives des affaires non résolues – soit six mille assassinats remontant à 1960. L'unité des Affaires non résolues avait élu domicile tout au bout des rangées d'étagères contenant les livres du meurtre, dans une pièce abritant huit postes de travail. Bosch s'y était déjà rendu et tenait cet endroit pour un lieu sacré. Pas une rangée, pas un seul classeur qui n'y soit hanté par une justice mise en échec.

À la réception, il se fit remettre un badge de visiteur à attacher à la poche de sa veste et fut envoyé vers Ballard. Il déclina l'offre d'être accompagné et déclara connaître le chemin. Une fois franchie la porte des Archives, il longea la rangée d'étagères et remarqua que les années des affaires étaient portées sur des cartes 6x9 fixées aux montants.

Ballard était à son bureau, le dernier dans l'open space au-delà des rayons. Un seul des autres postes était occupé – par Colleen Hatteras, l'enquêtrice spécialisée en généalogie génétique, et voyante officieuse. Elle eut l'air heureuse de voir Bosch. Le sentiment n'était pas partagé. Bosch avait brièvement travaillé dans l'équipe de volontaires des Affaires non résolues l'année précédente et s'en était pris à ses prétendues compétences d'hyper-empathie.

— Harry Bosch ! s'écria-t-elle. Quelle bonne surprise !

— Colleen, lui renvoya-t-il. Et moi qui croyais que rien ne pouvait vous surprendre !

Hatteras garda le sourire en encaissant la plaisanterie.

— Toujours le même, notre Harry !

Ballard pivota dans son fauteuil et s'immisça dans la conversation avant qu'elle ne vire du cordial au belliqueux.

— Harry, lança-t-elle. Qu'est-ce qui t'amène ?

Bosch s'approcha et obliqua légèrement pour pouvoir s'appuyer à la demi-cloison de séparation du poste, tournant ainsi le dos à Hatteras. Puis il baissa la voix afin de parler aussi discrètement que possible avec Ballard.

— Je viens de déposer Haller au tribunal de l'aéroport, commença-t-il, et je me disais que je pourrais juste passer voir comment ça va ici.

— Mais ça va bien, lui répondit-elle. On a déjà résolu dix-neuf affaires cette année. Pas mal d'entre elles grâce à l'IGG et au bon boulot de Colleen.

— Génial. Et tu as mis des gens en taule ou ces affaires ont-elles été « réglées autrement » ?

Dans les enquêtes sur des affaires non résolues il arrivait souvent qu'une correspondance d'ADN conduise à un suspect mort depuis longtemps ou déjà incarcéré. Cela résolvait évidemment le cas, mais était répertorié comme « affaire résolue autrement » dans les archives parce que aucune inculpation n'en découlait.

— Non, non, on a mis plusieurs types en cabane, dit-elle. À peu près la moitié. Mais le truc important, c'est les familles. Leur faire savoir que l'affaire est résolue, juste ça, que le suspect soit vivant ou mort.

— Oui, c'est ça.

Déjà du temps où il travaillait dans ce service, dire aux parents que si l'affaire avait bien été résolue, le suspect identifié était mort, avait toujours beaucoup dérangé Bosch. À ses yeux, c'était admettre que l'assassin s'en était tiré sans encombre et qu'y avait-il de juste là-dedans ?

— Et donc, c'est tout ? reprit Ballard. Tu passes juste nous faire un petit bonjour et embêter Colleen ?

— Non, ce n'était pas ce que je…, marmonna-t-il. Je voulais te demander quelque chose.

— Eh bien, demande.

— J'ai deux noms. Des types en prison. Et j'aimerais avoir leurs numéros d'affaires et… sortir leur dossier ?

— S'ils sont déjà en taule, il ne s'agit plus d'affaires non résolues.

— Oui, je sais.

— Et donc ce que… tu veux que je fasse… Harry, tu plaisantes !

— Euh non, mais… que veux-tu dire ?

Ballard se tourna et se redressa pour jeter un coup d'œil au poste de travail où se trouvait Hatteras. Celle-ci avait le regard rivé sur son écran d'ordinateur, ce qui voulait probablement dire qu'elle essayait d'écouter leur conversation.

Ballard se leva et partit vers l'allée centrale, juste devant les archives.

— Montons boire un café, dit-elle.

Elle n'attendit pas la réponse de Bosch. Elle continua d'avancer, il la suivit, se retourna pour regarder Hatteras et vit qu'elle ne les lâchait pas des yeux.

Dès leur arrivée à la salle de repos, Ballard pivota sur les talons et l'affronta.

— Harry, dit-elle, tu te moques de moi ?

— Mais de quoi tu parles ?

— Tu travailles pour un avocat de la défense et tu voudrais que je te trouve des noms ?

Il marqua une pause. Il n'avait pas vu les choses de cette façon jusqu'à ce moment-là.

— Non, je ne pensais pas que…

— Tu ne pensais pas, c'est certain. Je ne peux pas t'aider si tu bosses pour l'avocat à la Lincoln. On pourrait me virer sans même me faire passer devant un conseil de discipline et ne va pas t'imaginer que le PAB manque de types qui rêvent d'avoir ma peau. Il y a tout ce qu'il faut.

— Je sais, je sais. Je m'excuse de ne pas avoir pensé le truc jusqu'au bout. Oublie que je suis passé. Je te laisse.

Il se tourna vers la porte, mais elle l'arrêta.

— Non, on est ici, tous les deux. Buvons un café.

— Euh, ben, d'accord. Mais t'es sûre ?

— Assieds-toi. Je vais les chercher.

La salle de repos était munie d'une table poussée contre le mur avec trois chaises. Bosch s'assit et regarda Ballard remplir les gobelets et les apporter. Ils prenaient tous les deux leur café sans sucre et elle le savait.

— Bon alors, reprit-elle après s'être assise. Comment vas-tu, Harry ?

— Euh, bien, répondit-il. J'ai pas à me plaindre.

— Je suis passée à la Division d'Hollywood il y a à peu près une semaine et j'ai croisé ta fille.

— Oui, Maddie m'en a parlé. Elle m'a raconté que t'avais un type en cellule.

— Une affaire qui remonte à 1989. Viol suivi de meurtre. On avait une correspondance ADN, mais on n'arrivait pas à le retrouver. On a émis un avis de recherche et il s'est fait prendre pour une infraction au Code de la route. Il ne savait même pas qu'on le recherchait. Toujours est-il que Maddie m'a appris que tu suivais une espèce de traitement expérimental à UCLA ?

— Oui, un essai clinique qui me donnerait une rallonge de soixante-quinze pour cent pour ce que j'ai.

— Une « rallonge » ?

— Une rallonge de vie. Voire une rémission si on a de la chance.

— Oh mais c'est génial, ça ! Et ça marche ?

— Trop tôt pour le dire. Et comme ils ne te disent pas si t'as droit au vrai truc ou à un placebo, va savoir.

— Ça craint un peu.

— Ouais. Mais… comme j'ai déjà senti des effets secondaires, je me dis que je dois avoir droit au vrai traitement.

— Du genre ?

— J'ai la gorge assez à vif et des acouphènes en plus d'une perte d'audition et ça me rend fou, enfin…

— Bon mais, ils s'en occupent ?

— Ils essaient. Mais c'est ça, être dans le groupe témoin. Ils suivent tout ça et tentent de traiter les effets secondaires.

— OK. Quand Maddie me l'a appris, ça m'a un peu surprise. La dernière fois qu'on s'est parlé, tu m'avais dit que tu allais juste laisser les choses suivre leur cours.

— J'ai en quelque sorte… changé d'idée.

— Maddie ?

— Oui, en gros. Toujours est-il que…

Bosch se pencha pour prendre son gobelet. Le café était encore trop chaud, surtout avec sa gorge à vif, mais il voulait qu'on arrête de parler de son état de santé. Ballard étant une des rares personnes à qui il s'en était ouvert, il sentait qu'il lui devait une mise à jour, mais il avait décidé de ne pas s'étendre sur sa situation et les divers scénarios d'avenir.

— Et si tu me parlais de Haller, reprit-elle. Comment ça se passe ?

— Euh… ça se passe. On est plutôt occupés avec tout ce qui nous arrive.

— Et en plus, tu fais le chauffeur ?

— Pas toujours, mais ça nous donne assez de temps pour parler des demandes. C'est qu'il nous en arrive sans arrêt, tu sais ?

L'année précédente, lorsque Bosch travaillait comme volontaire à l'unité des Affaires non résolues, ils avaient identifié un tueur en série qui opérait dans la ville depuis plusieurs années sans qu'on l'ait jamais découvert. Pendant l'enquête, ils s'étaient aussi aperçus qu'il était responsable d'un meurtre pour lequel un innocent du nom de Jorge Ochoa avait été jeté en prison. La politique suivie au bureau du district attorney n'ayant pas eu pour résultat une action immédiate visant à le libérer, Ballard avait averti Haller qui s'était mis au travail et à la fin d'un procès en *habeas corpus* très couru, il avait obtenu un arrêt du tribunal remettant Ochoa en liberté et le déclarant innocent. L'attention prêtée à l'affaire par les médias avait été telle que Haller s'était retrouvé inondé de lettres et d'appels téléphoniques émanant de détenus incarcérés dans quantité de prisons de Californie, d'Arizona et du Nevada. Tout le monde y clamait son innocence et lui demandait son aide. Haller avait alors monté un genre d'« Innocence Project[1] » dans son bureau et y avait installé Bosch comme premier enquêteur chargé de débroussailler ces requêtes. Il voulait le regard d'un inspecteur chevronné pour faire le tri.

— Ces noms que tu voulais que je te trouve… tu crois que ces types sont innocents ? demanda-t-elle.

— C'est encore trop tôt pour le savoir. Je n'ai que les lettres qu'ils m'ont envoyées de leur prison. Mais depuis que j'ai commencé ce boulot, j'ai tout rejeté sauf ces deux-là. Quelque chose me dit que je devrais au minimum y regarder de plus près.

— C'est donc sur une intuition que tu vas bosser pour eux ?

— C'est plus qu'une intuition, enfin… je crois. Leurs lettres me semblent… désespérées… d'une façon particulière. C'est dur à expliquer. Pas désespérées de jamais sortir de prison, mais désespérées qu'enfin on les croie, si tu vois ce

1. Organisme à but non lucratif dont le but est de venir en aide aux personnes condamnées à tort. *(Toutes les notes sont du traducteur.)*

que je veux dire. Faut juste que je jette un coup d'œil à leurs affaires. Peut-être qu'à ce moment-là, je verrai que c'est rien que des conneries.

Ballard sortit son portable de sa poche revolver.

— C'est quoi, ces noms ? demanda-t-elle.

— Non, je ne veux pas que tu fasses quoi que ce soit, dit-il. Je n'aurais pas dû te demander ça.

— Contente-toi de me les donner. Avec Colleen juste à côté, je ne vais rien faire dans l'immédiat. Je vais juste m'envoyer un mail avec ces noms. Ça me rappellera de te contacter si je trouve quelque chose.

— Colleen, dit-il. Elle continue de fourrer son nez partout ?

— Moins, mais je ne veux pas qu'elle soit au courant de quoi que ce soit dans notre affaire.

— Tu es sûre ? Elle pourrait avoir un pressentiment ou des vibrations et me dire tout de suite s'ils sont coupables ou pas. Ça nous ferait gagner du temps à tous les deux.

— Harry, arrête un peu, d'accord ?

— Désolé. Pas pu m'en empêcher.

— Elle fait du bon boulot côté IGG, et moi, c'est tout ce qui m'intéresse. Au bout du compte, ça vaut bien que je m'accommode de ses « vibrations ».

— J'en suis certain.

— Faut que je retourne à mon poste. Tu vas me les donner, ces noms ?

— Lucinda Sanz. Elle est à Chino. Et Edward Dale Coldwell. Lui est à Corcoran.

— Caldwell ?

— Non, Coldwell, avec un *o*.

Elle tapait sur son clavier avec les pouces.

— Dates de naissance ?

— Ils n'ont pas pensé à les ajouter à leurs lettres. J'ai leurs numéros de détenus si ça peut t'aider.

— Pas vraiment, non, répondit-elle et elle remit son portable dans sa poche. Bon d'accord, je t'appelle si je trouve quelque chose.

— Merci.

— Mais on n'en fait pas une habitude, d'accord ?

— Bien sûr.

Elle prit son gobelet et se dirigeait vers la porte lorsque Bosch l'arrêta avec une question.

— Et c'est qui, qui veut ta mort ? demanda-t-il.

— Comment ça ?

— Tu m'as dit qu'il y avait des types qui voulaient ta peau au PAB.

— Oh, c'est juste les trucs habituels. On espère que je vais merder. Les conneries classiques sur la femme qui dirige.

— Eh bien, qu'ils aillent se faire foutre.

— C'est ça : qu'ils aillent se faire foutre. À plus, Harry.

— À plus.

CHAPITRE 3

Bosch était déjà de retour à la hauteur du tribunal de La Cienega Boulevard lorsque Haller lui fit savoir par SMS qu'il en avait fini avec l'audience en prononcé des peines. Bosch lui en renvoya un pour lui dire qu'il allait se garer devant la cour. Il arrivait devant les portes en verre lorsqu'il vit Haller les franchir. Il appuya sur un bouton de déverrouillage des portières, Haller montant aussitôt à l'arrière. Il la referma derrière lui, mais Bosch ne bougea pas et se contenta de le regarder dans le rétroviseur.

Haller s'installa et s'aperçut qu'ils ne roulaient pas.

— OK, Harry, on peut…

Il comprit son erreur, rouvrit sa portière et descendit du SUV. Celle de devant s'ouvrant, il s'installa à côté de Bosch.

— Désolé, dit-il. L'habitude…

Ils avaient conclu un accord. Lorsqu'il conduisait la Lincoln, Bosch insistait pour que Haller s'assoie devant avec lui afin de pouvoir converser en étant côte à côte. Il s'était montré catégorique : il était hors de question qu'il joue les chauffeurs pour un avocat de la défense, même s'il se trouvait que ce dernier était son demi-frère, lequel l'avait embauché afin qu'il ait une assurance-santé privée lui permettant de suivre le traitement expérimental à UCLA.

Satisfait de lui avoir fait comprendre qu'il ne plaisantait pas, il démarra et demanda :

— On va où ?

— West Hollywood. À l'appartement de Lorna.

Bosch enfila un couloir de sortie de façon à pouvoir faire demi-tour et prendre vers le nord. Il avait souvent conduit Haller à des réunions avec Lorna chez elle ou Chez Hugo, un peu plus haut dans le boulevard, s'il était question de nourriture. Étant donné que celui qu'on appelait l'« avocat à la Lincoln » travaillait dans sa voiture plutôt que dans un bureau, c'était Lorna qui gérait son emploi du temps depuis son appartement de Kings Road, le centre névralgique de l'affaire.

— Comment ça s'est passé là-bas ? demanda Bosch.

— Euh… disons seulement que mon client a eu droit à toutes les rigueurs de la loi.

— Désolé de l'apprendre.

— Un vrai con, ce juge. Je ne suis même pas certain qu'il ait lu le RPS.

Son expérience d'officier assermenté avait appris à Bosch que les rapports présentenciels[1] n'étaient en général pas favorables au délinquant, et il se demandait pourquoi Haller s'était mis en tête qu'une lecture sérieuse de ces documents par le juge dans cette affaire aurait pu avoir pour résultat une condamnation moins sévère. Mais avant qu'il puisse lui poser la question, Haller tendit la main vers l'écran central du tableau de bord, y afficha sa liste de contacts et appela Jennifer Aronson, une associée de la firme Michael Haller & Associates. Le Bluetooth fit passer l'appel dans les haut-parleurs du véhicule, Bosch entendant alors toute la conversation.

— Mickey ?

— Où es-tu, Jen ?

1. Rapports préparés par un agent de probation afin d'orienter le juge sur la peine à prononcer.

— Chez moi. Je rentre à peine du bureau du city attorney.

— Et… ?

— C'était juste le premier round, en fait. Un petit bras de fer. Personne ne veut lâcher prise.

Bosch savait que Haller avait confié à Aronson la partie négociation dans l'affaire Jorge Ochoa. Haller & Associates avait déposé plainte contre la ville et le LAPD pour condamnation et incarcération injustifiées. L'État de Californie imposait une limite aux dédommagements financiers qu'il était possible d'exiger de Los Angeles et de sa police dans ce genre de cas, mais cela n'empêchait pas que la façon déplorable, voire corrompue dont l'affaire avait été gérée permette à Ochoa d'avoir droit à d'autres compensations, et la ville espérait l'éviter en négociant un accord.

— Ne lâche pas, lui dit Haller. Ils vont payer.

— J'espère. Comment ça s'est passé à l'aéroport ?

— Il a eu droit au grand jeu. Le juge n'a probablement même pas jeté un coup d'œil à tout le truc sur le traumatisme subi dans l'enfance. J'ai bien essayé d'en parler, mais il a tout bloqué. Et ça n'a pas aidé que le type demande pitié en racontant au juge qu'il n'avait pas vraiment l'intention d'escroquer tous ces gens. Et donc, c'est la cabane. Pour sept ans, c'est probable, à condition qu'il ne déconne pas.

— Des gens dans son camp en dehors de toi ?

— Non, il n'y a que moi.

— Et son gamin ? Je croyais que tu allais le faire entrer en lice.

— Il ne s'est pas pointé. Bon, passons à autre chose. Dans une trentaine de minutes, j'ai un petit entretien avec Lorna pour voir ce qui m'attend. Tu veux y assister ?

— Je ne peux pas. Je suis juste rentrée manger un morceau. J'ai promis à ma sœur de monter à Sylmar pour voir Anthony.

— Ah oui. Bonne chance. Et fais-moi savoir si je peux aider.

— Merci. Tu es avec Harry Bosch ?

— Je suis assis juste à côté de lui.

Haller se tourna vers Bosch et lui fit un signe de tête comme s'il essayait de se rattraper de s'être installé à l'arrière un peu avant.

— On est sur haut-parleur ? Je peux lui parler ?

— Bien sûr, lui répondit Haller. Vas-y.

Puis il montra Bosch du doigt et ajouta :

— C'est à toi.

— Harry, dit-elle, je sais que tu as bien spécifié que tu ne voulais pas travailler pour la défense.

Bosch acquiesça d'un hochement de tête, puis se rendit compte qu'elle ne pouvait pas le voir.

— C'est exact, dit-il.

— Eh bien j'aimerais quand même que tu jettes un coup d'œil à une affaire. Aucun travail d'enquête. Tu regardes juste ce que j'ai reçu du district attorney pour l'instant.

Bosch savait que le grand centre de détention pour les mineurs du comté nord se trouvait à Sylmar, dans la vallée de San Fernando.

— Ça concerne un mineur ?

— Oui, le fils de ma sœur, Anthony Marcus. Il a seize ans, mais ils vont essayer de le juger comme un adulte. Il y a une audience la semaine prochaine et je suis désespérée, Harry. Faut absolument que je l'aide.

— De quoi est-il accusé ?

— Ils disent qu'il a tiré sur un flic, mais rien dans le caractère de ce gamin donne à penser qu'il pourrait faire un truc pareil.

— Où ça s'est passé ? Quel service de police ?

— Le LAPD. Le dossier est dans les mains des flics de la West Valley. Ça s'est produit dans les Woodland Hills.

— Il est vivant ou il est mort ? Le flic, je veux dire.

— Vivant. Il a juste reçu une balle dans la jambe. Jamais Anthony n'aurait fait ça et il m'a juré ne pas l'avoir fait. Pour lui, il devait y avoir un autre tireur.

Bosch tendit la main vers l'écran du tableau de bord, poussa le bouton « silence », puis se tourna vers Haller.

— Non mais tu plaisantes ? lança-t-il. Tu veux que je travaille pour un gamin qui a tiré sur un flic du LAPD ? Déjà que je bosse sur l'affaire de la femme de Chino qui a fait feu sur un membre des forces de l'ordre ! Tu sais ce que ça pourrait me valoir ?

— Allô ? lança Aronson. Je vous ai perdu ?

— Je ne te demande pas de travailler sur l'affaire, lui renvoya Haller. C'est elle qui s'en occupe et elle veut juste que tu jettes un coup d'œil au dossier. Rien d'autre. Tu lis les rapports, tu lui dis ce que tu en penses et c'est fini. Tu n'es pas impliqué et personne n'en saura jamais rien.

— Moi, si.

— Allô ? répéta Aronson.

Bosch secoua la tête et rappuya sur le bouton.

— Désolé, dit-il. Je vous ai perdue quelques instants. De quels documents êtes-vous en possession ?

— Eh bien, la chronologie de l'enquêteur, répondit-elle. Il y a un rapport d'incident et le rapport médical pour l'officier. Il y a aussi un rapport sur les éléments de preuve, mais sans grand-chose dedans. J'allais appeler le procureur assigné à l'affaire aujourd'hui pour savoir quand aura lieu le prochain échange des pièces entre les parties, mais au fond, je trouve qu'il y a quelque chose qui cloche dans tout ça. Je connais ce gamin depuis toujours et ce n'est pas un violent. Il est doux, il…

— Des rapports de témoins ?

— Euh… non, pas de témoins. En gros, c'est sa parole contre celle des flics.

Bosch garda le silence. Tout cela lui faisait l'effet d'une affaire qu'il n'avait aucune envie de connaître. Haller brisa le silence.

— Que je te dise, Jennifer, lança-t-il. Envoie tout ce que tu as à Lorna par mail et dis-lui de l'imprimer. Harry aura tout vu en une demi-heure. Et on va justement chez elle.

Haller regarda Bosch et ajouta :

— À moins que tu dises non.

Bosch hocha lentement la tête. Il n'avait pas signé pour ça et ne voulait pas que le dernier acte de sa vie professionnelle ait été de travailler pour des criminels. Trouver l'aiguille dans la botte de foin, comme disait Haller, était une chose, découvrir des innocents parmi les innombrables condamnés lui faisant l'impression de confirmer l'imperfection d'un système qu'il ne connaissait que trop. Mais travailler à défendre un accusé était une tout autre affaire.

— J'y jetterai un coup d'œil, dit-il à contrecœur. Mais s'il y a du suivi à faire, il faudra aller voir Cisco.

Dennis « Cisco » Wojciechowski était depuis longtemps l'enquêteur de Haller & Associates, en plus d'être le mari de Lorna Taylor.

— Merci, Harry, dit Aronson. Je vous en prie, appelez-moi dès que vous aurez eu une chance de voir ça.

— C'est entendu, lui répondit Bosch. Mais pourquoi votre sœur veut-elle que vous alliez voir le gamin ?

— Parce que d'après elle, il ne va pas bien. Il se fait tyranniser par les autres gosses et je me dis que si je peux rester une heure avec lui, ça fera au moins une heure pendant laquelle il n'aura pas à avoir peur.

— OK, d'accord. Je regarde le dossier dès que je l'ai.

— Merci, Harry. J'apprécie vraiment, vraiment.

— Autre chose de ton côté, Jennifer ? demanda Haller.

— Non, juste ce que je t'ai dit.

— Quand doit se passer la prochaine rencontre avec le bureau du city attorney ?

— Demain après-midi.

— Bien. Continue de leur mettre la pression et on parle après.

Il raccrocha et ils roulèrent un moment en silence. Bosch n'était pas content et n'essayait pas de le cacher.

— Écoute, Harry, lui dit Haller, tu parcours juste le dossier et tu lui dis que tu n'as rien trouvé. Elle s'est beaucoup trop investie dans cette affaire. Il faut qu'elle apprenne que…

— Je sais qu'elle s'est beaucoup investie et je ne le lui reproche pas. Mais ce qui se passe en ce moment est exactement ce que je t'avais dit ne jamais vouloir. Encore un coup comme ça et je dégage. As-tu bien compris ?

— Oui, j'ai compris.

Ils ne perdirent pas de temps pour rejoindre West Hollywood et ce fut un vrai soulagement pour Bosch vu le silence grinçant qui s'était installé dans la voiture après le coup de fil avec Aronson. Bosch quitta Santa Monica Boulevard, passa dans Kings Road et y roula sur deux blocs en direction du sud. Haller avait envoyé un SMS à Lorna pour lui signaler son arrivée imminente. Debout sur un trottoir le long duquel il était interdit de stationner, elle l'attendait, le dossier à la main. Les vitres de la Lincoln Navigator étaient teintées. Lorsque Bosch arrêta le véhicule, Lorna descendit du trottoir, fit le tour du SUV par l'arrière, ouvrit la portière et s'installa derrière Bosch.

— Oh, dit-elle, je croyais que tu serais à ta place habituelle.

— Pas quand c'est lui qui conduit, lui répondit Haller. As-tu imprimé les trucs de Jennifer ?

— Tout est là.

— Passe-le à Harry pour qu'il puisse y jeter un coup d'œil pendant que je me mets à l'arrière avec toi.

Bosch prit le dossier, l'ouvrit et tenta d'oublier la conversation qui se déroulait dans son dos. Haller s'était mis à discuter avec Lorna de son calendrier d'audiences et d'autres sujets ayant trait à ses affaires. Bosch commença par le rapport d'incident.

Anthony Marcus était à deux doigts de passer son dix-septième anniversaire au centre de détention pour mineurs de Sylmar. L'accusation : avoir tiré, avec l'arme de service du policier, sur un officier de la patrouille, un certain Kyle Dexter. D'après le rapport, Dexter et sa collègue Yvonne Garrity venaient de répondre à un appel « cambriolage en cours » dans une maison de Califa Street, dans les Woodland Hills. Arrivés sur les lieux, ils avaient examiné l'extérieur du bâtiment et sur la terrasse donnant sur une piscine à l'arrière, ils avaient découvert que la porte coulissante était ouverte. Ils avaient demandé des renforts, mais avant que ceux-ci arrivent, Dexter avait vu une silhouette s'enfuir de la maison dans un vêtement sombre, grimper par-dessus le mur au bout de la piscine et se laisser retomber dans Valley Circle Boulevard à la perpendiculaire de Califa Street. Il avait alors dit à Garrity de récupérer la voiture de patrouille pendant qu'il se lançait à la poursuite du fuyard. Il avait escaladé le mur à son tour et s'était mis à courir, la poursuite se déroulant sur plusieurs blocs et prenant fin lorsqu'il était arrivé au coin de Valerie Avenue. Le suspect s'y était arrêté et devait se dire qu'il l'avait semé lorsque Dexter avait tourné le coin de la rue et lui était tombé dessus. Après avoir sorti son arme de service, il avait ordonné au jeune homme de se mettre à genoux, les mains derrière la tête. Ce que celui-ci avait fait, Dexter donnant par radio le lieu exact où il se trouvait à sa collègue et aux officiers arrivés en renfort. Mais lorsqu'il s'était mis en devoir de menotter le fuyard, il y avait eu lutte et Dexter avait reçu un coup de feu. Le jeune homme s'était enfui en courant mais avait été rapidement appréhendé par les autres officiers répondant à l'appel « officier à terre » lancé par Dexter.

Aussitôt arrêté, le suspect avait été identifié comme étant Anthony Marcus. Il avait nié avoir cambriolé la maison ou avoir fui la police, et prétendu avoir fait le mur de sa maison toute proche pour rejoindre à pied celle sa copine avec laquelle il avait un rendez-vous secret lorsqu'il s'était soudain trouvé nez à nez avec Dexter. Il avait également nié avoir tiré sur ce dernier, mais avait reconnu s'être éloigné en courant de l'endroit où le coup de feu était parti et Dexter était tombé sur le sol. Il ne comprenait ni ce qui se passait ni qui tirait sur eux.

Bosch lut deux fois le rapport, ouvrit Google maps sur son portable et à l'aide d'un plan général des lieux, de photos des rues et de détails fournis dans le rapport, reconstitua le parcours de la poursuite. Cela lui donna une meilleure compréhension des directions, terrains et distances impliqués dans l'affaire. Puis il passa au rapport médical rempli par les enquêteurs de la Force Investigation Division, qui gère tous les tirs effectués par des officiers de police, y compris ceux où ils font partie des victimes. Dans ce rapport, il lut que Dexter avait été blessé à deux reprises par le même projectile, celui-ci commençant par lui effleurer le mollet selon un angle descendant avant de lui traverser la chaussure et le pied. Le policier avait été soigné aux urgences du Warner Medical Center et renvoyé chez lui.

Derrière lui, Bosch entendit Haller dire à Lorna de ne pas prendre un client accusé de distribuer du fentanyl chinois même si cet individu était prêt à verser un acompte de cent mille dollars pour avoir l'avocat à la Lincoln comme défenseur.

— Le fentanyl, je prends pas, lança Haller. Tu lui dis non.

— Je comprends, lui renvoya-t-elle. Je me disais seulement que tu pourrais peut-être avoir envie de savoir ce qu'il te proposait pour t'avoir.

— C'est pire que le prix du sang! Suivant ?

Lorna se mit alors à lui parler d'une autre affaire où le client potentiel était accusé de fraude pour avoir vendu une guitare prétendument signée par John Lennon, l'acheteur découvrant ensuite que l'instrument avait été fabriqué après la mort du chanteur. L'accusé vendait en ligne des souvenirs des grands du rock & roll, et le district attorney étant présentement en train d'examiner d'autres ventes de guitares elles aussi signées par des célébrités telles que Jimi Hendrix et Kurt Cobain, l'affaire risquait d'être plus sérieuse.

Haller informa Lorna qu'il la prenait, mais aurait besoin d'un acompte immédiat de vingt-cinq mille dollars.

— Tu crois que ça pourrait poser problème ? demanda-t-il à Lorna.

— J'enquête et je te dis.

Bosch reprit sa lecture des rapports de l'affaire Marcus et trouva une chronologie comprenant de brèves entrées couvrant les décisions qu'avaient prises les investigateurs du FID. Une des dernières signalait que ceux-ci avaient rencontré un technicien des empreintes dans la maison de Califa Street. D'expérience, Bosch sentit que la police essayait de relier Marcus au cambriolage qui avait déclenché l'événement. Qu'elle parvienne à le coller dans la maison et c'en serait fini d'une défense où il pourrait dire ne pas être celui que Dexter et Garrity avaient vu s'enfuir. La chrono ne disait pas davantage ce que le technicien avait découvert, si tant est qu'il y ait eu quelque chose à découvrir.

Au nombre des autres rapports se trouvait un inventaire des objets pris à Marcus après son arrestation, ainsi qu'un descriptif de ses vêtements. Le jeune homme portait un jean, des Nike noires et ce qui y était qualifié de « sweat à capuche USC ». Dans sa poche il y avait une clé de porte, un préservatif et un rouleau de bonbons à la menthe. Dans un rapport du labo ayant pour objet la présence de résidus de tir sur les mains du suspect, il était mentionné qu'il en avait bien sur les mains et la manche droite de son sweat à capuche.

Le dernier document était la transcription des appels radio passés par Dexter et Garrity lors de l'incident. Le premier avait été envoyé par Garrity pour demander des renforts, le second aussi passé par elle, pour signaler la fuite d'un suspect décrit comme portant un pantalon foncé et un sweat à capuche également foncé. Bosch concentra son attention sur les appels à l'aide passés par Dexter quelques instants plus tard et remarqua qu'à peine huit secondes s'étaient écoulées entre celui où il avait donné sa position et déclaré avoir maîtrisé le suspect et celui où il était touché et à terre :

01:43:23 – Officier Dexter : Suspect code 4 Valerie à l'ouest de Valley Circle.

01:43:31 – Officier Dexter : Officier à terre, officier à terre…

01:43:36 – Officier Dexter : Il m'a tiré dessus. Il m'a tiré dessus…

01:43:42 – Officier Dexter : Suspect en fuite, direction ouest Valerie Avenue. Sweat hoodie USC bordeaux.

Après avoir tout examiné dans le dossier, Bosch avait quelques idées précises sur ce qui s'était passé lors de la fusillade. Il jeta un coup d'œil dans le rétro, Haller et Lorna étaient maintenant en train de parler de clients qui n'avaient pas payé ce qu'ils devaient pour les services juridiques rendus. Il n'y avait pas assez d'espace pour mener deux conversations séparées.

— Je sors appeler Jennifer, dit-il.

— Merci Harry, lui renvoya Haller.

CHAPITRE 4

Bosch posa le dossier contenant les rapports de l'affaire Marcus sur le capot du Navigator et appela Aronson. Elle répondit aussitôt.

— Harry, dit-elle, je suis au centre de détention et j'attends de voir Anthony. Ils vont me faire entrer dans quelques instants.

— OK. Vous pouvez me rappeler plus tard. J'ai lu les trucs que vous m'avez fait parvenir.

— Je ne vous remercierai jamais assez. Vous avez remarqué quelque chose ?

— Écoutez. Je ne veux pas que mon nom apparaisse dans cette affaire. Nous sommes bien d'accord là-dessus ? Quoi que vous fassiez de ce que je pourrais vous dire, je n'y suis pour rien. OK ?

— Bien sûr. Je vous ai déjà donné mon accord là-dessus. Tout s'arrête après ce coup de fil.

Il garda le silence un bon moment le temps de décider s'il lui faisait confiance ou pas.

— Vous êtes toujours là ? demanda-t-elle.

— Oui, oui, répondit-il. Vous m'avez donc dit que vous alliez appeler le procureur pour savoir s'il y a du nouveau dans l'échange des pièces à conviction entre les deux parties. Vous l'avez fait ?

— Euh... non, pas encore.

— Eh bien, la chrono mentionne qu'un technicien des empreintes a été appelé à la maison dans laquelle votre client serait entré par effraction.

— Ce qu'il affirme n'avoir jamais fait.

— C'est ça. Mais la chrono ne dit rien de ce qu'a trouvé ce technicien. Il est évident qu'ils cherchaient à avoir une empreinte de votre client dans la maison dans la mesure où ça le relierait au cambriolage et prouverait qu'il a menti dans sa première déclaration. Vous avez donc besoin d'un rapport stipulant ce que le type des empreintes a découvert, si tant est qu'il ait découvert quoi que ce soit.

— OK, je m'en occupe. Quoi d'autre ?

— J'ai consulté les cartes Google de l'endroit où ça s'est passé et au croisement de Valley Circle et de Valerie Avenue, il y a une haie qui sépare les lots.

— D'accord. Et ça veut dire quoi ?

— Eh bien ceci : Dexter a poursuivi le type soupçonné de cambriolage dans Valley Circle, puis l'a suivi quand il a tourné dans Valerie Avenue. Sauf qu'à cause de la haie, il l'aurait perdu de vue.

— Ce qui renforce la déclaration d'Anthony selon laquelle il n'est pas le cambrioleur que poursuivait Dexter.

— C'est bien possible, oui.

— Voilà qui est bon, mais ce cambriolage est le moindre de nos soucis. C'est pour le coup de feu qu'ils veulent sa tête. Qu'avez-vous trouvé d'autre ?

— La liste de ce qui lui a été confisqué. Anthony avait un préservatif dans sa poche, des bonbons à la menthe et la clé d'une maison.

— Ce qui renforce son histoire, et pas celle des flics.

— Mais c'est ce qu'il n'avait pas qui est important. Il n'avait ni gants ni outils de cambrioleur. C'est parce qu'il n'y a pas de gants dans le rapport des éléments de preuve qu'ils ont envoyé le gars des empreintes dans la maison. S'il ne portait pas de gants, ils auraient dû trouver ses empreintes quelque part. Et s'ils n'en ont pas trouvé, eh bien…

— OK, Harry. C'est la première chose que je demanderai quand j'irai voir le district attorney.

— La transcription des appels radio que vous avez a, elle aussi, son importance. Dès le début de la poursuite, Garrity, la collègue de Dexter, donne un signalement. Elle déclare que le suspect est un Blanc habillé de vêtements sombres. Et dès que Dexter est abattu, elle lance un appel radio pour dire que le suspect est DAL et porte un sweat à capuche USC.

— DAL ?

— Code flic pour « Disparu à l'arrivée ». Ce qui signifie qu'il a filé. Mais l'important là-dedans, c'est la capuche. Les sweats avec capuche USC sont en général de couleur bordeaux avec lettrage doré. Comment se fait-il que Garrity n'ait pas pigé cet aspect USC la première fois qu'ils ont vu le type ?

— Peut-être qu'il leur tournait le dos et que ça les empêchait de voir.

— C'est possible, mais c'est une faille. En plus du fait qu'aucune empreinte ne le situe dans la maison.

— Exact. C'est un bon début, Harry. Je peux démarrer avec ça. Autre chose ?

Il hésita. Il pensait que les rapports de la police contenaient d'autres incohérences et qu'il y avait peut-être même quelque chose de plus grave dans ce qui y était dit de ce qui s'était passé dans Valerie Avenue ce soir-là. Cela étant, d'une manière ou d'une autre il se sentait coupable de donner ces renseignements à une avocate de la défense. C'est alors qu'Aronson lui posa la question à laquelle il avait le moins envie de répondre.

— Et donc, qui a tiré sur Dexter ? lui demanda-t-elle. Vous pensez que le vrai cambrioleur est arrivé par-derrière ? Anthony dit n'avoir vu personne d'autre.

— Non, pour moi, ce n'est pas ça qui s'est produit. Je pense que le vrai cambrioleur a dû couper entre plusieurs maisons et rester caché dans un jardin jusqu'à ce que tout soit terminé.

— Mais alors que s'est-il passé ? Les rapports affirment qu'il y avait des restes de poudre sur les mains d'Anthony.

— Ça peut s'expliquer. Il n'est pas impossible que Dexter se soit tiré dessus et en accuse Anthony pour ne pas perdre son boulot.

— Harry, vous êtes un putain de génie !

— Je ne vous présente pas tout ça comme une stratégie de défense. À m'en tenir aux rapports, je pense seulement que ç'aurait pu arriver.

— D'accord, répondit Aronson d'un ton plus que sérieux. Expliquez-moi tout ça de bout en bout.

— Écoutez, encore une fois, je ne vous dis pas que c'est comme ça que ça s'est passé, d'accord ? Je ne le sais pas. Mais ça ne serait pas la première fois qu'un connard de flic se tire dessus et essaie d'accuser quelqu'un d'autre. Avouer qu'on s'est tiré dessus accidentellement, c'est quasiment dire adieu à sa carrière dans la police et devoir se mettre à chercher un autre boulot.

— Je comprends. Expliquez-moi pas à pas uniquement ce qui aurait pu arriver, et je partirai de là.

— On sait que Dexter a sorti son arme alors qu'il suivait Anthony et lui a tiré dessus. La poursuite et l'arrestation étaient chargées en adrénaline. Avant de s'approcher de lui, Dexter a obligé Anthony à se mettre à genoux les mains derrière la tête. La procédure aurait alors voulu qu'il attrape le suspect par les poignets d'une main et qu'il rengaine son arme de l'autre avant de le menotter. Or, d'après la transcription des appels radio, Dexter a affirmé que le suspect était en code 4, ce qui veut dire « maîtrisé ». Et huit secondes après il passe un appel pour « officier à terre » ?

— Oh mon Dieu ! Dexter s'est donc tiré dessus !

Elle jubilait presque en voyant s'ouvrir un chemin conduisant à la réussite dans la défense du gamin de sa sœur.

— Je ne sais pas ce qui s'est produit, répéta Bosch. Et vous non plus. Mais deux choses : un) Anthony n'avait pas les menottes de Dexter autour des poignets quand il a fini par être arrêté. Et donc, quoi qu'il se soit produit, c'est arrivé avant que Dexter ne puisse le menotter. Et il y a aussi la trajectoire du projectile.

— De haut en bas pour lui traverser le pied, dit-elle.

— Après lui avoir effleuré le mollet droit. Donc trajectoire vers le bas sans discussion. Ce qu'il faut chercher à savoir, c'est si Dexter est droitier et s'il a rengainé son arme du côté droit. Cela pourrait vouloir dire qu'il a fait feu sans le vouloir en essayant de la ranger dans son holster. Ne pas oublier la haute tension et toute l'adrénaline du moment. Ça s'est déjà vu.

— Et il serait prêt à envoyer un gamin de seize ans en prison pour masquer qu'il a merdé !

— Peut-être. Dans ce dont vous disposez, rien ne dit depuis combien de temps il est au LAPD. À mon avis, pas très longtemps. Tirer accidentellement est une erreur de bleu. Cela pourrait aussi expliquer les restes de poudre sur Anthony. Il était en position à genoux, les mains derrière la tête avec Dexter juste derrière lui. Selon la taille de Dexter, cette position met les mains et le bras droit d'Anthony très près d'une décharge de l'arme par main droite.

— Oh mon Dieu… J'aurai tous ces renseignements avant la fin de la journée.

— N'oubliez pas que si vous cherchez de ce côté-là, il y a toutes les chances pour que le FID en fasse autant. Ce rapport d'empreintes est important.

— Harry, je ne pourrai jamais vous remercier assez.

— Remerciez-moi en me tenant hors de tout ça.

— Vous n'avez pas à vous inquiéter. Vous n'êtes rigoureusement pas dans le tableau. Mais il faut que j'y aille. On vient de me signaler qu'Anthony est arrivé au prétoire.

— OK, bonne chance.

Aronson raccrocha. Bosch ôta le dossier de dessus le capot du véhicule et réintégra le siège du conducteur. Haller et Lorna semblaient en avoir terminé avec les affaires en cours et s'être mis à parler de Hayley, la fille de Haller, qui se préparait à passer l'examen d'entrée au barreau après avoir fini ses études de droit à USC.

— Il va falloir que tu changes le nom de la firme en Haller, Haller & Associates, dit Lorna.

— Je ne pense pas qu'elle veuille se lancer dans le droit pénal, lui répondit Haller. Elle a envie de faire dans le droit environnemental et aider à sauver la planète.

— L'intention est bonne, mais c'est chiant au possible.

— Elle trouvera sa voie.

— OK, les gars, je dégage d'ici. Mickey, je te dirai pour la fraude à la guitare. Avec de la chance, il pourra payer le dépôt de garantie.

— Espérons-le.

Bosch entendit Lorna tirer sur la poignée d'ouverture de sa portière pour descendre.

— Un instant, dit-il.

Il jeta un coup d'œil dans le rétro extérieur pour s'assurer qu'elle ne descende pas en plein dans la circulation.

— OK, dit-il, tu peux y aller.

— Merci, Harry.

— Ça t'aurait tué de sortir lui ouvrir ? lança Haller.

— Probablement pas. M'excuse. On va où maintenant ?

— C'est tout pour moi. J'ai fini pour aujourd'hui et tu peux me ramener à la maison.

Bosch consulta la pendule du tableau de bord. Il n'était pas encore deux heures de l'après-midi, la journée de travail serait courte. Il attendit, Haller comprenant vite pourquoi.

— Ah oui, dit-il.

Il descendit, puis remonta dans la Lincoln, cette fois devant, et reposa le dossier Anthony Marcus sur la console.

— T'as trouvé des trucs dans cette affaire ? demanda-t-il. On dirait qu'il n'y a que toi qui as parlé dans cet appel.

— Je crois, oui, lui répondit Bosch. Je lui ai ouvert une voie, pourrait-on dire.

— Mais c'est bien, ça! J'espère qu'avoir dû faire ça ne t'a pas trop assombri l'âme.

— Un peu quand même, mais je gérerai. Mais n'oublie pas : c'était l'affaire d'une fois, Mick, et ça n'avait rien de compliqué. Mais maintenant je retourne à la meule de foin.

— Ce qui est très exactement l'endroit où j'ai besoin de toi. Trouve-moi l'aiguille.

Bosch regarda dans le rétro extérieur, déboîta du trottoir et prit la direction du domicile de Haller.

— Tu penses te faire quoi en négociant avec l'avocat de la ville dans l'affaire Ochoa ? demanda-t-il après quelques instants de silence.

— Eh bien, il y a une échelle dans ce genre de dossiers. On a vingt-cinq pour cent sur le premier million et ça monte jusqu'à trente-trois sur une échelle au prorata. La plupart des avocats obtiennent un tiers ou plus jusqu'au bout. Moi, ma part n'augmente que si le chèque en fait autant.

— Pas mal quand on pense que c'est du tout cuit comme ç'en a l'air dans ce dossier.

— Ça n'est jamais aussi facile que ça en a l'air.

— Mais pour la meule de foin, tu ne joues pas pour rafler du deuxième niveau.

— C'est strictement *pro bono* pour tout le travail qu'on effectue en amont. Mais bon, si on sort quelqu'un de la meule, je serai très heureux de le représenter à mon tarif habituel pour une demande de dommages et réparations. Mais ça, c'est du fric dans les nuages. Dans la plupart des cas, le montant des compensations est limité par l'État. Et donc, est-ce qu'il pourrait y avoir du fric à l'arrivée ? Oui. Mais dans ce cas précis il ne s'agit pas de gagner de l'argent. Pourquoi crois-tu que je revoyais mon calendrier d'affaires avec Lorna ? Faut que je remette de l'essence dans le réservoir. Faut que j'aie des affaires qui paient pour que tu puisses travailler la meule de foin.

— Je voulais juste être sûr, rien d'autre.

— Eh bien, tu peux l'être. Le deal que j'ai conclu avec Ochoa l'a été avant que toutes ces lettres nous arrivent et c'est Hayley qui m'a suggéré de créer ce petit Innocence Project à moi. La seule différence est que l'Innocence Project officiel accepte les dons pour la cause. Pas moi.

— Pigé.

Ils retombèrent dans le silence jusqu'à ce que Bosch commence à monter la côte de Fareholm Drive. Il passa devant la maison de Haller, fit demi-tour une fois en haut, redescendit et se gara le long du trottoir et des marches conduisant à la porte d'entrée.

Ils descendirent tous les deux du véhicule.

— Merci, Harry, dit Haller.

— Qu'est-ce que tu vas faire ? lui demanda Bosch.

— Je n'ai pas eu droit à une demi-journée comme celle-là depuis des mois et je ne veux pas la gâcher. Il se pourrait bien que j'aille faire quelques trous à Wilshire Boulevard.

— Tu joues au golf ?

— Je prends des leçons.

— Et tu es membre du club de Wilshire ?

— Me suis inscrit y a quelques mois.

— Super, ça.

— Ça veut dire quoi, ce petit ton ?

— Rien. Ça veut juste dire que c'est bien que tu sois dans un club. Tu le mérites.

— J'ai un ami au bureau des avocats commis d'office qui en est membre lui aussi. C'est lui qui m'a sponsorisé.

— Sympa.

— Et toi, qu'est-ce que tu vas faire cet après-midi ?

— Je ne sais pas. Piquer un somme, c'est probable.

— Tu devrais.

Bosch lui tendit les clés de la Lincoln et commença à descendre la rue jusqu'à l'endroit où il avait garé sa Cherokee. Haller l'appela.

— Comment est ta nouvelle voiture ?

— Elle me plaît. Mais la vieille me manque quand même.

— Du Bosch pur jus.

Bosch ne sut pas trop ce que ça voulait dire. Il s'était acheté une Jeep Cherokee de 1994 pour remplacer celle qu'il avait perdue l'année précédente dans une collision lors d'une enquête menée avec Ballard. Sa vieille voiture « neuve » avait moins de kilomètres au compteur et une meilleure suspension et lui avait été livrée avec des pneus neufs et une nouvelle couche de peinture. Elle n'avait pas tout l'attirail de sonneries et de signaux du Navigator, mais suffit à le ramener chez lui.

CHAPITRE 5

Après s'être réveillé d'une sieste interminable, Bosch consulta son téléphone portable et s'aperçut que sa fille, Ballard, Aronson et un barman du Catalina Bar and Grill lui avaient envoyé toute une série de SMS pendant qu'il dormait. Il lut leurs messages, se leva, se débarbouilla et gagna la salle à manger où la table était depuis longtemps devenue un bureau. Il s'arrêta devant les rayonnages à côté de sa platine, passa en revue sa collection de disques et en choisit un vieux parmi les préférés de sa mère. Sorti en 1960 – un an avant la mort de cette dernière –, l'album était toujours en parfait état, le soin qu'il avait mis à le garder intact disant tout le respect qu'il avait aussi bien pour le musicien enregistré que pour sa mère.

Il posa soigneusement l'aiguille sur la deuxième piste de « Introducing Wayne Shorter ». Après avoir quitté les Jazz Messengers d'Art Blakey afin d'enregistrer le premier disque où il dirigeait un groupe, Shorter avait vite fait chanter son saxophone ténor avec Miles Davis et Herbie Hancock. Theo, le barman du Catalina, lui avait laissé un message comme quoi Shorter venait de mourir.

Bosch resta debout devant ses haut-parleurs à écouter ce que Shorter avait fait dans cette deuxième piste : contrôle du souffle et travail des doigts, tout y était. Plus de six décennies s'étaient écoulées depuis qu'il avait entendu ces notes, mais apprendre que Shorter n'était plus avait ressuscité le souvenir de ce morceau qui lui tenait toujours tellement à cœur. L'air prenant fin, il releva le bras de la platine avec soin, le ramena en arrière et relança « Harry's Last Stand[1] ». Puis il gagna la table afin de se remettre au travail.

Le message de Maddie était court : comme tous les jours, elle vérifiait s'il allait bien. Il la rappellerait un peu plus tard. Ballard, elle, l'avertissait d'un mail à venir. Il se connecta et découvrit qu'elle lui avait envoyé des liens à deux articles du *Los Angeles Times* parus cinq ans plus tôt. Il les lut en suivant leur ordre chronologique :

> *Une femme accusée d'avoir poignardé son ex-mari, un héroïque shérif adjoint*
> *De notre correspondant Scott Anderson*
>
> *L'ex-épouse d'un adjoint du shérif du comté de Los Angeles loué pour sa bravoure vient d'être accusée de sa mort à la suite d'un conflit domestique à Quartz Hill.*
> *Ce lundi, Lucinda Sanz, 33 ans, a été accusée de meurtre avec préméditation après avoir tiré dans le dos de son ex-mari, Roberto Sanz, alors qu'il traversait la pelouse de la maison qu'ils avaient partagée avec leur jeune fils. D'après les enquêteurs des services du shérif, le couple venait de se disputer violemment à peine quelques instants plus tôt. Lucinda Sanz a été placée en détention provisoire à la prison du comté, le montant de sa caution étant fixé à 5 millions de dollars.*
> *D'après les enquêteurs des Homicides, le meurtre se serait produit dimanche soir, aux alentours de huit heures, dans Quartz Hill Road, bloc 4500, peu après que Roberto Sanz eut ramené son fils au domicile de son ex ainsi que prévu dans leur accord de droits*

1. Soit : « Le dernier combat de Harry ».

de garde. Le sergent Dallas Quinto affirme que les deux adultes s'étaient disputés à l'intérieur de la maison avant que Roberto Sanz ne la quitte par la porte de devant. Quelques instants plus tard il recevait deux coups de feu dans le dos alors qu'il traversait la pelouse pour rejoindre sa camionnette garée dans la rue. Toujours d'après Quinto, le jeune fils du couple n'a pas assisté à la fusillade. N'étant pas en service à ce moment-là, Roberto Sanz ne portait pas de gilet pare-balles.

« Il est vraiment triste que c'en soit arrivé là, a encore déclaré Quinto. Roberto était sous menace constante lorsqu'il travaillait dans les rues afin de protéger la communauté et constater que la dernière de ces menaces est partie de l'intérieur même de sa famille brise le cœur. Ses collègues l'aimaient vraiment beaucoup. »

Âgé de 35 ans, Roberto Sanz faisait partie d'une équipe de l'antigang assignée au poste de police du shérif d'Antelope Valley. Avant cela, il avait travaillé à la division des prisons. Après les félicitations du shérif Ashland, il venait de recevoir la médaille d'honneur de la police à la suite d'une fusillade avec un gang de Lancaster qui l'avait pris en embuscade alors qu'il s'était arrêté au stand de hamburgers de Flip. Sanz n'avait rien eu, mais un membre du gang avait, lui, été abattu, un autre blessé. Deux autres tireurs avaient réussi à prendre la fuite et n'ont toujours pas été identifiés.

Bosch relut l'article. Quartz Hill était une banlieue de la banlieue de Palmade sise dans la vaste partie nord-est du comté. Jadis petite ville du désert, elle avait, comme l'agglomération toute proche et elle aussi infime de Lancaster, connu une formidable croissance de sa population depuis le début du siècle, à une époque où le prix des maisons explosant à Los Angeles, des milliers de gens avaient dû fuir dans les recoins les plus reculés du comté pour y trouver des logements abordables. Palmade et Lancaster avaient alors fusionné en une mini-métropole du désert – avec tous les problèmes de la vie urbaine. Gangs et drogue inclus. Les services du shérif avaient de quoi faire.

Quartz Hill se niche tout à côté de Palmade et de Lancaster. Bosch y avait traité des affaires et n'avait oublié ni ses virevoltants ni ses rues balayées par le sable, mais se doutait bien que tout cela avait dû pas mal changer depuis lors.

Il admirait ce que Ballard avait fait. Plutôt que de lui donner une affaire sortie d'un ordinateur des forces de l'ordre, et risquer d'y perdre son travail, elle avait étudié la sienne et découvert des liens avec des articles de journaux consultables par tout le monde. D'ailleurs, il s'en voulait de ne pas avoir pensé à entrer le nom de Lucinda Sanz dans le moteur de recherche du *Los Angeles Times* avant de s'adresser à Ballard.

Il cliqua sur le second lien et téléchargea un article paru neuf mois après le premier.

> *L'ex-épouse de l'héroïque shérif adjoint condamnée*
> *De notre correspondant Scott Anderson*
>
> *L'ex-épouse d'un shérif adjoint jadis honoré pour sa bravoure a été condamnée à de la prison ce jeudi pour l'avoir abattu après une dispute sur les droits de garde de leur jeune fils.*
> *Lucinda Sanz, 34 ans, n'ayant pas contesté l'accusation d'homicide involontaire retenue contre elle par la Cour supérieure de Los Angeles, le juge Adam Castle l'a condamnée à onze ans de prison, selon les termes négociés de son plaider-coupable.*
> *Sanz avait clamé son innocence dans l'affaire de l'assassinat du shérif adjoint Roberto Sanz. Celui-ci quittait la maison de Quartz Hill où habitaient son fils et son ex-épouse lorsqu'il a reçu deux balles dans le dos. Il est mort sur la pelouse, son fils n'ayant pas assisté à la scène.*
> *Frank Silver, l'avocat de l'accusée, a expliqué que sa cliente n'avait pas d'autre choix que celui d'accepter le deal que lui offraient les procureurs.*

« Je sais qu'elle n'a pas varié dans l'affirmation de son innocence, a-t-il déclaré. Mais les éléments de preuve s'accumulant contre elle, à un moment donné la réalité a été telle qu'elle pouvait ou choisir d'être jugée et risquer de passer le reste de son existence derrière des barreaux, ou avoir la garantie de revoir la lumière un jour. Lucinda Sanz est jeune et si elle se conduit bien, elle sortira de prison assez tôt pour avoir encore une vie devant elle avec son fils qui l'attendra. »

Le couple avait un long passé de problèmes conjugaux ayant donné lieu à une interdiction formelle de communiquer, à la surveillance de l'exécution des droits de garde par des contrôleurs mandatés par le tribunal et à une accusation d'agression retenue contre Lucinda Sanz mais rejetée plus tard. Le jour du meurtre, elle avait envoyé plusieurs SMS menaçants à son ex-époux. Aucune arme n'a été retrouvée sur les lieux du crime, mais les enquêteurs des services du shérif font remarquer que l'accusée a eu le temps de la cacher et qu'elle a été testée positive au dépôt de poudre à canon sur ses mains et ses vêtements.

« Où était donc l'arme ? s'interroge Silver. Cette question ne cessera de me hanter. J'aurais pu, je pense, faire quelque chose avec ça au tribunal, mais je n'ai pu qu'obéir aux souhaits de ma cliente : elle voulait accepter le deal. »

C'est Lucinda Sanz qui a passé le premier appel au 911. Les enquêteurs ont déclaré que neuf minutes s'étaient écoulées avant que les forces de l'ordre entrent en action, lui laissant amplement le temps de cacher son arme. De multiples fouilles de la maison et des environs n'ayant rien donné, ils n'excluent pas la possibilité d'un complice qui l'aurait fait disparaître.

Roberto Sanz, 35 ans, avait donné onze ans de sa vie aux services du shérif. Assigné au poste de police d'Antelope Valley, il faisait partie d'une unité chargée de la répression des gangs. Un an avant son décès, il avait reçu les honneurs de ce service après avoir survécu à une fusillade avec quatre membres de gang qui lui avaient tendu une embuscade devant un stand de hamburgers. Il avait abattu un de ses assaillants et blessé un autre, les deux derniers n'ayant jamais été ni identifiés ni appréhendés.

En plaidant non-contestation des charges – nolo contendere *selon le terme légal –, Lucinda Sanz n'avait plus à reconnaître avoir tué son ex-époux devant un tribunal. Elle a été conduite en prison sous les yeux de sa mère et de son frère. Un des termes de l'accord précisait qu'elle serait incarcérée à la California Institution for Women de Chino de façon à rester proche des membres de sa famille, son fils compris, celui-ci ayant été confié à sa grand-mère.*

« Ce n'est pas comme cela que ça devrait se passer, a déclaré Muriel Lopez, sa mère, à l'extérieur du tribunal. Elle devrait pouvoir élever son fils. Roberto n'arrêtait pas de la menacer de le lui prendre. En mourant, il a enfin réussi. »

Bosch relut aussi cet article, qui donnait bien plus de détails dérangeants sur le crime. Que l'arme du meurtre n'ait jamais été retrouvée malgré ce qui avait dû constituer des fouilles approfondies et répétées indiquait que d'une manière ou d'une autre elle avait été emportée loin de la scène de crime. Sanz étant shérif adjoint, Bosch se doutait que l'enquête avait dû faire l'objet de grosses pressions et les premières fouilles suivies par au moins deux autres menées par des équipes différentes et voyant les choses d'un œil neuf. Qu'il n'y ait toujours pas d'arme retrouvée suggérait qu'il y avait eu préméditation.

Cela étant, Sanz avait tiré dans le dos de son ex alors qu'il traversait le jardin pour gagner sa voiture, ce qui laissait plus penser à un acte de colère perpétré sur un coup de tête et contredisait toutes les hypothèses d'un meurtre préparé à l'avance. En plus de l'arme manquante, c'était cela qui avait dû amener l'accusation à proposer un deal de réduction de peine à l'avocat Silver.

Bosch avait entendu parler de Frank Silver et lui avait même fait face dans une affaire. Ce n'était pas un juriste d'élite de la ville et il n'avait rien d'un avocat à la Lincoln. Il avait dû comprendre qu'il ne l'emporterait pas si l'affaire passait devant un tribunal. Malgré ce qu'il avait déclaré à la presse, il avait probablement accueilli cette offre d'aménagement de peine avec satisfaction et cela avait dû compter dans la manière dont il l'avait fait accepter à sa cliente.

Bosch décrocha son portable et envoya un SMS à Ballard pour la remercier, mais sans mentionner de quoi. Puis il força sa chance en lui demandant de manière cryptique si elle avait trouvé quoi que ce soit sur la deuxième chose – soit l'autre nom qu'il lui avait donné.

Et en attendant sa réponse, il entra Edward Dale Coldwell dans le moteur de recherche du *Times*, mais fit chou blanc. Il réessaya en ne mentionnant pas le second prénom, en vain.

Il consulta son portable, rien de Ballard.

Il n'aimait pas attendre des infos. Cela l'énervait et le rendait agité. Toutes ses années d'enquêteur lui avaient appris que l'élan est la clé du succès et que le perdre peut faire caler une affaire à jamais. Cela s'appliquait même aux affaires non résolues, où cet élan se trouve dans la tête même de l'investigateur. Il sentait bien qu'il n'en avait guère pour l'instant, mais la contradiction qu'il avait remarquée dans les articles sur l'affaire Sanz, en plus de la lettre de Lucinda, ayant allumé le feu sacré en lui, il voulait continuer à avancer de ce côté-là s'il n'y avait toujours pas de progrès côté Coldwell.

Il reprit son portable, mais hésita avant d'appeler Ballard. Il ne voulait pas perdre l'amie et la source d'infos qu'elle était et savait que ce serait le cas s'il continuait de l'agacer avec des appels lui demandant de tricher avec le règlement.

Il reposa son téléphone, mais consulta son écran et se maudit en silence d'avoir fait cette sieste qui lui avait avalé son après-midi. Même s'il avait le temps de rallier le tribunal du centre-ville, il ne lui en resterait que peu pour examiner ce qu'il pouvait y avoir dans le dossier Lucinda Sanz conservé aux archives en sous-sol. Cette petite expédition allait devoir attendre le lendemain matin.

Il reprit son portable encore une fois et appela sa fille en sachant qu'entendre sa voix et apprendre ce qui se passait dans son univers l'éloignerait de l'affaire Sanz et de la frustration que lui occasionnait son manque d'élan. Mais il tomba sur sa messagerie. Déçu, il lui laissa une mise à jour sommaire pour lui dire qu'il allait bien et travaillait à deux ou trois enquêtes pour Mickey Haller.

Il avait raccroché lorsqu'il se souvint du SMS de Jennifer Aronson lui demandant de la rappeler. Il le fit et comprit qu'elle conduisait.

— Harry, dit-elle, j'ai parlé avec la procureure qui a reconnu qu'on n'avait pas trouvé les empreintes d'Anthony dans la maison de Califa Street.

— Vous a-t-elle dit s'il y en avait d'autres n'appartenant pas à ses occupants ?

— Je le lui ai demandé, mais elle m'a répondu que j'allais devoir attendre le prochain échange des pièces entre les parties. J'ai déjà eu assez de mal à lui faire admettre que celles d'Anthony ne se trouvaient pas dans la maison.

— Quand cet échange doit-il avoir lieu ?

— Elle m'a dit qu'elle attendait que le juge décide si Anthony devait être jugé comme un adulte.

— OK, quoi d'autre ? Lui avez-vous parlé de votre hypothèse selon laquelle Dexter se serait tiré dessus ?

— Oui. Je me disais que ça lui ferait peut-être peur de le juger comme ça. Qu'ils s'y essaient au niveau de la Cour supérieure et tout sera public alors qu'aucun tribunal pour mineurs n'est ouvert au public et à la presse.

— Et que vous a-t-elle répondu ?

— Elle a écarté ça en riant et m'a lâché « Pas mal vu ». Elle croyait que je bluffais.

— Qui est la procureure ?

— Shay Larkin. Elle est plus jeune que moi.

— Eh bien, elle verra que vous ne bluffez pas. Comment va Anthony ?

— Il est mort de peur. Il faut que je le sorte de là, mais je ne peux rien faire… légalement, s'entend.

— Ce qui veut dire ?

— Que je veux tenir une conférence de presse. Dévoiler tout ce qui concerne Dexter au grand jour et leur coller la pression pour qu'ils s'occupent de lui et sachent bien que je ne rigole pas.

— Ça ne leur donnerait pas un petit aperçu de votre stratégie ?

— Si, mais si ça fait libérer Anthony… Je pense aussi que ce serait mieux que Mickey le fasse. Les médias le suivant partout comme une meute de chiens, ça attirerait l'attention.

— C'est une idée.

— Et si quelqu'un comme vous avec toute votre expérience se tenait à côté de lui, cela donnerait certainement beaucoup de crédibilité à l'affaire.

Bosch ferma les yeux et se dit qu'il aurait dû s'en douter.

— Jennifer, lança-t-il, ça, ça ne se produira pas. Nous avons conclu un marché. Je jette un coup d'œil au dossier, mais je reste en dehors.

— Je sais, je sais, dit-elle. Mais c'est le gamin de ma sœur, Harry. Je ne supporte pas de le voir là-bas alors que je sais pertinemment qu'il est innocent.

— S'il l'est, vous l'en sortirez.

— Pour finir, oui, Harry, mais que se passe-t-il entre-temps ? Il pourrait y prendre des coups. Voire pire.

— Alors tenez votre conférence de presse et voyez ce que ça donne. Faites-y participer Mickey, mais ne me demandez pas ça à moi. J'ai des relations et une réputation dans cette ville, et je ne suis pas prêt à tout détruire pour ce qui se résume à moins d'une demi-heure de travail sur cette affaire. Il faut que trouviez un autre moyen.

Un silence s'ensuivit et lorsque enfin elle lui répondit, ce fut d'un ton aussi glacial qu'une pluie d'hiver.

— Je comprends, dit-elle. Au revoir.

Elle raccrocha, mais Bosch garda longtemps son portable à l'oreille en se demandant pourquoi il avait l'impression d'être un couard.

Il pensa à Anthony Marcus tout seul là-bas, au centre de détention pour mineurs de Sylmar. Jeune, il avait lui aussi été plusieurs fois jeté en prison pour s'être enfui de ses maisons d'accueil. Adolescent, il était de constitution si légère que quelques années plus tard il avait été versé dans une unité de l'armée spécialisée dans le nettoyage des tunnels au Vietnam. Sa taille lui donnait un avantage lorsqu'il avançait dans les galeries sombres et étroites dont se servaient les Vietcongs. Mais cela avait fait de lui une cible facile dans les prisons pour jeunes. On lui avait fait des choses, on lui en avait pris et s'il n'aimait pas s'étendre sur ces souvenirs, penser à Anthony Marcus à Sylmar les lui faisait revivre. Malgré la position qu'il avait prise avec Haller et Aronson, il avait été frappé par ce que celle-ci lui avait dit des brimades qu'avait subies Anthony. Il savait, et de première main, que c'était un univers où tout obéit à la loi de la jungle. Il espéra qu'Aronson pourrait sauver son neveu avec le peu d'aide qu'il venait de lui fournir.

CHAPITRE 6

Dès neuf heures du matin le lendemain, Bosch reprenait le dossier Lucinda Sanz debout à l'accueil de la division des archives de la Cour supérieure de Los Angeles. Celles-ci se trouvaient en centre-ville, dans les sous-sols du Civic Center, trois étages au-dessous de Grand Park avec ses grandes pelouses vertes et ses chaises roses. Rares sont ceux qui savent que sous ce jardin public s'étend un bunker sans fenêtres, où les dossiers et les pièces à conviction de décennies entières de procès au criminel peuvent être consultés par le public.

Bosch, lui, le savait, et fut le premier au guichet des demandes lorsque l'employé démarra sa journée en ouvrant sa paroi coulissante en plexiglas. Bosch avait déjà rempli le formulaire pour tout ce qui touchait à l'affaire « État de Californie contre Lucinda Sanz » – il en avait sorti le numéro dans la base des données publiques du tribunal du comté.

L'employé l'étudia et pria Bosch d'aller s'asseoir pendant qu'il disparaissait dans les profondeurs du bâtiment.

Bosch n'attendait pas grand-chose de sa démarche dans la mesure où l'affaire n'avait pas été portée devant un tribunal. Cela signifiait que photos et documents, il n'y aurait pas d'éléments de preuve montrés à des jurés. Il espérait seulement obtenir le PSR, le rapport préalable à la condamnation soumis par le Département des libérations conditionnelles. Cette pièce avait dû être exigée par le juge avant qu'il n'accepte le plaider-coupable de Lucinda Sanz et prononce sa sentence. Les documents de ce type qu'il avait lus par le passé comprenaient en général des rapports sur l'affaire et d'autres documents destinés à soutenir la recommandation faite au juge. C'étaient ces pièces qu'il voulait, dans l'espoir qu'elles lui fournissent une connaissance de base du dossier.

En attendant, il prit son téléphone pour appeler le centre anticancer d'UCLA afin de repousser son rendez-vous de l'après-midi. Sauf qu'à trois niveaux au-dessous du sol entre des murs en béton armé, il ne captait aucun réseau. Il songea à remonter au niveau zéro pour passer son coup de fil, mais il ne voulait pas rater le retour de l'employé.

Dix minutes plus tard, celui-ci revenait porteur d'un dossier manille pas plus épais qu'une crêpe et remarqua la réaction de Bosch.

— C'est tout ce que j'ai trouvé, dit-il. C'était un *nolo contendere*. Pas de procès, pas de pièces à conviction, pas de retranscriptions. Encore une chance qu'il y ait même seulement un dossier.

Bosch le lui prit et l'emporta dans une salle voisine où étaient installés des postes de travail permettant de consulter documents et pièces à conviction. Il l'ouvrit et découvrit une carte de visite écrite à la main dans le rabat. Il n'y était mentionné que six documents rangés par date de soumission au tribunal, le plus récent étant le premier de la pile, soit l'arrêt du juge Castle condamnant Lucinda Sanz à la prison. Venaient ensuite trois lettres qu'on lui avait adressées pour lui demander son indulgence. Elles émanaient de la mère et du frère de Lucinda et d'un homme qui déclarait être l'employeur de cette dernière dans une exploitation de culture d'oignons de Lancaster, où elle avait travaillé pendant de nombreuses années au hangar des mises en emballage et expéditions.

Bosch n'y jeta qu'un bref coup d'œil avant de passer au document suivant, qui, lui, n'était autre que l'accord de *nolo contendere* pour l'accusation d'homicide involontaire signé par Lucinda Sanz. Cette pièce, qu'avait cosignée Andrea Fontaine, la district attorney adjointe chargée de l'affaire, faisait passer la recommandation de moyenne à haute, avec comme circonstance aggravante le recours à une arme à feu. Tout cela pris en compte ne pouvait qu'envoyer Sanz devant un juge qui la condamnerait à une peine de prison comprise entre sept et treize ans, Bosch trouvant que c'était un bon deal pour quelqu'un qui avait censément abattu un membre des forces de l'ordre.

Le dernier document s'avéra être le rapport préalable à la condamnation. Bosch l'aéra d'une main et s'aperçut qu'il y avait de la matière et qu'au moins la moitié des pages étaient pleines des rapports de la police et de l'autopsie. C'était ça qu'il voulait : des synthèses de l'enquête lui permettant de comprendre comment l'affaire avait été travaillée.

Écrit sous forme narrative, le rapport était l'œuvre d'un agent de probation dénommé Robert Kohut et, en gros, détaillait la vie de Lucinda Sanz, avec des sections ou des sujets particuliers concernant son enfance, la structure de sa famille, ses ennuis d'adolescente avec la justice, son éducation, son historique d'emplois et de lieux de résidence, ses interactions d'adulte avec les forces de l'ordre et tous ses soins psychologiques.

Les analyses de Kohut ne l'enfonçaient pas, tant s'en fallait. Il voyait en elle une mère célibataire qui travaillait soixante-quatre heures par semaine aux Desert Pearl Farms de Lancaster afin de nourrir son jeune fils. Elle n'avait aucun passé judiciaire avant son accusation d'homicide malgré deux incidents ayant nécessité l'intervention de shérifs adjoints au domicile de Quartz Hill pour mettre un terme à des querelles domestiques. À la suite du premier, Lucinda avait été arrêtée, mais le bureau du district attorney n'ayant retenu aucune charge contre elle, l'affaire avait été classée. Lors du second, ni elle ni son mari n'avaient été arrêtés et ces deux incidents s'étant produits avant leur divorce, Bosch en conclut que dans la mesure où Roberto Sanz comptait parmi les membres des forces de l'ordre, on leur avait fait une fleur.

Le rapport ne faisant pas davantage état d'un problème de drogue ou de santé mentale, Kohut estimait que Lucinda était une bonne candidate pour une réadaptation conduisant à une libération conditionnelle. Cela dit, il recommandait quand même la peine la plus lourde pour homicide involontaire vu les circonstances particulières du crime, soit le fait que Roberto Sanz avait reçu deux balles dans le dos, la seconde alors qu'apparemment il était déjà à terre.

Parce qu'il avait décidé de demander une copie du PSR, Bosch passa vite aux pièces officielles incluses dans le document. C'était là, et il le savait, qu'il montrait ses qualités d'enquêteur. Il avait une facilité remarquable à digérer les rapports et à voir une affaire sous tous ses angles. En particulier ceux où la logique fait défaut et où il y a d'autres divergences et contradictions entre les rapports. Il comprenait que c'était dans ces pages qu'il arriverait à décider si Lucinda Sanz pouvait vraiment affirmer être innocente.

Il commença par reprendre le premier rapport d'incident sur le meurtre. D'après le résumé, Lucinda Sanz avait dit aux premiers officiers arrivés sur les lieux qu'elle s'était disputée avec son ex-époux parce qu'il lui avait ramené son fils avec deux heures de retard, ce qui violait l'accord de droit de garde qu'ils avaient signé ensemble. La dispute s'était poursuivie jusqu'au moment où Roberto Sanz avait fait demi-tour et quitté la maison en donnant l'impression de vouloir laisser le différend en l'état. Lucinda avait déclaré avoir claqué la porte et l'avoir verrouillée après le départ de son ex, mais avoir alors entendu ce qui ressemblait à des coups de feu en provenance du devant de la maison. Ne sachant pas trop si son ancien époux avait tiré sur son domicile, elle avait caché son fils dans sa chambre et n'était pas allée voir. Puis, de la chambre même de son enfant, elle avait appelé le 911 et signalé les coups de feu. En arrivant, les officiers de police avaient découvert Roberto Sanz étendu face contre terre dans le jardin de devant. Des infirmiers avaient été appelés, mais la victime avait été déclarée morte sur les lieux du crime.

Le rapport du légiste ayant pratiqué l'autopsie faisait partie de l'enveloppe. Bosch le passa rapidement en revue afin d'examiner le diagramme montrant l'endroit exact des blessures.

D'une seule page, le document contenait deux schémas d'un corps d'homme vu de face et de dos présentés côte à côte. On y découvrait des marques, des mesures et des notes imprimées par le légiste adjoint qui avait dirigé l'autopsie. L'attention de Bosch fut immédiatement attirée par les deux X notés sur le haut du profil de dos. Entre ces marques la distance mesurée était de quinze centimètres.

Le croquis donnait aussi les angles de pénétration des blessures d'entrée, celles-ci permettant de déterminer que les projectiles des deux coups de feu suivaient des trajectoires très nettement distinctes. L'un d'eux, sans doute le premier, avait été tiré selon un angle relativement plat indiquant que la victime se tenait probablement debout lorsqu'elle avait été touchée dans le dos. Le second lui était entré dans le corps selon un angle aigu indiquant qu'elle était déjà par terre lorsqu'elle avait été atteinte. La trajectoire était ascendante, traversait le corps de la victime du dos vers l'avant et lui brisait la clavicule droite avant que le projectile ne finisse par se loger dans le haut du muscle pectoral.

Pour Bosch, la clé résidait dans ce second coup de feu parce qu'il invalidait l'hypothèse d'un tir accidentel, d'autodéfense ou effectué dans la violence passionnelle du moment. Le tueur avait refait feu sur une victime déjà jetée à terre par son premier tir. Il s'agissait d'un *coup de grâce*[1].

1. En français dans le texte.

Bosch prit son téléphone et fit une photo du croquis. Il avait l'intention de faire faire des copies de l'ensemble du dossier, mais ne savait pas trop combien de temps cela prendrait et voulait avoir un exemplaire du diagramme avec lui lorsqu'il parlerait de l'affaire avec Haller.

Après avoir reposé son portable sur la table, il parcourut rapidement les autres pages du rapport d'autopsie et nota que les deux balles de 9 millimètres avaient été retrouvées dans le corps. Également inclus dans le rapport se trouvaient des clichés en noir et blanc du cadavre pris avant l'autopsie. Le corps était nu et allongé sans apprêt sur une table en acier inoxydable. Les photos le montraient de face et de dos, le document présentant aussi des gros plans des blessures d'entrée.

Bosch les feuilletait rapidement lorsque quelque chose attirant son regard, il s'arrêta à une page. On y voyait un tatouage écrit à la main sous la ceinture côté gauche et il n'eut aucun mal à le lire :

Que viene el Cuco

Il s'empara de nouveau de son téléphone et prit une deuxième photo, celle-là après avoir élargi le cadre de façon à bien montrer le tatouage sans révéler le reste du corps. Il savait ce qu'il voulait dire. Pas seulement dans son sens littéral, mais bien dans ce qu'il signifiait en des termes plus vastes et autrement parlants :

Le Croque-mitaine arrive.

CHAPITRE 7

Au niveau zéro de Grand Park, Bosch s'assit sur une des chaises roses éparpillées au hasard sur la pelouse du Criminal Courts Building plongé dans l'ombre par l'« Old Faithful[1] », la tour on ne peut plus connue de City Hall, et envoya un SMS à Haller. Il connaissait son emploi du temps et se rappela qu'il avait une audience de mise en accusation de prévue.

Tu es au CCB ? On peut causer ?

Après l'avoir envoyé, il lança une recherche internet sur les gangs du shérif du comté de Los Angeles. Avant qu'il ait le temps d'étudier les résultats, un appel lui arriva de Haller.

— Oui, je suis au CCB. Et toi tu devrais être à UCLA, non ?

— Je devrais, mais je n'y suis pas. Faut que je les appelle pour repousser le rendez-vous.

— Ne déconne pas avec ce programme. Je me suis donné assez de mal pour que tu puisses en profiter.

— Et j'apprécie, mais il est arrivé quelque chose. Ta mise en accusation dans l'affaire de la fraude à la guitare a déjà commencé ?

1. Soit le « Vieux Fidèle », surnom du célèbre geyser de Yellowstone.

— Tout juste. J'y vais tout de suite. Mais ça me fait suer de devoir me conduire moi-même. Je dois aller jusqu'au garage des jurés pour récupérer la Lincoln.

— Je suis devant, dans le jardin public. Dans une chaise rose. C'est sur ton chemin et faut que je te parle de l'affaire Sanz.

— Bon d'accord. J'arrive. Mais pas moyen de savoir combien de temps mettra l'ascenseur.

— Je t'attends.

Bosch raccrocha et revint à son moteur de recherche en attendant. Il finit par trouver un article du *Times* vieux de sept ans sur la grande enquête du FBI centrée sur la corruption dans les services du shérif. Il détaillait la solide tradition de cliques d'adjoints formées au sein même des unités carcérales, mais aussi dans certains postes de police et secteurs de la patrouille.

Bosch fit défiler le document et découvrit une liste de bandes connues. On y trouvait des noms tels que « les Exécuteurs », « les Régulateurs », « les Saute-en-marche[1] », « Los Banditos » et « les Croque-mitaines ». L'article précisait que cette vaste enquête du FBI avait démarré petit en se concentrant sur des histoires d'infractions dans l'énorme système carcéral géré par les services du shérif. Le Bureau avait ensuite découvert que les adjoints assignés à la division carcérale avaient créé des cliques à l'intérieur même de chaque prison. Leurs membres s'y lançaient dans des activités illégales allant de paris sur des combats entre détenus aux messages de chefs de gangs qu'on faisait parvenir aux prisonniers – sans oublier les violences, voire les assassinats intergangs.

Le FBI s'était aussi aperçu que lorsqu'ils sortaient de leur rotation de service dans les prisons et revenaient dans les postes et commissariats au service du public, les adjoints formaient

1. Surnom donné à des flics qui sautaient en marche des voitures de patrouille pour coincer les criminels.

d'autres cliques, ce qui là aussi conduisait à toutes sortes de mauvais comportements.

Bosch, lui, nota que chaque fois qu'ils parlaient publiquement de ces groupes, le Bureau et les services du shérif les qualifiaient de « cliques » alors qu'ils n'étaient que des gangsters portant un badge. Il en vint à se dire que Roberto Sanz en faisait partie.

— Tu as vérifié s'il y avait du caca d'oiseau sur ta chaise ?

Bosch leva le nez de dessus son portable. Haller arrivait avec un autre siège rose.

— Oui, répondit-il.

Haller s'installa à côté de Bosch afin de regarder avec lui City Hall à l'autre bout du jardin public et posa sa mallette dans l'herbe entre ses pieds.

— J'ai eu un coup de fil intéressant de Jean Aronson hier soir, lança-t-il.

Bosch acquiesça d'un signe de tête en se disant que c'était prévisible.

— Elle ne t'a pas dit vouloir tenir une conférence de presse sur l'histoire de son neveu ? s'enquit-il.

— Si, si, lui confirma Haller. Elle m'a aussi signalé que tu ne voulais absolument pas y prendre part.

— C'est bien ça.

— Harry, tu as planté une graine et tu ne veux pas voir le fruit qui en est sorti ?

— Je ne saisis pas ce que ça veut dire. On ne pourrait pas parler de Lucinda Sanz ? C'est à ça que je travaille.

— Si, mais moi, je tiens à m'assurer que tu ailles à UCLA.

— J'y passerai cet après-midi.

— Bien. Alors qu'est-ce que tu as trouvé ?

Il fallut un moment à Bosch pour changer de piste et se remettre à penser à Lucinda Sanz. Lorsqu'il l'avait embauché pour examiner et éplucher les demandes émanant des prisons, une des règles du jeu qu'avait établies Haller était qu'il ne voulait pas que Bosch réponde à n'importe quelle sollicitation sans son approbation. Les résultats étant loin d'être garantis, Haller n'entendait pas donner de faux espoirs à des individus incarcérés. Il ne voulait donc pas que Bosch entreprenne quoi que ce soit sans l'avoir informé de ce qu'il pensait et qu'il ait, lui, accepté l'affaire.

— C'est le dossier du tribunal, déclara Bosch. Il est plutôt mince, mais il y a assez de choses dedans pour que j'aie envie d'aller faire un tour à Chino et parler à cette Lucinda Sanz.

— Celle qui a tué son adjoint au shérif de mari ?

— Oui, son ex-époux.

— Bon, mais dis-moi ce que tu as parce qu'elle a bien plaidé *nolo contendere*, non ? Ça fait quand même une sacrée côte à remonter. Tu sais ce qu'est El Capitan ?

— Quoi, la muraille abrupte du parc de Yosemite ? Oui.

— Faire annuler un *nolo contendere*, c'est comme l'escalader.

— Oui, mais elle n'avait pas l'avocat à la Lincoln avec elle. Elle n'avait qu'un second couteau sorti de la commune des avocats de Chinatown.

À l'époque où il portait encore le badge du LAPD, Bosch était allé voir Frank Silver, l'avocat qui représentait Lucinda Sanz. Celui-ci travaillait dans une bâtisse en brique d'Ord Street appelée « la commune » parce que plusieurs avocats indépendants y œuvraient dans un ensemble de cagibis de troisième zone, mais leur permettant de partager les frais généraux de la réception, de l'internet, de la photocopie, du café et d'autres services accessoires. Et en plus, c'était à une faible distance de marche du CCB.

— Je préfère travailler dans ma voiture, moi, lui renvoya Haller. Qui était l'avocat ? Peut-être que je le connais.

— Frank Silver, lui répondit Bosch. J'ai eu affaire à lui une fois. Quand j'étais aux Homicides d'Hollywood. Il était du genre à chercher la compagnie de ses égaux. Pas vraiment impressionnant si tu veux mon avis.

— Silver… Non, je ne connais pas. La médaille d'argent[1], ce n'est que la deuxième place. Et au tribunal, ce niveau-là conduit au verdict coupable.

— J'avais jamais pensé à ça.

— Au moins sont-ils près de Little Jewel et de Chez Howlin' Rays.

Il s'agissait des deux meilleurs restaurants restés ouverts après le Covid non seulement à Chinatown, mais dans tout le centre-ville.

— C'est vrai, mais le Chinese Friends me manque, dit Bosch.

— Quoi, c'est fermé ? Tu veux dire pour toujours ?

Il y avait de la surprise et de la déception dans le ton de Haller. Les endroits fiables où déjeuner vite fait près du CCB s'étaient raréfiés, surtout depuis la pandémie.

— L'année dernière. Après cinquante ans de service, lui répondit Bosch.

Celui-ci se rendit alors compte qu'il avait dû y aller toutes ces dernières cinquante années. Jusqu'au moment où un jour du mois d'août précédent, il était tombé sur une porte en verre fermée sur laquelle un panneau déclarait : « Toutes les bonnes choses ont une fin… », comme dans les messages enfermés dans les gâteaux chinois. Il n'avait jamais fait la connaissance du type qui gérait l'établissement et se tenait invariablement à la caisse. Il s'était toujours contenté de lui faire un petit signe de tête en payant et se disant qu'à cause de la barrière de la langue…

— Bref, reprit Haller. Qu'est-ce que tu as trouvé dans les sous-sols ?

Bosch se remit dans les rails de l'affaire.

1. Jeu de mots sur Silver qui signifie « argent ».

— Il y a plusieurs trucs qui me gênent. Au point que j'ai envie de pousser plus loin. Et d'un, Silver. Pour moi, il a forcé Sanz à jouer le plaider-coupable. Il devait savoir qu'il aurait droit à toute la presse s'ils allaient au procès vu que la victime était quand même un membre des forces de l'ordre. Il a donc cherché un deal et l'a amenée à l'accepter.

— J'ai bien compris, lui renvoya Haller. Quoi d'autre ?

— Les recommandations préalables étaient dans le dossier au sous-sol. À savoir les conclusions de l'autopsie en plus de certains rapports sur le crime et pour moi, là-dedans, il y a des choses qui clochent.

— Comme quoi ?

— Eh bien, d'abord l'arme du crime. Jamais retrouvée. L'affaire a été qualifiée de « crime passionnel », genre une dispute qui va trop loin, mais on n'a jamais retrouvé le flingue. Et après on laisse Lucinda Sanz plaider *nolo contendere* sans qu'elle doive le rendre ?

— Peut-être qu'elle ne l'avait pas. Qu'elle s'en est débarrassée ou alors qu'elle a été détruite ou n'a pas pu être récupérée.

— Peut-être. Mais j'ai lu l'accord de plaider-coupable que tout le monde a signé, et l'arme n'y est jamais mentionnée ou déclarée perdue. On n'a même jamais exigé que Lucinda Sanz dise ce qu'elle en avait fait.

— D'accord, c'est noté. Quoi d'autre ?

— Et y a toute la chorégraphie de l'affaire.

— Comment ça ?

— Lucinda Sanz n'a jamais été enregistrée comme détentrice d'une arme à feu. Donc, celle-ci devait être illégale, ce qui indique qu'elle l'aurait achetée en fraude et la seule raison pour laquelle elle aurait fait ça est que…

— Préméditation… Qu'elle se l'est procurée pour le tuer.

— Voilà. Comme si elle avait un plan. Mais là, la manière dont ça se passe ne colle pas. Roberto Sanz sort de la maison en trombe, elle attrape le flingue et dans un accès de colère elle lui tire dessus alors qu'il est dehors et retourne à sa voiture ? Là, sur la pelouse de devant ? Et après, elle lui retire dessus quand il est par terre ?

Haller se renversa sur sa chaise en plastique rose et leva les yeux vers le haut de City Hall.

— Les vautours, dit-il. Il y a toujours des vautours là-bas.

Bosch leva lui aussi la tête et vit des oiseaux qui tournaient autour de la flèche du bâtiment.

— Comment tu sais que ce sont des vautours ? demanda-t-il. À cette distance…

— Ils décrivent des cercles. Les vautours, ça fait toujours ça.

— J'ai d'autres choses si ça t'intéresse. Dans l'affaire…

— Vas-y.

— L'autopsie. Roberto Sanz a été touché deux fois dans le dos. Et maintenant regarde ça.

Bosch sortit son portable, afficha la photo du croquis d'autopsie à l'écran et lui tendit l'appareil.

— Qu'est-ce que je regarde ?

— Le croquis qui montre les impacts. Deux dans le haut du dos et parfaitement placés. Tir sacrément groupé, à seulement quinze centimètres d'écart.

— D'accord, et donc… ?

— Tu parles d'un bon tir ! Sur cible mouvante alors qu'il fait noir et elle, elle l'atteint dans le dos et quand il est par terre, elle le troue encore ? Soit deux blessures d'entrées écartées d'à peine quinze centimètres ?

— En plus du fait qu'elle ne possédait pas d'arme.

— Y a ça aussi : sans arme !

— Il lui aurait appris à tirer ? Quand ils étaient ensemble ?

— Oui. Le rapport des recommandations de sentence contient des photos d'eux à un stand de tir qui le prouvent… quand ils étaient encore ensemble, s'entend. Mais ces photos-là ne se trouvaient pas dans le dossier. Il n'est pas impossible que Silver les ait encore.

Bosch vit que Haller était intrigué : celui-ci continuait de regarder l'image avec son air d'avocat au tribunal et devait analyser ce qu'il pourrait faire avec ce que Bosch venait de lui apprendre.

— Ça ressemble plus à une exécution qu'à un crime de passion, fit-il enfin remarquer, plus pour lui-même que pour Bosch.

— Oui, et encore une chose, reprit celui-ci. Dès que l'affaire a été connue, toute la presse a qualifié Roberto de héros, raconté comment il avait reçu une médaille après une fusillade avec les membres d'un gang, etc. Bon et maintenant, passe au cliché suivant.

Haller fit glisser son doigt sur l'écran, Bosch vit s'afficher une photo de sa fille Maddie avec un œil au beurre noir.

— Pas dans ce sens.

— Mais c'est quoi, ce truc ? s'exclama Haller.

— Maddie travaille sous couverture et l'autre soir, elle a cavalé après un voleur de sacs à l'arraché dans Melrose Avenue et parce que c'est une femme, le mec s'est dit qu'il pouvait lui coller un marron et s'en tirer. Il se trompait.

— C'est plutôt cool. Sauf pour l'œil au beurre noir.

— Oui. Je lui ai dit de m'envoyer un selfie avant qu'elle le cache sous du maquillage. Je voulais savoir si c'était sérieux. Va dans l'autre sens.

Haller s'exécuta et l'image du tatouage de Roberto Sanz envahissant l'écran, il en lut les mots à haute voix d'un ton hésitant.

— *Que vienne… el Cuco.* C'est quoi ?

— Tu sais ce que ça veut dire ?

— Pas vraiment.

— Tu es à moitié mexicain.

— J'ai grandi à Beverly Hills.

— Il y a écrit « *se habla español* » sur tes affiches et dans tous les abribus de la ville.

— *Hablo español*, mais ça ne veut pas dire que je cause couramment le tatouage et tout ce qui se raconte en langage familier dans le coin. Bon alors, tu me dis ce qu'est ou qui est cet El Cuco ?

— Ça fait partie du folklore mexicain. L'El Cuco est le croque-mitaine, soit le monstre qui vit sous les lits ou se cache dans les armoires. Il en sort pour attraper les méchants petits enfants. Il y a toute une chanson là-dessus. Le croque-mitaine arrive, il va te manger tout cru, etc. Je me rappelle les grands qui chantaient ça quand j'étais en prison gamin. J'imagine que toi, tu n'as jamais entendu ça à Beverly Hills.

— Pour une bonne raison. Et les adultes chantent vraiment ça aux petits enfants ?

— Pour les garder dans le rang.

— Sans doute. Et donc, il avait ce tatouage. Roberto Sanz, je veux dire.

— Oui, à la hanche, juste sous la ceinture où on ne pouvait le voir que dans les vestiaires du poste de police. Sanz faisait partie d'une clique. D'un gang de shérifs.

Haller retomba dans le silence en réfléchissant à ce qu'il venait d'entendre, son air d'avocat fermement revenu sur sa figure. Bosch l'imagina reparti dans un prétoire et se voyant tenir la photo devant des jurés. L'affiliation manifeste de Roberto Sanz aux Croque-mitaines changeait tout.

Bosch finit par le sortir de sa rêverie.

— Et donc, qu'est-ce que tu en penses ? demanda-t-il.

— Que ça génère beaucoup de possibilités, voilà ce que j'en pense. Il faut que nous allions à Chino.

— Nous ?

— Oui. Demain. Je veux parler à Lucinda. Je vais faire de la place dans mon emploi du temps. Et toi, tu amènes tes fesses à UCLA au-jour-d'hui !

— D'accord. Et pour Silver ?

— Je m'en occupe. On va avoir besoin de ses dossiers.

Bosch acquiesça d'un signe de tête. Ils avaient fini. Pour l'instant. Ils se levèrent tous les deux et Haller se pencha vers Bosch.

— Tu sais que ça pourrait devenir…, dit-il en ne finissant pas sa phrase.

— Oui, je sais.

— Il va falloir faire très attention. On ne laisse aucune trace avant d'être prêts.

Et Haller se pencha pour reprendre sa mallette tandis que Bosch levait à nouveau les yeux vers le haut de City Hall.

Les vautours y décrivaient toujours des cercles.

Deuxième partie

L'AIGUILLE

CHAPITRE 8

La « commune » se résumait, à droite, à une longue file de cabinets d'avocats installés côte à côte et à gauche, à un espace ouvert équipé de postes de travail pour les auxiliaires. Sauf que je ne vis aucun auxiliaire.

Tous ces bureaux individuels comportaient un petit cadre monté à droite de la porte et permettant à chacun d'y glisser ou d'en retirer sa carte de visite professionnelle. Composée d'avocats qui allaient et venaient selon les clients et les affaires qu'ils avaient, il s'agissait essentiellement d'une commune de juristes de passage.

Je parcourus le couloir en lisant ces cartes au fur et à mesure. Toutes arboraient, et sans grande variation, les habituelles balances de la justice. Certaines contenaient de minuscules photos d'un avocat souriant, ou regardant gravement droit devant lui. Pas de gaufrage. La piètre qualité de ces cartes suggérait qu'on essayait de maintenir les frais au plus bas tout en courant après les affaires et en tentant de garder un semblant de dignité dans cet espace partagé.

C'est après avoir longé six de ces cabinets que je vis la première carte gaufrée à l'argent. Elle appartenait à Frank Silver, évidemment, et disait des temps meilleurs, ou la volonté de se distinguer des autres. La porte était ouverte, mais je tendis le bras et toquai. Un homme leva les yeux de son écran d'ordinateur portable posé sur un bureau plaqué faux bois.

— Frank Silver ?

— Lui-même.

Je vis un éclair de reconnaissance dans ses yeux. De quinze ans mon cadet et les cheveux noirs et bouclés, il était mince de constitution. Je me dis que rallier le tribunal à pied en partant de son cabinet devait le maintenir en grande forme.

— Vous ! s'exclama-t-il. L'avocat à la Lincoln.

J'entrai, lui tendis la main et nous nous la serrâmes.

— Mickey Haller. Nous avons déjà travaillé sur une affaire ensemble ?

— Non, je vous reconnais de vos panneaux publicitaires : « Des frais raisonnables pour un doute raisonnable[1]. » Je suis même surpris que le barreau laisse passer ça. Asseyez-vous donc.

Je jetai un coup d'œil à la seule chaise réservée à un visiteur de cet endroit encombré et y vis une pile de dossiers de trente centimètres de haut.

— Ah, désolé, dit-il en faisant le tour de son bureau, attendez une seconde que je vous dégage tout ça.

Je reculai d'un pas pour le laisser passer. Il souleva le tas de dossiers et le déposa à côté de son ordinateur.

— Bien, et maintenant prenez donc un siège. Que puis-je faire pour vous ? Besoin d'un petit réglage ? lança-t-il en riant.

— Pardon ? lui renvoyai-je en m'asseyant.

— Vous savez bien... la Lincoln. Besoin d'un petit réglage ?

Et de rire de sa plaisanterie à nouveau. Au contraire de moi. Le mur derrière lui me déconcertait. Il était couvert de rayonnages bourrés de livres de droit et de codes pénaux joliment reliés cuir avec titres gaufrés au dos, mais tous entièrement

1. Jeu de mots sur le fait qu'aux États-Unis on se prononce « au-delà de tout doute raisonnable » (au contraire du droit français où l'on juge en son âme et conscience).

faux – une belle bibliothèque en papier peint. Il remarqua mon regard et se retourna.

— Ah oui, dit-il. Ç'a l'air vrai en zoom.

J'acquiesçai d'un signe de tête.

— Pigé, lui renvoyai-je. C'est bien vu.

Puis je lui indiquai la pile de dossiers en vrac qu'il venait de poser sur son bureau et ajoutai :

— Je vais vous aider à décongestionner ça.

Pas du tout amusé et inquiet que je sois sérieux, il pencha la tête de côté.

— Comment ça ? me demanda-t-il.

— J'ai besoin de vous emprunter un dossier. Une affaire classée à laquelle votre ancienne cliente m'a demandé de jeter un coup d'œil.

— Vraiment ? De quelle affaire s'agit-il ?

— Celle de Lucinda Sanz. Vous vous souvenez d'elle ?

La surprise se marqua sur son visage. Ce n'était pas un nom auquel il s'attendait.

— Lucinda… bien sûr que je m'en souviens. Mais…

— Elle a plaidé *nolo contendere*, mais maintenant, elle aimerait que je regarde ça de plus près. Si je pouvais avoir son dossier, je file et vous débarrasse le plan…

— Holà, attendez une seconde ! De quoi parlez-vous ? Vous ne pouvez pas débarquer comme ça et me piquer mon affaire !

— Mais qu'est-ce que vous racontez ? Elle est classée. Lucinda Sanz a plaidé coupable et elle est enfermée à la prison de Chino depuis cinq ans.

— Elle n'en reste pas moins ma cliente.

— Elle l'a été, mais elle s'est tournée vers moi et veut que je réexamine son affaire. À moins que vous ne l'ayez oublié, elle n'a jamais dit avoir tiré. Et elle le nie toujours.

— Oui, mais moi, je lui ai trouvé un bon deal. Elle aurait eu droit à perpète, sans moi : homicide involontaire avec sentence milieu de gamme.

Je savais de quoi il retournait. Ou pensais le savoir.

— Écoutez, Frank, si vous avez peur d'un 504, ne craignez rien. Ce n'est pas de ça qu'il s'agit. Ce que je cherche, c'est un cas d'innocence vraie et voir si je peux le prouver. Rien de plus. Pour moi, c'est un *habeas corpus* et rien d'autre. Et si je refuse l'affaire, je vous renvoie le dossier tout de suite.

Un des aspects les plus décevants et frustrants du travail d'avocat de la défense au pénal est de se retrouver pris dans une motion dite 504 visant à annuler une peine pour défense inefficace du client… c'est-à-dire pour mauvais travail. Vous pouviez être persuadé de l'avoir bien représenté ou que le résultat obtenu est à la hauteur, mais s'il reste trop longtemps en prison, vous finirez par être cité dans une tentative de la dernière chance ayant pour but d'invalider la sentence et ça, aucun avocat ne le veut. Non seulement cette démarche risque d'endommager votre réputation, mais réexaminer ses décisions passées et les défendre prend un temps fou.

— Alors pourquoi a-t-elle fait appel à vous ? me demanda Silver. Si elle n'a pas l'intention de jouer la carte de la défense inefficace, c'est à moi qu'elle aurait dû s'adresser.

— L'année dernière, lui renvoyai-je, une de mes affaires a beaucoup défrayé la chronique : j'ai sorti un type de prison en plaidant l'*habeas corpus* et en prouvant son innocence. Dieu sait comment elle en a eu vent à Chino, mais toujours est-il qu'elle m'a écrit une lettre. Comme beaucoup d'autres détenus. Mon enquêteur a procédé à un premier examen de son affaire et m'a recommandé de passer à l'étape suivante, et pour ça, j'ai besoin de ce dossier. Tout ce que vous avez. Il faut que je sache tout ce qu'il y a à savoir.

Silver garda le silence un long moment.

— Alors ? insistai-je. Je peux l'avoir ? Je fais copier toutes les pièces et je vous rends les originaux en fin de journée. Je ne vois pas où est le problème.

— Ce ne sera pas nécessaire vu qu'on va s'associer.

— Pardon ?

— On va être partenaires. Vous et moi. Quoi qu'il arrive, quoi que vous fassiez, on est associés.

— Euh… non, on ne l'est pas. C'est moi que Lucinda Sanz a embauché. Pas vous. Pas nous. Et il n'y a pas d'argent à la clé. Je ne lui fais pas payer un centime. C'est du *pro bono*.

— Maintenant oui. Mais si vous arrivez à la faire sortir, y a pas de limite au fric qui tombera pour emprisonnement illégal.

— Écoutez, si vous voulez, je demande à mon enquêteur de vous envoyer par courriel une copie de la lettre dans laquelle elle me prie de reprendre l'affaire. Elle a droit à son dossier et si vous refusez de me le donner, vous serez en violation de l'éthique de la profession et devrez vous débrouiller d'une plainte au barreau qui restera cinq ans dans votre dossier.

Il sourit et hocha la tête d'un air dédaigneux.

— Une plainte au barreau ne me fait pas peur. Aux dernières nouvelles, celui de Californie en est toujours à essayer d'éponger l'arriéré dû au Covid. Alors, allez-y ! Déposez votre plainte. Je suis sûr qu'ils vont se précipiter dessus… dans trois ou quatre ans.

Il me tenait. Je gardai le silence et tentai de trouver une parade. Je ne m'attendais pas à tomber sur un avocat sans éthique qui essayait de m'extorquer, moi, en plus de son ancienne cliente.

— Écoutez, reprit-il. Je n'ai pas envie de jouer au con, d'accord ? Mais je sais de quoi il retourne. Je sais ce que vous êtes en train de faire.

— Vraiment ? Et qu'est-ce que je suis en train de faire ?

— Vous êtes en train de payer tous vos panneaux publicitaires, d'accord ? Ceux dans les abribus, sur les bancs publics, tous. Votre affaire de l'année dernière… celle où vous avez libéré ce type accusé de meurtre ? Combien avez-vous touché après votre recours en condamnation abusive ? Il a dû être juteux, le chèque que vous a écrit la ville[1] ! Je dirais six jolis zéros.

— Faux. Il n'y a pas eu de règlement dans cette affaire.

— Aucune importance. Celle-ci, c'est une avalanche de fric garantie, vous et moi le savons, et il n'y a rien de mal là-dedans. Mais vous, vous débarquez ici et vous voulez qu'elle se déclenche en partant de *mon* affaire et de *mon* travail à moi, et il faut rester juste.

— Votre travail ? Alors que vous l'avez conduite droit en prison ? Combien de travail cela représente-t-il, hein ?

— Je lui ai obtenu une condamnation pour homicide involontaire alors qu'elle avait tué un adjoint du shérif. Un putain de miracle, que c'était !

— Ben voyons !

— Et je veux ma part.

— C'est d'un coup de dés lancé dans le noir qu'on parle. Elle a plaidé *nolo*... Vous ne l'avez pas oublié, et on ne peut pas faire grand-chose côté invalidation d'un arrêt de justice erroné quand le client l'a jouée *nolo*. La défense de l'État sera qu'elle a *consenti* à aller en prison et qu'elle l'a fait sur votre conseil.

— Mais vous, vous êtes l'avocat à la Lincoln. Dès qu'ils vous voient venir, ils sortent le carnet de chèques et ils partent en courant parce qu'ils ont peur de vous.

Sa sincérité était tout aussi réelle que les livres de droit sur le mur derrière lui.

— Je ne veux pas vous voir ni de près ni de loin dans cette affaire et donc, que va-t-il falloir faire pour vous en éloigner ?

Satisfait d'avoir gagné, il hocha la tête à nouveau. Je regrettai aussitôt d'avoir vacillé en lui donnant une ouverture.

— Alors, on est partenaires, d'accord ? me demanda-t-il. Moitié-moitié.

1. Aux États-Unis la police n'est pas nationale et dépend des municipalités.

— Pas question, lui renvoyai-je. Plutôt lâcher tout. Je vous file dix pour cent, rien de plus.

Et je me levai pour partir.

— Vingt-cinq.

Je continuai d'avancer vers la porte.

— Oh allez! reprit-il. Vingt-cinq pour moi, soixante-quinze pour vous, c'est du solide pour vous comme partage. J'ai investi beaucoup dans cette affaire et je n'en ai rien retiré. Je les mérite.

Je m'arrêtai à la porte et le regardai.

— De la merde que vous méritez, oui! Vous avez loupé des trucs et envoyé votre cliente en prison. Ça n'aurait été un bon deal que si elle avait été coupable, mais elle ne l'est pas. Je pourrais lancer un recours en réclamation et délivrance, qui pourrait fort bien faire sensation au barreau de Californie.

Il me regarda fixement et je sus qu'il n'était pas au courant de cette mesure.

— Je pourrais demander à un juge de vous ordonner de me rendre ce dossier, lui expliquai-je. Mais vous savez quoi ? Ça ne serait pas bon pour Lucinda de faire de vous un adversaire.

Je savais parfaitement que si j'arrivais à obtenir une audience en *habeas corpus*, je serais peut-être contraint d'expliquer la procédure suivie par Silver à un juge.

— Je vais vous dire, enchaînai-je. Je vous donne vingt-cinq pour cent de mes honoraires après mes frais. C'est à prendre ou à laisser.

— Je prends, dit-il, du moment que je peux auditer vos coûts.

Il n'avait aucune idée de la créativité dont pouvait faire preuve Lorna Taylor en élaborant une note de frais.

— Aucun problème. Bon et maintenant, où est ce dossier ? demandai-je en m'attendant à ce que les documents de cette affaire classée cinq ans plus tôt se trouvent dans son bureau.

— Donnez-moi une minute, dit-il. J'ai un casier de stockage dans mon garage.

— Parfait, dis-je. J'attendrai.

Il se leva, fit le tour de son bureau et ajouta :

— Et je veux autre chose.

— Non, plus de deal.

Il sortit quelque chose de sa poche.

— Détendez-vous. Ça ne va pas vous coûter un sou. Je veux juste un selfie avec l'avocat à la Lincoln.

Il sortit un téléphone portable, en ouvrit vite l'application caméra d'un doigt expert, le tint au bon angle en s'approchant de moi pour me passer son bras libre autour des épaules et prendre le cliché avant que je puisse le repousser.

— Je vous en envoie une copie, dit-il.

— Merci, mais non. Allez juste me chercher ce dossier.

Il se dirigea vers la sortie tandis que je tendais le bras vers le mur pour y prendre la carte de visite gaufrée à l'argent dans sa fente et la glisser dans ma poche en me disant qu'elle pourrait me servir plus tard.

CHAPITRE 9

Bosch avait garé la Lincoln devant, le long du trottoir. J'ouvris la portière arrière, cette fois sans me tromper, et découvris un sac blanc sur mon siège. Je le poussai, m'installai et vis le regard noir que me lançait Bosch dans le rétroviseur.

— J'ai le dossier et j'ai besoin de place pour l'étaler, lui dis-je. Sans te manquer de respect, je veux l'étudier avant qu'on arrive à Chino.

— Et donc, on y va ?

— Si tu t'en sens. En général… tu te traînes un peu après UCLA.

— Peut-être qu'ils m'ont donné le placebo. Je me sens bien.

J'en doutais. Je songeai qu'il ne faisait peut-être que cacher l'épuisement qu'il montrait d'habitude. Ou alors peut-être était-ce l'adrénaline de l'affaire qui le maintenait au mieux de sa forme.

— Si t'en es sûr, oui, on y va. Si j'arrive à tout lire avant qu'on y soit, on pourra se garer pour échanger nos places. Ça te va ?

— C'est cool.

Il déboîta du trottoir et prit au sud, vers Alameda.

— Tu connais le chemin, non ? lui demandai-je.

— J'y suis allé des tas de fois, me répondit-il. Si tu as faim, je t'ai mis des po'boys de Little Jewel dans le sac.

— J'ai failli m'asseoir dessus. Aux huîtres ou aux crevettes ?

— Aux crevettes. Tu veux que je retourne en prendre aux huîtres ?

— Non, ceux-là ne me plaisent pas. Je voulais juste en être sûr.

— Moi non plus, j'aime pas.

La prison pour femmes de Chino se trouve à environ une heure de route du centre de L.A. Pendant que Bosch se dirigeait vers la 10 pour pousser à l'est, j'ôtai l'élastique du dossier, l'ouvris afin de voir ce que j'avais reçu de Silver, et compris tout de suite qu'il m'avait roulé. Les trois premières pochettes contenaient bien de maigres liasses de documents, mais les quatre autres n'étaient pleines que de feuilles parfaitement vides. Silver les y avait mis pour que ça fasse plus lourd lorsqu'il m'avait tendu le paquet, une grande prolifération de documents indiquant manifestement qu'on avait passé beaucoup de temps et consacré beaucoup d'efforts à une affaire. Il était clair qu'il avait voulu me cacher le peu de travail qu'il avait effectué en me faisant signer un reçu attestant qu'il m'avait bien donné l'ensemble du dossier Lucinda Sanz. Un à zéro pour lui. J'aurais dû voir venir le coup et vérifier le contenu de ce qu'il me présentait avant de signer.

— Putain de fouine ! marmonnai-je.

Bosch me regarda de nouveau dans son rétro.

— Qui ça ?

— Second couteau Silver.

— Ce qui veut dire ?

— Qu'il a bourré le dossier de feuilles vides pour me donner l'impression qu'il me filait du lourd.

— Pourquoi ? Tu avais passé un accord avec lui ?

— J'ai été obligé de lui promettre vingt-cinq pour cent de mes honoraires après déduction de mes frais en échange du dossier. Mais que je te dise : je vais lui écrémer jusqu'au dernier centime. Y compris ce que je te paie.

De l'endroit où j'étais, je crus le voir sourire.
— Tu trouves ça amusant ? lui lançai-je.
— Non, plutôt ironique. Un avocat de la défense qui en traite un autre de rat… Bienvenue au club où je travaille depuis quarante ans !
— Oui, bon, mais n'oublie pas qui te paie et t'a fait entrer dans ce programme de soins.
— Ne t'inquiète pas pour ça. Je ne l'oublie pas.
— À ce propos… comment ç'a été hier, à UCLA ?
— On m'a mis le goutte-à-goutte et pris un peu de sang avant que je file.
— Content que tu aies réussi à y aller. Le truc qu'ils te mettent dans la transfusion, c'est ça qu'ils testent ?
— Oui, c'est l'isotope. Ils accrochent une poche à une potence, me collent une aiguille dans le bras et après, ça prend vingt à trente minutes, tout dépend de la dose. Elle change toutes les semaines.
— Et ils te font une prise de sang pour vérifier si ça marche ?
— C'est juste une première indication. Dans une trentaine de jours, ils vont piquer dans l'os pour me faire une biopsie. Ça sera le vrai test.
— Tu me tiens au courant, d'accord ?
— C'est entendu, mais… Revenons à l'affaire Sanz. Tu as filé vingt-cinq pour cent à Silver, ce qui veut dire que pour toi, il y a du fric à se faire ?
— Pas vraiment, non. Si la sentence est annulée, Lucinda devrait avoir droit à une compensation statutaire pour condamnation fautive, mais l'avocat, lui, n'en tire pas grand-chose et je ne pense pas qu'il soit possible d'intenter un procès au civil vu qu'elle a cherché un deal impliquant d'accepter l'incarcération. Second couteau Silver n'a guère d'expérience dans l'art d'empêcher ses clients d'aller en prison et aucune dans celui de les en faire sortir. Il espère seulement avoir droit à une avalanche de fric qui ne se produira pas.

Sur quoi, je recentrai mon attention sur ce qui pouvait m'être utile dans le dossier. La première des trois pochettes ne contenait qu'une fiche de renseignements sur le client, à savoir un document standard comprenant son adresse, le nom de ses parents et des infos sur ses cartes de crédit. L'avocat s'en sert généralement pour savoir où peut se trouver son client à tout moment, cela dans l'espoir de s'assurer que ce dernier le paie pour le travail effectué. Dans ce cas précis, parce qu'elle n'avait jamais eu droit à une caution, Lucinda Sanz serait toujours joignable. Et Silver m'ayant dit n'avoir jamais gagné beaucoup dans cette affaire, j'en déduisis que les deux cartes de crédit répertoriées dans le formulaire n'allaient pas loin et avaient été rapidement asséchées.

Je me demandais quand même pourquoi Lucinda n'avait pas requis les services d'un avocat commis d'office plutôt que de payer ceux d'un second couteau, mais beaucoup d'eau avait coulé sous les ponts depuis lors. Je passai à la pochette suivante et y trouvai une transcription de ce qu'elle avait déclaré aux enquêteurs du shérif assignés à l'affaire Roberto Sanz.

Je la lus du haut en bas, depuis le moment où Lucinda avait sottement renoncé à ses droits et accepté de parler à une certaine Gabriella Samuels et à un dénommé Gary Barnett. Ils lui avaient posé des questions d'ordre général et, tactique familière, l'avaient laissée répondre à volonté. Les prisons regorgent de détenus qui s'en sont littéralement ouvert les portes en parlant de cette manière après avoir décidé d'expliquer leurs actes et les raisons qui les ont poussés à les commettre au lieu de la fermer. Sauf qu'une fois qu'ils ont renoncé à leurs droits, ils sont cuits.

Pendant cet interrogatoire, Lucinda avait raconté la même histoire que celle que Bosch avait sortie des PSR et c'était déjà ça. Son récit des événements qui s'étaient produits ce soir-là à Quartz Hill n'avait pas varié avec le temps.

Samuels : Il est parti par la porte de devant ?

Sanz : Oui, par celle de devant.

Samuels : Et qu'est-ce que vous avez fait à ce moment-là ?

Sanz : J'ai claqué la porte et je l'ai fermée au verrou. Je ne voulais pas qu'il revienne et je savais qu'il avait gardé une clé alors qu'il n'en avait pas le droit.

Samuels : Et après ?

Sanz : J'étais toujours là quand j'ai entendu un coup de feu. Et après, il y en a eu un autre. J'ai eu peur. Je croyais qu'il tirait sur la maison. J'ai couru jusqu'à la chambre de mon fils et on s'y est cachés. Après, j'ai appelé le 911 et j'ai attendu.

Samuels : Comment saviez-vous que c'étaient des coups de feu ?

Sanz : Je ne sais pas. Je ne devais pas vraiment savoir, mais j'en avais entendu avant. Dans mon enfance. Et après qu'on s'est mariés, Robbie et moi, on est allés plusieurs fois au stand de tir.

Samuels : Avez-vous entendu autre chose que ces deux coups de feu ? Des voix ? Quelque chose comme ça ?

Sanz : Non, je n'ai rien entendu d'autre. Seulement les coups de feu.

Samuels : J'ai vu qu'il y avait un judas à la porte. Vous y avez regardé après les coups de feu ?

Sanz : Non, je me disais qu'il tirait peut-être sur la porte. Alors, j'ai reculé.

Samuels : Vous en êtes sûre ?

Sanz : Oui, je sais bien ce que j'ai fait.

Samuels : Possédez-vous une arme à feu, madame Sanz ?

Sanz : Non, ça ne me plaît pas. Quand on a divorcé, j'ai dit à Roberto de toutes les emporter. Je n'en veux pas.

Samuels : Vous me dites donc qu'il n'y avait pas d'armes à feu dans la maison ?

Sanz : C'est ça. Pas d'armes.

Samuels : Qu'avez-vous fait après avoir appelé le 911 ?

Sanz : J'ai attendu dans la chambre avec mon fils. Et quand j'ai entendu les sirènes, je lui ai dit de rester là pendant que j'allais voir à la fenêtre de devant. C'est là que j'ai vu les adjoints du shérif et que Robbie était par terre.

Barnett : Lui avez-vous tiré dessus ?

Sanz : Non, jamais. Je ferais pas ça. C'est le père de mon fils.

Barnett : Mais vous voyez bien de quoi ça a l'air, non ? Vous vous disputez tous les deux, il quitte la maison et se fait tirer dessus à trois mètres cinquante de la porte de devant. Que voulez-vous qu'on en conclue ?

Sanz : Je n'ai pas fait ça.

Barnett : Mais qui alors, si ce n'est pas vous ?

Sanz : Je ne sais pas. On est divorcés depuis trois ans. Je ne sais pas avec qui il était ou ce qu'il faisait.

Barnett : Où est l'arme ?

Sanz : Je vous l'ai déjà dit, je n'en ai pas.

Barnett : On va la trouver, mais il vaudrait mieux pour vous que vous nous disiez tout maintenant, qu'on ait tout ça au clair tout de suite.

Sanz : Je n'ai pas fait ça.

Samuels : Aviez-vous peur qu'il aille chercher une arme dans sa voiture ?

Sanz : Je pensais qu'il en avait déjà une et qu'il tirait sur la maison.

Samuels : Mais vous nous avez dit que vous aviez peur. De quoi aviez-vous peur à ce moment-là ?

Sanz : Je n'arrête pas de vous le dire. J'avais peur qu'il tire sur la maison. On venait de se disputer beaucoup et je ne pouvais pas emmener Eric chez ma mère vu qu'on avait raté le dîner parce qu'il était arrivé très en retard.

Samuels : Vous a-t-il dit pourquoi il était en retard ?

Sanz : Il m'a dit qu'il avait eu une réunion de travail et je savais qu'il mentait. L'antigang ne travaille jamais le dimanche.

Samuels : Et donc vous lui avez crié dessus ?

Sanz : Un peu, oui. J'étais en colère contre lui.

Samuels : Et lui, vous a-t-il crié dessus ?

Sanz : Oui. Il a dit que j'étais une salope.

Samuels : C'est pour ça que vous vous êtes mise en colère ?

Sanz : Non, non. Ne me faites pas dire des trucs… J'étais en colère contre lui parce qu'il était très en retard. C'est tout.

Samuels : Lucinda, si c'est parce que vous aviez peur, on peut travailler ça ensemble. Vous avez peur, il a des armes, vous a-t-il dit qu'il allait en chercher à sa voiture ?

— Je vous ai déjà dit que non. Il s'en allait. Je lui avais dit de partir et il partait. Alors j'ai fermé la porte et c'est tout.

Barnett : Sauf qu'il manque quelque chose. Faut que vous nous aidiez. Il est dans votre maison. Il en sort et on lui tire dans le dos. Il y avait quelqu'un d'autre chez vous ?

Sanz : Non, personne. Juste Eric et moi.

Barnett : Savez-vous ce qu'est un résidu de décharge d'arme à feu ?

Sanz : Non.

Barnett : Eh bien, quand on tire un coup de feu, il y a une explosion de particules qui sortent de l'arme. On ne les voit pas, mais elles se déposent sur vos mains, vos bras et vos vêtements. Vous rappelez-vous qu'un shérif adjoint vous a pris des échantillons dans la maison ? Qu'il vous a frotté les mains avec des petits tampons ronds ?

Sanz : C'était une femme, l'adjointe qui m'a fait ça.

Barnett : Eh bien, le test est positif. Vous aviez des particules de poudre sur les mains et ça, Lucinda, ça veut dire que vous avez tiré un coup de feu. Alors, arrêtez les mensonges et dites-nous tout. On travaille ensemble. Que s'est-il passé ?

Sanz : Je vous ai dit que ce n'était pas moi. Que j'aurais jamais tiré sur lui.

Barnett : Alors comment vous expliquez ces résidus ?

Sanz : Je n'en sais rien. Je ne peux pas. Et je pense que maintenant, je veux un avocat.

Barnett : Vous êtes sûre ? On pourrait tirer tout ça au clair maintenant et vous pourriez rentrer chez vous avec votre gamin.

Sanz : Je n'ai pas fait ça.

Samuels : Dernière chance, Lucinda. Vous appelez un avocat et nous, on ne peut plus vous aider.

Sanz : Je veux un avocat.

Barnett. D'accord, cet entretien est terminé. Vous êtes arrêtée pour l'assassinat de Roberto Sanz. Si vous voulez bien…

Sanz : Non, je n'ai pas fait ça.

Barnett : Levez-vous, nous allons au poste pour vous inculper et votre avocat vous retrouvera là-bas.

Je reposai la transcription et regardai par la fenêtre. L'autoroute était en aérien à cet endroit et je voyais le haut des bâtiments de commerce et des panneaux publicitaires suffisamment élevés pour être aperçus par des automobilistes, même pressés. J'étais en colère. Je n'avais pas encore vu Lucinda, mais pouvais déjà dire qu'elle ne connaissait rien aux méthodes de la police bien qu'elle ait été mariée à un flic. Elle avait bien essayé de résister pendant l'interrogatoire et avait nié avoir tué son ex, mais elle leur avait aussi donné nombre de renseignements dont ils avaient besoin pour bâtir leur dossier contre elle. Elle s'était littéralement jetée en prison en parlant.

— Ces flics…, dis-je. Pas très original.

— Qui ça ? me demanda Bosch

— Ceux qui l'ont interrogée… Samuels et Barnett.

— Comment ça ?

— Ils se sont contentés de l'accompagner tout le long du chemin avec des mensonges et un semblant d'empathie. La vieille routine du « on-peut-trouver-la-solution-ensemble ». Ça me fout en rogne.

— Tu serais surpris de savoir combien de fois ça marche. La plupart des tueurs… veulent qu'on les comprenne.

— Et se foutent en prison en jacassant.

— Qu'est-ce qu'ils lui ont servi comme mensonges ?

— Ce serait plutôt qu'ils ne lui ont pas menti. Mais ils ont commencé par lui jouer le coup des résidus de poudre. Elle n'a pas mordu à l'hameçon.

— Je ne suis pas très sûr qu'il se soit agi d'un petit jeu s'ils lui ont dit que le test était positif.

— Il vaudrait mieux, sinon on a un gros problème avec tout notre truc de l'innocence. Pourquoi crois-tu qu'ils ne la piégeaient pas ?

— C'est dans un des articles que j'ai lus. À l'époque où j'étais encore... oui, bon, on ne parlait pas de nos mensonges dans ce qu'on donnait à la presse. Pour moi, cette partie-là est donc vraie : elle a été testée positif aux résidus de poudre.

— Lâche l'autoroute à la prochaine sortie.

— Pourquoi ?

— Parce qu'on fait demi-tour. J'ai perdu assez de temps avec tout ça.

— À cause des résidus ?

— Je cherche un *habeas corpus*, moi, et je te l'ai dit, Harry. Si elle avait des résidus de poudre sur les mains, on est baisés.

— Sauf que ce n'est pas une science exacte. J'ai eu des affaires... où les avocats nous ont amené des experts avec des listes entières de produits qui, d'après eux, auraient donné le même résultat frottés sur les tampons.

— Oui, mais ça, c'est la défense de la science inexacte. Une tentative désespérée pour semer le doute chez des jurés, mais qui ne nous ouvrira pas la porte d'un parloir pour une pétition en *habeas*.

— Écoute, on n'est plus qu'à dix minutes de Chino. Allons lui parler.

Je jetai un nouveau coup d'œil à la transcription et hochai la tête. Je commençai à changer d'opinion sur Second couteau Silver. Peut-être lui avait-il dégotté la meilleure sortie possible.

— Juste pour qu'on soit bien d'accord, sa fenêtre de tir pour faire appel a dû se fermer il y a au moins deux ans. La seule façon qu'on a de se réinsérer dans l'affaire est de lancer une pétition en *habeas* avec de nouvelles preuves de son innocence. Après, ou bien on assure ou bien on la ferme. C'est son innocence qu'on doit prouver, comme avec Ochoa. Alors d'accord, on peut manger nos po'boys avant d'aller lui parler. Mais s'il n'y a pas le compte, c'est fini pour celle-là et on passe à la suivante.

Bosch gardant le silence, j'attendis son coup d'œil dans le rétroviseur.

— On s'est bien compris ? lui demandai-je.

— Absolument, me répondit-il.

CHAPITRE 10

Nous nous assîmes à une table de la salle qui, réservée aux entretiens avocats-détenus, portait à la claustrophobie et attendîmes qu'une gardienne nous amène Lucinda. J'entendis des claquements de portes étouffés et des ordres donnés au haut-parleur. Les bruits de prison, y compris d'une prison pour femmes, ne sont jamais agréables, même assourdis par de l'acier et des murs en béton.

— Comment vas-tu attaquer ? me demanda Bosch.

— Comme toujours, lui répondis-je. Avec des questions générales et on resserre quand on entend quelque chose de bon. Mais d'abord, il faut qu'elle signe les papiers. Sinon on s'en va.

Avant que Bosch ne puisse me poser une autre question, la porte s'ouvrit sur une gardienne qui fit entrer Lucinda. Je me levai, lui décochai mon plus beau sourire et la saluai d'un hochement de tête tandis que Bosch restait assis. On l'installa sur une chaise en face de nous, puis lui attacha le poignet à une barre vissée à la table.

— Merci officier, lançai-je à la gardienne.

Elle ne me répondit pas et quitta la salle. Je me concentrai sur Lucinda. Elle était petite dans sa combinaison orange à manches courtes. Peau légèrement brune, yeux marron foncé et cheveux noués en une courte queue-de-cheval, elle portait un tee-shirt à manches longues sous sa combinaison pour ne pas avoir froid. Elle ne me renvoya pas mon sourire, je me dis qu'elle devait nous prendre pour des inspecteurs de police. Même à l'âge qu'il avait, Bosch donnait encore cette impression. Ce n'était pas jour de prétoire et moi, je n'avais pas mis de cravate.

— Lucinda, lui lançai-je, vous m'avez envoyé une lettre. Je suis Michael Haller, l'avocat.

Enfin elle sourit et hocha la tête.

— Oui, oui, oui, dit-elle. L'avocat à la Lincoln. Vous allez prendre mon affaire ?

— Eh bien, c'est de ça que nous sommes venus parler, lui répondis-je. Mais avant de commencer, je veux que vous compreniez un peu la situation. Permettez d'abord que je vous présente Harry Bosch, mon enquêteur. Il pense que votre revendication d'innocence pourrait être fondée.

— Oh, merci, dit-elle. Je suis innocente.

Bosch se contenta de hocher la tête. Je remarquai que Lucinda parlait avec un léger accent.

— Il faut aussi que je vous dise tout de suite quelque chose, repris-je. Je ne vous promets rien. Si vous êtes d'accord pour me prendre comme avocat, nous allons enquêter sur votre cas et si nous trouvons quelque chose qui vaut la peine d'être présenté devant un tribunal, nous le ferons. Mais encore une fois : je ne vous promets rien. Comme vous le savez sans doute, être innocent, si vous l'êtes effectivement, ne suffit pas devant un juge. Dans votre situation, vous devrez le prouver. De fait, pour l'instant, vous êtes coupable jusqu'au moment où il sera prouvé que vous êtes innocente.

Elle acquiesça d'un signe de tête avant même que j'aie fini ma phrase.

— Je comprends, dit-elle, mais je n'ai pas tué mon mari.

— Votre ex-mari, voulez-vous dire, la corrigeai-je, mais laissez-moi terminer. Si vous voulez que je vous représente, je vais avoir besoin que vous me signiez un formulaire d'engagement qui me donne procuration pour le faire dans tout ce qui pourrait toucher à votre affaire aussi bien au civil qu'au pénal. Ce qui veut dire que si jamais cela nous amenait à lancer un recours au civil, je serais encore votre avocat, jusqu'au bout. Me comprenez-vous ?

— Oui, et je signe.

J'ouvris le dossier que j'avais posé sur la table en arrivant et en sortis le contrat.

— Il y a un barème de paiements que vous feriez bien de regarder avant de le faire, lui recommandai-je.

— Je n'ai pas d'argent, dit-elle.

— Je comprends, mais vous n'avez pas besoin d'en avoir. Je n'en prends que si vous l'emportez, et seulement une part de ce que vous gagnerez grâce à mon bon travail. Mais nous n'avons pas encore à y penser, tout cela n'étant pour l'instant que très loin au pays des rêves. Ce qui est important maintenant, c'est de voir si on a une bonne chance de vous faire sortir d'ici.

Je fis glisser le formulaire en travers de la table.

— Encore une chose avant que vous ne signiez, ajoutai-je. Ce document est en anglais. Cela vous gêne-t-il ou vous sentez-vous à l'aise que nous vous parlions dans cette langue ?

— Pas de problème. Je suis née ici et j'ai toujours parlé anglais.

— Bien. Il fallait juste que je vérifie parce que j'ai remarqué que vous avez un léger accent.

— Mes parents sont de Guadalajara et on parlait espagnol à la maison.

Je sortis un stylo et le posai sur la feuille. Parce qu'elle avait une main menottée, je la bloquai d'un doigt le temps qu'elle la signe.

— Voulez-vous la lire avant ? insistai-je.

— Non, répondit-elle, je vous fais confiance. Je sais ce que vous avez fait pour Jorge Ochoa.

Elle signa le document, je le lui repris et le remis dans le dossier. Puis elle me rendit le stylo, que je rangeai.

— Merci, dis-je. Nous sommes maintenant couverts par le secret qui lie le client à son avocat et cela inclut M. Bosch, mon enquêteur. Vous pouvez donc me dire tout ce que vous voulez à partir de maintenant et cela ne sortira jamais de ces quatre murs.

— J'ai compris.

— Il faut aussi que je vous explique ce qui est en jeu, de façon que vous puissiez évaluer les risques et décider si vous voulez qu'on continue.

— Je suis déjà en prison.

— Oui, mais seulement parce que vous avez été condamnée à une peine que vous effectuez, mais dont vous serez libérée un jour. Si nous lançons une action visant à reprendre votre affaire dans une procédure dite d'*habeas corpus*, cela implique un risque et trois issues sont possibles. Un, notre pétition est refusée et vous exécutez votre peine jusqu'au bout. Deux, votre sentence est invalidée et vous êtes libre, mais il y a aussi la troisième : qu'un juge annule la sentence, mais vous contraigne à repasser devant une cour. Et si cela se produit, vous courrez le risque d'être condamnée par un jury et à une peine bien plus sévère… pouvant même aller jusqu'à la prison à vie sans possibilité de libération conditionnelle.

— Ça m'est égal. Je suis innocente.

Je marquai une pause afin d'évaluer la rapidité avec laquelle elle avait réagi. Pas la moindre hésitation malgré les risques. Elle m'avait répondu sans sourciller ou me lâcher des yeux. Cela me rassura : si l'affaire allait devant des jurés, elle pourrait leur faire face avec le même regard inflexible et ce, que ce soit de la table de la défense ou du box des témoins.

— Bien, dis-je. Je voulais seulement que vous soyez consciente des risques encourus.

— Merci, dit-elle.

— D'accord et donc, comme je vous l'ai dit, nous sommes maintenant sous le secret de la relation client-avocat. Tout ce que vous pourrez nous dire restant confidentiel, voici donc la première question que j'ai besoin de vous poser : y a-t-il quoi que ce soit que vous vouliez nous dire et que moi, je doive savoir dans cette affaire ?

— Je ne l'ai pas tué. C'est tout ce que vous devez savoir.

Je soutins longtemps son regard avant de continuer. Encore une fois, elle ne s'était pas détournée comme le font souvent ceux qui mentent. Nouveau signe encourageant.

— Il y a donc, espérons-le, quelque chose que nous pouvons faire pour vous. J'ai quelques questions à vous poser et après, M. Bosch prendra le relais. Il nous reste environ quarante minutes et j'aimerais en tirer le meilleur parti. D'accord, Lucinda ?

— Oui, OK. Mais appelez-moi Cindi.

— Cindi. Parfait. Cindi, pouvez-vous me dire comment vous en êtes venue à embaucher M. Silver comme avocat lorsque vous avez été arrêtée ?

Elle dut réfléchir un instant avant de répondre.

— Je n'avais pas d'argent pour me payer un avocat, dit-elle enfin.

— Il vous a donc été désigné ?

— Non, j'avais déjà un avocat commis d'office. Mais M. Silver est allé le voir et s'est porté volontaire en disant qu'il prendrait mon affaire.

— Mais vous avez dit que vous n'aviez pas d'argent et j'ai vu que vous aviez signé un document de renseignements sur vos cartes de crédit.

— Il m'a dit qu'il pourrait m'en obtenir et que comme ça, je pourrais le payer.

J'acquiesçai d'un signe de tête, conforté dans ma première impression sur Silver. Lucinda Sanz s'était mise dans le pétrin d'entrée de jeu.

— Bon et maintenant, en regardant votre sentence, je vois que vous avez eu une peine moyenne mais avec circonstance aggravante pour l'arme à feu, le tout vous valant onze ans. Cela vous en fait maximum neuf avec la bonne conduite, d'où ceci : vous en avez déjà effectué plus de la moitié et votre lettre me fait bien sentir votre désir désespéré de sortir d'ici. Se passe-t-il des choses dans cette prison ? Y êtes-vous en danger ? Faut-il que nous vous fassions transférer ?

— Non, c'est bien ici. Je suis très près de ma famille, et mon fils a besoin de moi maintenant.

— Votre fils, répétai-je. Eric, c'est ça ? Comment s'en sort-il ?

— Il est avec ma mère dans notre ancien quartier.

— Quel âge a-t-il ?

— Il va avoir quatorze ans.

— Où est votre ancien quartier ?

— À Boyle Heights.

Soit à East L.A. Je savais que le gang de la White Fence y était fortement implanté et qu'il commençait à recruter des nouveaux membres dès l'âge de douze ans. Je me retournai et adressai un petit hochement de tête à Bosch. L'un comme l'autre, nous avions compris que Lucinda Sanz voulait sortir de prison pour empêcher son fils de prendre ce chemin.

— Vous avez grandi à Boyle Heights ? lui demandai-je. Comment avez-vous fini à Palmdale ?

— À Quartz Hill, me corrigea-t-elle. Quand mon mari est sorti de la division des prisons, ils l'ont mis ici, à Antelope Valley. Alors, on a déménagé.

— Lui aussi était de Boyle Heights ? intervint Bosch.

— Oui, répondit-elle. On y a grandi ensemble.

— Il faisait partie de la White Fence ?

— Non. Mais son frère… et son père, si.

— Et quand il a rejoint les services du shérif ? insista Bosch. Il est entré dans un des gangs d'adjoints, non ?

Sanz garda le silence un long moment. J'aurais préféré que Bosch pose sa question avec un peu plus de finesse.

— Il avait des amis, répondit-elle enfin. Il m'a dit qu'ils avaient des cliques, vous savez bien.

— Roberto en a-t-il rejoint une ?

— Pas quand on était mariés, mais je ne sais pas ce qui s'est passé après. Il avait changé.

— Cela faisait combien de temps que vous étiez divorcés au moment de sa mort ? repris-je.

— Trois ans.

— Qu'est-il arrivé ? À votre mariage, je veux dire.

Je lus son visage. Elle se demandait le rapport que cela pouvait avoir avec le fait de savoir si elle était innocente ou non. Je regrettai de ne pas avoir montré un peu plus de finesse à mon tour.

— Cindi, repris-je, nous devons tout savoir de votre relation avec la victime. Je sais combien c'est douloureux de revenir sur tout ça, mais nous devons l'entendre de votre bouche.

Elle acquiesça.

— Nous… C'est juste qu'il avait des petites copines. Des groupies de flics. Et quand il a commencé, il a changé. Et nous avons changé, nous aussi, et j'ai dit ça suffit. J'aime pas parler de ça.

— Je suis désolé, dis-je. Nous pouvons laisser tomber pour l'instant, mais il se pourrait qu'on doive y revenir. Connaissez-vous le nom d'une de ces femmes ?

— Non, je n'avais aucune envie de les connaître.

— Comment avez-vous appris leur existence ?

— Je le savais, c'est tout. Roberto avait changé.

— Cela a-t-il déclenché des bagarres entre vous après le divorce ?

— Après ? Non. Ce qu'il faisait après notre divorce ne m'intéressait pas.

— Donc votre dispute ce soir-là avait à voir avec son retard à vous ramener Eric ?

— Il était toujours en retard. Exprès.

J'acquiesçai et regardai Bosch.

— Harry, lui demandai-je, tu as d'autres questions ?

— Quelques-unes, oui. Qui étaient certains de ses amis dans la police et dans son service ?

— Il faisait partie de l'antigang. C'étaient eux, ses copains. Je ne sais pas leurs noms.

— Il avait un tatouage à la hanche. Sous la ceinture. Savez-vous quand il se l'est fait faire ?

Elle fit non de la tête.

— Je ne le savais pas, répondit-elle. Il n'avait pas de tatouages quand nous vivions ensemble.

Étant donné que nous n'avions pas préparé ces questions avant d'arriver, je ne voyais pas trop pourquoi Harry essayait d'isoler le moment où Roberto Sanz avait eu son tatouage. Je décidai d'attendre et de le lui demander quand nous rentrerions à L.A.

C'est alors qu'il posa une autre question que je n'avais pas vue venir.

— Me serait-il possible de parler à Eric ? demanda-t-il.

— Pourquoi ? lui renvoya-t-elle.

— Pour voir ce qu'il se rappelle de son père… Et de ce soir-là.

— Non, répondit-elle avec force. Je ne veux pas. Je ne veux pas qu'il soit mêlé à tout ça.

— Mais il l'est déjà, Cindi, la contrai-je, et il était présent ce soir-là. Plus important, il avait passé toute la journée avec lui avant de revenir chez vous. Pour ce que nous en savons, personne ne lui a jamais parlé de ce qui s'est passé ce jour-là et je veux savoir pourquoi son père était en retard de deux heures quand il est arrivé.

— Il a treize ans maintenant, enchaîna Bosch. Peut-être se rappelle-t-il quelque chose qui pourrait nous aider. Et pourrait vous aider, vous.

Elle retroussa les lèvres comme si elle se préparait à refuser encore plus fermement, puis elle changea brusquement d'idée.

— Je vais le lui demander, concéda-t-elle. S'il dit oui, ce sera oui et vous pourrez lui parler.

— Parfait. Nous ferons de notre mieux pour ne pas l'inquiéter.

— Ça ne sera pas possible si vous lui posez des questions sur la mort de son père. Eric l'adorait. Mon plus grand malheur est qu'il ait sa mère en prison pour avoir tué son père quand je sais bien que je n'ai rien fait de tel.

— Je comprends, dis-je, et j'acquiesçai d'un signe de tête en essayant de passer à autre chose. Eric et vous vous parlez souvent ?

— Une ou deux fois par semaine. Plus quand j'ai accès au téléphone.

— Vient-il vous voir ?

— Je vois mon gamin une fois par mois. Il vient avec ma mère.

Une pause momentanée s'ensuivit pendant laquelle j'envisageai tout ce que cette femme avait perdu, qu'elle soit ou ne soit pas innocente. Bosch s'imposa encore une fois dans cet instant de silence, et toujours sans la moindre finesse.

— L'arme ne refera donc jamais surface, lui lança-t-il.

Lucinda eut l'air désarçonnée par ce brusque changement de direction. Je savais que c'était une des tactiques de la police. On pose des questions hors contexte ou suite logique de l'interrogatoire pour susciter certaines réactions et maintenir celui qu'on interroge dans une position inconfortable.

Comme Lucinda ne lui répondait pas, il la pressa.

— Le fusil qui a servi à tuer votre ex-mari n'a jamais reparu, insista-t-il. Et il ne le fera pas maintenant, n'est-ce pas ?

— Je n'en ai aucune idée ! s'écria-t-elle. Comment voulez-vous que je le sache ?

— Je ne sais pas. C'est pour ça que je vous pose la question. Je suis inquiet qu'il reparaisse en plein milieu de ce que nous allons faire et que ça nous cause, à nous et à vous aussi, plein de problèmes.

— Je n'ai pas tué mon mari et je ne sais pas qui l'a fait, répondit-elle d'une voix tendue. Et je n'ai pas cette arme.

Et de regarder fixement Bosch jusqu'à ce qu'il se détourne. Une fois de plus, je vis qu'elle ne sourcillait pas et commençai à la croire. Et ça, je le savais d'expérience, c'était une position des plus dangereuses.

CHAPITRE 11

C'est moi qui pris le volant pour rentrer. Bosch s'installa sur le siège passager et se mit à parcourir le dossier de Frank Silver en me montrant, ça en avait l'air, qu'on pouvait en faire le tour sans avoir à l'étaler partout sur la banquette arrière. Je fis comme si je n'avais rien remarqué et gardai les yeux sur la route en pensant à Lucinda Sanz et à la façon dont je pourrais peut-être la sauver.

Nous rendre à la prison avait été une bonne décision. La voir en personne, entendre sa voix et observer son regard avait tout changé, avait fait d'elle plus qu'un individu *x* au centre d'une affaire judiciaire. Elle était devenue réelle et dans la sincérité de ses paroles j'avais senti la vérité – senti qu'elle pouvait bien être la plus rare des perles, celle de la cliente innocente.

Mais cette certitude laissait un grand creux en moi tandis que je roulais vers la ville. Ce que me disait mon instinct ne signifierait rien aux yeux d'une cour. Il allait falloir trouver un moyen et même si l'on n'en était encore qu'au début, je savais que la tâche qui m'attendait m'atteindrait au plus profond si j'échouais.

Bosch et moi étions restés avec elle et l'avions interrogée jusqu'au moment où la gardienne sans humour qui l'avait amenée à la salle des interrogatoires était venue la reprendre.

Lucinda nous avait quittés avec nos numéros de téléphone sur un bout de papier et notre promesse de faire de notre mieux pour évaluer son cas et arriver rapidement à une décision sur la manière de procéder. Cela aussi sonnerait creux si notre dernier mot était de renoncer parce qu'il n'y avait rien que je puisse tenter.

Je jetai un coup d'œil à Bosch. Nous n'avions pas parlé de Lucinda depuis que nous avions quitté la prison. Je lui avais proposé de conduire, il m'avait pris au mot et avait plongé les mains dans le dossier à pochettes dès que nous avions pris la route. À peine s'il avait levé la tête de tout le trajet, même lorsque j'avais donné des coups de frein et de Klaxon à plusieurs reprises.

— Qu'est-ce que tu penses de tout ça, Harry ? finis-je par lui demander.

— Eh bien, j'ai eu des tas d'assassins assis en face de moi au fil des ans et les trois quarts d'entre eux sont incapables de te regarder droit dans les yeux quand ils nient ce qu'ils ont fait mais elle, elle a marqué beaucoup de points avec moi de ce côté-là.

J'acquiesçai d'un signe de tête.

— Avec moi aussi. Dans cette salle, j'ai même eu l'idée la plus folle qui soit quand elle nous a dit qu'elle n'avait pas fait le coup.

— Laquelle ?

— Celle de la coller dans le box des témoins et de la laisser gagner le juge à sa cause.

— Mais ce n'est pas le contraire de tout ce que tu m'as toujours recommandé ? Toujours se tenir loin du box des témoins. Ce n'est pas toi qui disais que les gens se jettent en prison tout seuls en jacassant ?

— Je l'ai effectivement dit et normalement, c'est ce que je prêche. J'aime dire que mon client ne pourra témoigner que si je rate une marche, mais là, dans son cas, quelque chose me fait croire qu'elle pourrait l'emporter. Les juges sont différents des jurés. À force de voir des menteurs, ils espèrent qu'un jour quelqu'un leur dira la vérité. Je pense que Silver aurait dû refuser le deal et porter l'affaire devant un tribunal parce qu'elle pourrait aussi gagner un jury à sa cause. Si tu veux mon avis, rien qu'avec ça, il y aurait matière à lui coller un 504, à ce type.

— Un... 504 ?

— Assistance inefficace du défenseur. J'ai dit à Silver que je ne prendrais pas ce chemin, mais maintenant je n'en suis plus si certain. Ça nous donnerait du temps, au moins ça.

— Comment ça ?

— Déposer une demande d'*habeas corpus* pour assistance inefficace de l'avocat de la défense nous donnerait une entrée à la cour. Plus du temps pour trouver quelque chose de mieux quand nous serons devant un juge.

— À condition qu'il y ait quelque chose de mieux...

— En fait, c'était ce que je voulais dire quand je t'ai demandé ce que tu en pensais. Ce n'était pas vraiment sur Lucinda que je te posais la question, mais sur le contenu du dossier. Quelque chose qui aiderait notre cause ?

— C'est que... il n'y a pas grand-chose là-dedans. Mais la chronologie est révélatrice.

— À savoir ?

— Qu'à mon avis, tu pourrais parler d'œillères. Dès que les résultats du test des résidus de poudre ont été déclarés positifs, ç'a été fini pour elle.

— Ils ne se sont plus concentrés que sur elle ?

— En gros, oui. D'après la chronologie, ils ont commencé par appeler le sergent qui supervisait l'unité de l'antigang à laquelle Roberto Sanz était assigné, un certain Stockton. Celui-ci voulait qu'on envisage la possibilité que Roberto ait été abattu pour venger la mort du membre de gang tué dans la fusillade de l'année précédente, mais il semblerait que cette ligne d'attaque ait été abandonnée dès que les résultats du test ont mis Lucinda dans le collimateur.

— Très bien. Ça pourrait me servir plus tard. Autre chose ?

— Seulement qu'ils ont laissé tomber toutes les autres pistes d'enquête à partir de là.

J'approuvai d'un hochement de tête. Les œillères sont toujours les meilleures amies de l'avocat de la défense. On montre que les flics n'ont pas cherché d'autres possibilités et les jurés soupçonnent tout de suite quelque chose. Et les rendre soupçonneux, c'est leur faire perdre tout respect pour l'intégrité de l'enquête et semer les germes du doute, du doute raisonnable, dans leurs têtes. Sauf que bien sûr, ce ne sont pas des jurés qui statuent sur une pétition en *habeas corpus*. C'est un juge qui, averti de toutes les ruses possibles, est nettement plus difficile à convaincre. Cela étant les remarques de Bosch étaient toujours bonnes à avoir en réserve.

— Je pourrais chercher de ce côté-là, reprit-il. L'aspect vengeance.

— Non, lui renvoyai-je. Ce n'est pas notre boulot. Notre boulot, c'est de prouver que notre cliente est innocente. Montrer que les premiers enquêteurs ont été paresseux ou ont délaissé les autres pistes nous aidera, mais nous n'allons pas nous lancer dans des théories alternatives. On n'a pas le temps pour ça.

— Compris.

— Ce n'est pas la même chose, Harry. Tu n'enquêtes pas sur un homicide et nous n'essayons pas de résoudre le crime. Nous prouvons que Lucinda ne l'a pas commis, ce qui n'est pas pareil.

— Je t'ai dit que j'avais compris, lui renvoya Bosch.

Sur quoi, il reprit le dossier et se remit à lire. Et s'interrompit quelques minutes plus tard.

— Elle n'a pas changé d'histoire, lança-t-il. Je suis en train de lire la transcription de son interrogatoire par la police et ce qu'elle leur a raconté est exactement la même chose que ce qu'elle nous a dit aujourd'hui. Et ça, ça devrait compter pour quelque chose.

— Oui, mais pas assez. Comme ses regards, c'est un indicateur de vérité, mais il nous faut plus. Beaucoup plus. À propos, pourquoi lui as-tu demandé quand Roberto s'était fait tatouer ?

— Je pense que c'est important de le savoir. Se faire tatouer, c'est proférer une espèce de déclaration de principes à respecter dans sa vie.

— Nous déclare le mec qui s'est fait tatouer un rat sur le bras !

— Ça n'a rien à voir. Se faire faire un tatouage que personne ne peut voir, ça, ça dit quelque chose. Je pensais que ce serait bon à savoir, mais c'est arrivé après leur séparation.

— Pigé.

Bosch retourna à sa lecture. Nous étions à mi-chemin de Los Angeles, je commençai à penser aux prochaines décisions à prendre, celle surtout de porter l'affaire au niveau fédéral ou de s'en tenir à une cour de Californie. Il y avait du pour et du contre dans les deux scénarios. Ne dépendant pas des résultats d'une élection, les juges fédéraux n'hésiteraient pas à libérer un assassin accusé à tort… si les preuves de son innocence étaient là. Cela dit, leur charge de travail étant plus légère, généralement ils sont aussi plus scrupuleux dans leur façon de considérer les pétitions et les éléments de preuve.

Mon téléphone sonna par le Bluetooth de la voiture : Lucinda m'appelait en PCV de la prison. J'acceptais les frais et une fois en ligne avec elle, lui dis que Bosch et moi étions toujours en train de revenir à Los Angeles et l'écoutions.

— J'ai appelé ma mère, dit-elle. Eric a dit qu'il voulait bien vous parler.

— Quand ? lui demandai-je.

— Quand vous voudrez. Il est à la maison en ce moment.

Je jetai un coup d'œil à Bosch, il acquiesça d'un hochement de tête. C'était lui qui avait eu l'idée de questionner le gamin.

— Et votre mère serait d'accord ? insistai-je.
— Elle a dit oui.
— OK, donnez-moi son numéro et je l'appelle pour lui dire qu'on arrive.
— Aujourd'hui ? Vous êtes sûr ?
— On ferait aussi bien, Cindi. On a encore le temps aujourd'hui alors que pour demain, je ne sais pas.
Elle me donna le numéro, je vis Bosch le noter et appuyai sur le bouton « silence » du tableau de bord.
— Tu veux lui demander autre chose tant qu'on l'a au bout du fil ? lui demandai-je.
Il hésita, puis me fit signe que oui. Je débloquai la touche « silence ».
— Cindi, lançai-je.
— Oui ?
— Harry a quelque chose à vous demander. À toi, Harry.
Bosch se pencha vers le milieu du tableau de bord comme s'il pensait qu'on l'entendrait mieux.
— Cindi, lança-t-il à son tour. Vous rappelez-vous avoir entendu les inspecteurs vous dire que vos bras et vos mains avaient été testés positif au résidu de poudre ?
— Ils l'ont dit, mais c'est un mensonge. Je n'ai pas tiré avec l'arme.
— Je sais, et vous le leur avez dit. Mais ma question porte sur le test. Quand ils ont été interrogés, les inspecteurs ont déclaré que c'était un homme qui vous avait testée, mais vous leur avez dit que c'était une femme. Vous en souvenez-vous ?
— L'adjointe est venue me voir et m'a dit qu'elle devait me tester pour une arme. Et là, elle m'a frotté les mains, les bras et le devant de la veste.
— Et donc, c'était vraiment une femme ?
— Oui.
— Vous la connaissiez ou avez eu son nom ?

Avant qu'elle puisse répondre, une voix électronique interrompit l'appel pour annoncer que la connexion prendrait fin dans une minute.

— Cindi, qui est l'adjointe qui vous a testée ? insista Bosch dès que la communication fut à nouveau libre.

— Je ne sais pas. Je ne crois pas qu'elle m'ait dit son nom, seulement qu'elle travaillait avec Robbie. Ça, je m'en souviens.

— C'était une inspectrice ?

— Je ne sais pas.

— Bon alors... était-elle en tenue ordinaire ou d'adjointe du shérif ?

— Non, en tenue ordinaire. Elle avait un badge au bout d'une chaîne.

— Autour du cou ?

— Oui.

— La reconnaîtriez-vous si vous la revoyiez ?

— Euh, je n'en suis pas sûre... Je pense que oui...

L'appel prit fin.

— Merde, je l'ai perdue ! s'exclama Bosch.

— C'était quoi, tout ça ? lui demandai-je.

— Je suis en train de lire la transcription de l'interrogatoire. Les inspecteurs lui présentent le résultat du test et lui expliquent que c'est un adjoint du shérif, dont ils ne lui donnent pas le nom, qui s'en est occupé et elle, elle leur dit que c'était une femme.

— Bon et alors, où est-ce que ça coince ?

— Pour moi, tout ça sonne faux. Je ne connais pas les protocoles de scène de crime des services du shérif, mais ils ne doivent pas beaucoup différer de ceux du LAPD et que je te dise : au LAPD, le test aux résidus de poudre est toujours effectué par un inspecteur. Ou au minimum, par un criminologue. Certainement pas par quelqu'un qui travaille avec la victime.

Je me rappelai avoir lu cet échange dans la transcription, mais cela ne m'avait pas alerté comme Bosch. Mais Bosch, c'était Bosch et j'avais déjà constaté la facilité avec laquelle il voyait les détails et les éléments de preuve dans une affaire et comment tout cela cadrait, ou ne cadrait pas. En fait, il jouait aux échecs alors que la plupart des gens impliqués ne jouaient qu'aux dames.

— Intéressant, finis-je par dire. Et donc, c'était une inspectrice ?

— Pas nécessairement. Ç'aurait pu être quelqu'un qu'on a appelé à son domicile et qui n'a pas eu le temps d'enfiler sa tenue, mais je pense que c'était quelqu'un appartenant à l'unité de Sanz. En général, les inspecteurs portent leur badge au ceinturon. Un badge au bout d'une chaîne indique une unité en civil, du genre antigangs ou drogue. Ils se servent de la chaîne pour pouvoir le cacher et le sortir quand ça commence à chier comme dans une descente ou sur une scène de crime.

— Pigé.

Bosch parcourut les pochettes du dossier posé sur ses genoux. Je le regardai et le vis en sortir un document.

— Ça, c'est le rapport initial d'incident, dit-il. Il contient les noms des deux premiers adjoints à avoir répondu à l'appel au 911 : Guttierez et Spain.

— Eh bien, il va falloir aller leur parler.

— Peut-être pas tout de suite. Tu ne te rappelles pas m'avoir dit : « On ne laisse aucune trace avant d'être prêts » ?

— Si, lui répondis-je en acquiesçant d'un signe de tête.

Il sortit une autre pièce.

— Qu'est-ce que c'est ? lui demandai-je.

— Le suivi des pièces à conviction. Ça nous donne la chaîne de traçabilité.

Il le relut pendant quelques instants, puis reprit :

— On y apprend que les tampons utilisés pour le test ont été collectés par un adjoint du shérif, un certain Keith Mitchell.

— Ça aussi, il va falloir vérifier.

— Ça pourrait ne rien vouloir dire, mais je m'en occupe.

— Bon et maintenant, comment veux-tu la jouer quand on parlera au gamin ?
— Je ne sais pas encore. Laisse-moi finir d'examiner le dossier avant d'en discuter. Pourquoi n'appellerais-tu pas sa grand-mère pour lui dire qu'on arrive ?
— Bonne idée.

CHAPITRE 12

La maison où Lucinda Sanz avait grandi se trouvait dans Mott Street, un quartier de Boyle Heights à l'abandon et ravagé par les graffitis de gang. Nombre d'habitations étaient munies de barrières blanches entourant la pelouse de devant, signe d'allégeance au gang de rue qui offrait sa protection depuis des générations fermement établies dans cette zone entièrement sous sa loi. La mère de Sanz s'appelait Muriel Lopez et sa maison possédait bien une barrière blanche, en plus de deux membres de gang dangereux. Vêtus d'un pantalon en coton et d'un débardeur révélant les tatouages qu'ils avaient aux bras, ils traînaient devant chez elle lorsque nous nous garâmes le long du trottoir.

— Aïe aïe aïe ! m'écriai-je. On dirait qu'on a droit à un comité d'accueil.

Bosch leva la tête de dessus un document qu'il lisait et regarda les deux types qui nous dévisageaient.

— On est à la bonne adresse ? demanda-t-il.

— Ouais, c'est bien là. On est au bon endroit.

— Pour info, je ne suis pas armé.

— Je ne pense pas que ça devienne un problème, lui renvoyai-je.

Nous descendîmes de voiture et je poussai le portillon dans la barrière.

— Salut les mecs, lançai-je aux deux types, on vient voir Mme Lopez. Elle est là ?

L'un grand et l'autre trapu, ils avaient tous les deux dans les trente ans.

— C'est toi, l'avocat ? me demanda le grand.

— C'est ça même, lui répondis-je.

— Et lui ? M'fait l'effet d'un flic. Un vieux flic.

— C'est mon enquêteur. C'est pour ça qu'il est avec moi.

Avant que les choses ne s'enveniment, la porte d'entrée s'ouvrit sur une femme à cheveux gris qui leur parla dans un espagnol trop rapide pour moi. J'eus l'impression de voir Lucinda avec vingt ans de plus. Muriel avait la même peau foncée, les mêmes yeux noirs et le même dessin de la mâchoire. Elle avait ramené ses cheveux en une queue-de-cheval qui révélait la même ligne de cheveux que sa fille.

Les deux jeunes ne lui répondirent pas, mais je vis qu'ils en avaient rabaissé d'un ou deux crans sur la testostérone.

— Monsieur Haller, me dit-elle. Je suis Muriel, je vous en prie, entrez donc.

Nous gagnâmes son perron et nous dirigeâmes vers l'entrée. Les deux types s'écartèrent et se plantèrent de part et d'autre de la porte. Ce fut le grand qui reprit la parole.

— Tu vas faire sortir Lucinda ? me demanda-t-il.

— On va essayer, ça, c'est sûr, lui répondis-je.

— Combien qu'elle a dû te payer ?

— Rien, lui répondis-je en soutenant un instant son regard avant d'entrer, Bosch sur mes talons.

— T'as quand même l'air d'un flic, lança le grand en tournant la tête vers Harry.

Bosch ne répondit pas. Il se contenta d'entrer et Muriel referma la porte derrière lui.

— Je vais chercher Eric, dit-elle.

— *Un momento*, Muriel, lui dis-je. Qui sont ces deux types et comment se fait-il qu'ils sachent qu'on allait venir ?

— Celui qui vous a parlé, c'est Carlos, mon fils… le petit frère de Lucinda. Et l'autre, c'est Cesar, son cousin.

— Vous leur avez dit qu'on voulait parler avec Eric ?

— Ils étaient là quand vous m'avez appelée pour m'avertir que vous arriviez.

— Ils habitent ici ?

— Non, en bas de la rue, mais ils passent souvent.

Je hochai la tête. Enfin je comprenais, et de première source, l'urgence de Lucinda à retrouver la liberté afin de sauver son fils d'un avenir dans les gangs.

Muriel nous conduisit au séjour et nous dit qu'elle allait chercher Eric dans sa chambre. Nous entendîmes des mots étouffés en les attendant, puis Muriel reparut en tenant le gamin par la main. Il portait un short vert, un polo blanc et des chaussures de gymnastique noires. Immédiatement je vis l'indubitable héritage génétique. Les yeux noirs, la peau légèrement basanée et la ligne des cheveux, tout y était. En à peine quelques heures, j'avais vu trois générations de Sanz, mais Eric paraissait plus petit et délicat que le garçon de treize ans que je m'étais imaginé. Il avait une chemise deux fois trop grande pour lui et qui pendait sur ses épaules osseuses comme une veste à un cintre.

Il semblait si fragile que je commençai à regretter d'avoir demandé à Lucinda la permission de l'interroger sur la mort de son père et la condamnation de sa mère. Bosch et moi avions établi un plan juste avant d'arriver à Boyle Heights et avions décidé que ce serait lui qui poserait les questions après que je l'aurais présenté. J'espérai que Harry avait ressenti les mêmes impressions que moi et qu'il y irait doucement.

Le séjour était encombré de meubles et croulait sous les photos de famille accrochées aux murs et posées sur des tables, beaucoup représentant Lucinda et Eric petit. Il me sembla que ces clichés n'auraient pas tout envahi si Eric avait grandi en croyant à la culpabilité de sa mère.

Bosch et moi nous assîmes dans un canapé brun chocolat muni de coussins informes et usés tandis qu'Eric et sa grand-mère prenaient place en face de nous dans un fauteuil du même genre et assez large pour les contenir tous les deux. Muriel ne nous avait offert ni café, ni eau, ni quoi que ce soit en dehors d'une audience avec le fils de notre cliente.

— Eric, commençai-je, je m'appelle Mickey Haller, je suis l'avocat de ta maman et voici l'enquêteur Harry Bosch. Nous essayons de faire revenir ta maman à la maison avec toi. Nous voulons présenter son affaire à un tribunal et prouver au juge qu'elle n'a pas fait ce dont on l'accuse. Nous comprends-tu bien ?

— Oui, répondit-il d'une petite voix hésitante.

— Nous savons que tout ceci est difficile pour toi et si à n'importe quel moment tu as envie d'arrêter ou de faire une pause, tu nous le dis. Ça te va ?

— Oui.

— C'est bien, Eric, parce que nous voulons vraiment essayer d'aider ta mère. Je suis sûr que tu aurais envie qu'elle soit ici avec toi.

— Oui.

— Bien, et maintenant je vais laisser Harry te parler. Merci d'avoir accepté de nous parler, Eric. Harry ?

Je me tournai vers lui et vis qu'il avait sorti un bloc-notes et un crayon et qu'il était prêt.

— Harry, lui lançai-je, on ne prend pas de notes.

Il hocha la tête en se disant sans doute que mes instructions émanaient d'un désir d'être moins formel avec l'enfant. J'allais devoir lui expliquer plus tard que ses notes écrites pouvant atterrir dans les mains de la partie adverse lors de l'échange des pièces à conviction, j'observais toujours la règle suivante : ni notes ni échange des pièces entre les parties. Il devrait ajuster ses méthodes s'il continuait de travailler pour la défense.

— OK, Eric, dit-il. Je vais commencer par te poser quelques questions de base. Tu as bien treize ans, n'est-ce pas ?

— Oui.

— À quelle école vas-tu ?

— À la maison.

Je me tournai vers Muriel pour en avoir la confirmation.

— Oui, dit-elle, c'est moi qui lui fais la classe. À l'école, ses camarades étaient méchants.

J'en déduisis qu'Eric avait été harcelé, voire brutalisé à cause de sa taille ou, ce n'était pas impossible, s'ils l'avaient découvert, parce que sa mère était en prison pour avoir tué son père. Bosch en tint compte et enchaîna ainsi :

— Eric, aimes-tu le sport ?

— Oui, le football.

— Le ballon rond ou le football des Rams ?

— J'aime bien les Chargers.

— Moi aussi, dit Bosch en souriant, mais ils s'en sont mal sortis l'année dernière. Tu as déjà assisté à un match ?

— Non, pas encore.

Bosch hocha la tête.

— Bon alors, comme l'a dit M. Haller, on veut essayer d'aider ta mère. Et je sais que ç'a été un jour horrible quand tu as perdu ton père et que ta mère a été emmenée, mais je me demande si on ne pourrait pas en parler. Te souviens-tu de ce jour-là, Eric ?

— Oui, répondit-il en regardant ses mains serrées entre ses genoux.

— Bien. Te rappelles-tu si les adjoints du shérif t'ont parlé de ce que tu aurais pu voir ou entendre ce jour-là ?

— Y avait une dame qui m'a parlé.

— Est-ce qu'elle portait un uniforme ? Avec un badge ?

— Elle n'était pas en uniforme. Elle avait un badge au bout d'une chaîne. Elle m'a mis dans la voiture, à l'arrière où ils mettent les méchants.

— Tu veux dire quand des gens sont arrêtés ?

— Oui, mais on n'avait rien fait de mal.

— Bien sûr que non. Je parie qu'elle t'a dit qu'elle te mettait là pour que tu sois à l'abri.

— Je sais pas, répondit-il en haussant les épaules.

— Est-ce qu'elle t'a interrogé dans la voiture ?

— Elle m'a posé des questions sur mon père et ma mère.

— Te souviens-tu de ce que tu lui as dit ?

— Juste qu'ils se criaient dessus et que ma mère m'a dit d'aller dans ma chambre.

— As-tu vu ou entendu autre chose ?

— Pas vraiment. Ils ont dit que ma mère avait tiré sur mon père, mais j'ai pas vu ça.

— Non, *mijo*, non, dit Muriel en lui passant le bras autour du corps et le serrant contre elle.

Eric hocha la tête et parut sur le point de pleurer. Je me demandai si j'allais devoir intervenir et mettre fin à l'interrogatoire. Je n'avais pas l'impression qu'il se préparait à nous donner des renseignements qui dévieraient de ce qu'on savait déjà. J'ignorais toujours qui l'avait interrogé parce qu'il n'existait aucune transcription d'un quelconque interrogatoire dans les dossiers apparemment incomplets que nous avions repris à Silver et extraits des archives de la cour. Pour moi, Eric n'avait pas été considéré comme un témoin clé à cause de son âge, huit ans à l'époque, et du fait qu'il se trouvait alors dans sa chambre et n'avait pas assisté à la fusillade.

Bosch enchaîna en laissant tomber la scène du meurtre pour prendre une autre direction.

— Tu avais bien passé ce week-end avec ton père, n'est-ce pas ? demanda-t-il.

— Oui, lui répondit Eric.

— Te rappelles-tu ce que tu as fait avec lui ?

— On est restés à son appartement et Matty nous a fait à dîner un soir et après…

— Attends que je revienne un peu en arrière. Qui est Matty ?

— C'était la copine de mon père.

— OK d'accord. Et donc, elle a fait à dîner. Le samedi soir ?

— Oui.

— Et dimanche ?

— On est allés à Chuck E. Cheese[1].

— Près de l'endroit où habitait ton père ?

— Je crois. Mais je sais pas.

— Et il y avait juste toi et ton père, ou Matty y est allée, elle aussi ?

— Matty est venue. Elle s'est occupée de moi quand mon père a dû partir.

— Comment se fait-il qu'il ait dû partir ?

— Il a été appelé au téléphone et il a dit qu'il avait une réunion de travail à laquelle il devait aller. Alors je suis resté et j'ai joué jusqu'à ce qu'il revienne.

— C'est pour ça que tu es arrivé en retard chez ta mère ?

— Je me rappelle pas.

— Pas de problème, Eric. Tu te débrouilles comme un chef. Te souviens-tu d'autre chose de cette journée en plus d'être allé à Chuck E. Cheese avec ton père et Matty ?

— Pas vraiment, je m'excuse.

— Non, non, ne t'excuse pas. Tu nous as donné des tas de renseignements. Une dernière question : est-ce que Matty était avec toi et ton père quand tu as été déposé chez toi ?

— Non, mon père l'a ramenée d'abord à l'appartement parce qu'il pensait que ma mère serait en colère si elle venait.

— Je vois. Et donc, elle est juste descendue de voiture pour rentrer chez elle.

1. Chaîne de restaurants familiaux et de centres d'amusement pour les enfants.

— Ils sont rentrés tous les deux pendant que j'attendais dans la voiture. Après, il est sorti et on est partis. Il faisait nuit.

— Et pendant le trajet, ton père a-t-il dit autre chose sur la raison qu'il avait eue de partir au travail ?

— Non. Je me rappelle pas.

— As-tu parlé de la réunion de ton père ce jour-là à la dame qui t'a posé des questions dans la voiture ?

— Je ne sais plus.

— OK, Eric. Merci. Y a-t-il quelque chose que tu voudrais demander à moi ou à M. Haller ?

Eric haussa de nouveau les épaules, son regard passant de Bosch à moi avant de revenir sur Harry.

— Vous allez faire sortir ma mère de prison ?

— On ne peut rien te promettre, mais comme M. Haller te l'a dit, on va tout faire pour ça.

— Tu penses que c'est elle ?

On y était. Là, à la question avec laquelle il vivait jour après jour.

— Que je te dise, Eric, et je ne te mentirai jamais. Pour l'instant, je ne sais pas, mais pour moi, il y a assez de choses qui ne me vont pas dans cette affaire, qui ne collent pas si tu vois ce que je veux dire. Ce qui fait qu'il y a une chance qu'ils se soient trompés et qu'elle n'ait pas fait ça. Je vais continuer à enquêter et je reviendrai ici pour te dire ce que je sais. Et je ne te mentirai pas, Eric. Est-ce que ça te va ?

— Oui, ça me va, répondit-il.

L'interrogatoire était terminé. Nous nous levâmes tous, Muriel ordonnant à Eric de retourner jouer avec son ordinateur dans sa chambre. Je la regardai après son départ.

— Savez-vous qui est Matty ? lui demandai-je.

— Oui. Matilda Landas. La pute à Roberto, répondit-elle en crachant presque ses mots.

Elle avait un accent plus prononcé que sa fille et débordant d'amertume, et les mots lui étaient sortis violemment des lèvres. Je me rappelai ce que Lucinda avait dit des « groupies de flics » et de la façon dont elles lui avaient brisé son mariage.

— Roberto était-il avec elle avant que leur couple ne vole en éclats ? lui demandai-je.

— Il le niait, mais c'était un menteur.

— L'avez-vous vue ou eu de ses nouvelles depuis ce moment-là ? voulut savoir Bosch.

— Je ne sais pas où elle est. Et je ne veux pas le savoir. C'est *una puta* !

— Bon, eh bien je pense qu'on va en rester là, dis-je. Merci de nous avoir donné de votre temps, Muriel, et de nous avoir permis de parler avec Eric. Il a l'air d'être très intelligent. Vous devez être une bonne prof.

— C'est mon travail d'en faire un homme bien. Mais c'est difficile. Les gangs le veulent.

— Je comprends, dis-je, et j'envisageai de l'encourager à limiter ses contacts avec l'oncle Carlos et le cousin Cesar, mais décidai de n'en rien faire.

— Faut que vous la fassiez sortir pour qu'elle puisse l'emmener loin d'ici, reprit-elle.

— On va essayer.

— Merci.

Dans ses yeux, je vis l'espoir que sa fille revienne bientôt à la maison. Bosch et moi la remerciâmes encore et nous dirigeâmes vers la porte.

Après qu'elle l'eut refermée derrière nous, je vis un des types du comité d'accueil assis dans un fauteuil de la terrasse, emmitouflé dans une couverture. Il se leva. C'était celui qui nous avait parlé, Carlos, le frère de Lucinda.

— Hé, l'avocat à la Lincoln ! me lança-t-il. Je t'ai vu sur tes panneaux. T'as l'air d'un clown là-dessus, dans ta bagnole de *pinche pendejo*[1].

1. « Sale connard » en espagnol.

— Probablement pas ma meilleure photo, lui renvoyai-je. Mais c'est une question d'opinion.

Il s'approcha de moi en se tenant les mains pour mieux rouler de ses biceps couverts de tatouages. Du coin de l'œil je vis Bosch se raidir. Je souris en espérant faire retomber la tension.

— J'imagine que vous êtes Carlos, l'oncle d'Eric.

— Ne merde pas sur ce coup-là, l'avocat à la Lincoln.

— Ce n'est pas mon intention.

— Promets.

— Je ne promets jamais. Il y a trop de varia…

— Y aura des conséquences si tu merdes.

— Bon alors et si j'arrêtais tout de suite et que t'ailles expliquer ça à ta sœur, hein ?

— Tu peux plus arrêter maintenant, l'avocat à la Lincoln. T'es en plein dedans.

Il s'écarta pour me laisser descendre les marches du perron et ajouta :

— Oublie pas les conséquences. Tu remets ça au droit, ou c'est moi qui vais le faire.

Je le saluai d'un geste de la main sans me retourner.

CHAPITRE 13

Bosch prit les rênes du Navigator pour quitter Mott Street et parla d'être prêt à jouer l'esquive si d'autres membres du gang de la White Fence voulaient une audience avec l'avocat à la Lincoln. Je lui demandai de prendre Cesar Chavez Avenue jusqu'à Eastern Avenue, où nous fîmes un arrêt imprévu au cimetière Home of Peace de Memorial Park. Je lui indiquai le chemin jusqu'à la grande chapelle et le priai de se garer sur le côté de la route d'accès.

— Ça ne sera pas long, lui dis-je.

Je descendis de voiture, entrai dans la chapelle et suivis un des couloirs aux murs couverts de noms. Je n'y étais pas revenu depuis presque un an et il me fallut quelques minutes pour repérer la plaque commémorative en cuivre que j'avais fait graver à mes frais. Mais là elle était, entre celle d'un certain Neufeld et celle d'un dénommé Katz.

David « Legal » Siegel
Avocat
1940-2022
« Toutes les bonnes choses connaissent une fin »

L'épitaphe était conforme à ce qu'il avait voulu, exactement comme il l'avait écrite dans ses dernières volontés. Je restai debout un long moment tandis que la lumière du soleil qui entrait par les vitres colorées frappait le mur derrière moi.

Siegel me manquait beaucoup. Malgré toutes mes allées et venues au tribunal, j'en avais appris plus avec lui qu'avec tout autre parent, professeur, juge ou avocat que j'avais jamais connu. C'était lui qui m'avait pris sous son aile et montré la manière d'être un avocat et un homme. Je regrettais qu'il n'ait pas été avec moi lorsque Jorge Ochoa était sorti de prison, libre sans condition. Il y avait des verdicts non coupable à chérir, des contre-interrogatoires à déguster et tous les instants pleins d'émotion où l'on sait, et sans le moindre doute, que les jurés vous mangent dans la main. Tous ces moments, je les avais vécus au fil des ans. En veux-tu en voilà, même. Mais rien ne pourra jamais surpasser la sortie du ressuscité, l'instant où les menottes tombant, les derniers portails en métal de la prison s'ouvrent en glissant tels ceux du paradis et qu'alors revenu à la vie et au règne de la loi, enfin déclaré innocent, un homme ou une femme retrouve les bras de la famille qui l'attend. Il n'est pas meilleur sentiment à éprouver que celui d'être témoin de ce moment et de savoir qu'on est l'être qui a rendu cela possible.

Frank Silver se trompait lorsqu'il disait savoir ce que je faisais. Bien sûr qu'il y avait de l'argent à gagner, mais ô combien hypothétique et loin au bout du parcours et ce n'était pas cela que je cherchais. Avec Jorge Ochoa j'avais vécu la montée d'adrénaline de la sortie de prison du ressuscité et j'y étais devenu accro. Cela ne peut arriver qu'une ou deux fois dans la carrière d'un avocat, mais je m'en moquais. Je voulais vivre à nouveau cet instant et étais prêt à tout pour y parvenir. Je voulais être là, devant les portes de la prison, et y accueillir mon client de retour au pays des vivants. Je ne savais pas si Lucinda serait ce client, mais l'avocat à la Lincoln avait fait le plein et était plus que décidé à refaire le long chemin qui conduit à la résurrection.

J'entendis s'ouvrir la porte de la chapelle et bientôt debout à côté de moi, Bosch suivit mon regard jusqu'à la plaque apposée au mur.

— Legal Siegel, dit-il. Qu'est-ce qu'il fait ici, à Boyle Heights ?

— Il y est né, lui renvoyai-je.

— Je le voyais plutôt en mec du West Side.

— Dans les années trente et quarante il y avait plus de Juifs que de Latinos dans ce quartier. Tu le savais ? Au lieu de « East Los », on parlait du « Lower East Side ». Et Cesar Chavez Avenue ? À l'époque, ça s'appelait Brooklyn Avenue.

— Tu connais ton histoire, toi !

— Legal Siegel la connaissait et me l'a transmise. Il y a cent cinquante ans de ça, ce cimetière se trouvait dans Chavez Ravine. Plus tard, ils en ont sorti tous les morts et les ont déplacés ici.

— Et aujourd'hui, Chavez Ravine n'est même plus Chavez Ravine. C'est devenu un terrain de foot américain.

— Rien ne dure longtemps dans cette ville.

— Tu as tout compris.

Nous restâmes quelques instants debout dans un silence plein de respect. Puis Bosch reprit la parole.

— Comment était-il à la fin ? me demanda-t-il. Tu sais, avec sa démence…

— Complètement parti. Il est passé du moment où il a appris la nouvelle et en a eu une trouille à en crever à celui où il a tout lâché.

— Il te reconnaissait ?

— Il me prenait pour mon père. Même nom, mais je voyais bien qu'il s'adressait à celui qui avait été trente ans son associé. Il me racontait des histoires que je croyais vraies au début, jusqu'au moment où je me rappelais qu'elles sortaient d'un film. Comme des paiements cachés dans des boîtes à chemise du teinturier.

— Et ce n'était pas vrai ?

— *Les Affranchis*... Tu as vu ?

— Non, j'ai raté ça.

— C'est un bon film.

Nous retombâmes dans le silence. J'aurais aimé que Bosch retourne à la voiture pour avoir un petit moment à moi. Je repensai à la dernière fois où j'avais vu Legal Siegel. J'avais réussi à faire entrer en douce un sandwich au bœuf de Chez Canter dans sa chambre d'hospice, mais il ne se rappelait plus ni l'endroit ni ses sandwichs et n'avait plus la force de le manger de toute façon. Quinze jours plus tard, il était mort.

— Tu sais que Canter's, c'était aussi dans le coin ? Canter's le delicatessen. Y a une centaine d'années de ça. Pour finir, ils se sont installés dans Fairfax Avenue. L'affaire Shelly contre Kraemer a changé beaucoup de choses.

— L'affaire... Shelly contre Kraemer ? répéta Bosch.

— L'arrêt rendu par la Cour suprême il y a soixante-quinze ans. Il a aboli toutes les conventions et restrictions raciales et ethniques dans la vente des biens. À partir de ce moment-là, les Juifs, les Noirs, les Chinois, tout le monde a eu le droit d'acheter ce qu'il voulait et de vivre où ça lui plaisait. Cela dit, bien sûr, ça demandait encore beaucoup de courage de le faire. Cette même année-là, Nat King Cole a acheté une maison à Hancock Park et des racistes ont mis le feu à une croix du Ku Klux Klan sur sa pelouse.

Bosch se contenta de hocher la tête pendant que je continuais de tenir la tribune.

— Bref, à cette époque-là, la Cour suprême nous faisait marcher en avant. Vers la grande société et tout ça. Aujourd'hui, il semble que ses juges veuillent nous ramener en arrière.

Au bout d'un moment, Bosch me montra la plaque.

— Ce truc sur toutes les bonnes choses qui prennent fin, dit-il, c'était écrit sur la porte fermée à clé du Chinese Friends la dernière fois que j'ai essayé d'y manger.

J'avançai d'un pas, posai ma main sur le mur et couvris le nom de Legal un long moment en baissant la tête.

— Rien de plus vrai, dis-je enfin.

Nous ne reparlâmes pas de la menace de Carlos Lopez avant d'avoir réintégré le Navigator.

— Bon alors, qu'est-ce que tu crois qu'il voulait dire avec son « Tu remets ça au droit ou c'est moi qui vais le faire » ? me demanda Bosch.

— Pas la moindre idée, lui répondis-je. Ce type est un membre de gang pris dans l'éthique macho de ses copains. Il ne sait probablement même pas ce qu'il racontait en me lançant ça.

— Tu n'y vois pas une menace ?

— Pas une menace sérieuse. Ce n'est pas la première fois que quelqu'un s'imagine m'obliger à mieux jouer avec la loi en essayant de me faire peur. Et ça ne sera pas la dernière. Sortons d'ici Harry. Ramène-moi à la maison.

— Ça marche.

Troisième partie

EFFETS SECONDAIRES

CHAPITRE 14

CHAPITRE 14

Bosch sentait l'isotope se mouvoir en lui, courir glacé dans ses veines et ses épaules, lui traverser la poitrine tel le flot d'un barrage qui s'est rompu. Il tenta de se concentrer sur le dossier ouvert devant lui. Edward Coldwell, cinquante-sept ans, condamné pour avoir assassiné un associé en affaires quatre ans plus tôt. Sans plus aucune possibilité d'interjeter appel, il demandait à l'avocat à la Lincoln de faire un miracle pour lui.

Bosch n'en était encore qu'à la moitié des documents qu'il avait récupérés aux archives du tribunal. Coldwell était allé au procès, les jurés croyant alors plus aux preuves amassées contre lui qu'à ses dénégations. Bosch devait maintenant déterminer si l'affaire valait la peine que Haller y consacre du temps et des efforts.

Il avait décidé d'étudier à fond le dossier sur la seule foi de la lettre que Coldwell avait envoyée à l'avocat pour lui demander son aide. La majorité des condamnés qui requéraient l'expertise juridique de Haller invoquaient sans arrêt leur innocence, des abus de l'accusation et des éléments de preuve oubliés ou rejetés à tort. La lettre de Coldwell en comportait bon nombre, mais contenait aussi ce qui semblait être un appel sincère à retrouver le véritable assassin afin de l'empêcher de tuer quelqu'un d'autre. Bosch n'avait rien repéré de semblable dans les autres dossiers et cela l'avait touché. Pendant les quelque quarante ans qu'il avait consacrés à tenter de résoudre des affaires, c'était, en partie, cette même idée qui l'avait motivé : au bout du compte, attraper l'assassin épargnerait à une autre victime et à ses proches d'être détruits.

L'affaire avait été traitée par la police de Los Angeles. Gusto Garcia, l'inspecteur principal, était un enquêteur solide que Bosch connaissait et respectait. Fonceur, il travaillait à l'unité de l'Homicide Special avant que Bosch ne la rejoigne et en faisait encore partie lorsqu'il l'avait quittée. En voyant son nom dans le premier résumé d'enquête, Bosch avait failli arrêter les frais dans l'instant. Pour lui, Garcia n'avait pas bousillé l'affaire en envoyant un innocent en prison pour un crime qu'il n'avait pas commis. Mais c'était le seul dossier que Bosch avait emporté à lire et il lui restait probablement encore une demi-heure, voire plus, à passer avant que l'équipe médicale ne le libère.

Il continua de lire. Garcia ayant tenu une chronologie aussi propre que fournie de toute l'enquête, rien n'aurait pu être aussi agréable à lire pour quelqu'un ayant son expérience. Cela dit, une page après l'autre, il n'y trouvait aucune faille. Aucun interrogatoire n'ayant été oublié, toutes les pistes avaient été suivies et toutes les mesures prises. Dans la première lettre qu'il avait envoyée à Mickey Haller, Coldwell prétendait avoir été piégé de façon à porter le chapeau dans l'assassinat de Spiro Apodaca, le propriétaire du restaurant de Silverlake dans lequel il avait investi. D'après les rapports et les éléments de preuve que Bosch avait déjà examinés, les deux hommes s'étaient disputés au sujet des investissements d'Apodaca, tout se terminant par un meurtre. La force du témoignage du tueur à gages qu'il avait censément embauché pour tuer Apodaca avait alors assez largement suffi à condamner Coldwell. Identifié, puis arrêté grâce au beau travail de Garcia, James Mullin avait choisi de conclure un deal avec ses accusateurs : il témoignerait contre le type qui l'avait payé pour faire le boulot, en échange de quoi sa condamnation serait plus indulgente.

Pour l'instant, d'après ce qu'en voyait Bosch, la seule manière de prouver l'innocence de Coldwell aurait été de montrer que Mullin avait menti sur l'identité de celui qui l'avait engagé. Le dossier que Bosch avait copié aux archives contenait une transcription du témoignage de Mullin lors du procès. Bosch ne s'y était pas encore totalement immergé, mais un bref examen lui avait révélé que s'il avait bien été malmené par l'avocat de la défense de Coldwell, jamais Mullin n'avait varié dans sa version des faits : c'était Coldwell qui l'avait contacté par un intermédiaire et l'avait engagé pour assassiner Apodaca moyennant un acompte de vingt-cinq mille dollars en liquide, la même somme devant lui être ensuite réglée une fois le travail effectué. Dans son témoignage, Mullin avait en plus déclaré que Coldwell lui avait carotté ce second paiement, ce qui expliquait son empressement à témoigner contre lui.

Bosch était absorbé par une entrée de la chronologie décrivant comment Garcia et son collègue avaient étudié la manière dont Coldwell s'y était pris pour récupérer le liquide qu'il aurait prétendument donné à Mullin. Il aurait ainsi encaissé des chèques et effectué de petits retraits à divers distributeurs pendant plusieurs semaines, jusqu'au moment où il avait atteint la somme de vingt-cinq mille dollars, ces montants étant répertoriés dans une colonne de l'entrée chronologie. Il était en train de vérifier les calculs et ne leva donc pas la tête lorsque la porte de sa salle de soins s'ouvrit : c'était sûrement la TMN qui venait vérifier la poche du goutte-à-goutte.

— Bonjour papa !

Il leva la tête et vit sa fille en Nike et tenue de travail très ajustée.

— Mads, mais comment as-tu fait pour entrer ici ? lui demanda-t-il. Je ne pense pas que ce soit sûr.

— Ils m'ont certifié qu'il n'y avait pas de problème. Que je pouvais toujours repartir.

— Vraiment ? C'est la TMN qui t'a dit ça ?

— Non, l'infirmière à l'entrée. C'est quoi, une TMN ?

— Une technicienne en médecine nucléaire. C'est celle qui te plante l'aiguille dans le bras et t'accroche le goutte-à-goutte, répondit-il en lui montrant la potence à côté de son fauteuil et la poche de liquide quasiment vide. Et elle, elle porte un gilet en plomb quand elle entre ici.

— Probablement parce qu'elle est tout le temps exposée aux radiations. Ou parce qu'elle veut un bébé.

— Elle a au moins soixante ans.

— Oh mais, je ne vais pas rester là aussi longtemps ! Je voulais juste venir au moins une fois pour voir ce qu'on te fait. Et te ramener à la maison.

— Je peux prendre un Uber. C'est ce que je fais d'habitude et je pense toujours que tu ne devrais pas rester dans cette pièce. Ni qu'on devrait partager une voiture. Un jour, tu pourrais vouloir un bébé.

— Papa, laisse-moi faire, tu veux ?

— D'accord, d'accord. Merci d'être venue. On va demander au docteur si c'est OK.

— Parfait. Comme tu voudras.

Puis elle lui montra la poche du doigt et ajouta :

— Et c'est quoi, ce truc ? Qu'est-ce qu'il y a dedans, exactement ?

— Juste du sérum physiologique. Ça part de là et ça rejoint l'isotope radioactif qui me rentre dans le corps. Ils en mettraient censément assez pour tuer le cancer, mais pas assez pour tuer le patient… moi. C'est ça, l'astuce.

Maddie parut hésiter à répondre, mais finit par lâcher la question clé.

— Et ils savent si ça marche ?

— Pas encore, répondit-il. C'est ma dernière séance et dans deux ou trois mois, ils me feront passer des tests pour voir ce qui se passe.

— Je m'excuse de t'obliger à faire tout ça. Je sais que tu ne voulais vraiment pas…

— Non, non, c'est moi qui ai décidé et écoute, si j'arrive à tenir un peu plus longtemps, je pourrai voir la policière que tu deviendras et même, tiens, il se pourrait que je fasse du bon boulot, dit-il en lui indiquant le dossier qu'il lisait posé sur la table voisine.

— C'est une de tes affaires de l'Innocence Project ? demanda-t-elle.

— Oui, mais tu peux pas l'appeler comme ça, ou le vrai Innocence Project pourrait en être fâché.

— Pigé et donc, comment tu appelles ce truc ?

— Bonne question. Je ne sais pas si Mickey lui a trouvé un nom.

— Et c'est quoi, l'affaire que tu as là ?

— Celle d'un type condamné pour avoir pris un tueur à gages pour tuer son associé en affaires. Sauf qu'il dit ne pas l'avoir engagé, que c'est quelqu'un d'autre qui l'a fait, tout le problème étant que le tueur à gages a témoigné contre lui au procès.

— Mais alors pourquoi tu t'occupes de ça ?

— Je ne sais pas trop, en réalité. Il y a quelque chose dans cette lettre qui m'a frappé comme valant le coup d'être étudié, mais peut-être que je me suis fait avoir. J'ai sorti tout le dossier des archives du tribunal et je vais le lire en entier pour décider si ça vaut le coup de continuer. Non parce que… qu'est-ce que je peux faire d'autre en restant assis ici ? Jouer à des jeux vidéo sur mon portable ?

— Ce jour-là, les poules auront des dents. Et l'autre affaire ? Celle de la femme enfermée à…

— À Chino ? Mickey va demander une audience en *habeas corpus* et on prépare nos munitions. Il y a encore des tas de trous à combler. Cisco, l'enquêteur de Mickey, vient de localiser un témoin à qui je vais avoir besoin de parler.

— Mais ce truc ne va pas te flanquer par terre pendant quelques jours ? demanda-t-elle en lui montrant le goutte-à-goutte à nouveau.

— Peut-être une journée, mais je n'en suis pas sûr. Ils augmentent la dose chaque fois et donc, oui, ça va me mettre à plat un moment.

— Il faut que tu arrêtes de te faire du souci pour Mickey et que tu te concentres sur ta santé. Que tu y mettes tout ce que tu as.

— Écoute, j'irai bien dans…

— Je ne plaisante pas, papa. C'est ta santé qui doit primer.

— Mais moi, je pense que faire ce travail et m'engager dedans à fond fait partie de tout le tableau, tu sais ? Je me sens bien quand je fais ça. Autrement, j'ai l'impression d'être inutile et ça me déprime.

— Tout ce que je te dis, c'est d'y aller doucement. Si ce traitement fonctionne, tu pourras reprendre ces affaires. Parce que ce n'est pas comme si tous ces gens-là allaient dispa…

Elle s'interrompit lorsque la porte s'ouvrit sur un homme vêtu d'une blouse de laboratoire d'un bleu léger. Frêle de constitution, il portait des lunettes et s'il avait un début de calvitie, il ne semblait pas pour autant avoir plus de trente ans. Et en plus, il ne portait pas de gilet en plomb sous sa blouse.

— Oh, excusez-moi, Harry, je ne savais pas que vous aviez de la visite, dit-il.

— Je vous présente ma fille, Maddie, lui renvoya Bosch. C'est elle qui va me ramener à la maison si vous m'assurez que c'est sans danger pour elle.

— Austin Ferras, le médecin de votre père, dit l'homme en tendant la main à Maddie.

— Oh, dit-elle.
— Je vous dérange ? Je peux revenir plus tard.
— Non, non, tout va bien. C'est juste que… je m'attendais à quelqu'un de plus âgé.
— J'ai droit à ça tout le temps, lui lança Ferras. Mais ne vous inquiétez pas : votre papa est dans de bonnes mains ici. J'ai des tas de gens qui regardent par-dessus mon épaule et vous ne courez aucun danger en le ramenant chez lui. Harry est peut-être râleur, mais certainement pas radioactif.
Sur quoi il se tourna vers Bosch et ajouta :
— Comment se sent-on aujourd'hui Harry ?
— On s'ennuie.
Ferras s'approcha de la potence, inspecta la poche du goutte-à-goutte, tendit le bras et y donna une pichenette du doigt.
— On a presque fini, reprit-il. Je vais demander à Gloria de venir vous décrocher et vous pourrez partir dans un petit moment.
Une écritoire était attachée au poteau. Ferras l'en ôta et vérifia à haute voix les notes qu'y avait portées la TMN.
— Alors, des effets secondaires ? demanda-t-il.
— Euh… les habituels, répondit Bosch. Nausées légères. J'ai toujours l'impression d'avoir envie de vomir, mais je n'y arrive jamais. Je n'ai pas encore essayé de me mettre debout, mais je suis sûr que ça va être toute une aventure.
— Le vertige… oui, c'est un effet secondaire assez répandu. Ça ne devrait pas durer longtemps, mais nous voulons que vous restiez ici jusqu'à ce que nous soyons certains que vous pouvez partir. Et les acouphènes ?
— Toujours là quand j'y pense ou qu'on en parle.
— Désolé Harry, mais il fallait que je vous le demande.
— Si vous êtes d'accord, j'aimerais filer dès que vous m'aurez libéré. Je ne conduirai pas, c'est Maddie qui prendra le volant.

Ferras se tourna vers elle pour en avoir la confirmation.

— Oui, c'est moi qui vais le ramener à la maison, dit-elle.

— Alors, c'est d'accord, dit le médecin qui inscrivit quelque chose sur l'écritoire avant de la remettre dans son étui et de tourner les talons pour y aller.

— Enchanté d'avoir fait votre connaissance, Maddie, dit-il. Prenez bien soin de lui.

— Je n'y manquerai pas, mais… Avant que vous partiez… je suis certaine qu'au bout de huit semaines, vous savez que mon père n'est pas très brillant côté communication. Pourriez-vous donc me dire en termes simples ce que vous lui faites et de quoi il retourne dans cet essai clinique ? Parce que lui ne m'en a pas vraiment dit grand-chose.

— Je ne voulais pas que tu t'inquiètes, l'interrompit Bosch.

— Avec plaisir, lança Ferras à Maddie. Comme je suis certain que vous le savez, le cancer de votre père s'est métastasé dans ses os. Dans la moelle. Ce que nous tentons de faire est de prendre un médium prouvé efficace dans le traitement d'autres cancers et de l'essayer dans son cancer particulier.

— Un médium ? répéta Maddie. Qu'est-ce que ça veut dire ?

— C'est l'isotope, lui répondit Ferras. Le nom scientifique est lutétium 177. Il est depuis peu utilisé avec succès dans certains cancers, dont celui la prostate. Cet essai clinique a pour but de déterminer si la thérapie au lutétium 177 peut donner les mêmes résultats positifs avec un cancer métastasé dans les os. Harry a déjà subi huit semaines de ce traitement et nous en saurons bientôt les résultats.

— Et… comment les mesurez-vous ?

— Eh bien, dans quatre à six semaines nous demanderons à Harry de revenir pour lui faire une biopsie. Et là, il aura certainement besoin qu'on le ramène chez lui et les résultats parlant d'eux-mêmes, nous saurons exactement où nous en sommes. Nous lui compterons littéralement toutes ses cellules cancéreuses… s'il en reste à compter.

— De quel genre de biopsie s'agit-il ?

— Nous irons dans l'os et en extrairons de la moelle pour avoir la mesure la plus juste. Mais cette procédure est invasive et je dois vous avertir que ce ne sera pas agréable. Nous irons dans la hanche parce que c'est un des plus gros os du corps.

— On ne pourrait pas arrêter de parler de tout ça ? lança Bosch. Ce n'est pas ce à quoi j'ai envie de penser en ce moment.

— Je m'excuse, Harry, lui dit Ferras.

— Une dernière question, reprit Maddie. Combien de temps faudra-t-il attendre pour avoir les résultats après la biopsie ?

— Euh, pas très longtemps. Selon ce qu'on verra à ce moment-là, il n'est pas impossible qu'on lui en fasse une deuxième trois mois plus tard.

— Et toi, il faudra que tu me tiennes au courant, dit-elle en se tournant vers son père et en le montrant ostensiblement du doigt. J'exige de savoir.

Bosch leva les mains en signe de capitulation.

— C'est promis, dit-il.

— J'ai déjà entendu ça, lui renvoya-t-elle.

En le ramenant chez lui, Maddie enfonça encore le clou.

— Non, papa, il faut vraiment que tu me dises ce que tu sais. Tu n'es pas tout seul et je ne veux pas que tu en aies l'impression.

— J'ai compris, j'ai compris, répéta-t-il. Je…

Il sentit son téléphone vibrer dans sa poche. Il l'en sortit, vit que l'appel émanait de Jennifer Aronson et se dit qu'il allait avoir droit à une énième supplique pour qu'il s'implique dans l'affaire de son neveu. Il n'avait aucune envie de lui répondre, mais savait qu'il devait le faire. Il savait aussi qu'il venait juste d'interrompre une conversation avec sa fille en plein milieu de sa phrase.

— Dès que je saurai quelque chose, dit-il, tu le sauras aussi, mais… Ça t'embête si je prends cet appel ? Ça ne sera pas long.

— Tu ferais aussi bien, répondit-elle. Il est clair que tu ne veux pas parler de ta santé avec ta fille.

Plutôt que de la reprendre là-dessus, il posa son doigt sur l'écran de son portable et accepta l'appel.

— Jennifer, lança-t-il. Je suis en plein milieu d'un truc, est-ce que je pourrais te rappe…

— Pas de problème, dit-elle. Je voulais juste te dire un grand merci. On a obtenu un *nolle prosequi* du district attorney dans l'affaire d'Anthony. Je suis à Sylmar et j'attends qu'il sorte de prison.

Cela voulait dire que le bureau du district attorney avait renoncé à le poursuivre.

— Waouh ! C'est génial, dit Bosch.

— Et c'est tout grâce à toi, Harry, reprit Aronson. Je lui ai servi le scénario que tu avais élaboré… et ne t'inquiète pas, je n'ai jamais prononcé ton nom. J'ai demandé si le policier avait été testé pour des restes de poudre et ils ont tout de suite compris comment j'allais jouer le coup si on allait au procès, surtout s'ils décidaient de juger Anthony comme un adulte et qu'alors il n'y aurait pas de huis clos. Ils ont lâché prise comme si c'était trop chaud et c'est toi qu'Anthony doit remercier.

— Euh, eh bien je suis content que ç'ait marché, mais c'est toi qu'il devrait remercier. C'est toi qui as convaincu le procureur.

— En suivant ton interprétation des éléments de preuve.

— C'est que…

Bosch ne savait pas trop que dire et n'était pas très certain de vouloir que sa policière de fille surprenne cette conversation.

— Je sais que tu es occupé, enchaîna Aronson, et je vais te laisser. Je voulais juste que tu saches ce qui s'est passé et te dire merci, de ma part et de celle d'Anthony.

— OK, bon, content que ç'ait fonctionné.

— À bientôt Harry.

— C'est ça, dit-il, avant de mettre fin à la conversation et de ranger son portable dans sa poche. Désolé.

— Qui c'était ? lui demanda Maddie. Ça m'a fait l'impression d'être une femme.

— Jennifer, l'associée de Mickey. Pour une de ses histoires.

— Pas une des tiennes ?

— J'ai juste jeté un coup d'œil à deux ou trois rapports. Rien de bien méchant.

Il avait peur que Maddie continue de lui poser des questions sur l'affaire et finisse par comprendre qu'il avait travaillé pour la défense de quelqu'un accusé d'avoir tiré sur un officier du LAPD. Heureusement elle changea de sujet.

— Est-ce que tu sais pourquoi Mickey ne veut pas faire entrer Haley dans la firme quand elle aura passé l'examen du barreau ? demanda-t-elle en parlant de sa cousine, la fille de Haller.

— Soi-disant qu'elle n'aurait pas envie de travailler au pénal, répondit-il. Je crois l'avoir entendue dire qu'elle voulait se spécialiser dans le droit environnemental. Mais tu es plus proche d'elle que moi. En avez-vous parlé toutes les deux ?

— Ça fait un moment qu'on ne s'est pas causé. J'ai toujours pensé qu'avec moi qui suis tes pas, elle pourrait finir par suivre ceux de Mickey.

Bosch réfléchit un instant avant de répondre alors que Maddie quittait Cahuenga Boulevard pour passer dans Woodrow Wilson Drive et entamer la pente raide conduisant à la maison de son père.

— Pas question que tu suives mes pas, ma fille, dit-il. Policière, tu le seras toute seule et c'est ton chemin à toi que tu suivras.

— Je sais, dit-elle, mais c'est à cause du badge. On le porte tous les deux, tu sais, et j'en suis fière, papa.

— Moi aussi et ça me plaît beaucoup. À propos, Mickey a vu la photo que j'ai de toi avec ton coquard. Il avait mon portable et l'a affichée par erreur, et je me disais qu'il vaudrait mieux que tu le saches au cas où il t'en parlerait.

— Ben, j'espère que tu lui as dit qu'il aurait dû voir dans quel état j'ai laissé le type.

— J'aurais dû. En plus que c'est probablement un de ses clients.

Ils rirent tous les deux, mais il eut l'impression que sa fille n'avait pas loupé son petit sarcasme sur Haller.

— Papa, reprit-elle, je sais que c'est lui qui t'a obtenu ce protocole de soins à UCLA, mais ça ne veut pas dire que tu doives passer le reste de ta vie à travailler pour lui.

— Je sais. Et je ne le ferai pas, mais il y a quelque chose que…

— Que quoi ?

— Je ne sais pas, mais dans le dossier qu'on examine… Si cette femme a passé cinq ans en prison pour quelque chose qu'elle n'a pas fait, la sortir de là… C'est comme dire qu'il vaut mieux laisser filer cent coupables que voir une innocente souffrir en prison. Ce que je pense sans doute, c'est que ça pourrait en valoir la peine.

— Si elle est innocente.

— Oui, c'est le grand « si » de l'affaire.

Maddie s'arrêta le long du trottoir devant chez son père.

— Tu veux entrer ? lui demanda-t-il. J'ai un triple album de Miles Davis de la Third Man Vault[1] : *Live at the Fillmore East* en 1970. Avec le génial et regretté Wayne Shorter au saxo. Je vais me l'écouter.

À Noël, Maddie lui avait offert un abonnement au service d'un distributeur de vinyles très renommé de Nashville.

1. Maison de disques créée par Jack White en 2001.

— Merci, mais non, dit-elle. Je vais aller courir au réservoir. Tu te sens comme il faut ?

— Évidemment. Je t'appelle demain. Merci de m'avoir ramené et d'être passée ici aujourd'hui. Ça compte beaucoup pour moi.

— Quand tu veux, papa. Je t'aime fort.

— Moi aussi.

Il descendit du véhicule, décida d'entrer chez lui par l'auvent à voitures et là, au moment où il déverrouillait la porte de côté donnant dans la cuisine, il songea au vide que serait son existence s'il n'avait plus ce lien avec sa fille. C'était encore plus important que tout le travail de policier qu'il avait partagé avec ses collègues. C'était sacré. Maddie, c'était son legs. C'était, et il le savait, ce qui faisait que tout ce qu'il entreprenait en valait la peine.

CHAPITRE 15

Ce ne fut pas avant le lundi suivant que Bosch se sentit assez solide sur ses jambes et intellectuellement suffisamment concentré pour reprendre le dossier de Lucinda Sanz. Au début de son travail, il avait dressé une longue liste de choses à faire, mais rien n'était aussi prioritaire que de retrouver et d'interroger la petite copine de la victime, Matilda « Matty » Landas. Bosch avait épuisé toutes les ressources dont, sans badge ni accès qui va avec, il disposait pour la localiser. Il avait compris sa leçon lorsqu'il avait demandé à Renée Ballard de faire quelque chose qui aurait pu lui valoir une mesure disciplinaire, voire d'être virée de la police, et s'abstint de l'appeler, elle, ou sa propre fille pour obtenir de l'aide. Il avait fait part de son échec à Haller qui l'avait alors informé qu'il allait mettre son autre enquêteur sur le coup.

Et Dennis « Cisco » Wojciechowski s'était montré à la hauteur en localisant en moins d'une journée la femme d'abord connue sous le nom de Matilda Landas. Il n'avait ni corrompu un flic pour effectuer une recherche par ordinateur, ni eu recours à sa taille et à ses muscles pour intimider quiconque. N'ayant pas pu la retrouver par sa carte d'électeur, sa déclaration de biens et ses factures d'électricité, il s'était douté qu'elle avait changé de nom, sans doute après un mariage mais aussi, ce n'était pas impossible, parce qu'elle craignait ce qui pouvait ressortir de l'affaire Sanz. En l'absence de documents pour donner corps à cette hypothèse, il avait sauté sur sa Harley et était allé faire un tour dans le comté de San Bernardino, où les mentions portées à l'état civil lui avaient appris que Landas était née dans la petite ville de Hesperia. Afin de pouvoir changer légalement de nom en Californie, il faut en faire la demande à un tribunal et la publier dans un journal local. Si elle agissait par crainte, Landas n'aurait vraisemblablement pas rendu public son désir de changer d'identité dans la région de Los Angeles. Cisco s'était alors dit qu'elle avait pu retourner dans sa ville natale, où elle aurait même eu la possibilité de connaître un avocat capable de l'aider dans ses démarches. L'hebdomadaire *Hesperian* ne donnant pas accès à ses archives en ligne, Cisco s'était rendu au bureau du journal et après y avoir épluché de vieux numéros papier, avait enfin trouvé celui où Matilda Landas avait fait publiquement part de son intention de changer son nom en Madison Landon. Il avait alors gagné le tribunal de Victorville et eu la confirmation qu'un arrêt du tribunal avait bien été émis trois semaines plus tard et que Matty était devenue Maddy.

Ce changement d'identité avait été effectué sept mois après l'assassinat de Roberto Sanz.

Dès qu'il avait découvert ce nom de Madison Landon, Cisco était retourné à Los Angeles et l'avait fait passer dans tous les systèmes habituels permettant de retrouver un individu. Il avait alors appris que Landon était démocrate, qu'elle avait une hypothèque sur sa maison de Pasadena et une adresse qui correspondait à celle portée sur son permis de conduire.

Sur quoi il avait confié tous ces renseignements à Bosch. Celui-ci, sachant que le moment était maintenant venu de parler à la concernée, avait donc appelé Cisco, lequel exerçait une surveillance assez lâche sur Landon le temps que Bosch se remette.

— Je me mets en route, lança celui-ci. Où est-elle ?

— Dans une librairie, lui répondit Cisco. Celle de Vroman. Tu la connais ?

— Oui, c'est dans Colorado Boulevard.

— Elle s'est garée dans le parking de derrière. Elle n'est dans le magasin que depuis quelques minutes.

— J'y serai dans environ une demi-heure. Appelle-moi si elle s'en va.

— Ce sera fait. Mais je peux l'interroger à ta place si tu ne t'en sens pas.

— Non, ça ira. Mickey veut que ce soit moi qui le fasse. Au cas où je devrais témoigner à l'audience.

— Compris. En tout cas, je suis là.

— Sur ta bécane ?

— Non, je ne fais jamais de surveillance sur ma bécane. Trop voyant. Je suis dans la Tesla de Lorna.

— Où est-ce qu'on se retrouve ?

— Tu es bien toujours au volant de ta vieille Cherokee, n'est-ce pas ?

— Vieille oui, mais neuve pour moi.

— Amène-toi et gare-toi devant chez Vroman. Je te verrai.

— J'arrive.

Une demi-heure plus tard, Bosch entrait dans le parking situé derrière la librairie. Il se gara, coupa le moteur et lorsque enfin il descendit de sa Cherokee, Cisco l'attendait déjà à l'arrière.

— Tu sais à quoi elle ressemble, cette dame ? lui demanda ce dernier.

— Je sais seulement l'air qu'elle a sur le permis de conduire que tu as trouvé.

— Elle a changé. Elle s'est teint les cheveux et porte des lunettes.

— D'accord.

Cisco leva son portable et lui montra la photo d'une blonde avec des lunettes à montures noires en train de traverser le parking. Il avait manifestement pris son cliché peu avant.

— C'est elle ?

— Non, cette photo, je l'ai faite juste pour rigoler.

— Ah oui, évidemment, désolé. Écoute, si tu veux m'accompagner, on peut faire ça ensemble. Je sais que Mickey a dit que...

— Non, c'est toi qui y vas. Je risque de la faire partir en courant.

Bosch acquiesça d'un hochement de tête : il ne fallait pas sous-estimer cette possibilité. Il savait que Haller se servait de Cisco quand il voulait disposer d'un élément d'intimidation ou avait besoin d'une protection. Manœuvrer un témoin avec assez de finesse pour qu'il parle, et en plus quelqu'un qui n'a pas hésité à changer de nom et d'apparence pour être à l'abri, ne faisait pas partie de ses dons.

— Bien, finit par dire Bosch, allons-y. Tu m'envoies ta photo par SMS, d'accord ?

— OK, lui répondit Cisco, et bonne chance.

Bosch se dirigea vers la librairie et descendit quelques marches pour atteindre un trottoir où les empreintes de mains de divers auteurs avaient été immortalisées dans le ciment. Puis il entra et adressa un signe de tête à la femme assise à la caisse sur sa gauche. Énorme, le magasin s'étendait sur deux étages et comportait une sortie du côté Colorado Boulevard. Bosch se rendit rapidement compte qu'il allait peut-être avoir du mal à trouver Landon. Il était même possible qu'elle ne soit pas là, qu'elle n'ait fait que se garer dans le parking et traverser les lieux en cliente avant de rejoindre n'importe lequel des restaurants et boutiques qui bordent le boulevard. Une heure s'était écoulée depuis que Cisco l'avait vue entrer et Bosch se dit que ça faisait un peu beaucoup de temps à traîner dans une librairie.

Il décida de commencer par le premier étage et d'effectuer une recherche rapide dans tout le magasin avant d'envoyer un signal de détresse à Cisco. Il emprunta un large escalier au centre du bâtiment et comprit vite qu'il ne pourrait pas tout y voir d'une seule position : les rayonnages étaient trop hauts. Il suivit l'allée principale en regardant à droite et à gauche chaque alignement d'étagères. Il lui fallut cinq minutes pour couvrir tout le premier étage, et cinq de plus pour le refaire en sens inverse. Aucun signe de Madison Landon.

Il redescendit l'escalier pour la chercher au rez-de-chaussée, mais repéra la femme photographiée par Cisco en train de faire la queue à la caisse, une pile de livres dans les mains. Bosch s'empara du premier ouvrage en exposition sur la table des best-sellers et se dirigea vers la sortie afin d'être juste derrière elle.

Dès qu'il le fut, il lut les dos des livres qu'elle tenait dans ses mains. Tous tournaient autour de la façon d'élever un enfant. Landon ne semblait pas enceinte, mais tout indiquait qu'elle se préparait à être mère. Un de ses ouvrages avait pour titre : *Élever son enfant seule.*

— Moi, j'en ai élevé une seule, lança-t-il.

Landon se retourna pour le regarder. Si elle sourit, elle ne le fit pas pour l'inviter à poursuivre ses commentaires sur ses choix de lecture.

— Quand elle était ado, précisa-t-il. C'est un sacré boulot.

Elle le regarda à nouveau.

— Et elle a tourné comment ? demanda-t-elle.

— Elle est assez géniale, répondit-il. Elle a rejoint les forces de l'ordre.

— Vous devez vous faire du souci pour elle.

— Tout le temps.

Landon baissa les yeux sur le livre qu'il tenait à la main.

— J'ai adoré ce bouquin, dit-elle.

Bosch baissa la tête pour voir ce qu'il avait attrapé. L'ouvrage avait pour titre : *Demain, et demain, et demain.* Il n'en avait jamais entendu parler. Il n'avait pas remis les pieds dans une librairie depuis la pandémie.

— J'ai entendu dire que c'était bien, dit-il. Je vais y jeter un coup d'œil et le donnerai à ma fille.

— Ça lui plaira, dit Landon. Vous, je ne sais pas trop.

— Pourquoi ?

— Ça parle de trois personnes, mais aussi de l'art de développer des jeux vidéo et de la créativité que ça implique.

— Hummm. Bah, ç'a au moins l'air de quelque chose qui pourrait plaire à Maddie.

Il remarqua qu'elle avait souri en entendant ce prénom, mais qu'elle n'en avait pas pour autant révélé que c'était aussi le sien.

— Passez donc devant moi, dit-elle. J'ai beaucoup de livres et vous, vous n'en avez qu'un.

— Vous êtes sûre ? Ça ne me gêne pas de…

— Non, non, passez devant parce que je vais aussi demander qu'on m'en commande un autre.

— Merci. C'est très aimable à vous.

Elle recula d'un pas, il s'avança et arriva à la caisse au moment où la cliente qui le précédait finissait de régler son achat et se dirigeait vers la porte. Il posa son livre sur le comptoir, la caissière le scanna, il paya en liquide et se retourna vers Landon pour lui montrer son ouvrage et la remercier.

— J'espère que ça lui plaira, lui lança Landon.

Il sortit et prit position en s'appuyant contre un mur près des marches conduisant au parking. Il ouvrit le livre qu'il venait d'acquérir et se mit à le lire. Quelques minutes plus tard, Landon sortait du magasin en tenant un sac où elle avait rangé tous ses achats. Bosch leva les yeux du sien, Landon détournant vite le regard en pensant sans doute qu'il allait essayer de flirter.

— Vous vous appelez bien Maddy, n'est-ce pas ? lui lança-t-il.

Landon s'arrêta net au pied des marches.

— Quoi ?

— Ou alors c'est Madison ? insista-t-il en s'écartant du mur et en refermant son livre.

— Qui êtes-vous ? lui demanda-t-elle. Qu'est-ce que vous voulez ?

— Je suis quelqu'un qui essaie de faire sortir une innocente de prison, lui répondit-il. Pour qu'elle puisse élever son fils.

— Je ne sais pas de quoi vous parlez. Je vous en prie, laissez-moi tranquille, dit-elle, et elle se retourna vers l'escalier.

— Vous savez exactement de quoi et de qui je vous parle, lui renvoya-t-il. Et pourquoi je ne peux pas vous laisser tranquille.

Elle s'immobilisa, Bosch la vit chercher une sortie des yeux.

— Roberto Sanz, enchaîna-t-il. Vous avez changé de nom et vous avez déménagé. Je veux savoir pourquoi.

— Et moi je ne veux pas vous parler, lui renvoya-t-elle froidement.

— Je comprends ça. Sauf que si vous ne voulez pas me parler ici, vous aurez droit à une citation à comparaître et à un juge qui vous y obligera. Et après, ça pourrait être rendu public. Alors que si vous acceptez de me parler maintenant, je peux, moi, essayer de vous tenir en dehors de tout ça plus tard. Votre nom, l'endroit où vous habitez… Il n'y a rien d'obligatoire à ce que ça soit rendu public.

Elle leva sa main libre et la posa sur ses yeux.

— Vous ne voyez donc pas que vous me mettez en danger ?

— En danger à cause de qui ?

— D'eux.

Bosch volait à l'aveugle, sans instruments de navigation. Dans tout ce qu'il venait de dire, il n'avait fait que suivre son instinct, mais les réactions de Landon lui disaient qu'il était clairement dans la bonne voie.

— Les Cucos ? C'est d'eux que vous parlez ? On peut vous en protéger.

À la seule mention de la clique du shérif, Landon parut frissonner de tout son corps.

Bosch avait veillé à garder ses distances, mais à ce moment-là il se détacha du mur et se rapprocha d'elle comme si de rien n'était.

— Je peux faire en sorte que vous n'ayez aucun rôle à jouer dans ce qui se prépare, reprit-il. Personne ne saura jamais ni votre nouveau nom ni l'endroit où vous résidez.

— Mais vous m'avez trouvée, lui renvoya-t-elle. Eux le peuvent donc aussi.

— À ceci près qu'ils ne le sauront même pas : ceci est strictement entre vous et moi. Mais vous, il faut que vous me parliez du jour où Roberto a été abattu… que vous me disiez ce qui était en train de se passer et dans quoi il trempait.

— Avez-vous parlé avec l'agent MacIsaac ?

— Pas encore, mais je vais le faire. Quand j'en saurai plus grâce à vous.

Bosch n'avait pas reconnu ce nom, mais ne voulait pas que Landon s'en rende compte. Ç'aurait pu saper sa confiance en la promesse qu'il venait de lui faire, mais qu'elle ait qualifié ce MacIsaac d'« agent » l'avait mis aussitôt sur ses gardes. Cela indiquait que l'homme travaillait au niveau fédéral, ce qui signifiait qu'un certain nombre d'agences jouant dans le bac à sable des fédéraux pouvaient avoir eu des liens avec Roberto Sanz. Même si Landon refusait de coopérer, Bosch avait maintenant une nouvelle piste à suivre.

— Va falloir que j'y réfléchisse, dit-elle.

— Pourquoi ? Et pendant combien de temps ?

— Donnez-moi seulement la journée, lui répondit-elle. Et un numéro de téléphone, et je vous appelle demain matin.

Bosch était assez avisé pour ne pas laisser un témoin potentiel « réfléchir à la question ». Ses craintes pouvaient se multiplier et des conseillers juridiques être consultés pour arriver à une décision. Ne jamais décrocher le poisson qu'on vient d'hameçonner.

— On ne pourrait pas juste causer un peu sans rien d'officiel ? Je n'enregistre pas et je ne prends même pas de notes, mais il faut que j'en sache plus sur cette journée. Une femme qui est peut-être innocente… et une mère, en plus… croupit en prison. Pour elle, pas une seule journée, pas une seule heure qui ne soit un cauchemar. Et vous connaissiez son fils, Eric. Elle a besoin d'être avec lui pour l'élever comme il faut.

— Mais j'ai suivi l'affaire et elle a plaidé coupable, le reprit-elle. Et maintenant elle dit être innocente ?

— Elle a dit ne pas s'opposer à une accusation, moins grave, d'homicide involontaire. Sinon, elle risquait d'écoper perpète en allant au procès.

Landon hocha la tête comme si elle comprenait la situation désespérée dans laquelle se trouvait Lucinda Sanz.

— Bon d'accord, dit-elle. Finissons-en. Où voulez-vous…

— On peut faire ça dans ma voiture, répondit-il. Ou la vôtre. Ou chercher une cafète où s'installer.

— Dans ma voiture. Je ne veux pas faire ça dans un lieu public.

— Dans votre voiture ce sera donc.

CHAPITRE 16

Haller ne rappela pas Bosch avant que celui-ci ne commence à remonter Woodrow Wilson Drive pour regagner sa maison, où il avait prévu de se reposer. La montée d'adrénaline qu'il avait eue dès que Madison Landon s'était mise à parler du jour où Roberto Sanz avait été abattu était retombée et le laissait épuisé. Avant de quitter le parking de la librairie, il avait envoyé un SMS à Cisco pour le remercier encore une fois d'avoir trouvé Landon et avait appelé Haller. Il était maintenant, soit quarante minutes plus tard, presque chez lui et prêt à s'allonger pendant une heure ou deux lorsque Haller le rappela enfin.

— Désolé, j'étais au tribunal, dit-il. Quoi de neuf ?

— La raison pour laquelle Sanz a ramené son fils à Lucinda en retard est qu'il était avec des types du FBI.

Il s'ensuivit un long moment de silence.

— Hé Mick, t'es toujours là ?

— Oui, je digère seulement la nouvelle. Qui t'a dit ça, la petite copine ?

— Oui. Officieusement. Elle ne veut jouer aucun rôle dans l'histoire. Elle a peur.

— De qui ?

— Des Cucos.

— Qui étaient ces agents ? Tu as eu des noms ?

— Un seul. L'agent MacIsaac. Il ne sera pas difficile de retrouver son nom entier et son affectation.

— Ça change tout.

— Comment ça ? demanda Bosch qui savait que Haller ne se laissait impressionner par personne, pas même les fédéraux.

— MacIsaac ne te parlera pas, je peux quasiment te le garantir. Les fédéraux abattent les citations à comparaître des tribunaux d'État comme Mookie Betts[1] les balles rapides au baseball. La petite copine a-t-elle... Comment s'appelle-t-elle déjà ?

— Madison Landon.

— Cette Madison Landon sait-elle autour de quoi tournait la rencontre avec l'agent MacIsaac ?

— Non, elle sait juste que c'était du lourd. Sanz lui a dit qu'il était « coincé » dans un truc – je cite – et qu'il fallait qu'il parle à quelqu'un du FBI. Elle ne connaissait ce nom de MacIsaac que parce qu'elle avait entendu Sanz le prononcer pendant un appel destiné à préparer la rencontre de ce jour-là.

Haller retomba dans le silence. Bosch savait qu'il envisageait plusieurs scénarios juridiques que ce renseignement rendait possibles. Il gara sa Cherokee sous l'auvent à voitures, coupa le moteur, mais resta assis au volant, son portable à l'oreille.

— Alors, qu'est-ce que tu penses ? le pressa-t-il.

— Que le FBI, ça change la donne, lui répondit Haller. Je suis en train de me dire que je vais peut-être devoir trouver un moyen de faire monter l'affaire directement au niveau fédéral, sans passer par un tribunal d'État.

— Je ne comprends pas ce que ça veut dire.

— Eh bien, comme je te l'ai dit, jamais nous n'obtiendrons que MacIsaac se présente devant une cour supérieure. Mais nous avons, nous, une bonne chance de le déférer devant un tribunal fédéral. Seulement il y a un problème : pour en arriver

1. Célèbre joueur de champ extérieur des Dodgers de Los Angeles.

là, on est censé avoir épuisé tous les recours en appel et si on prend ce chemin, ils nous verront venir à des kilomètres et seront armés jusqu'aux dents et prêts à nous tirer dessus. Ce qui veut dire que MacIsaac ne doit se douter de rien jusqu'à ce que je lui dise : « Agent MacIsaac, parlez-nous donc de la conversation que vous avez eue avec Roberto Sanz deux ou trois heures avant son assassinat. »

Ce fut au tour de Bosch de garder le silence en pensant à la voie qu'ils suivaient avec Lucinda.

— À mon avis, reprit Haller, on devrait attendre avant d'approcher MacIsaac.

— Mais on a besoin de savoir pourquoi il était avec Sanz le jour où celui-ci a été tué, le contra Bosch.

— C'est vrai. Mais tournons-lui un peu autour et essayons de voir ce qu'on peut apprendre avant d'aller frapper à la porte du FBI.

— Je ne suis pas certain de voir autour de quoi d'autre on pourrait tourner.

— C'est parce que tu penses comme un flic et pas comme un enquêteur de la défense.

— C'est quoi, la différence ?

— La différence, c'est que les dés sont pipés. Quand tu es flic ou procureur, tu as tout le pouvoir, ressources et contacts de l'État avec toi et ce, d'un bout à l'autre du parcours, alors que du côté défense, tu es seul. C'est du David contre Goliath et toi, tu es David et c'est pour ça que l'emporter est si génial. Et rare.

— Ça me semble un peu simpliste, le reprit Bosch. Surtout avec la paperasse à faire et toutes les règles en faveur de l'accusé à respecter, mais oui, je comprends. Et donc si on attend pour le FBI, qu'est-ce que tu veux que je fasse à la place ?

— Je suis sûr que tu trouveras quelque chose. Donne-moi juste quelques jours pour comprendre comment nous en prendre aux fédéraux. Il faut que je parle à des gens pour voir si on peut faire monter notre affaire devant une cour fédérale.

Toujours garé sous son auvent, Bosch regarda droit devant lui en envisageant plusieurs suites possibles. Il partait du principe que le FBI tenait Sanz et que c'était la raison pour laquelle cette réunion clandestine s'était tenue un dimanche après-midi. Sanz était coincé et MacIsaac lui mettait la pression pour qu'il devienne informateur. S'en tenant à son passé récent et connu de tous, le Bureau se concentrait sur la corruption dans les services du shérif et s'intéressait particulièrement au nombre grandissant de ses cliques. Bosch n'avait pas besoin de parler avec MacIsaac pour le savoir.

Le problème était de découvrir ce que le FBI savait sur Sanz qui soit plus sérieux et manœuvrable que son appartenance à une clique et si cela avait conduit à son assassinat. Bosch, lui, savait que Haller n'avait pas besoin de connaître tous les faits pour s'acquitter de ses obligations dans l'affaire. La plupart des avocats de la défense fonctionnent selon le principe du « il n'y a pas de fumée sans feu ». Ils ont certes besoin de planter les germes du doute raisonnable dans la tête des jurés, mais ne sont pas pour autant tenus de croire à ce qu'ils sèment. Bosch, lui, ne pouvait pas opérer de cette manière, même en travaillant pour un avocat de la défense. Il devait traverser le rideau de fumée pour aller au feu. S'il y en avait un.

Son esprit toujours à œuvrer dans la fumée, il en vint à comprendre quel serait son coup suivant. S'il ne pouvait pas s'adresser directement à MacIsaac, il savait à qui s'en prendre.

Il se rendit compte qu'il n'avait pas cessé de contempler la porte de l'abri à voitures donnant dans la cuisine sans même remarquer quoi que ce soit.

Elle bâillait sur quatre à cinq centimètres.

— Toujours là, Bosch ? lui demanda Harry. Ou est-ce que je t'ai perdu dans les collines de Hollywood ?

— Non, je suis toujours là, mais donne-moi une seconde.

Il ôta la clé de contact et s'en servit pour ouvrir la boîte à gants. Il y prit son arme, descendit de voiture et, son pistolet dans une main et son portable dans l'autre, il ajouta à voix basse :

— Je viens juste d'arriver devant chez moi et la porte d'entrée est ouverte. Et je suis assez certain de ne pas l'avoir laissée comme ça.

— Tu raccroches et tu appelles les flics.

— Pas avant d'avoir vérifié moi-même.

— Harry, lui renvoya Haller, tu n'es plus flic. Laisse-les vérifier eux-mêmes.

— Ne quitte pas.

Sur quoi, il laissa tomber son portable dans sa poche sans raccrocher. Puis il s'approcha de la porte, son arme tenue à deux mains, et se servit du canon pour l'ouvrir complètement. Immobile, il écouta un instant avant d'entrer, mais n'entendit rien et de l'endroit où il se tenait, il ne vit rien d'anormal dans sa cambuse. Il essaya de se rappeler comment il était parti de chez lui ce matin-là après que Cisco l'avait appelé. Il était pressé, mais il ne pouvait imaginer la moindre circonstance dans laquelle il aurait laissé ouvert derrière lui et cela faisait plus de trente ans qu'il habitait là. Tirer la porte derrière lui et entendre le déclic du verrou était automatique, pure mémoire des muscles.

Il recula d'un pas dans l'auvent pour vérifier s'il n'aurait pas raté la voiture de sa fille garée dans la rue au moment où il s'arrêtait devant chez lui.

La voiture de Maddie n'était pas là et il n'y avait aucun autre véhicule qui aurait pu attirer son attention. Il se tourna de nouveau vers la porte de sa cuisine et entra sans bruit, encore une fois en tenant son arme en position de tir. À cet instant, son outil le plus utile était son ouïe, mais il souffrait d'un léger acouphène dans l'oreille gauche et avait du mal à entendre. Il ressortit de sa cuisine et passa dans l'entrée derrière la porte.

Cela lui permit de voir le salon et la salle à manger. Il avança et ne remarqua rien d'anormal jusqu'à ce qu'il arrive dans le salon et s'aperçoive qu'un disque tournait sur la platine.

Le bras ayant été relevé, il n'y avait pas de son. Bosch éteignit la chaîne et regarda fixement le disque jusqu'à ce qu'il cesse de tourner. C'était le *Live at the Fillmore East* de Miles Davis qu'il avait écouté plusieurs jours avant. Il savait l'avoir laissé sur la platine, mais était certain d'avoir éteint la chaîne.

— Harry ! Qu'est-ce qui se passe ?

Minuscule, la voix de Haller lui parvenait du fond de sa poche. Il ressortit son portable et répondit.

— Pour l'instant, rien d'anormal, mais quelqu'un est entré chez moi et tenait à ce que je le sache.

— Tu es sûr ?

C'est alors que Bosch se rendit compte que quelqu'un avait fumé chez lui. S'il ne fumait plus depuis vingt ans, il n'avait pas oublié l'odeur qui reste dans l'air d'un espace clos lorsque quelqu'un y a fumé récemment.

— J'en suis sûr, oui, dit-il.

— Qui ?

— Je ne sais pas. Enfin… pas encore.

— Il faut que tu appelles les flics. Que ça soit déclaré officiellement.

— Je n'ai pas fini de vérifier la maison. Je te rappelle plus tard.

— OK, mais il faut que tu appelles les…

Bosch avait raccroché. Il laissa encore une fois tomber son portable au fond de sa poche et reprit sa vérification. Il ne repéra aucun signe d'intrusion dans les chambres et les salles de bains et s'assit sur son lit, pensif. Il se demanda encore une fois s'il était possible qu'il ait laissé sa porte ouverte et la platine en train de tourner. Peut-être l'odeur de cigarette n'était-elle qu'un souvenir fantôme de son ancienne addiction ou un effet secondaire de son traitement médical. Il savait que de courtes pertes de mémoire ainsi qu'un sens accru ou diminué du goût et de l'odorat comptaient au nombre des effets secondaires possibles aux soins qu'il recevait.

Le Dr Ferras lui ayant un jour donné son numéro de portable personnel, il songea à l'appeler, mais repoussa vite cette idée. Qu'aurait-il donc pu lui dire de plus que ce qui se trouvait déjà dans les avertissements en petits caractères mentionnés sur les produits qu'il avait accepté de prendre ? La perte de mémoire était bien un effet secondaire possible.

Il se sentait fatigué et vieux. Et vaincu. Il posa son arme sur la table de nuit. L'oreiller avait l'air si tentant ! Il eut l'idée d'appeler sa fille pour voir si par hasard elle ne serait pas passée et partie en laissant la porte ouverte. Pour ce qu'il en savait, elle ne fumait pas, au contraire de l'homme qu'elle fréquentait. Il décida de remettre à plus tard. Alors il déciderait aussi d'appeler la police – ou pas, mais plus tard. Pour l'heure il avait besoin de se reposer.

Il s'allongea et ses sombres pensées sur la mortalité le fuyant aussitôt, il se rêva en homme plus jeune avançant dans un tunnel avec une lampe électrique en train de s'éteindre.

CHAPITRE 17

Il fallait cinq heures de route. Bosch quitta son domicile dans la pénombre de l'aube pour éviter la circulation et arriver à la prison avant dix heures. C'était à ce moment-là que commençaient les visites. Il savait qu'il risquait de conduire dix heures durant et de perdre toute sa journée si Angel Acosta refusait de le voir. Il agissait sur un pressentiment fondé sur des décennies entières de maintien de l'ordre et misait sur l'idée qu'un condamné à perpétuité âgé de vingt-neuf ans accueillerait avec plaisir une interruption ou un changement dans la routine d'un emploi du temps qui ne lui en offrirait guère dans les quarante ou cinquante années à venir. L'astuce serait de l'amener à s'ouvrir et à parler lorsqu'ils seraient l'un en face de l'autre.

Le trajet le vit épuiser tous ses enregistrements de jazz, de Cannonball Adderley à Joe Zawinul, pour finir sur le « Birdland » du Weather Report dans la célèbre version « fusion » de ce même Zawinul au moment même où il entrait dans le parking visiteurs de la prison d'État de Corcoran. La musique avait chassé toutes les inquiétudes qui encombraient son esprit depuis qu'il avait trouvé sa porte entrouverte trois jours plus tôt. Étrangement, il avait espéré qu'il s'agisse d'une intrusion plutôt que du premier signe d'une dégringolade dans la démence. Il avait déposé une main courante à la police, mais savait que c'était le genre de méfait qui n'attirerait guère l'attention de l'unité des Cambriolages de la division Hollywood Nord du LAPD. L'officier qui avait pris sa déposition n'était pas convaincu qu'il y avait eu intrusion dans la mesure où Bosch n'avait pas pu lui certifier qu'on lui avait pris quoi que ce soit. Il ne s'était même pas donné la peine de lui envoyer un technicien des empreintes et Bosch n'aurait pas pu lui reprocher un quelconque manquement à ses devoirs vu ses propres incertitudes.

Bosch s'était rendu bien des fois à la prison d'État de Corcoran lorsqu'il portait le badge d'inspecteur. Là, c'était la première où il le faisait en qualité de simple civil. Angel Acosta n'avait pas été aussi difficile à localiser que Madison Landon. Il était allé consulter les archives numériques du *Los Angeles Times* et avait passé en revue tous les articles de suivi sur la fusillade qui avait opposé Roberto Sanz à des membres d'un gang au stand de hamburgers de Lancaster. L'un des assaillants avait été tué et un autre blessé tandis que les deux derniers prenaient la fuite. Le blessé avait été arrêté et identifié comme étant Angel Acosta. Il avait reçu un projectile à l'abdomen, mais avait recouvré la santé à l'hôpital de la prison du comté et un an après la fusillade, il plaidait coupable d'agression contre un membre des forces de l'ordre. Pour Bosch, cela ressemblait beaucoup à un traitement de faveur : entre trois et cinq ans de prison pour avoir tiré sur un adjoint du shérif ? Et en plus, Acosta n'avait même pas été tenu coresponsable dans la mort de son copain membre de gang, ce qui constituait habituellement une charge supplémentaire lorsque quelqu'un d'autre que la victime visée était tué pendant la commission d'un crime. Les procureurs de Californie ne suivaient plus cette procédure à la suite d'arrêts l'invalidant en appel, mais six ans plus tôt c'était une charge de plus dans les accusations retenues contre le prévenu. Qu'Acosta n'ait pas eu à y faire face dès son arrestation n'était pas clair.

Cela étant, la légèreté de sa condamnation n'avait guère d'importance au bout du compte. L'affaire avait suivi son cours, mais pas avant qu'Acosta ne soit condamné pour le meurtre d'un autre prisonnier et, reconnu coupable, n'ait eu droit à perpète sans possibilité de libération conditionnelle. Il avait été transféré à Corcoran, où il était probable qu'il reste jusqu'à la fin de ses jours.

Bosch voulait lui parler pour plusieurs raisons. Il avait des doutes sur sa première condamnation et sur la manière dont il l'avait obtenue. La presse ne s'était pas étendue sur ce point et n'avait même pas donné le nom de son défenseur, ni non plus celui du procureur en charge de l'affaire. À quoi, dernière information en date, il fallait ajouter que Roberto Sanz avait parlé à un certain agent MacIsaac. Bosch savait que l'enquête du Bureau ayant probablement à voir avec la forte prolifération des cliques et la corruption au sein des services du shérif, un focus sur Sanz et son affiliation aux Cucos devait avoir inclus une analyse de la fusillade qui avait fait de lui un héros. S'il pouvait amener Acosta à parler, ce serait sur ce point qu'il faudrait le questionner.

Tout visiteur non prévu devait remplir un formulaire et patienter dans une salle d'attente pendant qu'on demandait au détenu s'il était d'accord pour le voir, et il n'y avait aucune garantie d'horaire. L'officier pénitentiaire auquel Bosch tendit son formulaire dûment complété ne le fit pas circuler dans les dortoirs pour trouver Acosta. Il se contenta de poser sa demande sur une pile et lui dit de se mettre à l'aise dans la salle d'attente jusqu'à ce qu'on l'appelle.

Bosch y resta presque deux heures avant d'entendre son nom : Acosta acceptait de le voir. Il savait que ce serait la partie facile de l'affaire. L'autre – celle qui consisterait à l'amener à parler – serait plus délicate.

Il fut conduit dans une salle où s'alignaient vingt tabourets et postes de parloir d'un côté, une passerelle courant le long de l'autre. Un officier y faisait d'incessants allers-retours pour surveiller l'ensemble.

Bosch reçut l'ordre de se présenter au poste n° 7. Il s'assit sur un tabouret en acier, en face d'un épais panneau de plexiglas éraflé muni d'un récepteur téléphonique sur le côté. Il y attendit dix minutes de plus avant qu'un homme maigre et nerveux en tenue bleue de prisonnier se présente de l'autre côté de la vitre, hésite et s'empare du téléphone avant de s'asseoir. Bosch décrocha le sien. Les trente secondes suivantes lui diraient s'il avait perdu sa journée.

— T'es flic ? lui lança Acosta. T'en as l'air.

— Autrefois. Aujourd'hui je travaille pour des gens comme vous.

Acosta avait le cou entièrement couvert de tatouages de prison montrant son allégeance à la eMe, la mafia mexicaine qui contrôle tous les gangs latinos dans les prisons de Californie. Il en avait un en forme de larme au coin de l'œil gauche, en plus de son crâne et de sa barbe rasés. Curieux de la réponse de Bosch, il le fixa en se laissant lentement glisser sur son tabouret.

— T'es qui, toi ? demanda-t-il.

— C'était marqué sur le papier que vous a montré le garde. Je m'appelle Bosch et je suis enquêteur privé.

— D'accord, l'enquêteur privé. Qu'est-ce que tu veux ? Et me sors pas de conneries.

— Je suis en train d'essayer de faire libérer une femme de prison. Le nom de Lucinda Sanz vous dit-il quelque chose ?

— Peux pas dire et rien à foutre.

— Elle était mariée à l'adjoint du shérif qui vous a tiré dessus y a sept ans. Vous vous rappelez ?

— Je me rappelle qu'elle a fait un truc bien, cette dame, en envoyant ce mec six pieds sous terre. J'en ai entendu parler, mais qu'est-ce que ç'a à voir avec moi ? J'ai un alibi impeccable. Quand toutes ces merdes sont arrivées, j'étais déjà en taule grâce à lui et à ses putains de mensonges.

— Il mentait ? Alors comment ça se fait que vous ayez plaidé coupable ?

— Disons seulement que j'avais pas le choix, *cabron*. Et j'ai rien d'autre à dire.

Il se décolla le téléphone de l'oreille et abaissait la main pour raccrocher lorsque Bosch leva un doigt comme pour lui dire : « Une dernière question. » Acosta se remit l'appareil à l'oreille.

— Je parle pas aux flics ou ex-flics, *pendejo* !

— Ce n'est pas ce que j'ai entendu dire, lui renvoya Bosch.

— Ah oui ? Et qu'est-ce que t'as entendu dire ?

— Que vous avez parlé au FBI.

Acosta écarquilla les yeux un bref instant.

— C'est des conneries ! Je leur ai rien dit.

Qu'il ait parlé ou pas, sa réponse confirmait que le Bureau l'avait approché. Le pressentiment de Bosch semblait bon.

— Le rapport de l'agent MacIsaac ne raconte pas la même histoire. Il affirme que vous lui avez dit ce qui s'était vraiment passé au stand de hamburgers ce jour-là.

Bosch travaillait toujours sans filet, mais s'en tenait à son pressentiment selon lequel la fusillade au Flip ne s'était pas déroulée comme l'avaient rapporté publiquement les services du shérif. D'après ce qu'il savait de Roberto Sanz, il n'y avait pas eu de héros ce jour-là.

— Ce n'était pas une embuscade, pas vrai ? insista-t-il.

— Je cause pas aux flics, je cause pas au FBI et je cause pas non plus aux *pendejos* de privés, lui répondit Acosta en faisant non de la tête.

— Vous avez parlé à MacIsaac et vous lui avez raconté que cette embuscade n'en était pas une. En réalité, il s'agissait d'une rencontre avec un flic corrompu qui a mal tourné. C'est même comme ça que vous avez décroché votre traitement de faveur.

Acosta écarta de nouveau le combiné de son visage, hésita et finit par l'y remettre.

— Un traitement de faveur ? répéta-t-il. Je suis ici jusqu'à la fin de mes jours, bordel !

— Sauf que ce n'était pas censé se terminer comme ça. Vous étiez censé faire un peu de taule et en sortir après avoir coopéré avec le Bureau. Mais quand Roberto Sanz a été tué, ç'a été fini pour vous. Et après, bien sûr, vous avez exécuté un contrat pour la eMe, ce qui vous a valu une larme à l'œil et d'écoper perpète sans possibilité de conditionnelle.

— Tu sais même pas de quoi tu parles, bordel !

— Je n'ai peut-être pas encore tout le tableau, mais je l'aurai. Je sais que vous avez parlé avec MacIsaac et je sais aussi que les fédéraux vous ont fait un deal.

— Tu te trompes. C'est mon avocat qui me l'a eu, ce deal. Silver m'a dit que j'avais pas besoin de coopérer et je l'ai pas fait. Fallait juste que je ferme ma gueule comme maintenant.

Bosch le dévisagea longuement avant de répondre. Son pressentiment était en train de payer, mais pas de la manière à laquelle il s'attendait.

— Votre avocat était Frank Silver ? finit-il par lui demander.

— Oui, c'est ça. Alors, va lui causer et tu verras que j'suis pas une putain de balance. Je n'ai parlé ni à MacIsaac ni à personne de chez eux.

— Mais vous avez parlé à Silver, non ? Silver, votre avocat à qui tout ce que vous raconteriez resterait confidentiel. Vous lui avez parlé du Flip et c'est comme ça que vous avez eu votre deal.

— Là, c'est fini, mec. J'ai parlé à personne de chez eux et je te parle plus non plus.

Sur quoi il raccrocha si violemment le téléphone que Bosch eut l'impression d'entendre un coup de feu. Puis il quitta son tabouret et disparut.

Bosch ne bougea pas pendant un long moment et repassa tout ce qu'il venait d'entendre dans sa tête. L'avocat Frank

Silver avait représenté Angel Acosta un an avant de défendre Lucinda Sanz. Il essaya de se rappeler ce que celle-ci lui avait dit sur la façon dont Silver en était venu à la représenter. Il s'était immiscé dans l'affaire et en se portant volontaire, il l'avait arrachée aux mains mêmes de l'avocat commis d'office.

Bosch reposa le téléphone dans son logement et se leva. Il savait qu'il y avait des coïncidences dans certaines affaires, mais là, il n'y croyait pas.

Quatrième partie

LADY X

CHAPITRE 18

Je trouvai Silver à l'endroit même où je l'avais vu la dernière fois, assis derrière le bureau qu'il occupait dans son minuscule cagibi de la commune d'Ord Street. Je remarquai qu'il avait remplacé la carte de visite professionnelle que j'avais prise dans la fente pratiquée le mur. La porte étant comme d'habitude ouverte, cette fois j'entrai sans frapper. Il ne leva pas les yeux du bloc-notes dans lequel il écrivait. La pièce sentait la bouffe chinoise à emporter.

— Que puis-je faire pour vous ? demanda-t-il.

Je gardai le silence et posai le document agrafé devant lui. Enfin il leva les yeux et sursauta en découvrant l'individu qui se tenait devant son bureau.

— Mais c'est l'avocat à la Lincoln ! s'écria-t-il. Quoi de neuf, mon associé ?

— Frank, lui lançai-je, vous est-il jamais arrivé d'aller au tribunal ?

— J'ai toujours pensé que tout bon avocat se doit d'éviter ça. C'est là que se produisent les merdes, non ?

— Pas toujours.

Il s'empara du document et se renversa dans son fauteuil pour le lire.

— Et donc, qu'avons-nous là ? demanda-t-il.

— Une copie de ma demande d'*habeas corpus*, lui répondis-je. Je vais la déposer demain et je me disais que vous devriez en avoir une au cas où les médias en entendraient parler. Depuis peu, ils ont l'air de suivre mes faits et gestes d'assez près.

— C'est parce que vous êtes un gagneur. Et les gagneurs ont droit à de la presse écrite.

— C'est plutôt numérique maintenant, mais je comprends ce que vous dites.

— Voyons voir ce que nous avons là, enchaîna-t-il en se mettant à lire.

Je remarquai un emballage de bouffe à emporter plein de ce qui ressemblait à du riz frit. L'odeur renforçait l'impression de claustrophobie qui régnait dans la pièce.

Dès qu'il lut l'intitulé – « Sanz contre États-Unis d'Amérique » –, Silver se pencha en avant et leva les yeux sur moi.

— Vous allez plaider au niveau fédéral ? Je croyais que vous aviez dit…

— Je sais ce que j'ai dit, l'interrompis-je. C'était avant que nous plongions dans l'affaire et y découvrions certaines choses.

— Je n'ai jamais travaillé au niveau fédéral.

— J'essaie d'éviter, mais cette fois il y a des raisons de le faire.

— Telles que… ?

— Continuez de lire et vous verrez.

Il hocha la tête et reprit le document. La première page contenait une liste standard des raisons pour lesquelles l'US District Court devait accepter ma motion. Plus spécifique à l'affaire, la deuxième détaillait comment les efforts que j'avais déployés pour obtenir la coopération du FBI avaient eu droit à un rejet total de la part de l'US attorney. Silver commença à opiner du chef en lisant comme s'il était d'accord avec les faits décrits. Lorsqu'il vit la note décrivant la pièce jointe à ma demande, il alla droit à la fin du document et lut la lettre aussi courte que sèche que m'avait envoyée l'US attorney pour refuser ma demande de parler à l'agent du FBI Thomas MacIsaac et m'avertir que toute tentative de ma part de le citer à comparaître dans une cour d'État serait immédiatement bloquée.

— Parrrrrfait, dit Silver en allongeant le mot.

Sur quoi, il revint à la deuxième page, puis passa à la troisième. C'était le moment que j'attendais, la page trois décrivant le nœud de l'affaire et contenant les raisons pour lesquelles ma requête devait être acceptée et une audience en *habeas corpus* programmée. J'observai Silver de près tandis qu'il continuait de lire et d'opiner de la tête comme s'il cochait des cases et approuvait ce texte.

Quelques secondes plus tard, il cessait d'approuver.

— C'est quoi, ce bordel, Haller ? s'écria-t-il. Je lis qu'il y aurait eu « défaut d'assistance de la défense » alors que vous m'aviez dit que vous ne prendriez pas ce chemin ?

— Je vous l'ai déjà dit : il y a eu du changement, lui renvoyai-je.

— Quel changement, bordel ? Vous croyez donc que vous allez déposer cette demande et la faire fuiter dans la presse ? Sauf que pas question de ça, mon petit ! Ça ne se produira pas.

J'étais toujours debout et ne voulais pas m'asseoir pour entendre ça. Je ne voulais même pas être dans cette pièce, en face de ce type, plus longtemps que nécessaire. Je posai la main sur son bureau après y avoir écarté un peu de paperasse, puis je me penchai en avant, mais me trouvai toujours au-dessus de lui.

— Certaines choses ont changé quand j'ai découvert des trucs sur vous, lui assénai-je.

— Sur moi ? s'exclama-t-il. De quoi parlez-vous ? Qu'est-ce que vous avez découvert ?

— Que vous avez jeté Lucinda Sanz en prison. Que vous avez fait semblant de perdre le combat.

— Des conneries, oui !

— Non, ce ne sont pas des conneries. Vous auriez pu l'emporter sans problème. Mais vous avez plié et cela fait cinq ans que cette femme pourrit à Chino.

— Vous êtes fou ? Rien de tout cela n'est vrai. C'est un deal superbe que je lui ai trouvé, bordel ! Et même si ça en avait été un mauvais, ce n'est pas moi qui l'ai accepté. C'est elle. C'est elle qui a décidé.

— Après que vous l'avez convaincue de l'accepter.

— Je n'ai pas eu à le faire. Elle savait qu'ils la tenaient, et savait aussi que c'était un bon deal. Je n'ai eu qu'à le lui présenter pour qu'elle fasse le reste. Demandez-le-lui et elle ne vous dira pas autre chose.

— Mais je le lui ai demandé. Elle m'a effectivement confirmé que c'était sa décision à elle, mais à ce moment-là elle ne savait pas que quelques mois plus tôt, vous représentiez un client du nom d'Angel Acosta.

Silver ne parvint pas à cacher la surprise dans son regard.

— Eh oui, repris-je. Angel Acosta, le type que l'ex-mari de votre cliente avait blessé au cours d'une fusillade devant un stand de hamburgers.

— Il n'y a pas conflit d'intérêts, me renvoya-t-il. C'est une coïncidence. Et certainement pas une défense défici…

— Acosta vous avait dit qu'il n'y avait pas eu d'embuscade. Qu'il s'agissait d'une espèce de réunion entre le gang et un flic corrompu. Je n'en connais pas encore tous les détails, mais vous si. Mais que ç'ait été ceci ou cela, ça a mal tourné et la fusillade a éclaté. Sanz n'avait rien d'un héros et vous le saviez. C'était l'atout que vous aviez dans la manche pour Acosta. Votre levier. C'est comme ça que vous lui avez dégotté un traitement de faveur. Vous avez menacé de tout déballer en public, de faire le procès des services du shérif.

— Vous ne savez vraiment pas de quoi vous parlez, Haller.

— Je crois que si. C'est là que vous avez vu l'occasion de doubler la mise avec Lucinda. On pique l'affaire à l'avocat commis d'office et on se sert du même renseignement d'Acosta pour décrocher un deal. Sauf que la réalité était que cette fois vous aviez affaire à une innocente. Et que vous aviez tout ce qu'il fallait pour aller au procès et l'emporter. Mais non, vous, vous n'êtes qu'un avocat de deuxième zone. Vous avez fait semblant d'être cuit.

Il poussa son carton de nourriture sur le côté de son bureau, mais trop fort, tout tombant par terre et éclaboussant le sol et les murs de riz frit.

— Eh merde! s'écria-t-il

Il commença à se pencher pour nettoyer, mais se redressa brusquement et me regarda.

— C'était une décision au jugé, reprit-il. On en prend tous les jours et aucun juge ne vous accordera un *habeas corpus* sur une décision au jugé. Déposez votre requête et on vous virera du tribunal fédéral en rigolant.

Le document que j'avais préparé ce matin-là n'était qu'un accessoire et Silver avait raison sur un point: aller à l'*habeas corpus* au niveau fédéral sur la seule base d'un défaut de défense efficace ne marcherait pas. Ça n'irait nulle part et je n'avais aucune intention de le faire. Ce n'était qu'un outil destiné à atteindre Silver et à le faire parler.

— Je serai peut-être la risée du tribunal, lui dis-je, mais le public pourrait aussi découvrir que vous avez foiré dans une affaire où la cliente était innocente.

— Comme je vous l'ai dit, vous ne savez vraiment pas de quoi vous parlez, bordel!

— Eh bien saisissez donc l'occasion de me mettre au courant. Dites-moi ce que je ne sais pas.

— J'ai été me-na-cé, espèce d'abruti. Je n'avais pas le choix.

Et voilà, j'avais brisé ses défenses. Enfin, je tirai une chaise devant son bureau et m'assis.

— Menacé par qui ?

— Je ne peux pas en parler. La menace est toujours là et bien réelle. Vous feriez bien de prendre garde ou le prochain coup, c'est vous qui prenez.

— Mauvaise réponse. Il va falloir tout me raconter immédiatement ou je dépose ma requête dès demain matin et j'envoie un communiqué de presse à tous les journaux de la ville.

— Vous ne pouvez pas me faire ça.

— C'est déjà fait, lui renvoyai-je en lui montrant le document posé devant lui sur son bureau. Vous voulez arrêter ça, vous me dites ce qui s'est passé avec Sanz. Qui vous a menacé et pourquoi ?

— Putain ! s'exclama-t-il comme quelqu'un qui ne voit aucun moyen de sortir d'un piège.

— Le choix est simple, Frank. Vous travaillez avec moi ou vous travaillez contre moi et je suis prêt à tout brûler sous vos pieds pour sortir ma cliente de prison.

— OK, OK, dit-il. Je vais vous raconter ce qui s'est passé, d'accord ? Mais vous, vous ne vous en servez que comme d'un renseignement et vous ne révélez pas de qui vous le tenez.

— Je ne peux pas vous promettre ça. Pas avant de savoir ce que vous savez.

— Merde…

Il gagnait du temps, je repoussai ma chaise en arrière.

— C'est bon, dis-je, je dégage. Bonne chance à vous demain.

— Non, non, attendez ! D'accord, je vais tout vous dire, je vais parler. Vous avez raison, Angel m'a tout raconté. Sanz encaissait les fonds pour les Cucos, une des cliques du shérif. Acosta et ses copains se faisaient payer leur protection et c'était Sanz qui collectait. Ce jour-là il devait y avoir un ramassage ordinaire, mais Sanz a voulu plus. Pour les Cucos. Il y a eu une bagarre et ça a dégénéré en fusillade. Après qu'Angel m'a dit ça, j'ai reçu un appel d'un ami de Sanz qui m'a averti que si je portais ce que je savais devant les tribunaux, ce serait la dernière affaire que je plaiderais jamais.

— Un « ami » ? De qui parlons-nous ?

— Je ne sais pas. Un des Cucos.

— Ça ne m'aide pas, ça. J'ai besoin d'un nom.

— Je n'en ai pas. Je n'en voulais surtout pas.

— Je vous protégerai.

— Vous vous foutez de moi ? Vous ne pourrez jamais me protéger de ces types. Ce sont des flics !

— Comment saviez-vous que c'étaient des flics ?

— Je le savais, c'est tout. C'était évident, non ? Avec ce qu'Acosta m'avait raconté…

— J'ai toujours besoin d'un nom, Frank, ou nous en avons fini. Qui vous a appelé ?

— Il n'a pas dit son nom et je ne le lui ai pas demandé.

— Que vous a-t-il dit exactement ?

— De dire à Acosta que s'il la fermait, il aurait un deal du district attorney. J'ai dit OK. Je savais que lui avoir un deal serait une grande victoire. Pareil pour Acosta. Je n'ai pas eu à le convaincre. Il a été très content de l'accepter.

— Qui était le procureur qui offrait ce deal ?

— Le même que celui qui gérait toutes les grosses affaires. Andrea Fontaine. Mais maintenant elle exerce en centre-ville.

Je réfléchis à tout ce qui venait de m'être dit et passai à autre chose.

— Bien. Lucinda Sanz. Vous êtes allé voir l'avocat commis d'office et lui avez pris l'affaire.

— Parce qu'on m'en avait donné l'ordre.

— Qui ça ? Le même type que celui qui vous a appelé pour Acosta ?

— Non, cette fois, c'était une femme. Elle était au courant de tout le deal avec Acosta et m'a dit qu'il y aurait une offre de Fontaine et que je devrais convaincre Lucinda de l'accepter et de plaider coupable. Et qu'après ça, si je me servais de ce que je savais sur Roberto Sanz et sur la fusillade d'avant, j'étais un homme mort, purement et simplement.

Je réfléchis. Lucinda nous avait dit que c'était une femme qui lui avait fait subir le test de la poudre, une femme qui disait travailler avec Roberto Sanz.

— Et pour le deuxième appel, vous savez qui c'était ? lui demandai-je.

— Non, mec, je vous l'ai déjà dit : aucun nom n'a été mentionné. Ils n'étaient pas si bêtes.

— Lucinda savait-elle quoi que ce soit de tout ça ?

Il baissa les yeux.

— Je ne lui en ai jamais parlé. Je lui ai seulement conseillé d'accepter le deal. Que c'était la seule façon qu'elle avait de s'en sortir.

Je crus voir de la honte et du regret dans ses yeux. Peut-être croyait-il à ce moment-là qu'elle était vraiment coupable et que les types qui l'appelaient cherchaient à limiter ce qui pouvait se muer en un énième scandale pour les services du shérif. Mais dans un cas comme dans l'autre, Silver savait au plus profond de lui-même qu'il ne serait jamais qu'un piètre avocaillon de la commune d'Ord Street.

— Vous avez donc fait tout ça sur la foi de coups de fil émanant d'inconnus qui disaient être flics, lui lançai-je. Mais comment saviez-vous que ces menaces étaient réelles ?

— Parce qu'ils savaient des choses, me répondit-il. Des trucs qui n'étaient jamais sortis au grand jour et qui ne pouvaient venir que de l'intérieur.

— Du genre ?

— Du genre, ce qu'Acosta pourrait lâcher si je le faisais parler au tribunal. Du genre que Roberto Sanz n'avait jamais été un héros le jour de la fusillade.

Je changeai de sujet en ayant recours à la tactique dont se servait Bosch pour tenir un témoin constamment en déséquilibre en lui posant des questions auxquelles il ne s'attend pas.

— Parlez-moi donc de l'agent MacIsaac, lui lançai-je.

— De qui ?

Grâce à quelques coups de fil, Bosch avait réussi à apprendre le nom complet de MacIsaac et son affectation à l'antenne du FBI de L.A. Cette partie-là de mon document était factuelle et j'espérais qu'il arracherait une réponse à Silver.

— L'agent spécial du FBI Tom MacIsaac, repris-je. C'est le type à qui l'US attorney m'interdit de parler ou de citer à comparaître. S'est-il jamais pointé ici pour vous parler ?

— Non, c'est la première fois que j'entends parler de lui. Qu'est-ce qu'il…

— Il a eu un long entretien avec Roberto Sanz le jour où celui-ci a été tué. Si vous étiez même seulement un semblant d'avocat, vous l'auriez découvert et n'auriez pas convaincu votre cliente de plaider coupable.

— Écoutez, mec, dit-il en hochant la tête, je n'arrête pas de vous dire que j'étais menacé. Je n'avais pas le choix.

— Et donc, vous avez fait volte-face et vous n'avez pas laissé le choix à votre cliente. Vous l'avez convaincue d'accepter le deal. Vous l'avez convaincue d'aller en prison.

— Vous n'étiez pas là. Vous n'avez aucune idée du genre de pressions que je subissais et des éléments de preuve qu'ils avaient contre elle. Elle était condamnée de toute façon.

— Bien sûr, Frank. Tout ce que vous voulez du moment que ça ne vous empêche pas de dormir la nuit.

J'éprouvais un désir quasiment incontrôlable de m'éloigner de lui et de son bureau qui puait l'échec et le porc au riz frit, mais je restai pour l'entendre terminer sa confession.

— Bien, dis-je enfin. Revenons à Angel Acosta et dites-moi tout ce que vous savez. Et j'ai besoin de tous les détails dont vous vous souvenez. Vous faites ça et cette pétition ne sort pas d'ici, lui dis-je en lui montrant mon document sur son bureau.

— Comment je peux être sûr que vous n'allez pas me baiser au bout du compte ? me demanda-t-il.

— Eh bien ça, mon pote, faut croire que vous ne pouvez pas.

CHAPITRE 19

La Lincoln était garée le long du trottoir avec Bosch au volant lorsque je ressortis. J'avais complètement renoncé à mon habitude de sauter à l'arrière et m'assis à côté de lui sans même réfléchir.

— Ça a marché ? me demanda-t-il.

— Oui et non. Il m'a en gros confirmé ce que nous avions établi ensemble. Mais il m'a affirmé ne rien savoir sur MacIsaac et le FBI.

— Tu le crois ?

— Oui. Pour l'instant.

— Bon, qu'est-ce qu'il savait ?

— Il m'a dit qu'aussi bien pour Acosta que pour Sanz il avait été menacé par des adjoints du shérif. Il a donc commencé par devoir convaincre Acosta d'accepter un deal, et plus tard il aurait été obligé de faire la même chose avec Lucinda. Il n'avait aucun nom. Tout ça par téléphone. Le premier appel émanait d'un homme, le second d'une femme et chaque fois on lui disait que le district attorney lui trouverait un deal et qu'il valait mieux que son client l'accepte sinon il y aurait des conséquences. Pour lui.

— C'est tout ? Rien que des coups de fil anonymes ?

— Mais chaque fois celui qui l'appelait avait des renseignements en interne. Des détails sur la fusillade avec Sanz. Et il croyait à la menace.

— Le premier un homme et le second une femme. Et Lucinda nous a bien dit que c'est une femme qui lui a fait subir le test de la poudre.

— Exactement ce que je pensais. Pour l'instant nous l'appellerons donc Lady X. Mais nous, nous devons identifier qui faisait partie de l'unité de Sanz à ce moment-là, surtout s'il y avait des femmes. Cisco et toi, vous les retrouvez, avec leurs bios intégrales, et on commence à dresser une liste de témoins.

— C'est compris. Où va-t-on maintenant ?

— Au palais de justice. C'est le moment d'aller secouer les puces à quelqu'un.

Bosch vérifia dans les rétros, démarra la Lincoln et quitta Ord Street.

— Les puces à qui ? demanda Bosch.

— L'adjoint au district attorney qui a géré les affaires Acosta et Sanchez est Andrea Fontaine. À l'époque elle traitait avec le tribunal d'Antelope Valley. Maintenant elle est aux Major Crimes du centre-ville. Je me disais donc qu'on pourrait lui rendre visite histoire d'entendre ce qu'elle a à dire sur ces affaires et les deals qu'elle a conclus. Et si elle s'était fait un petit deal pour elle-même ?

— Tu nous la fais grosse conspiration, là. Les services du shérif *et* le bureau du district attorney ?

— C'est que les théories conspirationnistes font le beurre des avocats de la défense.

— Génial. Et la vérité ?

— On ne la voit pas très souvent dans les tribunaux que j'ai fréquentés.

Bosch ne trouva rien à répondre. Il nous fallut cinq minutes pour arriver au palais de justice, et dix de plus pour trouver une place de parking. Bosch parla enfin avant que nous descendions de voiture.

— Ce que tu as dit sur l'idée de bâtir une liste de témoins… Qu'est-ce que tu espères tirer des coéquipiers de Sanz ?

— Qu'ils mentent comme des arracheurs de dents lorsqu'ils témoigneront. Parce que s'ils le font, nous supprimons le plus gros élément de preuve contre Lucinda.

— Le test des restes de poudre.

— Enfin tu penses comme un avocat de la défense.

— Pas question.

— Écoute, crois-tu vraiment que Lucinda a tué son ex et qu'elle est là où elle devrait être aujourd'hui ?

Bosch réfléchit un instant avant de répondre.

— Oh, allez ! lui lançai-je. Tu n'es pas sous serment !

— Non, je ne pense pas qu'elle l'ait tué, répondit-il enfin.

— Eh bien, moi non plus. Notre devoir est donc de faire tomber les éléments de preuve retenus contre elle comme un château de cartes. Et si nous n'y parvenons pas, nous devrons le reconnaître et expliquer pourquoi. Ils nous sortent des photos d'elle en train de tirer sur des cibles ? Nous disons « mais oui, c'est bien elle », mais elle ne le faisait que parce qu'elle tirait comme un pied, et certainement pas assez bien pour coller deux projectiles dans le dos de son ex à quasiment quinze centimètres d'écart l'un de l'autre. Comme si de rien n'était. Tu comprends ?

— Oui, je comprends.

— Bien. Et maintenant allons voir ce que cette procureure aura à nous dire.

— Tu vas lui poser des questions là-dessus ? Sur le test de la poudre ?

— Oui, et sans rien lui dévoiler.

Bosch acquiesça d'un signe de tête, nous ouvrîmes nos portières et descendîmes de voiture.

Le palais de justice se trouve en face du Criminal Courts Building. Il avait jadis abrité les services du shérif, les trois étages supérieurs constituant la prison du comté. Depuis, ces services ont déménagé les trois quarts de leurs opérations au STARS Center[1] de Whittier et une prison y a été construite, le bâtiment ancien étant alors transformé pour servir d'autres buts et les étages de prison transformés en bureaux où les procureurs travaillent les affaires qui seront jugées dans les tribunaux de l'autre côté de la rue.

Andrea Fontaine ne fut pas ravie de notre visite imprévue. Elle nous rencontra dans une aire d'attente après avoir été avertie de notre demande d'audience par le réceptionniste. Nous nous présentâmes, elle nous accompagna à son bureau en nous expliquant qu'elle n'avait que quelques minutes à nous consacrer avant d'assister à une audience dans un des tribunaux d'en face.

— Ça ne pose pas de problème, lui dis-je. Nous n'avons besoin que de quelques minutes.

Elle nous fit entrer dans un espace encore plus restreint que celui de Frank Silver et qui, avec trois de ses murs en bloc de béton et, juste derrière son bureau, un quatrième en forme de treillis de vitres et de barreaux de fer sans ouverture plus grande qu'un carré de quinze centimètres de côté, avait de toute évidence été une cellule autrefois.

Mais son bureau était bien rangé et pas aussi encombré que celui de Silver. Il y avait assez de place pour deux chaises devant, nous nous assîmes donc tous.

— Je ne pense pas que nous ayons une affaire ensemble, si ? nous demanda-t-elle.

— Euh non, pas encore, lui répondis-je.

— Ça semble bien mystérieux, dit-elle. De quoi s'agit-il ?

1. Ou Sheriff's Training Academy and Regional Services.

— De deux affaires que vous avez gérées à l'époque où vous étiez à Antelope Valley.

— J'ai été transférée ici il y a quatre ans. De quelles affaires parlez-vous ?

— Celles d'Angel Acosta et de Lucinda Sanz. Je suis certain qu'elles figurent au sommet de votre réussite.

Elle tenta de garder un visage impassible, mais je vis un éclair de peur dans ses yeux.

— Je me rappelle l'affaire Sanz, bien sûr, dit-elle. Elle a tué un adjoint du shérif que je connaissais. Il est rare d'hériter d'une affaire où l'on connaît la victime. Mais Acosta… aidez-moi pour celle-là. Ça me dit quelque chose, mais je n'arrive pas à la situer.

— C'est celle de l'embuscade au stand de hamburgers du Flip, un an avant que Sanz se fasse tuer, lui répondis-je. L'histoire de la fusillade ?

— Ah oui, bien sûr. Merci. Mais pourquoi me posez-vous des questions sur ces affaires ? Elles ont toutes les deux été closes avec accord de la cour : des coupables qui plaident coupable.

— C'est que nous n'en sommes pas si certains. De l'aspect « coupable » s'entend.

— Dans quelle affaire ?

— Celle de Lucinda Sanz.

— Vous allez remettre en cause cet arrêt ? Elle a obtenu un super deal. Vous voulez risquer un deuxième procès ? Si elle y va, elle pourrait très bien finir par être condamnée à perpète. Avec ce qu'elle a obtenu, elle sortira dans quoi ? Quatre ou cinq ans ? Peut-être même avant.

— Quatre ans et demi en fait. Mais elle affirme ne pas être coupable. Et elle veut sortir tout de suite.

— Et vous la croyez ?

— Oui, je la crois.

Elle se tourna vers Bosch.

— Et vous, Bosch ? lui demanda-t-elle. Vous avez bien travaillé aux Homicides, non ?

— Ce que je crois n'a aucune importance, lui renvoya-t-il. Les éléments de preuve ne permettent pas de la condamner.

— Alors pourquoi a-t-elle plaidé coupable ?

— Parce qu'elle n'avait pas le choix, lui répondis-je. Et de fait, elle n'a plaidé que *nolo contendere*. Ce qui n'est pas la même chose.

Fontaine nous dévisagea tous les deux quelques instants.

— Messieurs, nous en avons terminé, dit-elle enfin. Je n'ai rien d'autre à dire sur ces deux affaires. Elles sont closes. La justice a été rendue. Et je vais être en retard au tribunal.

Elle se mit à empiler des dossiers sur son bureau, prête à y aller.

— Je préférerais qu'on parle maintenant plutôt que d'avoir à vous citer à comparaître, lui lançai-je.

— Alors là, bonne chance ! me renvoya-t-elle.

— Le plus important élément de preuve que vous aviez contre elle se résume au test de la poudre. Que je vous dise tout de suite : on peut vous le démolir sans problème.

— Vous êtes avocat de la défense. Vous pourrez certainement trouver un prétendu expert pour déclarer tout ce que vous voulez. Mais ici, on travaille sur des faits et le fait est qu'elle a abattu son ex-époux et qu'elle mérite d'être où elle est.

Elle se leva et jeta les dossiers qu'elle avait rassemblés dans un sac en cuir orné de ses initiales en or près de la poignée. Bosch commença à se lever lui aussi, mais pas moi.

— Je n'aimerais vraiment pas vous traîner dans la boue qui va sortir de tout ça, lançai-je à Fontaine. Quand ça ira au tribunal.

— C'est une menace ?

— Ce serait plutôt un choix, lui renvoyai-je. Vous travaillez avec nous pour découvrir la vérité, ou vous travaillez contre nous pour la cacher.

— J'aimerais beaucoup voir le jour où je découvrirai un avocat de la défense qui se soucie vraiment de la vérité ! Bon et maintenant, vous partez ou j'appelle la sécurité pour vous raccompagner à la sortie.

Je pris tout mon temps pour me lever sans cesser de soutenir ses regards pleins de colère.

— N'oubliez pas que nous vous avons laissé le choix, lui dis-je.

— Partez ! lança-t-elle avec force. Tout de suite !

Bosch et moi gardâmes le silence jusqu'au moment où nous prîmes l'ascenseur pour redescendre au rez-de-chaussée.

— Je dirais que tu as très bien réussi à lui secouer les puces, déclara Bosch.

— Les siennes et celles de quelques autres à venir, j'en suis certain.

— Tu es prêt pour la suite ? Qu'est-il arrivé à ton « aucune trace avant… » ?

— On change de direction. En plus, quelqu'un d'autre est déjà au courant de ce que nous faisons.

— Comment le sais-tu ?

— Facile. Quelqu'un est entré chez toi par effraction parce qu'ils veulent qu'on le sache.

Bosch acquiesça d'un signe de tête et nous gardâmes le silence tandis que le vieil ascenseur nous ramenait en bas.

Nous passions dans l'entrée lorsque Bosch souleva la question que je me posais moi aussi.

— Et donc, Fontaine, dit-il. Elle est corrompue ou c'est une victime… à ton avis ?

— Bonne question, lui renvoyai-je. Ils ont forcé l'avocat de la défense à faire ce qu'ils voulaient en le menaçant. Il n'est pas impossible qu'ils aient procédé de la même manière avec la procureure.

Ou alors elle est, elle-même, juste aussi corrompue que les Cucos.

— La vérité est peut-être quelque part entre les deux. Elle a subi des pressions pour protéger les services du shérif d'un scandale. Parce que c'est quand même l'agence sœur du bureau du district attorney.

— Je crois que tu es un peu trop gentil, Harry. Il ne faut pas oublier que deux ans après ces merdes, elle a été transférée d'Antelope Valley à l'unité des Major Crimes du centre-ville et moi, j'y vois un paiement pour services rendus.

— C'est vrai, faut croire.

— On ne peut pas se contenter de croire. Il faut qu'on ait du solide quand on ira au tribunal.

— Tu la citerais à comparaître en tant que témoin ?

— Pas avec ce que nous savons maintenant. Il y a encore trop de choses pas claires. Ce serait trop dangereux. On ne sait pas ce qu'elle pourrait raconter à la barre.

Nous poussâmes les lourdes portes donnant sur Temple Street et regagnâmes la Lincoln.

CHAPITRE 20

Je voulais rentrer chez moi afin de commencer à rédiger la vraie requête que j'allais présenter au nom de Lucinda Sanz. Fini les petits jeux, on allait passer aux choses sérieuses. L'heure était venue de monter le récit qui convaincrait les jurés de l'innocence de ma cliente. Comme je l'avais dit à Lucinda, le monde marchait à l'envers : elle était considérée comme coupable jusqu'à ce que je prouve son innocence. Le premier document que je me proposais d'écrire dans les jours à venir devait rendre clair ce que je présenterais et devrais prouver sans pour autant montrer ce que j'avais en réserve. Il s'agissait maintenant de faire plus que de donner un coup de pied dans la fourmilière des services du shérif. Mon écrit devait être assez convaincant pour qu'homme ou femme, un juge du tribunal de district se redresse dans son bureau et se dise : « Je veux en savoir plus. » J'avais pour l'heure deux éléments solides en ma faveur et qu'on ne pouvait rejeter pour cause de simple ouï-dire. Le premier était la révélation que Roberto Sanz faisait partie d'une clique, ce qui laissait clairement entendre qu'il y avait corruption organisée. Le second n'était autre que la rencontre une heure avant son assassinat de Sanz avec un agent du FBI. Cet élément de preuve laissait entendre qu'il y avait dans cette affaire un vaste réseau de suspects autres que Lucinda

Sanz. Tout cela m'ouvrait une porte d'accès à un procès en *habeas corpus*, mais il me faudrait plus – beaucoup plus – une fois qu'elle serait franchie.

Je demandai à Bosch de me ramener chez moi. Il avait sa propre tâche à remplir : identifier les autres membres de l'unité de Roberto Sanz, surtout les adjointes du shérif. Il lui fallait donner un nom à Lady X.

Il se gara le long du trottoir de Fareholm Drive, devant les marches conduisant à ma maison.

— Je suis dans le coin si tu as besoin de moi, me dit-il. Dès que j'ai les noms de toute l'équipe, je te le fais savoir.

— Tu sais où me trouver. J'ai repoussé à plus tard tout ce que j'avais dans mon emploi du temps pour écrire…

Je m'arrêtai en plein milieu de ma phrase et regardai mon entrée.

— Qu'est-ce qu'il y a ? me demanda Bosch.

— Ma porte est ouverte. Ces fumiers…

Nous descendîmes tous les deux de la Lincoln et montâmes prudemment les marches conduisant à la terrasse.

— Je n'ai pas d'arme, m'annonça Bosch.

— Parfait, dis-je. Je ne veux pas d'une autre fusillade ici.

Plus de quinze ans avant, j'avais échangé des tirs avec une femme qui était entrée chez moi bien décidée à me tuer. C'était la seule et unique fusillade à laquelle j'avais pris part. Je l'avais emporté, mais je n'avais aucune envie de remettre en jeu un carton plein.

— En plus, je doute fort qu'il y ait quelqu'un à l'intérieur, ajoutai-je. Comme chez toi, ils veulent seulement nous envoyer un message. « On sait tout sur vous, on vous surveille. »

— Qui que soient ces « ils », commenta Bosch.

J'entrai le premier et vis que la pièce de devant était vide et n'avait pas été dérangée. Petite, ma maison avait une belle vue sur l'autre côté des collines qu'apercevait Bosch de chez lui. Salon, salle à manger et cuisine, deux chambres et mon bureau à l'arrière. Le jardin de derrière était à peine assez grand pour y loger une terrasse et le jacuzzi dont je ne me servais jamais.

Je ne voyais aucun signe de bris de clôture au fur et à mesure que nous avancions. Rien n'avait été dérangé jusqu'au moment où, au bout du couloir, nous arrivâmes à mon bureau.

Tiroirs sortis et renversés par terre, garniture du canapé déchirée avec une lame, manuels de droit jetés hors des rayonnages, les intrus l'avaient laissé dans un désordre indescriptible, le coup de grâce étant porté par un flacon de sirop d'érable que j'avais rapporté d'un voyage à Montréal effectué avec ma fille l'année précédente. Je l'avais laissé sur une étagère pour me rappeler le bonheur que nous y avions vécu. Il était maintenant en morceaux sur le sol après que son contenu avait été versé sur le clavier de mon ordinateur portable ouvert à côté des éclats de verre.

— Chez toi, ils se sont contentés de te faire croire à un cambriolage, n'est-ce pas ?

— Ou que je perdais la raison, me répondit Bosch.

— Eh bien moi, j'aurais préféré avoir droit à ça plutôt qu'à ceci.

— Oui. Tu vas le signaler aux flics ?

— Comme toi, tu l'as fait ?

— J'ai fait un rapport comme tu m'avais dit, mais il n'en sortira rien.

— J'ai l'impression que c'est ça qu'ils veulent me faire faire.

— Que veux-tu dire ?

— Je ne sais pas. C'est leur plan, pas le mien. Mais je n'ai pas le temps de m'occuper d'une enquête de police qui ne mènera à rien. Ils veulent seulement m'égarer.

— Qui ça « ils » ?

— Je ne sais pas. Les Cucos ? Le FBI ? Ça pourrait être n'importe qui au point où nous en sommes. On a manifestement donné un coup de bâton dans leur nid de frelons.

Je balayai la pièce du regard pour évaluer les dégâts.

— Va falloir que je découvre ce qu'ils m'ont pris, ajoutai-je. Et que j'aille faire un tour à l'Apple Store.

Du bout du pied je poussai l'ordinateur sur une dizaine de centimètres. Il laissa une traînée de sirop d'érable sur le sol.

— Terminé pour celui-là, repris-je. Heureusement que j'ai tout dans le cloud. Je serai à nouveau opérationnel dès que j'en aurai acheté un autre.

— Qu'est-ce qui te fait croire qu'ils t'ont pris des trucs ?

J'écartai les bras pour dire l'étendue de ce qui avait été saccagé.

— Ils m'ont massacré la pièce pour me cacher quelque chose. Quelque chose qu'ils ont trouvé.

Bosch garda le silence.

— Tu ne crois pas ? insistai-je.

— Ce n'est pas certain. Ce pourrait être un tas de choses. Et d'abord, nous ne savons pas si ça a un rapport quelconque avec l'affaire Sanz. Je suis sûr que tu t'es fait pas mal d'ennemis au fil des ans. Ça pourrait n'avoir aucun rapport avec Sanz.

— Ne te raconte pas d'histoires, Bosch. Nous avons tous les deux eu droit à un cambriolage à quelques jours d'intervalle. Et c'est quoi le lien ? Sanz. Crois-moi, c'est eux. Mais ça ne va pas nous arrêter. Qu'ils aillent se faire foutre. Notre victoire n'en sera que plus douce quand on les enterrera et que Lucinda entamera sa marche de la résurrection.

— Sa marche de la résurrection ?

— Quand elle sortira de l'enfer.

— OK, dit-il, l'air un rien déconcerté par cette expression.

— Il faudra que tu voies ça, Harry, ajoutai-je. Ce sera quelque chose !

— Tu la sors de là, j'y serai, dit-il.

Cinquième partie

OCTOBRE – DERNIERS PRÉPARATIFS

CHAPITRE 21

Bosch était allongé à plat ventre sur le sol, la joue gauche dans les prêles séchées qui avaient poussé dans le jardin après les pluies torrentielles de l'hiver précédent. On était maintenant en octobre et en séchant, cette herbe avait viré au brun-jaune pendant les mois d'été. Chacun de ses brins était aussi coupant qu'un tranchant de couteau contre sa peau. Il entendit la voix de la femme dans son dos.

— OK, les deux mains le long du corps, paume en l'air. Il n'y a rien eu pour enrayer sa chute. Il était pratiquement mort avant de toucher le sol.

Bosch disposa ses mains ainsi qu'on le lui demandait.

— Comme ça ? demanda-t-il.

— Euh, écartez la main droite d'environ dix centimètres du corps, répondit-elle. Non, la gauche. Désolée, je voulais dire la gauche.

Bosch rectifia sa position.

— Parfait, dit-elle.

Shami Arslanian était une experte en médecine légale que Mickey Haller avait fait venir de New York. L'audience en requête d'*habeas corpus* était prévue une semaine plus tard et elle était venue préparer sa présentation lorsqu'elle témoignerait. Bosch l'avait amenée sur la scène de crime, soit la pelouse même où Roberto Sanz avait reçu deux projectiles mortels dans le dos. Elle avait alors déterminé que Bosch pesait une dizaine de kilos de moins que Sanz et avait la même taille que lui, à deux centimètres près. Elle avait ainsi décidé de le faire passer devant le tribunal à la place de Sanz – et donc aujourd'hui de l'obliger à se coucher devant elle. Elle installa une caméra à focale laser sur un trépied.

— OK, dit-elle. On a presque fini.

Il souleva un rien de poussière du désert en respirant.

— Bien, reprit-elle, j'ai ce qu'il me faut. On est bon.

Bosch roula sur le côté et se mit en devoir de se relever.

— Vous êtes sûre ? demanda-t-il.

— En fait, non, restez comme ça, à genoux, dit-elle. Laissez-moi prendre la photo pendant qu'on est ici. Tournez-vous seulement d'environ quarante-cinq degrés sur votre gauche.

Toujours à genoux, Bosch se retourna, Arslanian corrigeant légèrement sa position et lui demandant de laisser tomber les bras mollement le long du corps. Il s'exécuta, elle lui ordonna de ne plus bouger.

— OK, dit-elle. Vous avez besoin d'aide pour vous remettre debout ?

— Non, ça ira, lui répondit-il.

Il s'appuya sur un genou, se releva et chassa la poussière et l'herbe folle de ses vêtements. Il portait un jean et une chemise à petits motifs qui lui était sortie du pantalon.

— Désolée pour vos vêtements, dit-elle.

— Pas la peine, lui renvoya-t-il. Ça fait partie du boulot. Je me doutais que j'allais me salir.

— Mais je suis certaine que ce boulot n'inclue pas de faire semblant d'être mort.

— Vous seriez étonnée ! Chauffeur, enquêteur, porteur de citations à comparaître, ça fait à peu près neuf mois que je travaille pour Haller et il y a toujours un nouveau boulot à l'intérieur du boulot, vous savez ?

— Je sais. C'est ma troisième affaire avec lui et je ne sais jamais à quoi m'attendre quand il m'appelle.

Il se dirigea vers l'endroit où elle commençait à détacher la caméra du trépied. Elle aussi portait un jean et une chemise de travail avec plusieurs stylos dans la poche de poitrine. Elle était petite et trapue et ses formes disparaissaient assez largement dans la chemise lâche qu'elle portait, elle aussi, sortie du pantalon. Et elle était blonde depuis peu, chose qu'il avait découverte en allant la récupérer la veille à l'aéroport où il avait cherché une femme que Haller lui avait dit être rousse.

— Et donc, avec tout ça vous allez reconstituer la fusillade ? demanda-t-il.

— Exactement, lui répondit-elle. Nous allons être en mesure de montrer la façon la plus vraisemblable dont ce meurtre s'est déroulé.

— Extraordinaire.

— C'est un programme dont j'ai participé au développement. On peut l'ajuster selon la hauteur, la distance, tous les paramètres physiques possibles. C'est ce que j'appelle la physique de médecine légale d'une affaire.

Bosch ne savait pas trop ce que tout cela voulait dire, s'il savait que l'intelligence artificielle était un sujet controversé selon l'application qu'on en faisait. Cela lui rappela l'époque où on commençait à parler d'ADN en droit pénal. Il avait fallu un moment avant que cette technologie soit acceptée alors qu'elle est, à tort ou à raison, maintenant considérée comme la manière la plus facile de résoudre un crime.

— J'aime ce que je fais, reprit Arslanian. C'est jouissif de comprendre comment et pourquoi un événement s'est déroulé de telle ou telle autre façon.

— Je comprends, dit-il.

— Combien de temps avez-vous été flic ?

— Environ quarante ans.

— Waouh ! Et militaire avant ça ? Savez-vous ce qu'est la position du tireur debout ?

— Évidemment.

— C'est ce que nous allons montrer. Quand Lucinda était son épouse, Roberto lui a appris à tirer. Il l'a emmenée à un stand et on a des photos d'elle dans cette position. C'est là-dessus que je vais me fonder.

— D'accord.

Il avait vu ces clichés dans les éléments de preuve que Haller avait récoltés lors de l'échange des pièces entre les parties après avoir lancé sa requête en *habeas corpus* et avait tout de suite vu qu'ils n'allaient pas aider à prouver l'innocence de Lucinda. Il ne savait pas trop ce que leur apporterait cette reconstitution, mais il savait combien Haller avait confiance en Arslanian. Et il se rappelait aussi comment Haller lui avait dit accepter un élément de preuve dommageable et trouver des moyens de le faire travailler « pour » au lieu de « contre » soi. Les photos de Lucinda au stand de tir semblaient la condamner, mais peut-être ne l'incriminaient-elles pas tant que ça maintenant.

— Demain je vais à Chino pour montrer des photos à Lucinda. Avez-vous besoin que je lui pose des questions ?

— Je ne pense pas, lui répondit-elle. Je crois qu'on a tout couvert et j'ai ce dont j'ai besoin ici. On peut retourner en ville et je travaille tout ça.

— Bonne idée, dit Bosch. Je vais juste dire aux propriétaires qu'on a fini.

Il monta les marches jusqu'à la porte d'entrée et y frappa. Une femme lui ouvrant aussitôt, il eut dans l'idée qu'elle les avait observés par sa fenêtre.

— Madame Perez, dit-il, nous avons terminé. Merci de nous avoir laissés utiliser votre jardin de devant.

— Ça ne me gêne pas. Euh… vous avez dit travailler pour l'avocat ?

— Oui, nous travaillons pour lui tous les deux.
— Vous pensez que cette femme est innocente ?
— Oui. Mais nous devons le prouver.
— Je vois.
— Vous la connaissez ?
— Oh non ! C'est juste que… je me demandais ce qui allait arriver.
— Oui… ?
Il attendit qu'elle en dise plus, mais elle en resta là.
— Eh bien, merci, conclut-il.
Il redescendit les deux marches et rejoignit Arslanian dans le jardin. Elle avait replié son trépied et le glissait dans un sac de transport.
— Savait-elle ce qui s'était passé ici quand elle a acheté la maison ?
— Elle n'est que locataire, lui répondit-il. Son propriétaire ne lui a rien dit.
— A-t-elle flippé quand vous le lui avez appris ?
— Pas tellement. Ici, c'est L.A., vous savez ? Où que vous alliez, il y a eu des histoires de violences.
— C'est triste.
— C'est L.A.

CHAPITRE 22

Bosch n'eut pas besoin de demander à Arslanian de s'asseoir devant quand ils rentrèrent du désert. Elle prit place à côté de lui, mais concentra son attention sur ses notes et un ordinateur portable qu'elle ouvrit dès qu'ils roulèrent sur la surface lisse de l'Antelope Valley Freeway. Puis elle se mit à parler sans lâcher son écran des yeux ni interrompre l'arrivée de données dans son programme.

— C'est drôle qu'ils appellent ça « Antelope Valley », dit-elle.

— Pourquoi ?

— J'ai fait des recherches dans l'avion. Il n'y a pas eu une seule antilope dans cette vallée depuis plus d'un siècle. L'espèce en avait été chassée jusqu'à extinction par les populations indigènes avant même qu'elle ne soit appelée ainsi.

— Je l'ignorais.

— Je me disais que j'en verrais peut-être cavaler en liberté, mais quand j'ai fait mes recherches…

Bosch hocha la tête et tenta de lui faire oublier son écran.

— Vous voyez ça ? lui demanda-t-il. Cet empilement de roches ?

Elle jeta un regard à la véritable dentelle de rochers devant laquelle ils passaient au nord de l'autoroute.

— Waouh, c'est beau, dit-elle. Et immense !

— Ce sont les Vasquez Rocks, dit-il. On les appelle comme ça parce qu'il y a à peu près cent cinquante ans, un *bandido* du nom de Tiburcio Vasquez s'y est caché et que le détachement du shérif ne l'a jamais retrouvé.

Elle étudia longuement ces amas de roches avant de répondre.

— Il n'y a pas beaucoup d'endroits auxquels on donne le nom d'un sale type, dit-elle.

— Et la Trump Tower, hein ?

— C'est lui qui lui a donné ce nom. Et en plus, ça dépend à qui on en parle.

— Sans doute.

Elle tomba dans le silence et il se demanda s'il ne l'avait pas offensée. Il essayait seulement d'avoir sa réaction. Elle l'intriguait, de même que la façon dont elle travaillait et voyait les choses. Il avait envie de la connaître mieux, mais savait qu'elle ne ferait qu'un court séjour à L.A. Dès après l'audience, elle retournerait à New York.

Ils avaient mis quelques minutes de plus pour rejoindre le Golden State Freeway lorsqu'elle reprit la parole.

— Mickey m'a dit que lui et vous êtes frères, lança-t-elle.

— Demi-frères, en fait.

— Ah. Qui était le parent commun ?

— Notre père.

— Mais vous ignoriez tout l'un de l'autre avant d'être ados ?

— Oui. Notre père était avocat comme Mickey et la mère de Mickey était sa femme. Ma mère, elle, était une de ses clientes.

— Je crois comprendre pourquoi on vous a tenus à l'écart l'un de l'autre. C'était consensuel… entre votre père et votre mère, je veux dire ?

La question le surprit. Il ne répondit pas tout de suite, comprenant qu'il ne se l'était jamais posée lui-même et qu'il était maintenant trop tard pour le savoir de manière certaine.

— Je m'excuse, vous n'êtes pas obligé de m'en parler, reprit-elle. Il y a des moments où je suis un peu trop brusque avec les gens avec qui je me sens à l'aise.

— Non, non, ce n'est pas ça, dit-il. C'est que je n'ai jamais pensé à ça de cette façon. Pour moi, ça l'était. Ç'avait commencé sous la forme d'un arrangement financier… d'un paiement pour services rendus. Ma mère était déjà morte quand j'ai enfin compris qui était mon père. Je ne l'ai rencontré qu'une fois, et en plus très brièvement. Il était déjà en train de mourir et peu de temps après, il a disparu lui aussi.

— Je suis désolée.

— Aucune raison d'être désolée. Je ne l'ai jamais connu.

— Je voulais dire, désolée que vous ayez dû grandir… comme ça.

Bosch se contenta de hocher la tête et elle passa à autre chose.

— Et donc, reprit-elle, comment vous êtes-vous rencontrés, Mickey et vous ? Par une de ces boîtes de recherches en ADN ?

— Non, dans une affaire. Nous nous sommes rencontrés dans un procès et avons plus ou moins compris.

— Harry, est-ce que je peux vous poser une question ? Une question personnelle ?

— J'ai l'impression que toutes celles que vous posez le sont.

— Exact. Il faut croire que c'est tout moi, ça.

— OK, allez-y. Demandez-moi ce que vous voulez.

— Êtes-vous malade ?

La question le prit de court. Sa vanité l'avait conduit à croire qu'elle allait lui demander s'il était marié. Il lui fallut un peu de temps pour formuler une réponse.

— C'est Mickey qui vous l'a dit ?

— Euh, non. Ça se voit. Votre aura. Elle a l'air « affaiblie », pourrait-on dire.

— Mon aura… Eh bien, j'ai été malade, mais ça va mieux.

— Malade comment ?

— Cancer. Mais je vous l'ai dit, c'est sous contrôle.

— Non, vous m'avez dit que vous alliez mieux. Ça pourrait signifier autre chose que « c'est sous contrôle ». J'imagine que vous êtes soigné. De quel genre de cancer s'agit-il… ou s'agissait-il ?

— De la LLC pour faire court.

— Leucémie lymphoïde chronique, dit-elle. Ce n'est pas un cancer héréditaire. Ça vous arrive à la suite de changements chromosomiques. Une idée d'où ça… je m'excuse, je ne devrais pas vous demander tout ça.

En haut de la Valley, ils redescendaient vers Los Angeles. La circulation s'intensifia, puis ralentit.

— Non, ça va, dit-il. J'ai travaillé sur une affaire où j'ai été exposé à des matériaux radioactifs et je ne l'ai pas su avant qu'il ne soit trop tard. Mais bon, ç'aurait pu être ça ou des tas d'autres choses. Je fumais. Les diagnostics d'origine ne sont pas une science exacte et je suis certain que scientifique comme vous l'êtes, vous le savez.

Elle acquiesça d'un signe de tête.

— Vous avez dit un, que ce cancer était sous contrôle et deux, que vous alliez mieux. C'est quoi, la vérité ?

— Il faudrait la demander à mon médecin, lui répondit-il. Mickey a réussi à me faire participer à un essai clinique. C'est pour ça que je travaille pour lui… une histoire d'assurance maladie et d'accès qu'il a aux plus hauts échelons des soins médicaux. Toujours est-il que d'après le médecin qui dirige cet essai, le traitement qu'ils ont testé avec moi a marché. Jusqu'à un certain point. Il n'y a pas rémission totale, mais pas loin. Ils veulent recommencer pour en finir avec ce qu'il reste.

— Je l'espère, moi aussi. Où allez-vous pour suivre ce traitement d'essai ?

— À UCLA Med.

Elle lui dit son approbation d'un hochement de tête.

— C'est un bon hôpital, commenta-t-elle. Cela vous gênerait-il que je vous prenne un échantillon d'ADN ?

— Pour quoi faire ?

— Ça nous donnerait une meilleure connaissance de ce qui se passe en vous biologiquement parlant. Vous a-t-on fait subir des tests génétiques à UCLA ?

— Pas que je sache. Je ne leur pose pas des questions sur tout ce qu'ils font. C'est… un peu au-dessus de mon niveau, mais ça, qu'est-ce qu'ils m'ont pris comme sang !

— Évidemment. Mais vous pourriez le leur demander. Ça pourrait faire partie de l'essai clinique. Sinon, j'aimerais le faire moi-même.

— Pourquoi ? C'est Mickey qui l'exige ?

— Ah, cet inspecteur que vous faites, Harry Bosch ! Non, Mickey ne sait rien de tout ça. Mais j'irais aussi lui prendre un échantillon d'ADN. Étant donné que vous êtes demi-frères, vous avez des génomes très similaires. Une comparaison vous serait très bénéfique à tous les deux. Avez-vous entendu parler de la médecine de précision ?

— Euh… non, pas vraiment.

— Cela a beaucoup à voir avec votre constitution génétique et les soins et traitements ciblés. Avez-vous des enfants ?

— Une fille.

— Même chose que pour Mickey. Cela pourrait aussi leur être bénéfique.

Bosch nourrissait depuis toujours des doutes sur la science et la technologie. Non pas qu'il n'aurait pas vu tout le bien qu'elles font dans le monde, mais l'enquêteur qu'il était se méfiait des individus qui adoptent instantanément leurs découvertes et refusait de marcher avec ceux pour qui, croyance quasiment culte, n'y voient que des bienfaits. Il savait que cela le plaçait dans la situation de tout regarder du dehors, d'être un analogue dans le monde du numérique, mais ses instincts l'avaient toujours bien servi. Pour tout grand progrès technologique, il y avait toujours des gens pour chercher à en mésuser.

— Je vais y réfléchir, dit-il. Merci pour cette offre.

— Quand vous voudrez, lui renvoya Arslanian.

Ils firent l'essentiel du trajet de retour en centre-ville sans plus parler. Mais ce silence commençant à devenir gênant, il essaya de trouver quelque chose à dire.

— Et donc, réussit-il enfin à lancer, qu'est-ce que vous faites avec cet ordinateur ?

— J'insère les données dans mon programme de reconstitution, lui répondit-elle. Il fera le boulot et quand nous serons au tribunal, il me reviendra de montrer et d'expliquer des choses. Pour les jurés, tout cela est très nouveau, comme pour vous.

— Il n'y aura qu'un juge pour décider s'il y a *habeas corpus* ou pas. Aucun juré.

— Ça ne change rien. Les juges doivent apprendre eux aussi.

— Je suis sûr que vous serez bonne prof.

— Merci. Je suis en train de faire breveter mon programme.

— Je suis certain que procureurs et avocats de la défense, tout le monde va se jeter dessus dans ce pays.

— C'est pour ça que j'ai besoin de le protéger. Non pas pour empêcher les gens de s'en servir, mais pour protéger le temps, l'argent et les recherches que mon associé à MIT et moi avons investis là-dedans.

Bosch s'engagea dans le tunnel d'entrée de l'hôtel Conrad et abaissa sa vitre pour avertir le voiturier qui se précipitait qu'il ne faisait que déposer un passager.

— Merci Harry, dit Arslanian. J'ai pris plaisir à parler avec vous et j'espère que vous allez penser à cette médecine de précision.

Le voiturier plein de prévenance lui ayant ouvert sa portière, elle descendit.

— On se reverra donc au tribunal, dit Bosch.

— J'y serai, lui renvoya-t-elle.

Le voiturier ayant fini de débarrasser la banquette arrière de tout l'équipement d'Arslanian, Bosch se glissa à nouveau dans la circulation. Il regretta de ne pas en avoir dit plus à cette femme, peut-être même de ne pas lui avoir demandé si elle voulait dîner avec lui. Il se sentait gêné. Aussi âgé qu'il fût, il hésitait encore à presser la détente dans les affaires du cœur.

CHAPITRE 23

Le chef de quart de la prison refusa la demande d'un parloir avocat-client à Bosch parce que celui-ci n'était pas avocat. Il dut lui soumettre une demande de visite ordinaire – et attendre deux heures avant qu'on appelle son nom par haut-parleur. Il fut alors invité à s'asseoir sur un tabouret devant un épais panneau en plexiglas. L'ensemble tabouret-panneau se présentait dans une longue file de guichets assez semblable à celle de Corcoran, mais il n'eut guère à attendre Lucinda Sanz. Dès qu'ils se furent installés, ils décrochèrent chacun leur téléphone et se mirent à parler.

— Bonjour monsieur Bosch.

— Bonjour Cindi. Appelez-moi Harry.

— D'accord Harry. C'est fini ?

— Qu'est-ce qui est fini ?

— Le juge a refusé la demande de M. Haller ?

— Oh non, rien n'est fini. L'audience aura bien lieu. Lundi prochain. Vous serez transportée en ville pour y assister.

Bosch vit alors un peu de vie revenir dans les yeux de Lucinda. Elle s'était préparée au pire.

— Je suis venu vous montrer quelques photos, reprit-il. Vous vous rappelez nous avoir dit que c'est une adjointe du shérif qui vous a tamponné les bras et les mains pour le test des résidus de poudre ?

— Oui, c'était une femme.

— Eh bien, j'ai quelques photos avec moi et je veux savoir si l'une de ces femmes est celle qui vous a fait ce prélèvement.

— D'accord.

— Comme ils n'ont pas voulu qu'on se parle dans une salle où j'aurais pu les étaler sur une table comme dans un tapissage, je vais être obligé de vous les montrer une par une. Et je veux que vous les ayez regardées toutes avant de me donner votre réponse. Même si vous êtes sûre pour une, attendez que je vous aie montré les six. Prenez votre temps. Et si vous en reconnaissez une, vous m'en donnez le numéro de un à six. D'accord ?

— D'accord.

— Bon, allons-y.

Bosch raccrocha son téléphone pour être sûr de ne pas entendre Lucinda si jamais elle criait un chiffre ou s'exclamait avant qu'il lui ait montré tous les clichés. Il ouvrit une grande enveloppe sur l'appui de fenêtre devant lui, les six photos s'y présentant en une pile, face du cliché vers le bas et un numéro inscrit au dos. Il les tint une à une devant la vitre, en laissant passer cinq secondes avant de lui montrer la suivante. Lucinda se pencha vers la vitre pour les regarder de près. Bosch se concentra sur ses yeux et y vit un signe de reconnaissance à la quatrième – clair et immédiat, mais Lucinda qui, elle, avait laissé son téléphone décroché au bout de son fil, ne se permit aucune exclamation.

Ces clichés n'étaient pas des portraits. Il s'agissait de photos de surveillance prises en douce par Cisco Wojciechowski avec un téléobjectif. Il avait dû passer pratiquement une semaine devant le commissariat du shérif d'Antelope Valley avec son appareil photo et un scanner radio pour photographier et identifier tous les membres de l'antigang dont avait un temps fait partie Roberto Sanz. Il n'y avait alors que deux femmes dans l'équipe, une seule y travaillant au moment où Roberto Sanz y était assigné et sa photo comptait au nombre des six que

Bosch lui montrait. Toutes d'à peu près le même âge, les autres femmes avaient été photographiées dans des situations analogues, aucune d'entre elles n'ayant de lien avec les adjointes du shérif. Et aucune n'était en tenue.

Dès qu'il eut fini de les lui présenter, il remit les clichés dans son dossier, le referma et décrocha son téléphone.

— Voulez-vous que je vous les montre à nouveau ? lui demanda-t-il.

— Numéro quatre, lui renvoya Lucinda. C'est elle. La quatre.

— Vous êtes sûre ? Voulez-vous la revoir ? insista-t-il d'un ton aussi détaché que possible.

— Non, c'est elle, répéta Lucinda. C'est celle-là, je m'en souviens bien.

— C'est elle qui vous a passé les bras et les vêtements aux tampons de résidus de poudre ?

— Oui.

— Et vous en êtes certaine ?

— Oui. La quatre.

— Vous en êtes sûre à quel pourcentage ?

— Cent pour cent. C'est elle. Qui c'est ?

Il se pencha vers la vitre pour occuper le plus d'espace possible du côté Lucinda du box, regarda derrière elle par-dessus son épaule et releva la tête. Il vit la caméra montée en haut du mur qui courait le long des box où les prisonniers parlaient à leurs visiteurs. L'identification de Stephanie Sanger par Lucinda Sanz serait enregistrée en vidéo, s'il y en avait besoin.

Lucinda se retourna et suivit le regard de Bosch jusqu'à la caméra. Puis elle revint sur lui.

— Quoi ? lui demanda-t-elle.

— Non, rien, lui répondit-il. Je voulais juste voir s'il y avait une caméra.

— Pourquoi ?

— Au cas où on mettrait en doute l'identification que vous venez de faire lorsqu'on sera au tribunal.

— Vous voulez dire au cas où je n'y étais pas ? Vous pensez que mon identification me met en danger ? lui demanda-t-elle soudain, l'air inquiet.

— Non, je ne le pense pas, se hâta-t-il de lui répondre pour la calmer. Je ne faisais qu'assurer nos arrières. D'habitude, ces clichés sont pris dans une salle où il n'y a pas de vitre entre nous et où vous signez votre nom au dos de chaque photo. Mais on ne peut pas faire ça ici, rien de plus. Il ne va rien vous arriver, Cindi.

— Vous êtes sûr ?

— Oui, j'en suis certain. Je veux juste que tout soit impeccable quand nous arriverons au tribunal.

— OK, dit-elle. Je vous fais confiance, à vous et à M. Haller.

— Merci.

— Celle que j'ai choisie, c'est qui ?

— Elle s'appelle Stephanie Sanger. Elle travaillait avec votre ex-mari.

— Oui, elle me l'a dit.

— Vous rappelez-vous qu'elle vous ait dit autre chose ?

— Elle m'a juste dit qu'ils devaient me faire le test pour me mettre hors de cause.

— C'est l'astuce dont elle s'est servie pour vous obliger à le faire.

Il reprit le tas de photos et le tint en l'air.

— Quand vous viendrez au tribunal la semaine prochaine, on pourrait vous poser des questions là-dessus, dit-il.

— Pourquoi ?

— Ce que je veux dire, c'est qu'on pourrait vous demander de l'identifier à nouveau. Sur photo, ou en personne si elle est là.

— Elle sera là ?

— C'est possible, oui. Nous allons la citer à comparaître en qualité de témoin. Mais je ne suis pas certain qu'elle vienne si vous, vous témoignez.

— Quand est-ce qu'on va me faire venir à L.A. ?

— Ça non plus, je n'en suis pas certain. Je vais demander à M. Haller de vérifier.

— Je ne veux pas être détenue à la prison du comté. C'est celle du shérif.

— Vous ne le serez pas. C'est un procès fédéral. Vous serez transférée dans une prison fédérale… qui dépend des services des US marshals… de façon à pouvoir vous amener au tribunal lundi.

— Vous êtes sûr ?

Une grande sonnerie se fit entendre dans le micro du téléphone, suivie par une voix électronique qui annonça que les entretiens se termineraient dans une minute.

— J'en suis certain, Cindi, répéta Bosch. Ne vous inquiétez pas pour ça.

Un air de grand désespoir se répandit sur le visage de la prisonnière lorsqu'elle comprit que les dernières secondes de leur entrevue continuaient de s'égrener.

— Est-ce que nous allons gagner, monsieur Bosch ? lui demanda-t-elle.

— Nous allons faire de notre mieux pour y arriver, lui répondit-il, et dans l'instant il sut que ce n'étaient pas les mots qu'il fallait. La vérité sortira et nous vous ramènerons chez vous et votre fils.

— Vous me le promettez ?

Il hésita, mais avant même qu'il puisse répondre, la connexion fut rompue. Alors il regarda Lucinda Sanz et lui fit signe que oui d'un mouvement de la tête. Et sut au moment même où il le faisait que c'était une promesse qui le hanterait si jamais les choses ne tournaient pas comme il l'espérait.

Il se leva de son tabouret et y alla d'un petit au revoir sans enthousiasme à l'adresse de Lucinda. Elle fit de même, son visage montrant tout ce que le chemin qui les attendait avait d'incertain. Promesses ou pas promesses, rien n'est sûr dans un procès.

Il suivit les flèches peintes sur le sol jusqu'à la sortie de la prison. Il n'aimait pas la manière dont leur entrevue s'était terminée, mais essaya de se concentrer sur ce qui y avait été accompli. Lucinda avait identifié Stephanie Sanger comme étant celle qui avait déclenché la réaction en chaîne au bout de laquelle elle avait, elle, Lucinda Sanz, été accusée du meurtre de son ex-mari. C'était du gros et dès qu'il arriva dans le parking de la prison, Bosch ralluma son portable pour téléphoner à Haller.

Son appel finissant sur sa boîte vocale, il se dit que Haller devait être au tribunal et commençait à lui laisser un message lorsqu'il entendit un bip et s'aperçut que Haller était en train de le rappeler. Il mit fin à son message et prit la communication.

— Alors, quoi de neuf à Chino ? lui demanda Haller.

— Cindi a identifié Sanger comme étant celle qui lui a fait subir le test des résidus de poudre.

Haller siffla un grand coup. Bosch, qui entendait des bruits de circulation, songea qu'il devait être dans la Lincoln.

— Mais c'est bon, ça! s'écria Haller. C'était ce qu'on pensait, mais ça vaut le coup d'avoir ça dûment enregistré.

— En gros, oui, le reprit Bosch, mais ils n'ont pas voulu me donner une salle pour avocats. J'ai dû lui montrer les photos à travers une vitre. Elle n'a pas pu signer la bonne, mais il y avait une caméra derrière elle. Tout est en vidéo, si jamais on en a besoin.

— Très bien. Autre chose ?

— Elle est nerveuse. Elle a peur, surtout de Sanger.

— Bon, mais il n'y a plus que six jours. Je dirais que le moment est venu de lancer le plan.

— On cite Sanger à comparaître ?

— Et son pote Mitchell avec.

— Ils ne vont pas trop aimer.

— C'est la litote du siècle. Je veux aussi que tu ailles prendre la clé USB que la compagnie du téléphone AT&T nous a préparée.

— Mais ça ne va pas faire partie des pièces à échanger entre les parties dès que je le ferai ?

— Techniquement parlant, ça ne deviendra obligatoire qu'au moment où j'aurai décidé de la présenter au tribunal comme pièce à conviction. Mais si j'attends trop et leur fous des bâtons dans les roues le jour d'avant, ils vont hurler comme des putois et obtenir un délai de réflexion de la part du juge.

— Et donc, on fait quoi ?

— Tu prends la clé USB, tu en télécharges le contenu et tu imprimes tout, soit deux ou trois mille pages, je dirais. Après quoi, on leur file le dossier pendant que nous, on garde le fichier électronique à fouiller. Pour moi, ils vont voir cette meule de papier et vont se dire qu'on les piège en leur faisant perdre leur temps pour la lire. Sauf qu'alors ils n'auront rien de solide pour se plaindre quand on leur montrera la pièce qui tue.

— À condition qu'on la leur montre.

— Et ça, c'est une grosse condition. On devine à peu près ce que tu vas y trouver et ça devrait marcher ou alors, on aura perdu et notre temps et la chance de notre cliente de jamais recouvrer la liberté.

— Bien, je commence à bosser sur les données dès que je les ai.

— Fais-moi savoir ce que tu trouves.

— Attends !... Et le FBI ?

— Je ne vais pas jouer cette carte-là avant d'y être obligé.

Bosch n'était pas très sûr de ce que cela voulait dire, mais comprit qu'il ne fallait pas pousser plus loin les questions. Haller essayait de jouer au bonneteau avec l'attorney general

– on lui montre ce qu'on ne peut pas ne pas lui montrer mais seulement quand il le faut et on lui camoufle du mieux qu'on peut la stratégie qu'on aura au prétoire. C'était un exercice de haute voltige sans filet, et cela pouvait très bien se terminer par un juge fédéral qui, furieux, exige de savoir ce qu'on a et à quel moment on l'a trouvé. Soit exactement le genre d'astuce de la défense qui aurait fait bouillir les sangs de Bosch quand il portait le badge. Mais là, il en était presque à admirer les manœuvres de son demi-frère. Il voyait en lui un maître dans l'art de toujours se tenir dans les limites de l'éthique quand il faut traiter avec ceux d'en face – ce que Haller appelait « danser entre les gouttes ».

Depuis sept mois qu'ils travaillaient ensemble sur l'affaire Sanz, Bosch en était venu à comprendre qu'œuvrer du côté de la défense faisait de Haller un battu d'avance qui tente l'impossible. Un homme qui tient une planche de surf au bord de la plage et voit arriver une vague de trente mètres de haut. Là où le pouvoir et la force de l'État n'ont pas de limites, Haller n'était qu'un homme qui se bat pour son client. Mais qui est prêt à pagayer pour aller affronter ce mur d'eau et Bosch commençait enfin à voir ce qu'il y avait de noble dans ce combat.

— Tu as des nouvelles de Morris ? demanda-t-il. On est toujours bon pour lundi ?

Hayden Morris était l'attorney général adjoint de l'État de Californie qui demanderait la condamnation de Lucinda Sanz à l'audience en *habeas corpus* au niveau fédéral. Il n'avait eu que peu de contacts avec Haller et toujours pour exiger de lui tous les lundis matin qu'il procède à un échange entre les parties.

— Pas un mot, lui répondit Haller. Bref, en ce qui me concerne, tout est en ordre pour lundi. On s'y tient ou on ne vaut rien.

— Pigé, lui renvoya Bosch. Je prends les trucs à AT&T en rentrant et je m'y mets ce soir en attendant de citer Sanger et Mitchell à comparaître dès demain matin.

— Si tu trouves ce qu'on espère, tu m'appelles tout de suite, mais n'oublie pas : ni mails ni SMS.

— C'est ça. Rien qu'il faudrait filer à l'attorney général.

— Absolument. Et voilà qu'encore une fois tu penses comme un avocat de la défense.

— J'espère bien que non.

— Accepte-le, Harry ! C'est le nouveau toi !

Bosch raccrocha sans autre forme de commentaire. Ou de déni.

Sixième partie

LE PIÈGE DE LA VÉRITÉ

CHAPITRE 24

L'aigle du sceau fédéral avait les yeux de la colère et de la vertu. Qu'on lui en donne l'occasion et il semblait prêt à laisser tomber les flèches et le rameau d'olivier qu'il serrait dans ses griffes acérées pour plonger du haut du mur et déchirer la gorge de tous ceux qui auraient même seulement eu l'idée de venir chercher justice en ce lieu. Je l'étudiai en m'adaptant peu à peu à la nouveauté de ce qui m'entourait. J'avais passé l'essentiel de mes décennies de labeur à essayer d'éviter les prétoires fédéraux. Le tribunal fédéral du district central de l'État de Californie était l'endroit où les dossiers de la défense venaient mourir. Les fédéraux avaient un taux de condamnations avoisinant les cent pour cent. Ici, les dossiers de la défense étaient gérés, rarement jugés et presque jamais gagnés.

Mais dans l'affaire « Lucinda Sanz contre État de la Californie », les choses étaient différentes : une requête en *habeas corpus* relève du droit civil. Ce n'était donc pas le gouvernement fédéral que j'avais comme adversaire. Je me battais contre l'État et, un juge fédéral jouant les arbitres, cela me donnait quelque espoir. Après avoir enregistré la présence de l'aigle en colère juste au-dessus du banc de justice, mon regard erra dans l'auguste prétoire avec ses superbes boiseries, ses drapeaux à l'avant et les portraits à l'huile richement travaillés d'anciens juristes sur les murs latéraux. Cette salle avait mieux résisté au passage du temps que n'importe lequel des avocats qui s'y était risqué à prier le ciel d'obtenir justice et c'était cela que Legal Siegel m'avait enseigné il y avait déjà si longtemps. *Aspire tout cela en toi. C'est ton heure. Et ta scène. Désire y entrer. Prends-en possession. Ravis-la.*

Je fermai les yeux et répétai ces mots dans ma tête en ignorant les bruits alentour : les gens qui entraient lentement dans la galerie réservée aux spectateurs derrière moi, les murmures qui montaient de la table de l'attorney général adjoint à ma gauche et là, dans son box sur ma droite, le greffier qui marmonnait des choses dans son téléphone. C'est alors que se produisit une intrusion que je ne pouvais ignorer.

— Mickey ! Mickey !

Prononcé en un souffle plein d'urgence. Je rouvris les yeux et regardai Lucinda. Elle m'indiqua le fond de la salle d'un hochement de tête. Je me retournai et découvris les journalistes au premier rang et le dessinateur officiel travaillant pour une des chaînes de télé, les caméras n'étant pas autorisées dans les cours fédérales. Et plus loin encore, j'aperçus la shérif adjointe Stephanie Sanger assise au dernier rang. C'était la première fois que je la voyais en personne. La requête en *habeas corpus* étant jugée au civil, j'aurais pu questionner sa présence, mais cela lui aurait donné, à elle et à l'attorney général adjoint, une idée de ma stratégie de défense et je ne voulais pas de ça. J'avais donc tenté la chance en n'assistant pas à la cérémonie d'enregistrement des témoins et décidé de l'interroger pour la première fois lorsque je la ferais témoigner à la barre.

Mais je la regardai longuement. Cheveux blond sable, yeux pâles, elle avait un regard aussi glacial et plein de colère que celui de l'aigle accroché au mur. Astuce des plus anciennes dans les annales et destinée à rappeler à un jury toute l'autorité d'un membre des forces de l'ordre qui témoigne, elle s'était mise en grande tenue, avec badge et toutes ses décorations bien en évidence. Sauf qu'il n'y aurait pas de jurés et qu'il y avait de fortes chances que son uniforme n'impressionne guère le juge.

— Elle peut faire ça ? me demanda Lucinda. Rester assise derrière nous comme ça ?

Je lâchai Sanger des yeux et revins sur ma cliente : elle avait peur.

— Ne vous inquiétez pas pour elle. Dès que le procès commencera, elle s'en ira. Elle est témoin et les témoins n'ont pas le droit de siéger dans l'enceinte du prétoire avant de témoigner. C'est pour ça que Harry Bosch n'est pas là.

Avant que Lucinda ne puisse réagir, l'huissier se mit debout à son bureau près de la porte de la souricière et annonça l'arrivée de la juge Ellen Coelho. Timing impeccable. Les spectateurs se levant, la porte située derrière le banc de justice s'ouvrit et, en robe noire, la juge monta trois marches pour rejoindre le fauteuil en cuir d'où elle allait présider.

— Asseyez-vous, lança-t-elle d'une voix amplifiée par le plafond à caissons et l'acoustique de la salle.

Je m'exécutai, me penchai vers Lucinda et lui chuchotai :

— Il va y avoir des discussions avec la juge et après, ce sera votre tour. Comme nous l'avons déjà dit, restez calme, soyez directe et regardez-moi ou la juge quand vous répondrez. Ne regardez jamais les autres avocats.

Elle acquiesça d'un air hésitant. Elle semblait toujours avoir peur, son teint brun commençant à pâlir.

— Tout se passera bien, ajoutai-je. Vous êtes prête. Vous ferez ce qu'il faut.

— Mais si je ne le fais pas ?

— Ne pensez pas à ça. Les gens assis à l'autre table veulent vous prendre le reste de votre vie. Et votre fils avec. Soyez en colère contre eux, n'en ayez pas peur. Il faut que vous retrouviez votre enfant, Lucinda, et ils essaient de vous en empêcher. Ne l'oubliez pas.

Je remarquai du mouvement dans son dos, levai les yeux et vis Frank Silver tirer la chaise de l'autre côté de la table et s'y asseoir.

— Désolé pour le retard, murmura-t-il. Salut Lucinda, vous vous souvenez de moi ?

Avant qu'elle puisse répondre, je posai ma main sur son bras et me penchai devant elle pour m'adresser à Silver aussi calmement que la colère me le permettait.

— Qu'est-ce que vous faites ici ? lui chuchotai-je.

— Je la défends avec vous. C'était notre deal. Je suis venu vous aider.

— Quel deal ? voulut savoir Lucinda.

— Il n'y a pas de deal, lui répondis-je. Et vous, Frank, vous partez. Tout de suite.

— Je ne bouge pas, me renvoya-t-il.

— Écoutez-moi bien : vous ne pouvez pas être là. Ça va pertur…

Je fus interrompu par la juge.

— Dans l'affaire Lucinda Sanz contre État de la Californie, nous avons reçu une demande d'*habeas corpus*. Les avocats sont-ils prêts ?

Hayden Morris et moi nous levâmes au même moment à nos tables respectives et déclarâmes que nous l'étions.

— Maître Haller, reprit la juge, je n'ai aucun document attestant que vous ayez un co-conseil.

Silver se leva pour répondre à la question en personne, mais je le coiffai au poteau.

— Maître Silver a été le premier défenseur de la plaignante dans cette affaire, lançai-je. Il n'est venu ici que pour lui montrer son soutien et il n'est en aucun cas co-conseil.

Coelho baissa les yeux sur la paperasse qu'elle avait devant elle sur son bureau.

— Mais il figure bien sur la liste des témoins, n'est-ce pas ? demanda-t-elle. Je crois me rappeler ce nom.

— Oui, Votre Honneur. Il y figure bien. Et il ne voulait être ici au début de ces débats que pour lui montrer son soutien. Il va nous quitter dans l'instant. En fait même, Votre Honneur, la plaignante exige que tous les témoins ne puissent siéger dans cette salle jusqu'au moment où ils seront appelés à témoigner.

Morris, qui s'était déjà rassis, se leva d'un bond pour préciser que le témoin auquel je faisais référence était la sergente Stephanie Sanger et qu'elle se trouvait dans ce prétoire pour exiger qu'on annule sa citation à comparaître qui ne lui avait pas été présentée dans les règles.

— Bien, dit Coelho, nous étudierons la question, mais d'abord, j'exige que maître Silver quitte ces lieux.

Toujours debout, je me préparais à argumenter contre Sanger et avais déjà tout oublié de Silver. Je devais rester concentré sur l'essentiel et ne pas me laisser distraire. Il était clair que Morris voulait tenir Sanger aussi loin que possible de la barre, de l'affaire et des questions que j'allais lui poser – et ça, je ne pouvais pas le permettre.

Du coin de l'œil je vis Silver se lever lentement et repousser sa chaise. Je me retournai et lui adressai un bref hochement de tête pour faire croire que nous étions des collègues plus que proches dans notre condamnation de cette erreur judiciaire. Il joua le jeu en donnant une petite tape sur l'épaule de Lucinda avant de passer devant moi pour rejoindre le portail. Il sourit et me fit un signe d'encouragement alors même qu'il me chuchotait :

— Va te faire foutre. Il n'est pas question que je témoigne. Et bonne chance pour me coller une citation à comparaître.

Je le saluai d'un hochement de tête comme s'il venait de m'adresser des mots d'une grande inspiration.

Et il disparut. Je restai debout pour commencer à argumenter tout en ouvrant un dossier posé sur la table et contenant une copie de la citation à comparaître que Bosch avait servie à

Sanger. Je n'avais aucune idée de la manière dont Morris allait la mettre en question.

La juge Coelho attendit que Silver soit presque à la porte de la salle pour reprendre en ces termes :

— Maître Morris, vous pouvez procéder.

Les cinq minutes suivantes le virent argumenter que la citation à comparaître servie à la sergente Sanger devait être annulée parce que la partie adverse – moi – ne faisait que lancer des filets à l'aveuglette sans avoir le moindre élément de preuve pouvant contraindre la policière à témoigner à la barre.

— La sergente Sanger est présentement impliquée dans des investigations qui pourraient être compromises si bon gré mal gré, l'avocat de la partie adverse dérivait dans ses questions. En fait, il essaie de plastronner avec ce témoin, Votre Honneur, et cela pourrait être préjudiciable à la justice dans d'autres affaires. En plus de quoi, cette injonction de citation à comparaître se fonde sur une identification hautement suspecte effectuée par la plaignante et qui n'est nullement conforme à la procédure standard en matière d'identification photographique. Rien que cela invalide cette citation à comparaître.

— Parlez-moi de cette identification photographique, lui demanda Coelho.

— Bien sûr, Votre Honneur. L'enquêteur de la plaignante lui a montré une série de photos au prétoire de la prison où elle était détenue. Cela lui a permis de diriger son identification sur la personne de la sergente Sanger et est ensuite devenu ce qui a fondé votre décision d'autoriser cette citation. Comme le sait la cour, montrer des photos à un témoin ainsi qu'il convient est ce qu'on appelle communément lui « faire un six-pack » au cours duquel on lui présente six clichés en même temps et sans qu'aucune influence extérieure puisse le pousser à choisir celui-ci ou celui-là. Mais maintenant, il est trop tard : cette identification a été faussée et le Peuple demande que cette citation soit annulée.

Sur quoi, il se rassit.

J'étais soulagé. L'argumentation de l'attorney général adjoint n'était qu'un ramassis de conneries. Morris se raccrochait clairement à tout et à rien, ce qui me disait combien il craignait le témoignage de Sanger. Il me restait donc à m'assurer qu'elle passe bien à la barre.

— Maître Haller ? me lança la juge. Votre réponse ?

— Merci, madame la juge, je n'attends que cela. Et d'un, je pratique le droit dans cette ville depuis des décennies et c'est bien la première fois que j'entends quelqu'un mettre en avant l'expression « bon gré mal gré » comme fondement d'une objection. J'ai dû rater ça à la fac de droit, mais, ceci pour reprendre les mots de mon collègue, son argument est bel et bien formulé « bon gré mal gré » et, permettez-moi d'ajouter : absurde. Harry Bosch, mon enquêteur, a passé plus de quarante ans au service du LAPD tant en qualité de simple policier que d'inspecteur et sait organiser un tapissage comme il convient. Il a commencé par demander aux superviseurs de la prison une salle avocat-client pour y retrouver Mme Sanz, mais cela lui a été refusé. Il s'est donc entretenu avec elle dans un box du parloir et a procédé ainsi qu'il est précisé dans ma demande de citation à comparaître. Il n'a montré à Mme Sanz qu'une photo à la fois et n'a décroché son téléphone qu'après lui avoir montré les six. C'est à ce moment-là qu'elle a identifié la sergente. Il n'y a là rien eu ni de frauduleux ni de trompeur, il n'y a même rien eu de « bon gré mal gré »… si même seulement cela signifie quoi que ce soit. Et, Votre Honneur, une caméra de surveillance de la prison a enregistré toute la procédure. S'il y avait la moindre vérité dans son accusation d'identification corrompue, maître Morris nous aurait projeté la vidéo prise par cette caméra. Si nous voulons donc repousser cette audience à plus tard et prolonger l'incarcération, elle illégale, de Lucinda Sanz, nous avons la possibilité de tout arrêter pendant que la cour ordonnera que cet enregistrement soit apporté ici pour visionnage.

— Votre Honneur ? lança Morris.

— Un instant, maître Morris, lui renvoya Coelho. Maître Haller, votre réponse à la première partie de cette objection ?

— Maître Morris fait état d'autres enquêtes d'une nature confidentielle, attaquai-je. Il est clairement aux abois et je n'ai, moi, aucune intention de discuter d'enquêtes autres que celle imparfaite et corrompue menée dans l'assassinat de Roberto Sanz. La personne qu'il essaie d'empêcher de témoigner est dans cette enquête jusqu'au cou et maître Morris veut interdire à la cour de découvrir la vérité dans cette affaire. Nous ne parlerons donc d'aucune autre enquête et je le stipule clairement en cet instant. Que je m'éloigne de cette déclaration et la cour pourra me faire taire.

Une pause s'étant ensuivie, Morris voulut repartir à la charge.

— Votre Honneur, lança-t-il, si je puis répondre brièvement ?

— Ce ne sera pas nécessaire, lui renvoya Coelho. Avez-vous un enregistrement vidéo de cet enquêteur en train de montrer ces photos à la plaignante ?

— Non, Votre Honneur, je n'en ai pas.

— L'avez-vous vu ? le pressa-t-elle. Est-ce ce qui fonde votre requête ?

— Non, Votre Honneur, répondit-il faiblement. Ce qui fonde ma requête, c'est la demande de citation à comparaître de la plaignante.

— Vous ne vous êtes donc pas préparé à défendre vos arguments, lui asséna-t-elle. Votre motion est refusée. La sergente Sanger doit quitter cette salle et ne pourra y revenir qu'au moment où nous l'appellerons à témoigner. Autre chose, messieurs, avant que nous commencions à entendre les témoins dans cette affaire ?

Morris se releva encore une fois.

— Oui, Votre Honneur, dit-il.

— Très bien. Qu'avez-vous donc à nous dire ?

— Que comme le sait ce tribunal, cette requête a été scellée par la cour à la demande de l'État. Le but était d'empêcher qu'elle se répande dans les médias ainsi que la partie adverse a tendance à le vouloir depuis toujours.

— Objection ! lançai-je en me levant. Votre Honneur, l'attorney général adjoint fait tout ce qui est en son pouvoir pour distraire la cour du fait que…

— Maître Haller, me renvoya Coelho avec force. Je n'aime pas que les avocats s'interrompent. Si j'estime que l'argument de maître Morris a de la valeur, vous aurez votre chance de lui répondre. Mais maintenant, asseyez-vous, je vous prie, et laissez-le terminer.

Je fis ce qu'on me disait en espérant que mon objection ait au moins déstabilisé Morris.

— Merci, Votre Honneur, reprit celui-ci. Comme je le disais donc, cette requête a été scellée par la cour jusqu'à ce qu'il en soit débattu en audience.

— À savoir séance tenante, maître Morris. Je sais très bien à quoi vous voulez en venir avec ça. Je vois des représentants des médias dans la galerie et j'ai accepté la présence d'un dessinateur. D'où : fin des scellés et la séance restera publique. Quelle est votre objection ?

— La cour a reçu cette demande de dessinateur vendredi, et nous en avons tous été avertis. À ce moment-là, la question était sous scellés, mais Dieu sait comment les médias en ont été alertés. L'État requiert que des sanctions soient prononcées à l'encontre de l'avocat de la plaignante pour avoir violé l'ordre de la cour de sceller cette demande.

Je me relevai à nouveau, mais sans l'interrompre. Je voulais seulement que la juge sache que j'étais prêt à répondre. Mais elle leva une main et donna un petit coup dans l'air, signal que je devais me rasseoir. Je lui obéis.

— Maître Morris, enchaîna-t-elle, vous êtes en train de faire ce que vous reprochez à maître Haller : jouer pour la galerie.

Je suis certaine que si je le lui demandais, maître Haller me répondrait qu'il n'a nullement alerté les médias sur la tenue de cette audience avant que les scellés ne soient levés et je ne vois aucune preuve du contraire. À parler franchement, je pense qu'il est trop malin pour avoir fait ça lui-même, d'où ceci, maître Morris : à moins que vous puissiez me présenter une preuve, vous ne faites que parader, et je préférerais que vous vous en dispensiez et que nous abordions enfin ce qui nous occupe aujourd'hui. Il n'y aura pas de sanctions. Maître Haller, êtes-vous maintenant prêt à procéder ?

Je me levai et cette fois je boutonnai ma veste comme s'il s'agissait d'un bouclier et que je partais au combat.

— Nous sommes prêts, lui répondis-je.

— Très bien, dit-elle. Appelez votre premier témoin.

CHAPITRE 25

J'avais refusé l'offre de la juge Coelho d'autoriser Lucinda Sanz à porter les vêtements que lui avait fournis sa mère. Personne ne devait douter du fait que cette femme était en prison depuis cinq ans pour un crime qu'elle n'avait pas commis. Je voulais que son aspect même rappelle constamment à la juge que des poursuites malhonnêtes lui avaient tout pris – son fils, sa famille, sa liberté et ses moyens de subsistance – et ne l'avaient laissée que vêtue d'une combinaison bleue avec l'inscription « Détenue » portée au stencil devant et derrière.

Assise dans le box des témoins, Lucinda semblait petite tant son visage dépassait à peine de la rambarde en bois finement orné devant elle. Avec ses cheveux ramenés en arrière en une courte queue-de-cheval, sa mâchoire ressortait fort. Elle avait l'air inquiète, mais déterminée. C'était moi qui allais l'interroger le premier et ce serait le plus facile : le danger résidait dans le contre-interrogatoire de Morris. Il détenait la transcription des premières déclarations qu'elle avait faites à la police presque six ans plus tôt et celle de sa déposition à la prison de Chino il y avait deux mois. Là où j'avais évité d'user de l'option « déposition » en vigueur dans un procès au civil, Morris, lui, avait choisi d'interroger Lucinda avant l'échange des pièces entre les parties, signal on ne peut plus clair de la stratégie qu'il allait adopter. Qu'il parvienne à la faire mentir une seule fois et elle serait discréditée, et avec elle toute prétention à se déclarer innocente.

— Cela vous convient-il que je vous appelle Cindi ? lui demandai-je.

— Euh, oui, me répondit-elle.

— Cindi, repris-je, dites à la cour où vous résidez et combien de temps vous avez passé à cet endroit.

Avant que Lucinda puisse me répondre, Morris la coupa.

— Votre Honneur, lança-t-il, tous les aspects de l'incarcération de Mme Sanz à la suite d'un crime qu'elle a reconnu avoir commis sont connus et de la cour et de toutes les parties. Pourrions-nous passer aux questions ayant un lien avec sa requête ?

— S'agit-il d'une objection, maître Morris ?

— Oui, Votre Honneur, il s'agit bien d'une objection.

— Très bien. Objection retenue. Maître Haller, veuillez passer à autre chose et en venir à la raison pour laquelle nous sommes ici aujourd'hui.

Je hochai la tête. Ainsi, c'était bien à ça que ça allait ressembler.

— Oui, Votre Honneur, dis-je. Cindi, avez-vous tué votre ex-mari Roberto Sanz ?

— Non, répondit-elle.

— Mais vous avez plaidé non-contestation de l'accusation d'homicide involontaire dans cette affaire. Pourquoi plaider quelque chose que vous dites maintenant ne pas avoir fait ?

— Ce n'est pas seulement maintenant que je le dis. Je le dis depuis toujours. Je l'ai dit aux shérifs. Je l'ai dit à ma famille. Je l'ai dit à mon avocat. Je n'ai pas tué Roberto Sanz, mais maître Silver m'a dit que les éléments de preuve étaient accablants et qu'un jury me déclarerait coupable si nous allions au procès. J'ai un fils et je voulais le revoir. Je voulais le serrer dans mes bras et faire partie de sa vie. Je ne pensais pas être condamnée aussi lourdement.

Tout cela avait été prononcé comme un tel cri du cœur que je marquai une pause et baissai les yeux sur le bloc-notes posé devant moi sur le lutrin pour que les paroles de Lucinda restent dans l'air tel un fantôme. Mais la juge nommée à vie depuis plus d'un quart de siècle avait eu droit à toutes les astuces répertoriées dans les annales et ne marcha pas.

— Plus d'autres questions, maître Haller ? me lança-t-elle.

— Si, Votre Honneur, j'en ai d'autres. Cindi, pourquoi ne diriez-vous pas à la cour ce qui s'est produit ce soir d'il y a presque six ans de cela ?

On arrivait à la partie dangereuse. Cindi ne pouvait pas dévier de ce qu'elle avait déjà déclaré à de multiples reprises. On pouvait y ajouter des précisions, ce dont je n'allais pas me priver, mais pas question de s'éloigner de ce qu'il y avait dans le dossier. Le faire donnerait à Morris tout ce dont il avait besoin pour la renvoyer finir sa peine à Chino.

— Roberto avait eu notre fils pour le week-end, reprit Lucinda, et il devait me le ramener à six heures pour que nous puissions aller dîner chez ma mère. Mais il ne me l'a ramené qu'à presque huit heures du soir et mon fils avait déjà dîné au Chuck E. Cheese.

— Cela vous a-t-il contrariée ? lui demandai-je.

— Oui, j'étais très contrariée et nous nous sommes disputés, Robbie et moi. Et là, il…

— Avant que nous analysions ce point, Roberto vous a-t-il dit pourquoi il était en retard ?

— Il a seulement dit qu'il avait eu une réunion de travail et je savais que c'était un mensonge parce qu'on était dimanche et que son unité ne travaillait pas le dimanche.

— D'accord, et donc vous ne l'avez pas cru et vous vous êtes disputés. C'est bien ce qui s'est passé ?

— Oui, et après il est parti. J'ai claqué la porte parce qu'il m'avait bousillé mes plans pour la soirée.

— Et que s'est-il passé ensuite ?

— J'ai entendu les coups de feu. Deux.

— Comment saviez-vous que c'étaient des coups de feu ?

— Parce que je n'ai pas cessé d'en entendre à Boyle Heights où j'ai grandi et qu'après notre mariage, Roberto m'a emmenée à un stand pour m'apprendre à tirer. Je sais donc bien le bruit que fait un coup de feu.

— Et donc vous en entendez deux et qu'est-ce que vous faites ?

— J'ai cru que c'était lui… Roberto… qui tirait sur la maison parce qu'il était en colère, vous voyez ? J'ai couru jusqu'à la chambre de mon fils et nous nous sommes jetés à terre. Mais c'était fini, il n'y a plus eu de coups de feu.

— Avez-vous appelé le 911 ?

— Oui, je les ai appelés et je leur ai dit que mon ex-mari était devant chez moi et qu'il tirait sur la maison.

— Que vous a-t-on dit de faire ?

— De rester avec mon fils et de nous cacher jusqu'à ce que la police vérifie.

— Vous a-t-on dit de rester en ligne ?

— Oui.

— Que s'est-il passé ensuite ?

— Je ne sais pas combien de temps s'était écoulé, mais à un moment donné, ils m'ont dit qu'il n'y avait plus de danger et que je devais aller à la porte parce qu'il y avait un adjoint qui m'attendait.

— Et vous l'avez fait ?

— Oui, et c'est là que je l'ai vu. Roberto était étendu par terre et on m'a dit qu'il était mort.

Je marquai une pause et demandai à la juge de m'autoriser à passer l'enregistrement de l'appel au 911. Morris n'élevant aucune objection, il fut diffusé par le système audiovisuel de la salle. Rien n'y déviait des déclarations que Lucinda venait de faire, mais il y avait dans sa voix une peur et une urgence absentes de la façon dont elle venait de raconter ces événements toutes ces années plus tard. J'eus l'impression qu'il était bon que la juge l'entende et fus surpris que Morris n'ait pas essayé de l'interdire à l'aide d'une objection ou d'une autre. Tout le monde ayant entendu l'enregistrement, je passai à un autre genre de questions.

— Bien, Cindi. Il y a quelques minutes de cela, vous avez mentionné que lorsque Roberto et vous étiez mariés, il vous emmenait à un stand pour vous apprendre à tirer. Pouvez-vous en dire plus à la cour ?

— Comme quoi ?

— Comme… combien de fois êtes-vous allée à ce stand ?

— Deux ou trois fois. C'était avant la naissance de notre fils. Dès qu'il est né, je n'ai plus voulu ni tirer ni avoir d'armes.

— Mais à ce moment-là, avant la naissance de votre fils, en aviez-vous une ?

— Non, elles appartenaient à Roberto. Toutes.

— Combien en avait-il ?

— Je n'en suis pas certaine. Je dirais cinq.

— Et il les avait toutes achetées ?

— Non. Il m'a dit qu'il en avait pris à des gens. À des vilaines personnes. Quand ils en trouvaient avec des armes sur eux, ils les leur prenaient. Et des fois, ils les gardaient.

— Qui est ce « ils », Cindi ?

— Les membres de son unité. C'était…

Morris éleva une objection, mais pas assez vite. Ça y était : l'unité venait d'être dévoilée. Morris argua que cette réponse devait être supprimée du compte rendu d'audience et que cette histoire et tout ce que Lucinda pourrait en dire d'autre ne seraient que « ouï-dire » fondés sur les prétendues déclarations d'un homme qui n'était plus. La juge accepta l'objection sans me donner une chance de la contrer. Mais pas de problème :

tout le monde dans la salle et, plus important, la juge elle-même savait maintenant qui était ce « ils » : à savoir les autres membres de l'unité antigang de Roberto.

— OK, Cindi, repris-je. Parlez-nous de l'entraînement que vous avez suivi à ce stand avec votre mari.

— Eh bien, commença-t-elle, il m'a appris les différentes parties d'une arme et comment me tenir et viser quand on tire. On tirait sur des cibles.

— Vous rappelez-vous la position que vous avez apprise ?

— Oui.

— Comment s'appelait-elle ?

— Oh, je croyais que vous vouliez dire si je me souvenais de la position. Je ne me rappelle pas qu'elle ait un nom particulier.

— Êtes-vous en train de me dire que vous pourriez nous la montrer si la cour vous y autorisait ?

— Euh… oui.

Je demandai que la cour permette à Lucinda de quitter la barre et de nous montrer la position que son mari lui avait apprise. Morris éleva une objection au motif que cet exercice ferait perdre du temps au tribunal dans la mesure où cette démonstration ne pouvait en aucune façon avoir un lien avec l'assassinat de Roberto Sanz.

— Votre Honneur, le contrai-je, j'ai l'intention de prouver que Lucinda Sanz n'a pas tiré les coups de feu qui ont tué son ex-mari. Cette démonstration est un des pointillés que je relierai plus tard.

— Je vais accepter, me répondit Coelho. Mais je compte sur votre promesse de les relier. Procédez.

— Merci, madame la juge. Cindi, pouvez-vous nous montrer ce que votre mari vous a enseigné ?

Lucinda descendit dans le « puits », à savoir l'espace ouvert situé juste devant le banc de justice. Puis elle écarta les jambes d'au moins soixante-dix centimètres pour se stabiliser, remonta droit les bras et les tendit à hauteur d'épaule. Après quoi, elle se servit de sa main gauche pour stabiliser sa main droite, l'index pointé dans la même direction que le canon de l'arme.

— Comme ça, dit-elle.

— D'accord, merci Cindi, lui dis-je. Vous pouvez retourner dans le box des témoins.

Tandis qu'elle s'exécutait, je gagnai la table de la plaignante pour y prendre un dossier. Je l'ouvris et demandai l'autorisation de montrer deux photos au témoin. J'en passai des copies à Morris alors même qu'il les avait déjà reçues lors de l'échange des pièces entre les parties et que, cinq ans plus tôt, elles avaient compté au nombre des prétendues pièces à conviction contre Lucinda Sanz. J'en donnai aussi des copies à la juge. On y voyait Lucinda tenir une arme au stand de tir et ce, dans la position même qu'elle venait de montrer.

— Maître Haller, tout cela m'inquiète, me lança la juge après avoir examiné les photos. Vous voulez qu'on fasse voir deux clichés qui pourraient tendre à montrer que votre cliente avait accès à une arme à feu et savait s'en servir. Êtes-vous certain que ce soit bien sage ?

— Ceci est un autre de mes pointillés, Votre Honneur, lui répondis-je. Et la cour comprendra bientôt que ces photos sont disculpatoires, et non pas accablantes pour ma cliente.

— Très bien, maître, me renvoya-t-elle. C'est votre show.

J'apportai un troisième jeu de photos au box des témoins et les posai devant Lucinda.

— Lucinda, lui dis-je, pouvez-vous nous dire où et quand ces clichés ont été pris ?

— Je ne sais pas la date exacte, mais c'était à l'époque où Roberto m'apprenait à tirer. Ça, c'est le stand de tir de Sand Canyon où nous allions.

— Sand Canyon... Dans Antelope Valley ?

— Non, je crois que c'est dans la vallée de Santa Clarita.

— Mais tout près ?

— Oui, pas très loin.

— Bien, sur la seconde photo, qui est l'homme à côté de vous ?

— C'est Robbie.

— Votre mari à l'époque.

— Oui.

— Qui a pris cette photo ?

— Un de ses amis de l'unité. Il apprenait aussi à tirer à sa femme.

— Vous rappelez-vous son nom ?

— Keith Mitchell.

— D'accord, et où est aujourd'hui l'arme que vous tenez dans cette photo ?

— Je ne sais pas.

— Quand votre mari et vous avez divorcé, vous a-t-il laissé une des armes qu'il possédait ?

— Non, aucune. Je n'en voulais pas dans ma maison. Pas avec mon fils quand il y était.

Je hochai la tête comme si sa réponse avait de l'importance, baissai les yeux sur le bloc-notes où j'avais transcrit mes remarques et me servis d'un stylo pour cocher les différents angles de questionnement que j'avais couverts.

— Bien, enchaînai-je, revenons au soir où votre mari est mort. Qu'est-il arrivé après que vous avez ouvert à l'adjoint du shérif et découvert le corps de Roberto sur votre pelouse ? Était-il face contre terre ou avait-il le visage tourné vers le ciel ?

— Il était face contre terre.

— Et que vous est-il arrivé à vous, après ?

— Ils nous ont pris mon fils et moi et nous ont obligés à nous asseoir à l'arrière d'une voiture de patrouille.

— Combien de temps y êtes-vous restés ?

— Hmm, ça m'a paru long. Mais après, ils m'ont fait descendre et m'ont mise dans une autre voiture que mon fils. Une voiture banalisée.

— Dans laquelle vous avez fini par être conduite au poste de police d'Antelope Valley où vous avez été interrogée ?

— Oui.

— Mais avant ça, vous a-t-on demandé la permission de tester vos mains et vos vêtements pour des résidus de poudre ?

— Oui, on m'a demandé de descendre du véhicule et j'ai été testée.

— Vous avez été tamponnée avec un disque de mousse ?

— Oui.

— Et qui a procédé à ce test ?

— Une adjointe du shérif. Une femme.

— Bon, il y a eu un moment où mon enquêteur Harry Bosch est allé vous rendre visite à la prison de Chino et vous a demandé si vous seriez d'accord pour regarder des photos.

— Oui.

— Il voulait voir si vous pourriez identifier l'adjointe du shérif qui vous a testée, c'est ça ?

— Oui.

— Vous a-t-il montré six photographies différentes ?

— Oui.

— Et avez-vous choisi une de ces photographies pour identifier la personne qui vous avait testée ?

— Oui.

Je passai des copies de la photo de Stephanie Sanger que Bosch avait organisées en tapissage à Morris et à la juge. La permission me fut vite accordée de la faire figurer au procès-verbal comme pièce à conviction numéro deux de la plaignante et de la montrer au témoin.

— Est-ce la femme que vous avez identifiée comme étant l'adjointe qui vous a fait subir le test des résidus de poudre ?

— Oui, c'est elle, me répondit Lucinda.

— La connaissiez-vous ?

— Non.

— Vous ne saviez pas qu'elle faisait partie de l'unité de votre mari au service du shérif ?

— Non, je l'ignorais, mais elle m'a dit qu'elle travaillait avec Robbie.

— Semblait-elle bouleversée que Robbie soit mort ?

— Elle était calme. Professionnelle.

J'acquiesçai d'un hochement de tête. J'avais fait inscrire tout ce que je voulais au procès-verbal. L'essentiel me rapporterait des dividendes plus tard dans le cours du procès. J'étais satisfait. Je n'avais plus qu'à espérer que Lucinda résiste au contre-interrogatoire de Morris. Si elle en réchappait, elle avait une bonne chance de l'emporter, je le savais.

— Je n'ai plus de questions à poser, enchaînai-je. Mais je me réserve le droit de rappeler le témoin à la barre.

— Très bien, maître Haller, déclara la juge. Maître Morris, désirez-vous marquer une pause avant de commencer ?

— Oui, madame la juge, l'État accepterait avec plaisir une pause de courte durée. Mais comme je n'ai que deux questions à poser à ce témoin, et qu'elles n'exigent qu'une réponse par oui ou par non, peut-être conviendrait-il que cette pause n'intervienne qu'après le moment où le témoin sera excusé.

— Très bien, maître Morris, lui répondit la juge. Si vous voulez procéder…

Dire que je fus surpris serait une litote. Morris était ou bien nettement plus finaud que je ne l'en créditais ou bien incomparablement plus stupide et choisir n'avait rien de facile dans la mesure où je ne l'avais jamais vu dans un prétoire avant ce jour-là. L'attorney général s'entourait généralement des meilleurs et plus brillants avocats et pour les trois quarts d'entre eux, des audiences en *habeas corpus* tenaient de la promenade digestive. Il n'en restait pas moins qu'à me fonder sur ses motions précédentes et sur l'habitude qu'il avait de contester ce qu'il qualifiait de « manque de bonne foi de ma part dans l'échange des pièces entre les parties », il ne m'avait pas donné l'impression de vouloir lâcher le morceau. D'où le fait que laisser partir ainsi le témoin après ne lui avoir posé que deux questions me faisait réfléchir. Peut-être se sentait-il incapable de lézarder l'histoire de Lucinda parce qu'elle disait la vérité.

J'observai attentivement Morris tandis qu'il gagnait le lutrin pour poser ses deux questions.

— Madame Sanz, vous résidez bien au pénitencier d'État pour femmes de Chino, n'est-ce pas ?

— Euh, oui, lui répondit Lucinda. C'est exact.

— Y connaissez-vous une autre détenue du nom d'Isabella Moder ?

Lucinda se tourna vers moi, un éclair paniqué disant « Qu'est-ce que je fais maintenant ? » dans les yeux. J'espérai que la juge ne l'ait pas remarqué et me contentai d'acquiescer d'un hochement de tête. Il n'y avait rien d'autre à faire.

— Oui, répondit-elle. Elle a été dans ma cellule avant d'être transférée dans une autre prison.

Après cette réponse, je sus exactement ce que serait la stratégie de Morris et comment il allait jouer le coup.

CHAPITRE 26

Je parlai à Lucinda, puis sortis du prétoire comme un prisonnier qui s'évade. Je fonçai, regardai le couloir d'un bout à l'autre et découvris Stephanie Sanger assise sur un banc contre le mur, juste devant l'entrée. Elle y alla d'une grimace de mépris comme si elle savait ce que Morris venait de faire.

Je n'avais pas le temps de lui renvoyer son mépris au visage et continuai d'examiner le couloir jusqu'au moment où je repérais Harry près de l'ascenseur. Il avait l'air de discuter avec l'officier préposé au détecteur de métaux. À cet étage, les tribunaux jugeaient essentiellement des affaires criminelles, d'où le scan de sécurité en plus du détecteur de métaux.

Bosch jeta un coup d'œil de mon côté, me vit et fit signe à l'officier qu'il revenait tout de suite. Je m'immobilisai et attendis qu'il me rejoigne à la moitié du couloir de façon à être hors de portée d'oreille et de Sanger et de l'homme avec lequel il venait de converser.

— Comment s'en est-elle sortie ? me chuchota Bosch.

— Parfaitement pour moi, lui répondis-je. Mais il n'a fallu que deux questions à l'adjoint de l'attorney général pour flanquer tout ça par terre.

— Quoi ? Que s'est-il passé ?

— Il va nous barrer la route avec une moucharde et j'ai besoin de tout savoir sur une certaine Isabella Moder – M-O-D-E-R, je crois –, au plus tard demain matin.

— Mais… Qui va s'occuper des témoins ?

— Ce sera à moi de le faire. J'ai besoin de toi pour Moder. Tout de suite.

— OK. Elle est à Chino ? Qui est-ce ?

— Elle était dans la même cellule que Lucinda, mais elle a été transférée dans une autre prison il y a environ six mois de ça… à peu près au moment où j'ai déposé ma demande d'*habeas*.

— Et son nom n'est pas sorti dans l'échange des pièces ? Ça ne serait pas une viola…

— Morris n'avait pas besoin de l'y inclure s'il se servait d'elle pour son contre-interrogatoire. D'où non, pas de violation, mais un très joli barrage. Que j'aurais dû voir venir.

— Mais alors pourquoi se presser si Morris ne l'appelle qu'après ta démonstration ?

— Parce que la meilleure défense est toujours l'offensive. J'ai besoin de savoir si nous allons pouvoir la neutraliser quand il la fera passer à la barre.

— Compris. Cindi a-t-elle raconté ce qu'elle avait dit à Moder ?

— Elle ne lui a rien dit. Moder est un mouton et elle mentira. Elle dira que Lucinda a reconnu avoir tué son mari.

— Des conneries, donc.

— Aucune importance. Et c'est pour ça que je te demande de filer me trouver tout ce que tu pourras sur elle. Dégotte-moi quelque chose qui me permette de l'enterrer.

— C'est parti.

— Appelle Cisco si tu as besoin d'aide. On ne laisse rien au hasard et le temps nous est compté. Je devrais en avoir terminé avec mes témoins demain. C'est à ce moment-là que Morris nous ramènera Moder.

— Si je m'occupe de ça, je ne vais pas pouvoir amener le Dr Arslanian au tribunal demain matin.

— Je m'en charge. Toi, tu files. Appelle-moi dès que tu as quelque chose. Le tribunal est fermé cet après-midi parce que Coelho a une conférence de juges. Je vais faire passer Sanger tout de suite à la barre. Arslanian et les autres, dont toi, ce sera pour demain. Alors occupe-toi de Moder.

— Je t'appellerai. Bonne chance avec Sanger.

— La chance n'aura rien à y voir.

Bosch gagna l'ascenseur. Je consultai ma montre. Il restait quelques minutes avant la fin de la pause. Je me rendis aux toilettes, mis mes mains en coupe sous le robinet d'eau froide et les portai à mon visage. Je sentais comme une lourdeur grandir dans ma poitrine. L'impression de ne pas m'être préparé. Je détestais ça plus que tout.

En revenant au prétoire, je tombai sur Sanger toujours assise sur son banc.

— Ça ne se passe pas très bien, hein ? me lança-t-elle.

Je m'immobilisai et la regardai. Son petit sourire de mépris ne l'avait pas quittée.

— Ça marche du tonnerre, lui renvoyai-je. Et vous êtes la prochaine.

Sur quoi, j'ouvris la porte de la salle d'audience et entrai.

Les gardes étaient en train de ramener Lucinda de la souricière à la table de la défense, signe que la juge était prête. Je m'installai à côté de ma cliente au moment même où on la débarrassait de ses fers avant de lui attacher un poignet à l'anneau en acier fixé sous le plateau de la table.

— Qu'est-ce qu'il va se passer maintenant ? me chuchota-t-elle.

— Je vais appeler Sanger, l'inscrire au procès-verbal et demain, on prouvera que c'est une menteuse.

— Non, je voulais dire : qu'est-ce qu'il se passe pour Isabella ?

— Harry travaille la question. Il va essayer de trouver quelque chose qui nous permette de l'inculper.

— De l'inculper ?

— Pour mensonge. Vous êtes certaine de ne jamais avoir parlé de votre affaire avec elle ?

— Jamais. Et on n'a jamais parlé de son affaire à elle non plus.

— OK. Je vais vous demander de bien réfléchir, Lucinda. Savez-vous quoi que ce soit sur elle qui puisse nous aider ? Je peux presque vous garantir qu'elle va débarquer ici pour raconter que vous lui avez avoué avoir tué Roberto et moi, j'ai besoin de lui renvoyer quelque chose. Est-ce qu'il y a…

L'huissier nous interrompit en demandant à tout le monde de se lever. Nous nous exécutâmes, la juge entra dans la salle et monta au banc de justice à petits bonds. Ellen Coelho était juge fédérale depuis presque trente ans. Elle avait été nommée par Clinton, ce qui tendait à la mettre à gauche de l'hémicycle et ça, c'était bon pour nous. Mais je n'avais aucune idée de ce qu'elle penserait d'une moucharde quand on entrerait dans le dur.

— Reprise de l'affaire Lucinda Sanz contre État de la Californie, dit-elle. Maître Haller, appelez votre témoin suivant.

J'appelai Stephanie Sanger. Bosch ne se trouvant plus dans le couloir pour s'occuper de mes témoins, je demandai à la juge d'envoyer un des gardes l'y chercher. Cela eut l'air de l'agacer, mais elle accepta et je me tournai vers ma cliente en attendant leur retour.

— J'ai besoin de quelque chose à balancer à Isabella, lui murmurai-je. Essayez de vous souvenir de quoi vous parliez. Parce que vous parliez après l'extinction des feux, non ?

— Si. Ce n'est pas facile de s'endormir.

— J'imagine. A-t-elle jamais…

La porte du fond s'ouvrant, le garde entra suivi de Sanger qui emprunta l'allée centrale et franchit la barrière. Elle s'arrêta près du box et prêta serment avant de s'asseoir. Je gagnai le lutrin avec mes notes et mes dossiers.

— Votre Honneur, lançai-je, avant de commencer, je demande à la cour de déclarer que l'adjointe Sanger m'est hostile.

— C'est votre témoin, maître, me renvoya Coelho. Sur quels fondements devrais-je la déclarer hostile à la plaignante ?

Je voulais que Sanger soit déclarée témoin hostile parce que cela me donnerait plus de liberté dans mon interrogatoire. Je pourrais ainsi lui poser des questions biaisées auxquelles seule une réponse par oui ou par non est exigée. Cela me permettrait aussi de charger mes questions d'éléments factuels que je voulais faire entendre à la juge. Même si Sanger les niait, l'information passerait.

— Votre Honneur, enchaînai-je, comme vous l'avez vu ce matin, l'adjointe Sanger a déjà essayé de ne pas témoigner. À quoi il faut ajouter une petite conversation que je viens d'avoir avec elle pendant la pause. Il est clair qu'elle ne nous aime ni moi ni ma cliente, et n'apprécie pas d'être ici.

Morris se leva pour répondre, mais Coelho leva la main pour l'arrêter.

— Nous verrons comment cela se passe, maître Haller, me renvoya-t-elle. Si vous voulez bien procéder.

Morris se rassit, Sanger semblant satisfaite de mon échec à convaincre la juge.

— Merci, madame la juge, dis-je. Adjointe Sanger, vous êtes présentement employée par les services du shérif du comté de Los Angeles, exact ?

— Oui, me répondit-elle. Et appelez-moi « sergente ».

— Quand avez-vous eu droit à cette promotion ?

— Il y a deux ans.

— Quelle est votre présente affectation dans ce service ?

— Je suis affectée au poste d'Antelope Valley, où je dirige l'unité d'intervention de l'antigang.

— Et vous avez travaillé plusieurs années dans cette unité.

— Oui.

— Et maintenant, vous la dirigez.

— C'est ce que je viens de vous dire.

— Oui, merci. Vous étiez déjà dans cette unité à la mort de l'adjoint Roberto Sanz, c'est bien ça ?

— C'est bien ça.

— Étiez-vous son associée ?

— Non, nous n'avons pas d'associés en soi dans cette unité. Elle se compose de six adjoints et d'un sergent. Nous travaillons en équipe et ce, n'importe quel jour. Selon nos vacances et nos congés maladie, nous pouvons être associés à n'importe lequel de nos cinq autres membres. Cela change tout le temps.

— Merci, madame l'adjointe de nous avoir clarif…

— Sergente.

— Excusez-moi, sergente. Merci de cette clarification. Ainsi, à se fonder sur ce véritable manège d'interactions et d'associations, serait-il exact de dire que vous connaissiez bien l'adjoint Sanz ?

— Oui. Nous avions travaillé trois ans ensemble quand il a été assassiné par son ex-femme.

Je me tournai vers la juge.

— Votre Honneur, m'exclamai-je, je dirais que cette déclaration est plutôt hostile. Le témoin fait état d'une idée tout à fait contraire à la cause de ma cliente.

— Poursuivez, maître Haller.

Je consultai mes notes et me ressaisis rapidement. J'allais devoir y aller avec prudence pour pousser Sanger dans un piège. Que je parvienne à lui faire dire quelque chose dont je pourrais prouver la fausseté alors qu'elle avait prêté serment et que tout serait porté au procès-verbal m'aiderait beaucoup à démontrer qu'il y avait eu corruption, à tout le moins une erreur dans la condamnation de Lucinda.

— Parlons donc de l'assassinat de l'adjoint Sanz, repris-je. Cela s'est passé un dimanche. Vous rappelez-vous la façon dont vous avez appris qu'il avait été tué ?

— J'ai reçu un SMS du SIOS, me répondit-elle. Comme tout le monde dans le service.

— Pouvez-vous expliquer à la juge ce qu'est le SIOS ?

— Le Système d'information des opérations spéciales est un service de SMS qui permet au shérif d'envoyer des messages à tout le personnel assermenté. Un SMS nous a donc été envoyé pour dire qu'il y avait eu une fusillade impliquant un adjoint dans la division d'AV et que nous avions perdu un des nôtres.

— AV comme dans Antelope Valley ?

— Exact. J'ai alors passé un appel et appris que l'adjoint tué était Roberto Sanz, un membre de mon unité.

— Et qu'avez-vous fait ensuite ?

— J'ai appelé un autre adjoint de l'unité et nous avons rallié la scène de crime pour voir si nous pouvions être utiles.

— De quel autre adjoint parlez-vous ?

— De Keith Mitchell.

— Pourquoi n'avez-vous appelé que lui alors que vous venez de nous informer que votre unité se composait de six membres et d'un sergent ?

— Parce que Keith était l'adjoint le plus proche de Robbie Sanz.

J'ouvris le dossier que j'avais apporté au lutrin et en sortis trois copies d'un document. Je les distribuai à Morris, au témoin et à la juge et demandai à Coelho la permission d'inscrire ce document au procès-verbal comme étant la pièce à conviction suivante de la plaignante et d'interroger le témoin à ce sujet. L'autorisation me fut accordée.

— Qu'avez-vous sous les yeux, sergente ?

— Une copie du SMS du SIOS qui nous a été envoyé, me répondit-elle.

— Et à quelle heure est-il spécifié qu'il vous a été envoyé ?

— À vingt-dix-huit.

— Soit huit heures dix-huit du soir en termes non militaires, exact ?

— Exact.

— Combien de temps après êtes-vous arrivée à la scène de crime ?

— Probablement pas plus de cinq minutes après.

— Cette « AV », ainsi que vous l'appelez, est assez vaste. Comment se fait-il que vous vous soyez trouvée si près de cet endroit qu'il vous a fallu moins de cinq minutes pour y arriver ?

— Le hasard a voulu que je sois en train de dîner dans un restaurant proche.

— De quel restaurant s'agit-il ?

— Du café Chez Brandy.

— Y étiez-vous avec quelqu'un ?

— Non, j'y étais seule au comptoir. J'ai reçu le SMS, j'ai mis de l'argent sur la table et je suis partie tout de suite. Et j'ai appelé Keith Mitchell en y allant.

Elle avait dit tout cela d'un ton las, comme si je lui posais des questions qui n'avaient aucun rapport avec l'affaire. Ce que la juge devait avoir ressenti elle aussi car elle m'interrompit.

— Maître Haller, me lança-t-elle, cette série de questions est-elle vraiment nécessaire ?

— Elle l'est, madame la juge. Et cela deviendra clair lorsque j'interrogerai d'autres témoins.

— Eh bien, je vous prie de terminer vite de façon que nous puissions les interroger le plus rapidement possible.

— Nous y arriverions plus vite si je n'étais pas interrompu dans mes questions.

— Si cette remarque a pour but d'offenser la cour, sachez que nous allons avoir un problème, maître.

— Je vous prie de m'excuser, madame la juge, cette remarque n'avait en aucun cas ce but. Puis-je continuer ?

— Je vous en prie, mais faites vite.

J'acquiesçai d'un hochement de tête, consultai mes notes afin d'être certain de reprendre où je m'étais arrêté.

— Sergente Sanger, enchaînai-je, y avait-il des enquêteurs des Homicides sur la scène de crime quand vous y êtes arrivée ?

— Non, pas encore.

— Qui y avait-il des services du shérif ?

— Beaucoup d'adjoints étaient arrivés pour sécuriser la zone afin d'aider l'unité des Homicides qui venait de partir du STARS Center de Whittier.

— Ce qui les aurait fait arriver une bonne heure plus tard, exact ?

— Oui, très probablement.

— Et donc, pendant que tout le monde attendait l'équipe des Homicides, vous avez décidé de faire leur travail à leur place, n'est-ce pas ?

— Non, ce n'est pas vrai.

— Vous n'auriez donc pas sorti Lucinda Sanz de la voiture de patrouille où elle avait été mise pour lui faire subir le test des résidus de poudre sur le corps et les vêtements ?

— Si, je l'ai bien fait. Il vaut mieux effectuer ce test le plus rapidement possible après qu'un crime a été commis.

— Était-ce la procédure pour une adjointe travaillant avec la victime de tamponner les mains et les bras d'un suspect pour ce test des résidus de poudre ?

— Mme Sanz n'était pas encore suspecte à ce moment-là. Je…

— Pas encore ? Pourquoi a-t-elle alors été mise à l'arrière d'une voiture de patrouille et testée pour des résidus de poudre si elle n'était pas suspecte ?

Morris se mit debout pour élever une objection.

— Votre Honneur, lança-t-il. L'avocat harcèle le témoin et ne lui laisse pas le temps de terminer ses réponses !

— Maître Haller, me dit Coelho, laissez-la finir ses réponses et baissez un peu le ton. Ici, il n'y a pas de jurés à impressionner.

Je hochai la tête d'un air contrit.

— Oui, madame la juge. Sergente Sanger, je vous en prie, poursuivez et finissez votre réponse.

— Comme je l'ai dit, il est important d'effectuer ce test le plus tôt possible dans une enquête. Sans cela, les éléments de preuve peuvent perdre de la netteté, disparaître ou être transférés. Dans cette affaire, je savais qu'il pourrait s'écouler une heure, voire plus, avant l'arrivée des enquêteurs des Homicides et j'ai donc testé l'accusée et sécurisé les disques dans un sachet à éléments de preuve.

— Elle n'est pas l'accusée, sergente. Elle est la requérante. Et quand vous avez terminé ce test dont vous dites qu'il devait être pratiqué de toute urgence, qu'avez-vous fait de l'élément de preuve constitué par ce sachet de disques de tamponnage ?

— Je l'ai confié à l'adjoint Mitchell, qui plus tard l'a donné à l'équipe des Homicides. Cela devrait figurer dans le rapport de traçabilité que vous avez vu, j'en suis certaine.

— Et si je vous informais qu'il n'y figure pas ?

— L'adjoint Mitchell se serait alors rendu coupable d'une légère omission.

— C'est gentil à vous de jeter ainsi l'adjoint Mitchell aux lions, mais… pourquoi ne l'avez-vous pas donné vous-même à l'équipe des Homicides ? C'est vous qui aviez pratiqué ce test. Tentiez-vous de cacher ce fait, sergente ?

— Je ne cachais rien du tout. J'allais quitter la scène de crime. Pour avertir l'amie de l'adjoint Sanz de ce qui venait de se produire. Je pensais qu'elle devait l'apprendre de la bouche d'une des amies de Robbie plutôt que de le découvrir aux infos.

— Voilà qui était très noble à vous, sergente Sanger !

— Merci, me lança-t-elle sur un ton passablement sarcastique.

J'arrivais au bout de mes questions, je décidai de lui porter un grand coup.

— Sergente Sanger, étiez-vous au courant qu'au moment de son assassinat, Roberto Sanz faisait partie d'un gang au sein des services du shérif ?

Elle sursauta, et vraiment, de plusieurs centimètres dans le box. Morris, lui, se dressa d'un coup et éleva une objection.

— Pose des faits non constatés, lança-t-il. Votre Honneur, maître Haller jette des filets à l'aveuglette en espérant que le témoin se trompera dans ses réponses et lui donnera ainsi quelque chose qu'il pourra grossir à volonté.

Je fis non de la tête, gagnai la table de Lucinda, ouvris un dossier contenant plusieurs copies des photos de l'autopsie de Roberto Sanz et m'assurai que Lucinda ne les voie pas.

— Votre Honneur, repris-je, je ne jette aucun filet à l'aveuglette et je pense que maître Morris le sait très bien. Je suis prêt, si la cour m'y autorise, à montrer à ce témoin que son collègue était membre d'une clique. Et si la cour le juge nécessaire, je puis aussi faire venir un expert sur l'enquête en interne des services du shérif et sur celle menée en externe par le FBI sur ces groupes de voyous avec badges, deux investigations qui ont conduit à l'envoi en prison d'un ancien shérif et à des changements radicaux dans le recrutement et la formation du personnel de ce service.

Rien que du bluff. Mon expert n'était autre que l'agent du FBI MacIsaac et je n'avais toujours pas réussi à le joindre. Si la cour me mettait la pression, je convoquerais le journaliste du *Los Angeles Times* qui avait dévoilé le scandale et couvrait toutes les enquêtes en cours.

Heureusement, je n'eus besoin ni de l'un ni de l'autre.

— Je ne pense pas que nous ayons besoin d'un quelconque expert pour nous parler des problèmes connus de tous qui secouaient les services du shérif au moment de ce meurtre, déclara Coelho. Le témoin répondra à la question.

Toutes les têtes se retournèrent vers Sanger, à qui je demandai si elle avait besoin que je la lui répète.

— Non, dit-elle. J'ignorais que Roberto était membre d'une clique, d'un gang ou de tout ce que vous voulez dire.

— Si la cour m'y autorise, je vais donc vous montrer deux photos, repris-je. Elles ont été prises au cours de l'autopsie de Roberto Sanz.

Je m'approchai du banc de justice et tendis à la juge deux jeux de photos montrant un, le cadavre de Sanz sur la table d'autopsie et deux, un gros plan du tatouage qu'il avait à la hanche. Puis je fis demi-tour et en donnai un jeu à Morris qui se dressa aussitôt pour s'élever contre le caractère incendiaire de ces clichés.

— Cet homme était un héros, Votre Honneur ! s'écria-t-il. L'avocat de la partie adverse a l'intention d'agiter ces photos qui tendraient à démontrer une affiliation à un gang alors qu'elles ne montrent ni ne prouvent quoi que ce soit !

— Votre Honneur, le contrai-je, la requérante peut faire venir un expert en la matière qui n'aura aucun mal à identifier le tatouage sur le corps de Roberto Sanz – qui se trouve, soit dit en passant, à un endroit que personne ne verrait en public – si cela est nécessaire. Cela étant, une simple recherche sur Google effectuée par la cour ou n'importe qui d'autre confirmerait que ce tatouage secret de Roberto Sanz le relie, et directement, à une clique qui opérait dans Antelope Valley.

La juge ne mit pas longtemps à rendre sa décision.

— Vous pouvez les montrer au témoin, dit-elle.

Je m'approchai de Sanger et les lui tendis.

— Reconnaissez-vous ce tatouage, sergente Sanger ? lui demandai-je.

— Non, je ne le reconnais pas.

— Mais vous aviez conscience que ce membre de votre unité faisait partie des Cucos, une des cliques bien connues des services du shérif, n'est-ce pas ?

— Je n'en avais aucune idée et ne pense pas qu'un tatouage le prouve.

— Avez-vous un tatouage, sergente ?

— Non.

Je marquai une pause et du coin de l'œil vit Morris se lever en pensant que j'allais demander à la cour de vérifier si elle en avait sur le corps. Mais non : je voulais seulement que cette possibilité pèse sur la décision finale que prendrait la juge sur notre motion.

— Pour l'instant, repris-je, j'ai une question de plus. Sergente, quel était le numéro de votre téléphone relié au SIOS ?

Morris qui avait commencé à se rasseoir bondit soudain sur ses pieds, écarta grand les bras et afficha un air exagérément choqué, voire horrifié.

— Objection, Votre Honneur ! s'écria-t-il. Que pourrait donc vouloir la plaignante en révélant le numéro de téléphone privé de cet officier des forces de l'ordre, hormis le faire connaître aux médias et au public ?

— Pouvez-vous répondre à cette question, maître Haller ? me demanda Coelho.

— Votre Honneur, je n'essaie nullement de révéler ce numéro de téléphone privé à l'assistance. Mais comme le témoin vient de nous dire qu'elle avait reçu la nouvelle de la mort de Sanz sur son portable, la requérante a le droit de connaître ce numéro qui fait partie des éléments de preuve dans cette affaire. Je ne verrais aucune objection à ce que la cour ordonne au témoin de me le dévoiler en privé par l'intermédiaire de maître Morris ou du greffier de ce tribunal.

— Mais pourquoi aurait-il besoin de ce numéro hormis pour la harceler de coups de fil ? me contra Morris.

— Madame la juge, jamais je n'appellerai ou ne partagerai ce numéro avec quiconque, dis-je, et la cour pourra me condamner pour outrage à magistrat si je le fais.

— Mais alors pourquoi avez-vous besoin de ce numéro, maître Haller ? me demanda Coelho.

J'écartai grand les bras de surprise comme venait de le faire Morris quelques instants plus tôt.

— Je vous en prie, madame la juge ! lui lançai-je. Vous me demandez de dévoiler la ligne générale de ma stratégie à maître Morris ?

— Contentons-nous de calmer le jeu, me renvoya-t-elle en ayant l'air de comprendre son faux pas.

Sur quoi elle réfléchit un long moment avant de conclure :

— Très bien. La cour ordonne au témoin de donner au greffier le numéro de téléphone requis, qui sera ensuite transmis à l'avocat de la plaignante.

— Votre Honneur, dit Morris, l'État de Californie demande que ce numéro soit scellé.

— Est-ce nécessaire, maître Morris ? lui demanda Coelho.

— Oui, Votre Honneur. Pour protéger l'adjointe Sanger de tout harcèlement.

— De la *sergente* Sanger, fis-je remarquer à Morris.

— De la sergente Sanger, se corrigea-t-il.

— Très bien, conclut Coelho. Il n'y aura aucune divulgation, partage ou utilisation de ce numéro par la requérante. Il sera placé sous scellés. Les violer vous vaudra la colère de cette cour, maître Haller.

— Merci, Votre Honneur, lâcha Morris sur un ton laissant entendre qu'il venait de remporter une espèce de victoire.

— Merci, Votre Honneur, lançai-je en écho parce que je savais que cette victoire était la mienne.

CHAPITRE 27

Il était tard lorsque je reçus le SMS de Bosch. Je travaillais à la table de ma cuisine parce que le chaos régnait toujours dans mon bureau. Je rédigeais des questions à poser à Shami Arslanian sur un bloc-notes lorsque mon téléphone vibra. Le message m'indiquait une adresse à Burbank. Un appartement au deuxième étage. Bosch me pressait de venir rapidement et me donnait la combinaison du portail de sécurité de l'immeuble.

Je laissai mon bloc-notes sur la table, pris le Navigator, descendis la colline, coupai par Laurel Canyon pour rejoindre la Valley et arrivai à un endroit proche de l'aéroport de Burbank en quarante minutes. La combinaison du portail que Bosch m'avait envoyée marchant comme il faut, je frappai à la porte de l'appartement 317[1] deux minutes plus tard. Cisco m'ouvrit et me fit entrer. Bosch se trouvait dans le salon minuscule, assis sur un canapé d'un vert criard, à côté d'un rouquin au teint pâle et aux cheveux en bataille. L'individu semblait proche de la trentaine, mais on n'aurait pu en jurer, les croûtes qu'il avait sur tout le visage masquant son âge véritable. Il aurait tout aussi bien pu avoir vingt ans que cinquante tant il était clair qu'il se droguait. Je faillis

1. Aux États-Unis, le rez-de-chaussée correspond au premier étage.

faire demi-tour pour filer. Les camés ne sont pas de bons témoins.

— Mick, me lança Cisco, je te présente Max Moder. Isabella est sa sœur.

Moder me regarda et parut me reconnaître.

— Hé mais, dit-il, c'est vous le gars aux panneaux publicitaires, non ? Je vous ai vu.

— Oui, c'est moi, lui répondis-je. Vous avez quelque chose à me dire ?

Moder se tourna vers Bosch comme pour avoir son approbation. Bosch hocha la tête pour lui donner le feu vert.

— Eh bien, y a trois ou quatre mois de ça, ma sœur m'a appelé de la prison où elle est, commença-t-il. Elle m'a demandé d'aller à la bibliothèque où y a tous les vieux journaux. Elle voulait que je lui trouve des articles sur un meurtre. Celui d'un adjoint du shérif qui s'était fait tuer à Quartz Hill.

— Vous l'avez fait ?

— Oui, j'y suis allé. J'ai dû me rendre à la grande bibliothèque du centre-ville.

— Et qu'y avez-vous trouvé ?

— Les articles qu'elle voulait, me répondit-il.

Il jeta un coup d'œil à Bosch, puis à Cisco et ajouta :

— Et donc ce type va m'aider ?

Cisco et Bosch gardant le silence, je répondis à sa question.

— Il faut d'abord que je sache ce que vous savez. On parlera de ce que je pourrais faire pour vous après. Qu'avez-vous fait quand vous avez trouvé ces articles ?

— Il a fallu que je paie pour qu'on me les imprime. Après, quand elle m'a rappelé, je les lui ai lus. Tous.

— Elle vous a appelé en PCV ou avec un portable ?

— Elle en avait emprunté un. Je sais pas comment elle l'a eu.

— Mais elle vous a appelé sur votre portable à vous, non ?

— Oui, sur mon portable.

— Où est-il ?

— Euh, je l'ai plus. Je l'ai vendu. J'avais besoin de l'argent.

— Quand ?

— Quand je l'ai vendu, vous voulez dire ?

— Oui, quand l'avez-vous vendu ?

— Y a deux ou trois mois. À peu près.

— Où l'avez-vous vendu ?

— Euh… en fait, je l'ai échangé avec un gars.

Contre de la drogue, il n'eut pas besoin de le préciser. Tout le monde le savait dans cette pièce.

— Avez-vous des factures du fournisseur d'accès ? repris-je. De la compagnie du téléphone.

— Pas vraiment, me répondit-il. À dire vrai, j'étais pas très bon pour les payer. Alors ils m'ont coupé la ligne et je l'ai échangé.

— Et le numéro ? Vous vous en souvenez ?

— Non, je m'en souviens pas vraiment.

— Bon, et les articles imprimés à la bibliothèque… où sont-ils ?

— Je crois que je les ai laissés à ma baraque d'avant. Sont pas là.

Je hochai la tête : bien sûr qu'il ne les avait plus – ç'aurait été trop facile. Je songeai à ne pas pousser plus loin. Les camés sont des témoins très peu fiables qui peuvent vous faire plus de mal que de bien à la barre. Il ne semblait pas y avoir quoi que ce soit dont j'aurais pu me servir pour corroborer ses dires.

— Vous allez me payer ? reprit-il. Faut que j'aille mieux, mec.

— Je ne paie pas pour des témoignages. Tout ce que je peux faire pour vous sera de vous donner une carte « sortie de prison » pour la prochaine fois.

— Qu'est-ce que ça veut dire ?

— Que c'est ma carte de visite professionnelle. La prochaine fois que vous êtes arrêté, vous m'appelez, je vous sors de taule et prends votre affaire.

Il regarda Cisco en fronçant les sourcils.

— C'est quoi, cette merde, mec ? T'avais dit qu'il me paierait !

— J'ai jamais dit ça, lui renvoya Cisco. J'ai dit que si ce que tu racontais lui plaisait, il s'occuperait de toi. Rien d'autre.

— Merde alors ! s'écria Moder.

— Du calme, lançai-je. Vous...

— Non, c'est vous qui vous calmez, bordel ! hurla-t-il. J'ai besoin de vrai argent, mec. J'ai mal, mec !

— Les seuls témoins que je paie sont des experts, lui expliquai-je, et je n'ai pas l'impression que vous soyez expert en quoi que ce soit, hormis l'art de vous défoncer à la cristal meth.

— Alors vous dégagez d'ici ! Tous ! Dégagez ! Je vais pas enfler ma sœur pour une putain de carte de visite professionnelle. Sortez !

Bosch se leva du canapé et se dirigea vers la porte. Cisco, lui, ne bougea pas. Il attendait que je m'en aille afin d'être le dernier à sortir au cas où Moder aurait été assez fou pour décider de jouer les gros bras. Je sortis mon portefeuille et y pris une carte de visite.

— Ta sœur, tu l'as déjà enflée ! lançai-je à Moder.

Je jetai ma carte sur la table basse et suivis Bosch qui poussait la porte.

Nous n'ouvrîmes pas la bouche avant de nous retrouver dans la rue et d'y rejoindre le Navigator.

— Qu'est-ce que tu en penses ? me demanda Cisco.

— Que ça serait bien d'avoir quelque chose de solide pour appuyer son histoire, lui répondis-je. Mais je pense pouvoir m'en sortir si jamais il y avait un problème avec la sœur.

— Tu vas le citer à comparaître ? voulut savoir Bosch.

— Non. Je ne veux pas que Morris sache qu'on l'a trouvé. Et d'ailleurs, comment l'avons-nous trouvé ?

Bosch me montra Cisco d'un coup de menton.

— C'est lui, l'homme de la situation, dit-il.

— J'ai découvert où sa sœur habitait à Glendale et j'ai posé des questions dans le quartier, me répondit Cisco. Les gens ne les aimaient pas. Ni lui ni sa sœur. À partir de là, ç'a été facile.

J'approuvai d'un signe de tête.

— Bon alors, pourquoi est-elle en cabane ? lui demandai-je.

— Homicide par conduite en état d'ivresse. Elle a brûlé un feu rouge à Sun Valley et est rentrée dans la voiture d'une infirmière qui rentrait de son boulot à l'hôpital Saint-Joseph. Elle avait plus d'un gramme d'alcool dans le sang. D'où quinze ans de taule. L'infirmière avait une famille.

— Qu'est-ce que tu en penses, Harry ? demandai-je. Qu'est-ce qu'elle pourrait obtenir en mouchardant Lucinda ? Changer son verdict n'est pas possible. Aucun juge ne voudra essayer de réduire une peine de prison dans une affaire de ce genre. Ça ne lui donnerait aucun vote aux élections suivantes.

— Je ne sais pas, avoua Bosch. Peut-être rien que la promesse de l'attorney général de tenter le coup. Elle a déjà fait huit ans et pourra demander des audiences de libération conditionnelle dès l'année prochaine. Morris pourrait glisser un mot en sa faveur.

— Oui, ça doit être ça, dis-je. Du bon boulot, les gars. J'ai enfin quelque chose avec quoi je pourrais travailler si besoin.

Ni l'un ni l'autre ne réagirent à mes compliments.

— Alors, on a faim ? enchaînai-je. Moi, je suis affamé. Chez Musso est encore ouvert et c'est moi qui régale.

— Je pourrais manger quelque chose, dit Cisco.

— Tu peux toujours manger quelque chose, lui renvoyai-je. Et toi, Harry ?

— Moi aussi.

— OK. J'appelle Sonny au bar histoire de voir s'il peut nous trouver une bonne table et je vous y retrouve.

CHAPITRE 28

Manger tard Chez Musso et Frank était une erreur. Si je n'y avais consommé aucun alcool, je n'avais pas pu résister à un contre-filet à la mode de New York avec toutes les garnitures. Le lendemain matin, je me sentais ballonné et apathique. Heureusement Bosch m'attendait sur la terrasse lorsque je sortis de chez moi en titubant. Il prit le volant, je m'emparai de mon bloc-notes et me remis l'affaire en mémoire tandis que nous descendions en centre-ville.

— Qui appelles-tu en premier ce matin ? me demanda-t-il.

— C'est que… Commençons par voir ce qui se passe quand Morris interrogera Sanger, lui répondis-je. Je pourrais bien avoir besoin de la mettre sur le gril une deuxième fois. J'espère qu'elle aura enfilé sa grande tenue.

— Pourquoi ça ?

— Oh, c'est juste que j'ai oublié un petit travail de base hier.

— D'accord, et ensuite ? Keith Mitchell ?

— Oui, on se fera Keith Mitchell. On enregistre son histoire au compte rendu de l'audience et après, on lui colle Shami. Il va falloir que tu ailles la chercher après m'avoir déposé au tribunal. Juste au cas où Sanger et Mitchell craquent rapidement.

— Ça marche.

Stratégie en deux temps. Un, et c'était le plus important, je devais faire comprendre que l'enquête avait déraillé dès le début. Qu'il y avait eu un focus sur Lucinda Sanz ou, pire, qu'on avait masqué un coup monté contre elle pour la condamner. La seconde partie de ma stratégie consisterait à livrer Dieu sait comment un affreux à la juge. J'allais devoir pointer quelqu'un du doigt de façon assez convaincante pour démontrer que Lucinda Sanz devait être déclarée innocente ou, au minimum, qu'elle avait le droit d'annuler son plaider-coupable et d'aller au procès. Qui serait l'affreux restait à déterminer, mais grâce à la modélisation informatique d'Arslanian, j'avais une idée.

Bosch ne perdit pas de temps. J'avais les yeux rivés sur mon dossier et ne vis pas les virages qu'il prenait, mais j'arrivai au tribunal et en franchis assez vite les deux contrôles de sécurité pour demander à Nate, le chef des US marshals du prétoire, la permission de gagner la souricière pour rendre visite à ma cliente.

Lucinda portait toujours sa combinaison bleue à manches courtes, mais elle avait mis un grand et lourd tee-shirt en dessous. Peu importait la saison, la souricière était toujours glaciale.

— Cindi, lui lançai-je, ça va ?

— J'imagine. Quand est-ce que ça commence ?

— Ils vont venir nous chercher dans quelques minutes. Je voulais juste vous dire que pour l'instant tout va bien. Pour moi, on est sur la bonne voie pour présenter notre affaire. Et en plus, je ne pense vraiment pas que vous ayez à vous inquiéter pour Isabella Moder. De ce côté-là, on est couverts.

— Ce qui veut dire quoi ?

— Que si Morris la met à la barre et qu'elle témoigne contre vous, on devrait pouvoir démontrer qu'elle n'est rien d'autre que la menteuse de moucharde qu'elle est.

— OK. Et qu'est-ce qui se passe aujourd'hui ?

— Eh bien, on présente nos arguments et on espère qu'ils seront assez forts pour obliger la juge à nous donner la permission de faire témoigner l'agent MacIsaac. C'est lui la clé de tout, mais nous n'avons toujours pas réussi à l'amener au tribunal. Les fédéraux jouent au bonneteau avec lui.

— Pourquoi refuse-t-il de venir ?

— Parce que ce qu'a fait le Bureau est embarrassant. Il a regardé ailleurs quand vous avez été accusée et c'était injustifié.

— Et vous pouvez le prouver ?

— Je pense. Si j'arrive à l'amener à la barre.

La porte s'ouvrit sur le marshal Nate.

— C'est l'heure, dit-il.

Je me tournai vers Lucinda et lui dis de ne pas lâcher prise.

Quelques minutes plus tard nous étions assis à la table de la défense lorsque la juge Coelho montant au banc de justice, la sergente Sanger fut rappelée à la barre pour le contre-interrogatoire. Je fus heureux de constater qu'une fois encore elle était en grand uniforme.

Morris fut pédant. Une année après l'autre, il traîna péniblement Sanger dans ses dix-sept ans de carrière au service du shérif sans rien oublier de ses différentes affectations, promotions et citations. Il alla jusqu'à faire inscrire au procès-verbal des pièces à conviction la plaque d'« officier des forces de l'ordre de l'année » que lui avait décernée le Rotary Club d'Antelope Valley l'année précédente. Ce faisant, il révélait sa stratégie – tout reposerait sur la crédibilité et le caractère des adjoints impliqués. C'était pour cela qu'il en rajoutait.

Il termina fort avec des questions qui allaient droit au cœur des accusations de forfaitures ayant conduit à la condamnation de Lucinda Sanz.

— Sergente Sanger, avez-vous connaissance de quelque sorte de corruption ou de faute commise dans l'enquête sur la mort de Roberto Sanz ? lui demanda-t-il. Et je vous rappelle que vous parlez sous serment.

— Non, maître, répondit-elle.

Lui rappeler qu'elle était sous serment n'était que pantalonnade, mais le message que Morris adressait à la juge était clair : « Vous avez devant vous un officier des forces de l'ordre absolument professionnel et hautement décoré et c'est donc sa parole contre celle de la requérante qui, elle, a plaidé coupable d'avoir commis ce crime. »

Quand Morris en eut terminé, ce fut à nouveau mon tour et je gagnai rapidement le lutrin.

— Petit recadrage, Votre Honneur, lançai-je.

— Procédez, maître Haller.

— Sergente Sanger, commençai-je, lorsque maître Morris nous a détaillé votre carrière et vos décorations, il semble avoir laissé quelque chose de côté, n'est-ce pas ?

— Je ne vois pas de quoi vous parlez, me répondit-elle.

— Eh bien, mais de ce pin's que vous portez sur votre uniforme, juste au-dessus de votre poche de poitrine. De quoi s'agit-il, sergente Sanger ?

J'avais découvert l'objet la veille, mais ce n'était qu'après avoir revu le témoignage de Sanger que j'avais compris ce que je pouvais en faire.

— C'est un badge de qualification au stand du shérif, me répondit-elle.

— Le stand de tir, c'est bien ça ?

— Oui, le stand de tir.

— Et pour avoir le droit de porter un pin's pareil sur son uniforme, il faut faire un peu plus que se qualifier, non ?

— Il n'est effectivement donné qu'au pourcentage le plus élevé des meilleurs tireurs.

— Qui est de… ?

— De dix pour cent.

— Je vois. Et comment s'appelle ce genre de pin's ?

— Je ne sais pas.

— Il signifie que vous êtes un tireur d'élite, n'est-ce pas ?

— Je n'ai pas recours au vocabulaire genré.

— OK, que diriez-vous du simple mot de « sniper » ? Ce pin's que vous portez fièrement sur votre uniforme signifie que vous comptez au nombre des experts au tir, n'est-ce pas ?

— Je n'utilise jamais ces termes.

Pour montrer ma frustration, je levai la main, puis la laissai retomber lourdement sur le pupitre. Après quoi, je demandai à Coelho la permission de m'approcher du témoin pour lui montrer un élément de preuve déjà agréé par la cour. L'autorisation m'étant accordée, je lui apportai les photos de Lucinda Sanz au stand de tir.

— Pouvez-vous identifier les individus présents sur cette photo ? lui demandai-je.

— Oui. Il s'agit de Robbie Sanz et de son épouse à l'époque, l'accusée Lucinda Sanz.

— Vous voulez dire la requérante ?

— Oui, la requérante, répéta-t-elle sur un ton sarcastique.

— Merci, lui renvoyai-je. Et maintenant, sur la deuxième photo en votre possession, vous avez l'individu que vous avez identifié comme étant Robbie Sanz en train d'améliorer la posture de son épouse de l'époque, c'est bien ça ?

— Oui, répondit-elle.

— En tant que membre des forces de l'ordre et experte au tir, avec toutes les décorations appropriées, pouvez-vous me dire quelle position la requérante est en train d'apprendre sur cette photo ?

— Celle du tireur debout.

— Merci, sergente Sanger. Je n'ai pas d'autres questions, Votre Honneur, mais la requérante se réserve le droit de rappeler le témoin plus tard dans cette audience.

— D'accord, maître Haller. Maître Morris ? Voulez-vous requestionner le témoin ?

— Non, Votre Honneur. L'État est prêt à passer à autre chose.

— Sergente Sanger, vous êtes excusée, conclut Coelho. Maître Haller, appelez votre témoin suivant.

Toujours en suivant mon plan, j'appelai l'adjoint Keith Mitchell. Il fut amené du couloir, prêta serment et prit place dans le box. Noir, imposant, au crâne rasé, il avait des biceps qui tendaient à faire craquer les manches de son uniforme. Je regagnai le lutrin avec mon bloc-notes et ne me donnai pas la peine de demander à la juge de déclarer qu'il m'était hostile.

— Vous êtes costaud, monsieur, lui dis-je. Quelle taille faites-vous ?

Mitchell eut l'air perdu.

— Euh... un mètre quatre-vingt-treize.

Morris se leva.

— Pourrions-nous garder cet interrogatoire dans les limites de ce qui a un rapport avec notre affaire, Votre Honneur ? demanda-t-il.

— Je m'excuse, Votre Honneur. Je passe à autre chose.

Coelho fronça les sourcils.

— Plus de méandres, maître Haller, m'avertit-elle.

— C'est promis, Votre Honneur, dis-je. Adjoint Mitchell, vous étiez présent sur la scène de crime le soir où Roberto Sanz a été assassiné, n'est-ce pas ?

— C'est exact.

— Mais vous n'étiez pas en service.

— Je ne l'étais pas.

— Comment se fait-il que vous soyez venu ?

— Le service avait envoyé un SMS d'alerte signalant qu'il y avait eu une fusillade impliquant un officier de l'AV et disons, une dizaine de minutes plus tard un autre membre de notre unité m'a appelé pour me dire que c'était Robbie qui avait été abattu. Nous étions proches, Robbie et moi, alors je me suis rendu chez lui.

— Et c'est bien Stephanie Sanger qui vous avait appelé, exact ?

— Exact. La sergente Sanger.

— Était-elle sergente à ce moment-là ?
— Euh, non. Pas encore.
— Et où étiez-vous quand l'adjointe Sanger vous a appelé ?
— J'étais chez moi, à Lancaster.
— Quelle est votre adresse personnelle ?
Il hésita et Morris bondit pour s'opposer à ce qu'elle soit révélée au public.
— Votre Honneur, dit-il. Cela pourrait mettre le témoin et sa famille en danger.
— Je retire ma question, dis-je avant même que la juge ait à trancher.
— Très bien, dit-elle. Poursuivez.
Morris hocha la tête pour marquer son approbation comme si une fois de plus il venait de l'emporter sur moi.
— Revenons à ce soir-là, adjoint Mitchell, repris-je. Faisiez-vous partie de l'équipe d'enquête sur la mort de l'adjoint Sanz ?
— Non, je n'en faisais pas partie.
— Mais dans le rapport, il est mentionné que vous avez été en possession des tampons de résidus de poudre pendant qu'on interrogeait Lucinda Sanz. Est-ce la vérité ?
— Oui. Cet élément de preuve m'avait été confié par un autre adjoint afin que je le sauvegarde jusqu'à l'arrivée des enquêteurs. Ce que j'ai fait.
— En quoi consistait exactement cet élément de preuve ?
— Dans mon souvenir, il s'agit de deux tampons de résidus de poudre enfermés dans un sachet à éléments de preuve.
— Et quel adjoint vous avait tendu ce sachet pour que, comme vous dites, vous le « sauvegardiez » ?
— La sergente Sanger. Enfin je veux dire… l'adjointe Sanger à l'époque.
Je marquai une pause, baissai les yeux sur mon bloc-notes et me préparai à affronter encore plus de résistance aux nouvelles questions que j'allais lui poser.

— Adjoint Mitchell, repris-je enfin, aviez-vous conscience du fait que l'adjoint Roberto Sanz était membre d'une clique au sein des services du shérif qui faisait l'objet d'une enquête du FB…

— Objection ! hurla pratiquement Morris avant que je puisse terminer ma question.

Puis il se leva d'un bond et précisa :

— Il s'agit de faits non constatés. Encore une fois, l'avocat de la partie adverse tente d'embrouiller ces débats à l'aide de sous-entendus pour lesquels il n'a aucune preuve à apporter.

— Maître Haller, votre réponse ? me lança la juge.

— Merci, Votre Honneur. S'il m'est autorisé de continuer à soutenir notre demande, ces faits seront mis en lumière plus tard.

Coelho réfléchit longuement à la question avant de rendre son arbitrage.

— Encore une fois, je vais vous prendre au mot, maître Haller. Le témoin peut répondre.

— Votre Honneur, ceci est hautement…, commença Morris.

— Maître Morris, vous n'auriez donc pas entendu l'arbitrage de la cour ?

— Si, Votre Honneur, lui répondit Morris. Merci, Votre Honneur.

Il se rassit, tous les regards revinrent sur Mitchell. Pour ajouter au drame, je répétai ma question.

— Adjoint Mitchell, aviez-vous conscience du fait que l'adjoint Roberto Sanz était membre d'une clique au sein des services du shérif qui faisait l'objet d'une enquête du FBI ?

Mitchell hésita au cas où Morris aurait voulu tenter une nouvelle objection, mais non : l'attorney général adjoint garda le silence.

— Non, répondit Mitchell, je n'en avais pas conscience.

— Étiez-vous membre d'une clique portant le nom de « Los Cucos » au moment où Sanz a trouvé la mort ?

— Non, je n'en étais pas membre.

— Avez-vous jamais été questionné par le FBI au sujet de votre appartenance à une clique ?

— Non, jamais.

— Avez-vous sur quelque endroit de votre corps que ce soit un tatouage indiquant votre appartenance à une clique portant le nom de « Los Cucos » ?

Morris se leva encore une fois.

— Votre Honneur, l'État de Californie élève une objection catégorique contre l'habitude qu'a l'avocat de la partie adverse de toujours essayer de traîner ses témoins dans la boue. À quoi allons-nous avoir droit maintenant ? Compte-t-il demander au témoin de se dévêtir afin qu'on voie s'il a un tatouage ?

Coelho leva la main pour m'empêcher de répondre.

— J'exige de voir les avocats dans mon bureau avant que nous poursuivions dans cette voie, dit-elle.

Sur quoi, elle ajourna la séance et quitta le banc de justice pour gagner son cabinet, Morris et moi la suivant sans attendre.

CHAPITRE 29

La juge Coelho ne se donna pas la peine d'ôter sa robe noire avant de prendre place derrière un bureau si énorme qu'il écrasait tous ceux que j'avais jamais vus dans le Criminal Courts Building où président les juristes de l'État.

— Je vois, messieurs, qu'on a enlevé les gants et avant que les choses ne versent dans le trop combatif, je me disais qu'il serait bon de s'asseoir un instant pour discuter de la direction que nous prenons dans cette audience. Maître Haller, vous avez suivi ce chemin avec la sergente Sanger et voilà que vous le reprenez avec l'adjoint Mitchell.

Je hochai la tête en rassemblant mes pensées. Je savais que ma réponse déterminerait la manière dont se déroulerait le reste de l'audience.

— Votre Honneur, je tiens à vous remercier de l'occasion que vous me donnez de m'expliquer, lui dis-je. S'il nous est accordé la chance de présenter notre cas en entier, la cour verra que Roberto Sanz a été tué parce qu'il était devenu un informateur du FBI. En fait, il était même en train de parler avec un de ses agents une heure avant d'être tué. Et Lucinda Sanz a été piégée de façon à porter le chapeau de cet assassinat et forcée d'accepter un plaider-coupable.

— Votre Honneur, lança Morris, ceci est insensé ! Maître Haller est incapable de le prouver et préfère se servir de la cour pour lancer des propos aussi scandaleux que calomnieux contre des officiers des forces de l'ordre qui ne faisaient que leur travail.

— Je vous remercie, maître Morris, dit la juge, mais je vous en prie, ne parlez pas avant que je vous le demande. Mais maintenant, comment comptez-vous le démontrer, maître Haller ? Il n'y a rien dans votre motion qui étaie ces accusations.

— Votre Honneur, il est bien mentionné dans notre demande que nous avons de quoi prouver qu'il y a eu conspiration pour piéger Lucinda Sanz, déclarai-je. Et c'est de cette conspiration qu'il s'agit. Je ne peux pas entrer dans les détails parce que les conspirateurs en comprendraient la nature et pourraient alors balayer derrière eux. Voilà pourquoi je demande toute l'indulgence de la cour pour me laisser le temps de faire apparaître cette conspiration. Mes deux témoins suivants rendront cela des plus clairs et je pense qu'alors la cour ordonnera qu'on entende MacIsaac, l'agent traitant de Roberto Sanz au FBI, afin qu'il nous dise, et sous serment, ce qui s'est réellement passé le jour où Sanz a été assassiné.

— Votre Honneur, dit Morris, si je puis être entendu…

— Non, le rembarra Coelho. Cela ne sera pas nécessaire parce que je sais ce que vous allez dire, maître Morris, et c'est à moi qu'il revient d'établir les faits dans cette audience. Il m'incombe donc de les rechercher avant de rendre ma décision. Maître Haller, je vais vous laisser poursuivre, mais faites attention. Si vous vous éloignez des faits que l'on peut prouver, je vous tomberai dessus durement et vous n'apprécierez pas. Ni vous ni votre cliente. Suis-je assez claire ?

— Oui, madame la juge. Vous l'êtes.

— Très bien. Vous pouvez retourner au prétoire et je vous y rejoindrai dans un instant.

Morris et moi nous levâmes et nous dirigeâmes vers la porte. Je le suivis dans le couloir qui longeait la salle. Nous arrivions à la porte donnant sur le box du greffier lorsqu'il se retourna brutalement pour m'affronter.

— Espèce de connard ! me lança-t-il. Vous vous foutez de tous ceux que vous traînez dans la boue du moment que ça vous sert à faire votre show. Comment dormez-vous la nuit, Haller ?

— Je ne sais pas de quoi vous parlez, Morris, lui renvoyai-je. Lucinda Sanz est innocente et si vous aviez étudié le dossier à fond, vous le verriez. Quant aux gens que je traîne dans la boue, c'est là leur place. Et cette boue va vous éclabousser vous aussi.

Il fit demi-tour et attrapait la poignée de la porte lorsqu'il se retourna vers moi.

— L'avocat à la Lincoln, mon cul, oui ! Ça ne serait pas plutôt l'avocat à la con ? Pas étonnant que votre femme vous ait quitté et que votre fille ait déménagé !

Je l'attrapai par le col de sa veste, le retournai et l'écrasai dans le mur près de la porte.

— D'où sortez-vous tout ça ? exigeai-je de savoir.

Il leva les mains en l'air contre le mur en espérant probablement que quelqu'un entre dans le couloir et voie qu'il était attaqué.

— Bas les pattes, Haller, ou je vous fais arrêter pour agression. Il est de notoriété publique que vous avez foutu votre mariage en l'air.

Je relâchai mon étreinte, attrapai la poignée, tirai la porte vers moi et le regardai. Il avait toujours les mains en l'air.

— Allez vous faire foutre ! lui lançai-je.

Et je réintégrai le prétoire. Les marshals surveillaient toujours ma cliente : ils s'attendaient à ce que notre discussion soit brève. Je m'assis à côté de Lucinda et la mis au courant du mieux que je pouvais en essayant d'être rassurant.

— Dès que nous en aurons terminé avec Mitchell, nous passerons à nos experts en médecine légale et je pense que tout commencera à tourner dans notre sens. Bref, voyons d'abord où nous en serons à la fin de la journée. Nous devrions savoir beaucoup de choses à ce moment-là.

La juge regagna le prétoire et la séance reprit. Morris commença par accélérer les choses en laissant tomber son contre-interrogatoire. L'imposant adjoint fut excusé et je me retrouvai avec mes deux derniers témoins et la possibilité de rappeler Stephanie Sanger. Enfin… à moins que j'arrive à convaincre Coelho de contraindre MacIsaac à témoigner. J'avais aussi toujours Frank Silver dans ma liste de témoins, même si je l'y avais inscrit surtout pour le tenir à l'écart du prétoire. Cela dit, je devais maintenant envisager de l'appeler à la barre. C'était risqué et il n'y avait guère de doute qu'il me serait hostile… si même j'arrivais à le trouver.

J'appelai Shami Arslanian à la barre, et dans l'instant Morris se mit debout pour élever une objection.

— Pour quelles raisons, maître Morris ? lui demanda la juge.

— Eh bien, comme vous le savez, Votre Honneur, le représentant de la plaignante a déposé une requête auprès de la cour hier après-midi, dit-il. Cette requête avait pour but d'utiliser l'équipement audiovisuel du prétoire et pour l'instant, Votre Honneur, l'État de Californie n'a toujours rien reçu dans l'échange des pièces entre les parties qui exigerait l'utilisation d'un équipement audiovisuel. La requérante a clairement l'intention de nous sortir quelque chose contre quoi nous ne nous sommes pas préparés, et c'est pour cela que l'État élève cette objection.

La juge se tourna vers moi.

— Maître Haller, j'ai bien reçu et accepté votre requête hier après-midi, dit-elle. Qu'avez-vous l'intention de faire avec mon équipement audiovisuel et pourquoi cela perturbe-t-il tellement maître Morris ?

— Merci, Votre Honneur, lui répondis-je. Puis-je commencer par déclarer qu'il n'y a eu aucune violation des règles de l'échange des pièces entre les parties ainsi que le suggère maître Morris ? C'est le Dr Shami Arslanian que je me propose d'appeler à la barre des témoins. Experte mondialement reconnue en médecine légale, elle a témoigné dans plus de deux cents procès, y compris plusieurs fois à Los Angeles et ce, tant au niveau fédéral qu'au niveau de l'État. Elle a étudié cette affaire et les circonstances du meurtre de Roberto Sanz et se servira de l'équipement audiovisuel de ce prétoire pour nous projeter ses découvertes. S'il y avait prêté attention, maître Morris aurait vu son nom dans la liste des témoins de la requérante dès le premier jour. Il aurait alors pu l'interroger à loisir durant ces six dernières semaines afin de savoir ce qu'elle allait déclarer devant cette cour, mais il a choisi de s'en abstenir et maintenant il se plaint que je l'aurais piégé avant même que j'appelle le Dr Arslanian à la barre ?

— Mais qu'elle nous « projette » ses découvertes, maître Haller ? Que cela signifie-t-il exactement ?

— Elle a procédé à une reconstitution du crime fondée sur des déclarations de témoins, des éléments de médecine légale et des preuves photographiques tirées de la scène de crime elle-même. J'ajoute que maître Morris a eu accès à tout cela bien plus longtemps que la requérante.

La juge reporta son attention sur Morris.

— Sauf que la partie adverse a laissé quelques faits dans l'ombre, Votre Honneur, lança celui-ci. Mon cabinet a essayé de contacter le Dr Arslanian à trois reprises afin de l'interroger, mais chaque fois il nous a été répondu qu'elle « étudiait » toujours l'affaire et n'était pas prête à répondre à nos questions. Et maintenant que nous sommes sur le point de l'entendre témoigner, nous apprenons que nous allons avoir droit à une espèce de reconstitution des événements avec jeux de miroirs et enfumage auxquels nous n'avons pas pu nous préparer et qui pourraient bien ne pas être conformes à la règle 702 ?

Je n'attendis pas que Coelho recentre son attention sur moi et fonçai.

— Jeux de miroirs et enfumage, Votre Honneur ? répétai-je. Alors que le Dr Arslanian a plus souvent témoigné en faveur de l'accusation que de la défense ? Et toutes ces occasions où elle a aidé la cour à condamner un accusé n'auraient été que jeux de miroirs et enfumage ?

— Bien, maître, et si nous remettions ces arguties sémantiques à un autre jour ? La cour va donc procéder à une audition Daubert au cours de laquelle nous écouterons le témoignage du Dr Arslanian et assisterons à sa démonstration. En ma qualité de juge des faits acceptables dans cette procédure, je rendrai alors ma décision quant à leur conformité avec la règle 702 et déciderai si cela aide la cour à comprendre les éléments de preuve ou si tel ou tel fait pose problème. Mais nous perdons notre matinée, maître Haller. Je vous en prie, appelez votre témoin afin que nous puissions avancer.

L'espace d'un instant je restai sans bouger pour essayer de digérer la décision de Coelho.

— Maître Haller, votre témoin est-il dans nos murs ? me lança sèchement la juge.

— Euh, oui, Votre Honneur, lui répondis-je. La requérante appelle le Dr Shami Arslanian.

Je me rassis et attendis qu'un des marshals aille la chercher dans le couloir. Presque aussitôt Lucinda m'attrapa le bras.

— Qu'est-ce qui se passe ? me chuchota-t-elle. C'est quoi, ce Daubert ?

— C'est une procédure d'audition à l'intérieur d'une audition, lui répondis-je. Le Dr Arslanian va témoigner et montrer sa recréation vidéo afin que la juge puisse décider si elle est… valable, et l'aide, elle, à arrêter une décision dans l'affaire, et c'est là qu'intervient la règle 702. Elle exige que tout témoin expert prouve son expertise et cela ne m'inquiète pas, Lucinda. Ce que je veux dire par là, c'est que ça ne me plairait pas si nous étions devant des jurés, mais que là, comme c'est Coelho qui prendra la décision, d'une manière ou d'une autre elle saura ce qu'a trouvé le Dr Arslanian.

— Sauf qu'elle peut tout rejeter si elle veut, non ?

— Si, mais n'oubliez pas qu'on ne peut pas ignorer une cloche qui a sonné. Vous n'avez jamais entendu dire ça ?

— Non.

— Cela signifie que même si elle rejette tout, elle ne pourra pas ne pas savoir ce qu'a découvert Arslanian. Voyons comment ça se passe, d'accord ?

— D'accord. Je vous fais confiance, Mickey.

Il allait donc falloir m'assurer que sa confiance n'ait pas été mal placée.

CHAPITRE 30

Le Dr Arslanian entra dans le prétoire un mince ordinateur portable à la main. Elle le posa sur la chaise des témoins, leva la main droite et jura de dire la vérité. J'étais, moi, déjà au lutrin, un exemplaire du Règlement fédéral des éléments de preuve ouvert à la page de la règle 702 qui régit l'admissibilité des témoignages d'expert : je voulais être prêt à parer toutes les objections de Morris.

À peine Arslanian assise, je l'interrogeai.

— Dr Arslanian, lui lançai-je, commençons donc par votre éducation supérieure. Pouvez-vous dire à Mme la juge les diplômes que vous avez obtenus et les institutions qui vous les ont décernés ?

— Bien sûr, me répondit-elle. J'en ai pas mal. J'ai décroché mon master de chimie au Massachusetts Institute of Technology. J'ai ensuite obtenu un doctorat en criminologie au John Jay College de New York, où je suis présentement professeure associée.

— Et vos diplômes d'université ?

— J'en ai deux. J'ai eu ma licence ès sciences à Harvard, puis j'ai fait un peu de route pour en obtenir une de musique au Berklee College. J'aime chanter.

Je souris. À ce moment-là j'aurais adoré qu'elle témoigne devant des jurés. Je savais d'expérience qu'ils lui auraient mangé dans la main. Mais après quasiment trente ans de service au banc de justice, la juge Coelho ne me parut pas aux anges. Je passai à autre chose.

— Et côté diplômes honoraires ? lui demandai-je. En avez-vous certains ?

— Oh bien sûr. Pour l'instant j'en ai trois. Voyons voir... un de l'université de Floride – « Go Gators ![1] » – et un autre de sa rivale de Florida State en médecine légale. En plus d'un troisième en science médicolégale de Fordham, État de New York.

Je tournai une page de mon bloc-notes et demandai à Coelho d'accepter Arslanian en qualité de témoin expert, ce qu'elle fit. Et, surprise, sans que Morris n'élève une objection.

— OK, Dr Arslanian, repris-je. Ceci pour que ce soit officiel : vous êtes bien rétribuée en tant que témoin expert dans cette affaire, n'est-ce pas ?

— Oui. Je me fais payer un forfait de trois mille dollars pour étudier une affaire. Plus, si cela implique des déplacements. Et plus encore, quand je dois donner mes conclusions devant une cour.

— Comment en êtes-vous venue à examiner les éléments de preuve de cette affaire ?

— Eh bien, c'est vous qui m'avez embauchée pour le faire, purement et simplement.

— Ai-je déjà fait appel à vous par le passé ?

— Oui. C'est la sixième fois en seize ans.

— Quelle est la règle éthique que vous vous imposez en examinant une affaire ?

— Elle est simple : je dis ce que je vois. J'analyse l'affaire et ça donne ce que ça donne. Si les éléments de preuve indiquent que le client est coupable, je ne dis rien d'autre que cela dans mon témoignage.

1. « Allez les Crocos ! » Slogan d'un club omnisports de cette université.

— Vous dites que je vous ai embauchée à six reprises. Avez-vous chaque fois témoigné dans l'intérêt de la défense ?

— Non. Dans trois de ces affaires, mon examen m'a conduite à penser que les preuves accablaient votre client. C'est donc ce que j'ai rapporté au tribunal et mon implication n'est pas allée plus loin.

Je tournai une page et regardai la juge pour m'assurer qu'elle écoutait mon témoin. Plus d'une fois – dans des procédures au niveau de l'État du moins – j'avais remarqué que les juges semblaient être ailleurs pendant les témoignages. Nombre d'entre eux pensaient qu'élus ou nommés, une fois installés au banc de justice, ils pouvaient se livrer à des tas d'autres tâches en écoutant celui-ci ou celui-là. Là-haut, tout là-haut, ils rédigeaient des opinions ou analysaient des requêtes dans d'autres affaires alors qu'ils présidaient l'une des miennes. Un jour, l'un d'eux s'était même mis à ronfler dans le micro alors que j'interrogeais un témoin et l'huissier avait dû le réveiller.

Mais rien de tout cela ne s'appliquait à la juge Coelho. Elle s'était retournée dans son fauteuil et ne lâchait pas Arslanian des yeux. Je poursuivis.

— Vous êtes ici aujourd'hui, Dr Arslanian, enchaînai-je. Pouvons-nous voir dans votre témoignage d'aujourd'hui la preuve que pour vous Lucinda Sanz pourrait être innocente du meurtre de son ex-époux ?

— Pour moi, la question n'est pas celle de l'innocence ou de la culpabilité. C'est celle de la médecine légale. Toutes ses indications désignent-elles l'accusée ? Telle est la seule question. Et quand j'ai analysé cette affaire, la réponse à laquelle je suis arrivée est non.

— Pouvez-vous nous faire découvrir ce qui vous a conduite à cette conclusion ?

— Je peux vous le montrer.

Je demandai à Coelho d'autoriser Arslanian à projeter les images de sa reconstitution sur le grand écran en face du box des jurés. Morris éleva une objection au titre de l'alinéa C de la règle 702 qui exige que tout témoignage d'expert obéisse « aux méthodes et principes fiables de l'enquête de médecine légale » et s'applique donc à n'importe quelle reconstitution de crime.

— Merci, maître Morris, dit Coelho. Je vais autoriser le témoin à procéder à sa démonstration et arrêterai ma décision quant au respect de la règle 702.

Morris se rassit et je le vis barrer le haut de son bloc-notes d'un trait rageur.

Arslanian relia son ordinateur à l'équipement audiovisuel du prétoire et dans l'instant une table des matières des diverses versions de sa présentation apparut à l'écran.

— Le dossier de l'enquête nous donnant la version des événements telle que la voit l'accusation, notre travail a consisté à reconstituer le crime en nous fondant sur les paramètres connus de tous tels que la position du corps, la trajectoire du projectile et les déclarations des témoins. Si vous voulez bien regarder...

Elle lança le programme à partir de son ordinateur. J'observai la juge et vis qu'elle avait les yeux rivés sur l'écran mural. La présentation démarra sur une vue frontale de la maison de Lucinda Sanz tirée d'une photo qu'Arslanian en avait prise lors de son excursion avec Bosch. La porte s'y ouvre sur un avatar masculin qui en sort. Puis une main inconnue la claque dans son dos. L'homme descend alors les trois marches du perron, quitte l'allée en pierre et commence à traverser lentement la pelouse en diagonale. La porte d'entrée s'ouvre à nouveau, un avatar féminin en sort une arme de poing à la main gauche et, au moment où l'homme traverse la pelouse pour s'éloigner d'elle, la femme lève son arme en position de tir debout, vise et fait feu. Touché, l'homme tombe aussitôt à genoux et bascule en avant sur le sol. La femme tire à nouveau, le projectile atteignant l'homme déjà à terre et comme tous les autres, laisse sur l'écran une ligne rouge qui part de l'arme pour rejoindre la cible.

— Voilà donc ce qui s'est produit, ceci selon les déclarations des enquêteurs et des procureurs, reprit Arslanian.

— Ce qu'ils ont dit s'être produit est-il possible ? lui demandai-je.

— Non, pas si on s'en tient aux lois de la physique que je connais, me répondit-elle.

— Je vous prie d'expliquer pourquoi à la cour.

— Parce que, Votre Honneur, il y a des variables telles que la vitesse à laquelle la victime a traversé la pelouse. Comme vous avez pu le voir dans cette reconstitution, il aurait dû avancer avec une lenteur extrême pour se trouver à l'endroit où il a été touché et est tombé sur le sol.

Morris y alla d'une objection.

— Votre Honneur, lança-t-il, il n'y a là que pures spéculations et conjectures, et pas un seul fait.

— Le Dr Arslanian a parlé de « variables », maître Morris, réagit Coelho avant même que je puisse commencer à répondre. J'aimerais en entendre plus là-dessus et espère que les faits les étaieront afin que je sois en mesure d'arrêter ma décision sur cette démonstration. Poursuivez, Dr Arslanian.

Que la juge ait qualifié Arslanian de « docteur » me parut un bon signe.

— Dans toutes les déclarations qu'elle a faites du soir même du meurtre jusqu'à ses plus récentes, lors d'entretiens avec son avocat et son enquêteur, Lucinda Sanz a toujours maintenu qu'elle avait claqué la porte d'entrée après que son ex-mari eut quitté la maison. Elle aurait donc dû la rouvrir afin de sortir pour tirer. Cette variable temps couvre la question de l'endroit et de la façon dont elle aurait récupéré son arme et rend hautement improbable que Roberto Sanz ne se soit trouvé qu'à quatre mètres vingt-cinq du perron lorsqu'il a été abattu. Revoyons donc cette séquence avec la reconstitution numéro deux, celle où Roberto Sanz marche à une vitesse moyenne ordinaire de quatre kilomètres et demi à l'heure.

Arslanian tapota sur son clavier et choisit la deuxième reconstitution dans la table des matières. Cette fois, parce qu'il quittait le perron plus rapidement, l'avatar masculin se trouvait bien au-delà de quatre mètres vingt-cinq lorsqu'il était abattu.

— Voilà pourquoi, comme vous pouvez le voir, cela ne marche pas, reprit Arslanian. Et vous avez raison, maître Morris, il s'agit bien d'une spéculation, mais qui se fonde sur des faits reconnus. Et maintenant, ajoutons-y d'autres faits, voulez-vous ?

— S'il vous plaît, faites donc! lui lança un Morris sarcastique en hochant la tête comme s'il ne croyait pas ce qu'il entendait.

— Je pourrais faire sans votre petit jeu de scène et le ton que vous avez pris, maître Morris, lâcha Coelho.

— Oui, Votre Honneur, lui renvoya celui-ci.

— Dr Arslanian, repris-je, qu'allez-vous nous montrer maintenant ?

— Eh bien que les services du coroner ont bien travaillé avec le cadavre et qu'ils ont probablement fait très attention parce que la victime était un officier des forces de l'ordre. Ils ont vérifié le sens des blessures et les trajectoires des balles et ont alors été en mesure de déterminer que celles qui ont frappé l'adjoint Sanz l'avaient atteint selon des angles différents. La première, celle qui l'a atteint alors qu'il marchait, l'a touché selon un angle presque plat. Elle lui a sectionné la colonne vertébrale et d'après ses abrasions aux jambes, nous savons qu'il est immédiatement tombé à genoux avant de basculer en avant. C'est à ce moment-là qu'il a été frappé pour la seconde fois mais là, selon un angle très aigu. Je vais donc vous montrer une reconstitution qui illustrera le fait que ce tir ne correspond pas à la version officielle qui en a été donnée. Cette reconstitution ne montre pas le tireur, mais l'angle de la balle et l'endroit où l'arme aurait dû se trouver pour qu'il atteigne sa cible.

Elle projeta une troisième reconstitution sur l'écran. L'avatar masculin sort à nouveau de la maison, puis la porte d'entrée est claquée avant d'être rouverte. Mais cette fois, si aucune femme n'en sort, la trajectoire de la balle est tracée en rouge en travers de l'écran. On voit alors, et très clairement, que les deux balles ont dû être tirées de très bas pour provenir du perron.

— Ces tirs incorporent les trajectoires auxquelles les services du légiste sont arrivés dans leurs conclusions, enchaîna Arslanian.

— Et que concluez-vous de cette reconstitution ? lui demandai-je.

— Qu'il est hautement improbable que ces tirs proviennent du perron, me répondit-elle. Quel qu'il ait pu être, le tireur aurait dû s'accroupir à la manière d'un vrai attrapeur de baseball pour toucher sa cible.

— Avez-vous mesuré la hauteur du perron lorsque vous vous êtes livrée à vos recherches, docteur ?

— Effectivement. Chacune de ses trois marches mesurant vingt-cinq centimètres de haut, ce perron fait soixante-quinze centimètres de hauteur.

— Vous êtes donc en train de nous dire que les tirs qui ont tué Roberto Sanz ne provenaient pas de ce perron, n'est-ce pas, docteur ?

— Tout à fait.

Je jetai un coup d'œil à Coelho avant de poursuivre : elle regardait toujours l'écran. C'était bon signe.

— Docteur, enchaînai-je, vous êtes-vous fait une opinion sur l'endroit d'où venaient ces tirs ?

— Oui.

— Pourriez-vous en faire part à la cour ?

— Oui. J'ai ici une dernière reconstitution qui, je le crois, fondée sur les faits connus et de la trajectoire et du lieu où se trouvait la victime, montre d'où les projectiles ont été tirés.

Je regardai Morris tandis qu'Arslanian lançait sa dernière reconstitution. Il avait la figure empreinte d'effroi.

À l'écran, l'avatar masculin sort à nouveau de la maison, puis c'est la porte d'entrée que l'on claque dans son dos. Mais cette fois, lorsque la silhouette traverse la pelouse, des lignes rouges partent de la façade de la maison, à gauche du perron. La figure masculine est frappée, s'affaisse, puis est frappée à nouveau.

— Quels autres faits avez-vous pu déterminer à partir de cette reconstitution, Dr Arslanian ? lui demandai-je après qu'elle eut arrêté sa projection.

— Eh bien qu'en positionnant le tireur contre le mur de devant de la maison, on peut créer un triangle... avec pour côtés le sol, le mur et la trajectoire de la balle... et que cela nous donne une hauteur approximative de l'endroit d'où les tirs ont été effectués.

— De quelle hauteur parlons-nous ?

— Entre un mètre cinquante et un mètre soixante-dix nous serait une estimation assez large.

— Une femme d'environ un mètre soixante comme l'est Mme Sanz pourrait-elle atteindre sa cible en faisant feu en position de tir haut ?

— Non, car elle ne serait pas assez grande. Pour effectuer un tel tir selon cet angle, une femme de cette taille devrait tenir son arme au-dessus de ses yeux. En fait même au-dessus de sa tête. Et quand on prend en compte la proximité des impacts découverts dans la masse corporelle de la victime, pour moi, il lui aurait été impossible d'effectuer un seul de ces tirs, deux, n'en parlons même pas.

Morris se mit debout pour encore une fois élever une objection selon laquelle tout cela n'aurait été que spéculations sans fondement de la part du témoin.

Et une fois encore, je n'eus pas à lui répondre.

— Maître Morris, lui asséna la juge, vous n'avez rien trouvé à redire lorsque j'ai accepté que le Dr Arslanian soit considérée comme un témoin expert et maintenant que son expertise va à l'encontre de ce que vous pensez, vous élevez une objection ? Je trouve, moi, que les éléments factuels qui illustrent ses opinions et son témoignage sont suffisants et je rejette votre objection.

J'attendis de voir si Morris allait lui opposer un autre défi, mais il garda le silence.

— Procédez, maître Haller, me lança Coelho.

— Merci, madame la juge. À ce stade, je n'ai pas d'autres questions à poser au Dr Arslanian, mais me réserve le droit de la rappeler à la barre si nécessaire.

— Maître Morris, voulez-vous interroger le témoin ? lui demanda Coelho.

— Votre Honneur, il est maintenant près de midi, répondit-il. L'État demande donc une suspension de séance afin que nous disposions de l'heure du repas pour digérer la présentation et les opinions du témoin et décider de l'opportunité qu'il y aurait à l'interroger en contre.

— Très bien, lui répondit Coelho, la séance est levée. Toutes les parties devront se retrouver ici à treize heures afin de poursuivre avec le témoin. Et, maître Morris, laissez donc vos sarcasmes à la porte, je vous prie.

Sur quoi, elle quitta le banc de justice tandis que Morris baissait le nez assis à sa table. Je ne savais pas si c'était à cause de la dernière réprimande de Coelho ou à cause de la force du témoignage d'Arslanian, mais il avait l'air d'un type monté à bord d'un navire qui coule sans canots de sauvetage.

Je me tournai vers Lucinda et m'aperçus qu'elle avait pleuré. Elle avait les yeux rouges et des marques sur les joues à force d'y avoir essuyé ses larmes. Je me rendis compte que j'avais oublié de l'avertir que ces reconstitutions montreraient un homme qu'elle avait aimé, avec lequel elle avait fondé une famille et qu'elle allait voir mourir dans le jardin devant chez elle.

— Je suis navré que vous ayez dû voir tout cela, Lucinda, lui dis-je. J'aurais dû vous y préparer.

— Non, ça ira, me répondit-elle. C'est juste l'émotion.

— Mais sachez que le Dr Arslanian nous a rendu un fier service avec tout cela. Je ne sais pas si vous avez regardé la juge, mais elle était complètement fascinée et pour moi, elle est convaincue.

— Alors c'est bien, dit-elle.

Le marshal vint la chercher pour la raccompagner à la cellule de détention. Gentillesse qu'il ne nous avait pas montrée jusqu'alors, il s'arrêta pour que nous puissions finir notre conversation. J'y vis le signe que lui aussi avait été touché par ce qu'il avait vu sur grand écran.

— Je vous retrouve dans un petit instant, dis-je à Lucinda. Et ce sera pour un autre témoin de poids en la personne de Harry Bosch.

— Merci, dit-elle.

Nate la libéra de l'anneau sous la table, puis il lui menotta les poignets pour la reconduire à la souricière où elle passerait l'heure du déjeuner. Elle se dirigea vers la porte – sans avoir besoin de Nate. Je la regardai partir. Elle marchait tête baissée, je me dis que d'autres larmes lui étaient sans doute venues.

Nate lui ouvrit la porte et elle disparut.

Septième partie

LE TÉMOIN QUI TUE

CHAPITRE 31

Haller était en pleine forme lorsqu'il monta dans le Navigator avec Arslanian en sortant du bâtiment de la cour fédérale par Spring Street.

— Tu aurais dû voir ça, Harry ! lança-t-il. Shami a tout établi et la juge n'a pas détaché un seul instant les yeux de l'écran.

Bosch n'aimait pas beaucoup entendre ce genre de propos. Il savait que tout peut arriver dans un prétoire et n'avait aucune envie que Haller bousille ce qui ressemblait fort à une bonne matinée pour l'équipe.

— Où va-t-on ? demanda-t-il.

— Quelque part où c'est bon, lui répondit Haller. On l'a bien gagné. Cette femme est une tueuse de première !

— Je ne suis pas certaine qu'on doive faire la fête avant que la juge ait arrêté sa décision sur notre requête, déclara Arslanian.

— Je suis d'accord, mais je pense qu'elle va l'accepter. Vous avez tout verrouillé et après le déjeuner, Harry lui assènera le coup de grâce.

— N'oubliez pas que Morris a toujours le droit de me descendre, lui fit-elle remarquer.

— Comme si ça se pouvait ! Il n'a demandé cette pause déjeuner que parce qu'il est cuit et le sait. Sans compter que ça ne fera qu'empirer pour lui dès que Harry montera à la barre avec les données cellulaires.

— Ne t'avance pas comme ça, lui lança Bosch.

— Oh, allons, Harry le vieux grincheux ! lui renvoya Haller. On va au Water Grill. On s'y prend de quoi bien déjeuner et repousser les festivités jusqu'à ce que tout ça soit terminé.

— Je vous y conduis, dit Bosch, mais je vais attendre dans la voiture. Il faut que je revoie tout une dernière fois avant de témoigner. Peut-être devrais-tu le faire avec moi afin de bien aligner nos cibles.

— Je ne suis pas inquiet. Ton témoignage sera la cerise sur le gâteau que Shami nous a déjà fait cuire. Je te le dis, Harry : elle a démontré, et plus que clairement, que Lucinda n'avait pas pu effectuer ces tirs.

— Vous m'accordez trop d'importance, dit Arslanian. Et vous avez toujours à finir de présenter vos arguments. Il faut que vous soyez prêt à tout, c'est vous-même qui me l'avez dit il y a longtemps.

Quelques minutes plus tard, Bosch les déposait devant le restaurant de Grand Avenue. Il fit ensuite le tour du pâté de maisons jusqu'au moment où il trouva une place de stationnement et s'y gara. Alors il tendit la main derrière son siège et s'empara du dossier contenant les sorties d'imprimante d'AT&T que Haller allait présenter à la cour comme pièces à conviction.

Il commença à les étudier et vérifia les numéros sur la carte qu'il avait dépliée sur le siège passager. Il se sentait nerveux. Il avait réduit le produit de la toute dernière technologie numérique à une présentation éminemment analogue en espérant qu'elle fournisse la preuve indiscutable de l'innocence de Lucinda Sanz.

CHAPITRE 32

Assis à la dernière rangée de la galerie réservée au public, Bosch attendait de voir si Hayden Morris allait contre-interroger Shami Arslanian ou si ce serait à lui de venir à la barre. Personne ne semblant remarquer qu'il se trouvait dans le prétoire lorsque l'attorney général adjoint rappela Arslanian, il ne bougea pas. Haller était tombé tellement amoureux de la démonstration de cette dernière qu'il avait envie de voir comment elle se débrouillerait de ce nouvel interrogatoire. En fait, il fut aux premières loges pour voir l'innocence de Lucinda Sanz s'effondrer tel un château de sable.

Et il ne fallut que cinq minutes à Morris pour y parvenir.

Tout se mit en route lorsque celui-ci demanda à Arslanian d'afficher sa table des matières à l'écran. Elle s'exécuta sans tarder en frappant plusieurs fois sur les touches de son clavier.

— Je voudrais maintenant attirer votre attention sur le coin inférieur gauche de l'écran, reprit-il. Il s'agit bien d'un avis de protection de copyright, n'est-ce pas ? demanda-t-il.

— Oui, répondit-elle. Techniquement parlant, nous venons d'en faire la demande, mais nous sommes sûrs de l'obtenir.

— « Project Almy » est bien le nom de ce programme de reconstitution ?

— Oui.

— Et je dis bien ça comme il faut ? Comme le prénom féminin Amy ?

— Oui.

— Soit en toutes lettres : A et L majuscules, et non pas A majuscule et *l* minuscule ?

— Exactement.

— Pourquoi ce nom ?

— Ce programme s'est construit sur une plateforme d'apprentissage automatique que j'ai développée avec mon associé, le professeur Edward Taafe de MIT.

— Avec ce terme d'« apprentissage automatique », vous parlez donc bien d'intelligence artificielle, n'est-ce pas ?

— Oui.

— Merci. Je n'ai plus d'autres questions à vous poser.

Coelho excusa Arslanian. Bosch regarda Haller et vit qu'il avait baissé la tête : quelque chose n'allait pas. Avant même qu'Arslanian ait franchi le portillon conduisant à la galerie réservée au public, Morris s'adressait à Coelho.

— Votre Honneur, lança-t-il, l'État demande que le témoignage et la présentation du Dr Arslanian soient exclus du compte rendu d'audience au titre de l'alinéa C de l'article 702 du Règlement fédéral sur l'admissibilité des pièces à conviction.

Haller se leva pour être entendu, Arslanian se glissant rapidement sur le banc où les trois quarts des médias avaient pris place.

— Votre Honneur ? lança-t-il.

— Un instant, maître Haller. Votre tour viendra. Souhaitez-vous développer vos arguments, maître Morris ?

— Merci, madame la juge. Pour ce qui est des témoignages d'expert, l'article 702, alinéa C, stipule que le témoignage et la présentation d'un témoin expert doivent obéir à des méthodes et à des principes fiables. Or le recours à l'intelligence artificielle n'est toujours pas approuvé par la cour de l'US District du sud de la Californie. Ainsi la présentation de ce témoin et tout autre élément qui pourrait en sortir doivent être rejetés.

Coelho garda longtemps le silence avant de reporter son attention sur Haller.

— Maître Haller, dit-elle, je crains fort que maître Morris ait raison. Le district cherche en ce moment même une affaire qui fera jurisprudence dans ce recours à l'intelligence artificielle… mais cela n'est toujours pas le cas.

— Puis-je être entendu ? demanda Haller.

— Vous le pouvez.

— Tout ceci est complètement malhonnête, dit-il en montrant l'écran. Ce programme prouve que Lucinda Sanz n'a pas tué son ex-mari et voilà que vous allez l'en priver pour un détail technique ? Elle est incarcérée depuis…

— Il ne s'agit pas d'un détail technique ! s'écria Morris. Il s'agit de la loi.

— Maître Morris, ne nous interrompez pas. Continuez, maître Haller.

— Lucinda Sanz est en prison depuis cinq ans pour un crime qu'elle n'a pas commis. Ce programme prouve son innocence et tout le monde le sait dans cette salle. S'il n'est pas approuvé, faites de cette affaire la jurisprudence recherchée. Votre Honneur, rejetez cette objection, nous passons à autre chose et l'attorney général adjoint pourra toujours faire appel.

— Je pourrais aussi accepter l'objection de maître Morris et vous, interjeter appel. On arriverait au même résultat de deux manières différentes. Une cour supérieure déciderait et vous, vous auriez votre affaire test.

— Et cela prendrait combien de temps ? Trois ans de prison supplémentaires pour ma cliente en attendant d'être entendue sur ce point ? La cour est en retard sur notre époque, madame la juge. L'intelligence artificielle est là… On s'en sert en chirurgie, elle pilote des automobiles, achète des actions, choisit la musique que nous écoutons. Ses applications sont infinies,

Votre Honneur. Ne renvoyez pas cette femme en prison parce que les tribunaux sont archaïques et à la traîne en termes de technologie.

— Je comprends votre préoccupation, maître Haller. Vraiment. Mais j'ai fait le serment de servir la loi telle qu'elle est aujourd'hui et ne puis anticiper celle qui nous régira demain.

— Madame la juge, cette audience a censément pour but de découvrir la vérité. Que dira-t-on de nous si cette vérité, nous la connaissons, mais la jetons à la poubelle ?

— Je suis désolée, maître Haller, mais ça ne fonctionne pas comme ça. Cela me désole, mais je ne peux qu'accepter cette objection. Le témoignage et la présentation du témoin sont donc annulés et ne sauraient avoir la moindre incidence sur la décision finale de cette cour en la matière.

— Honte à nous qui ne pouvons nous résoudre à prendre la bonne décision quand nous l'avons sous le nez.

— Maître Haller, ne jouez pas avec le feu devant cette cour, lui lança Coelho.

Haller posa les mains sur la table et baissa la tête, Bosch sentant alors son estomac se nouer. Puis Haller se tourna vers Morris qui regardait droit devant lui.

— Et vous, Morris ! lança-t-il. Vous dormez bien la nuit ? Alors que le gardien de la loi que vous êtes est censé chercher la vérité, vous vous cachez derrière…

— Maître Haller ! aboya la juge. Vos propos sont déplacés. Asseyez-vous. Tout de suite !

Haller leva les bras en l'air pour montrer qu'il renonçait et se rassit. Puis il se tourna vers Lucinda et lui parla à voix basse. Bosch n'avait encore jamais vu un avocat aussi atterré par la décision d'un juge. Il se demanda où finissait la performance et où commençait la vraie colère.

Coelho, elle, se versa de l'eau dans un verre. En prenant tout son temps. Peut-être en se disant que procéder lentement rétablirait le calme dans le prétoire.

— Bien, reprit-elle enfin, voulez-vous appeler un autre témoin à la barre, maître Haller ?

Celui-ci ne releva même pas la question et continua de chuchoter à l'oreille de Lucinda, pour essayer, apparemment au moins, de lui expliquer ce qui venait d'arriver à ses espoirs de liberté.

— Maître Haller ! le pressa Coelho. Avez-vous un autre témoin ?

Haller mit fin à son petit entretien de soutien à Lucinda et se leva, sa voix semblant s'étrangler lorsqu'il prit la parole.

— Oui, j'en ai un, dit-il. La requérante appelle Harry Bosch à la barre.

La tension étant aussi forte dans la salle qu'est épaisse la couche d'air marin au-dessus de la baie de Santa Monica, Bosch se leva et gagna le portillon. Le greffier lui fit prêter serment, il s'assit dans le box des témoins et regarda Haller gagner lentement le lutrin comme s'il vacillait toujours d'avoir perdu le témoignage d'Arslanian.

— Monsieur Bosch, êtes-vous présentement employé ? lui lança Haller en commençant par les questions habituelles sur ses qualifications.

— Je travaille à temps partiel en qualité d'enquêteur à votre service.

— Quelle est exactement votre expérience dans le domaine des enquêtes criminelles ?

— J'ai été quarante ans inspecteur au LAPD, essentiellement aux Homicides. Après avoir pris ma retraite, j'ai travaillé quelques années comme enquêteur volontaire au service des Affaires non résolues de la ville de San Fernando avant de revenir à celui du LAPD.

— Je peux donc affirmer que vous savez de quoi il retourne côté meurtres.

— Vous pouvez le dire en effet. J'ai travaillé sur plus de trois cents homicides en qualité d'enquêteur principal ou suppléant.

— Serait-il faux de dire que vous avez mis beaucoup de mauvaises personnes… de tueurs… derrière les barreaux ?

— Non.

— Et pourtant, vous voilà à travailler pour quelqu'un en qui l'État de Californie voit un assassin. Comment cela se fait-il ?

C'était la seule question que Harry et lui avaient vraiment répétée ensemble. Après, il était prévu qu'ils improvisent.

— Parce que je ne pense pas que cette personne ait commis ce crime. En étudiant l'affaire, je me suis rendu compte qu'il y avait des incohérences dans l'enquête, voire des contradictions. Voilà pourquoi je vous l'ai signalée.

— Je ne l'ai pas oublié, dit Haller. Bien et maintenant, est-il arrivé un moment où, dans cette enquête, vous avez cité à comparaître une société portant le nom d'AT&T ?

— Oui, la semaine dernière.

— Et quelle a…

Avant même que Haller puisse terminer sa question, Morris l'interrompit avec une objection.

— Votre Honneur, lança-t-il, maître Haller va-t-il encore une fois nous servir une histoire de collecte de données cellulaires pour qu'encore une fois, nous ayons droit à un problème d'échange des pièces entre les parties ?

— Comment cela, maître Morris ? lui demanda Coelho. Il me semble me rappeler avoir vu que cela avait été porté au dernier inventaire des pièces que maître Haller a mentionnées à la cour.

— En effet, Votre Honneur. Il nous a effectivement communiqué une sortie d'imprimante de plus de mille neuf cents pages de données collectées par six tours différentes et maintenant, soit à peine quatre jours plus tard, il en présente ses propres conclusions à la cour ?

— Êtes-vous en train de me demander un report d'audience pour que vous ayez le temps d'analyser ce matériel ?

— Non, Votre Honneur, lui répondit Morris. L'État de Californie demande seulement qu'il soit interdit à la requérante de s'en servir, la cause étant la mauvaise foi dans l'application des règles les plus élémentaires de l'échange des pièces entre les parties.

— C'est que… voilà un remède fort extrême à la situation, lui renvoya Coelho, et je suis certaine que la requérante aura son mot à dire en la matière. Maître Haller ?

— Votre Honneur, il n'y a ici absolument aucune mauvaise foi et je suis fatigué d'avoir à me défendre contre ces propos que Morris répète à la manière d'un disque rayé. Les règles de l'échange des pièces entre les parties sont claires. Je n'étais nullement obligé de lui fournir, à lui et à son équipe, la moindre de ces pièces avant d'avoir décidé, moi, de m'en servir ou pas devant cette cour. Je n'ai pris ma décision que vendredi matin, lorsque M. Bosch, mon enquêteur, m'a appris qu'il les avait analysées. Je vous prie, madame la juge, de garder à l'esprit que je travaille seul et ne suis secondé que par un suppléant et un enquêteur à temps partiel. M. Bosch n'a reçu ces données d'AT&T que mardi après-midi, ne m'a fait part de ses conclusions que vendredi matin car il n'a personne d'autre pour l'aider. Morris, lui, a toute la force, tout le pouvoir et tout le personnel du bureau de l'attorney général à sa disposition. Sans parler du fait qu'il représente aussi le bureau du district attorney du comté de Los Angeles dans cette affaire et qu'aux dernières nouvelles, il n'y a pas moins de huit cents procureurs et de deux cents enquêteurs dans ce bureau de l'autre côté de la rue. Et il n'aurait pas pu obtenir l'aide d'une seule de ces personnes pour étudier cette pièce pendant le week-end ?

« Votre Honneur, c'est justement là que réside la mauvaise foi. Ce qui s'est passé, c'est que Morris s'est dit que je lui balançais tout ce matériel parce qu'il n'avait aucune valeur et qu'il serait, lui, obligé de pédaler des quatre fers pour l'analyser. Il l'a donc ignoré, mais découvre aujourd'hui que ça n'était pas tout à fait sans valeur, qu'en réalité il y avait même de quoi disculper ma cliente, et donc il crie au mauvais coup. Permettez que je me répète, madame la juge. C'est la vérité qu'on cherche ici, au moins censément, mais ça, maître Morris s'en fiche. La seule chose qui l'intéresse, c'est de dresser des barrières afin d'empêcher d'y arriver et pour moi, il s'agit là d'une ignoble mauvaise foi.

Morris écarta les bras comme si c'étaient des ailes.

— Non, vraiment, Votre Honneur ! Tout là-haut sur son fier destrier, maître Haller oublie fort opportunément certains faits. Il y a plus de trois semaines que la cour a accepté d'exiger ces pièces d'archives d'AT&T et il attend la veille de ce procès pour les obtenir et les analyser ? Il s'agit d'un retard délibéré et ça ne trompe personne, ni vous ni moi. L'État de Californie maintient donc et sa plainte, et le remède suggéré.

— Puis-je répondre, Votre Honneur ? demanda Haller.

— Non, maître, je ne pense pas que ce soit nécessaire. J'ai une assez bonne idée de ce que vous diriez et ne vais pas m'opposer à l'introduction de cette pièce. Nous allons donc reprendre avec le témoignage de M. Bosch. Et lorsque son interrogatoire sera terminé, je donnerai à maître Morris le temps de préparer ses questions, s'il en a effectivement besoin. En attendant, j'ordonne une suspension de séance de dix minutes. Que chacun regagne sa place et se calme pour que nous puissions reprendre cette audition.

CHAPITRE 33

Bosch passa l'essentiel de ces dix minutes de pause à tenir Haller aussi loin que possible de Morris dans le couloir. Haller était, tout comme elle et sans le moindre doute, abattu par le revers infligé à Arslanian. Elle avait prévu de rentrer chez elle par le dernier avion, mais avait tenu à repousser son départ afin d'assister au témoignage de Bosch et de participer à une séance de brainstorming après.

Aucun nom d'oiseau ni coup de poing n'ayant été échangé dans le couloir, Bosch se retrouva vite dans le box des témoins pour y attendre l'arrivée de la juge et de la prisonnière. Ce fut Lucinda qui se présenta la première et dès qu'elle fut à côté de Haller, les gestes de ce dernier firent comprendre à Bosch qu'il essayait de la consoler et de la convaincre que perdre le témoignage et la présentation d'Arslanian n'était pas la fin du monde. L'ennui là-dedans était que Bosch ne semblait guère convaincu que Haller le pense vraiment.

La juge franchit la porte, reprit sa place au banc de justice et rouvrit la séance en disant à Haller de procéder, celui-ci emportant alors son bloc-notes au lutrin.

— Lorsque nous avons été interrompus, lança-t-il à Bosch, vous alliez nous parler d'une série de données cellulaires que vous avez obtenues grâce à un ordre de la cour. Pourriez-vous nous détailler les mesures que vous avez prises pour y parvenir ?

— Eh bien, nous nous intéressions aux faits et gestes de Roberto Sanz le jour de son assassinat. Nous savions qu'il avait un portable et en avons eu le numéro en consultant les fadettes de Lucinda Sanz. Elle l'avait appelé à plusieurs reprises le soir où il a été abattu. En partant de là, je suis allé sur un site web où l'on peut entrer un numéro de portable et savoir le nom du fournisseur d'accès.

— Ceci pour que ce soit officiel : de quel site web s'agit-il ?

— FreeCarrierLookup.com. J'y ai entré le numéro de Roberto et il m'a été indiqué que le fournisseur d'accès était AT&T. Nous avons donc préparé une demande d'obtention de toutes les données recueillies par toutes les antennes de téléphonie cellulaire de l'Antelope Valley le jour du meurtre.

— Ç'a dû en faire un sacré paquet, dit Haller en y allant d'un sifflement.

— Ça ! La sortie d'imprimante faisait presque deux mille pages, interligne simple.

— Pouvez-vous nous dire en termes compréhensibles le genre de données que c'était ?

— Eh bien, chaque fournisseur d'accès a ses propres tours. Il y en a plus dans certaines zones géographiques que dans d'autres et c'est pour cela que dans les pubs de ces fournisseurs, on dit que celle-ci couvre plus de territoire que celle-là. Dès que vous l'allumez, votre portable est en contact constant avec les tours de votre zone, cette connexion se déplaçant avec vous.

— Elle se déplace donc de tour en tour un peu comme Tarzan passe d'arbre en arbre avec ses lianes ?

— Euh… je n'y ai jamais pensé comme ça, mais oui, sans doute.

— Et vous avez réussi à trouver le numéro de Roberto Sanz dans ces deux mille pages ?

— Oui. J'ai pris une carte des tours AT&T dans toute l'AV et…

— L'AV ?

— Je m'excuse, l'Antelope Valley.

— Et de quelle manière cela vous a-t-il aidé ?

— Comme je vous l'ai dit, tout portable est connecté à plusieurs tours, mais plus il est près de l'une d'elles, plus la connexion est forte. Dans ces données transmises du portable à la tour on trouve leur force exprimée en décibels selon leur proximité et les coordonnées GPS. C'est pour cela que lorsqu'on se sert d'une application du genre Waze ou Google Maps, on voit exactement où l'on est à l'écran.

— Êtes-vous en train de me dire que ces données que vous avez recueillies montrent exactement tous les endroits où Roberto Sanz s'est trouvé le jour de sa mort ?

— Oui. J'ai dressé la carte de ses déplacements.

— L'avez-vous avec vous ?

— Oui.

Haller concentra son attention sur Coelho et lui demanda si Bosch pouvait descendre de son box et aller poser cette carte sur le chevalet de la cour afin de pouvoir mieux expliquer ses découvertes. Sans la moindre objection de Morris, elle l'y autorisa, l'huissier allant chercher l'objet dans un placard à équipement. Cinq minutes plus tard, le document était déplié et fixé au chevalet. On y découvrait trois lignes, une rouge, une bleue et une verte, que Bosch avait soigneusement tracées après avoir étalé sa carte sur la table de sa salle à manger. Haller espéra que ses conclusions soient claires et comprises par Coelho.

— Et donc, qu'avons-nous sous les yeux, inspecteur Bosch ? lui demanda Haller.

Avant même que Bosch puisse répondre, Morris éleva une objection.

— M. Bosch n'étant plus ni officier ni inspecteur de police, on s'abstiendra de le qualifier d'inspecteur, lança-t-il.

— Objection retenue, dit Coelho.

Haller décocha un bref regard à Morris pour lui signifier que son objection ne valait pas un clou, puis revint à ce qui l'occupait.

— Je vois trois lignes sur votre carte, dit-il à l'adresse de Bosch. Laquelle est celle de Sanz ?

— Celle-ci. La verte.

— Je suis sûr que nous parlerons des autres dans pas longtemps, mais tenons-nous-en à la verte pour l'instant. Qu'avez-vous trouvé de significatif sur les déplacements de Roberto Sanz dans les heures qui ont précédé sa mort ?

— Cet endroit précis à Lancaster, répondit Bosch en montrant un point de la ligne verte. Les données indiquent qu'il y est resté près de deux heures.

— Et que cela signifie-t-il ?

— Eh bien, deux choses. La première, que c'est à cet endroit que se trouve un stand de hamburgers appelé Flip et que c'est là que Roberto Sanz avait été mêlé à une fusillade avec quatre membres de gang l'année précédente. La seconde est que la première enquête avait établi qu'il avait ramené son fils à Lucinda avec deux heures de retard et avait alors raconté à son ex-épouse que c'était à cause d'une réunion de travail. Mais il a ensuite été déterminé qu'il n'y avait pas eu de réunion de travail de l'unité du shérif à laquelle il appartenait. D'où le fait que cette nouvelle donnée le place, et deux heures durant, à l'endroit même où il avait participé à une fusillade l'année d'avant.

— Et maintenant, en regardant votre carte, je m'aperçois que la ligne rouge coupe la verte, celle de Roberto Sanz, à cet endroit précis. Est-ce que je me trompe ?

— Non. Ces deux portables se sont trouvés à cet endroit à peu près aussi longtemps l'un que l'autre. En fait, c'est le rouge qui y est arrivé le premier, presque six minutes avant le vert. Et ils en sont tous les deux repartis une heure et quarante et une minutes plus tard.

— Qu'en concluez-vous ?

Morris éleva une objection au motif que la réponse de Bosch ne serait que purement spéculative et non factuelle. La juge accepta son objection, Haller prenant un autre chemin pour avoir la réponse qu'il voulait.

— Comment en êtes-vous arrivé à imaginer cette ligne rouge ? demanda-t-il.

— En me disant que le temps que Sanz passait au stand de hamburgers me semblait excessif. Flip n'est qu'un stand de restauration rapide et il y reste une heure et quarante et une minutes ? En plus de quoi, cet endroit étant celui où il avait pris part à une fusillade, pourquoi s'y serait-il rendu à nouveau s'il n'avait eu aucune importance au regard de ce qui se passait ce jour-là ? J'en ai alors conclu que Roberto Sanz devait y rencontrer quelqu'un. Cela m'a conduit à chercher les données cellulaires d'un autre portable avec les mêmes coordonnées GPS au même moment.

Bosch se tourna vers la juge en espérant voir qu'il se faisait bien comprendre. Coelho avait les yeux fixés sur sa carte et ne donnait aucun signe d'être perdue. Il recentra son attention sur Haller dès que celui-ci lui posa sa question suivante.

— Mais… n'aurait-ce pas pu être le portable d'un autre fournisseur d'accès indécelable dans ces données ?

— C'était le risque. Mais je savais qu'AT&T accordant des réductions aux militaires et aux membres des forces de l'ordre, si c'était bien quelqu'un qu'il rencontrait, il y avait de fortes chances que ce soit un OFO.

— Un OFO ?

— Un officier des forces de l'ordre.

— Ah, compris. Et donc, qu'avez-vous découvert en cherchant cet autre portable qui stationnait devant chez Flip ?

— J'ai trouvé ce portable rouge et en ai conclu que c'était avec son détenteur que Sanz se réunissait. Pour moi, il s'agissait probablement d'une rencontre de voiture à voiture dans un parking.

Morris renouvela son objection en qualifiant les conclusions de Bosch de purement spéculatives et non factuelles. Avant que Haller ait pu lui répondre, Coelho rejeta l'objection en déclarant que les décennies d'expérience qu'avait accumulées Bosch dans son travail d'inspecteur rendaient ses hypothèses plus que fondées et ordonna à Haller de poursuivre son interrogatoire.

— Avez-vous été en mesure d'identifier le propriétaire du portable ? demanda ce dernier.

— Oui, répondit Bosch.

— Comment ?

— J'ai appelé le numéro et un type m'a répondu en me donnant son nom : MacIsaac. Après quoi, il m'a pratiquement raccroché au nez lorsque je lui ai posé une question. Mais ce nom, je le connaissais déjà pour avoir enquêté sur les activités de Roberto Sanz le jour de sa mort. J'avais alors appris qu'il avait eu une réunion avec un certain agent MacIsaac à peu près une heure avant sa mort. À partir de là, il n'y a rien eu de sorcier à confirmer qu'il y avait bien un agent Tom MacIsaac dans le personnel de l'antenne de Los Angeles.

— De l'antenne du Federal Bureau of Investigation, voulez-vous dire ?

— Oui.

— Vous dites qu'il vous a raccroché au nez lorsque vous lui avez posé une question.

— Oui. Je m'étais identifié et lui avais dit ce que je faisais avant de lui demander s'il avait eu une réunion avec Roberto Sanz le jour de la mort de ce dernier. C'est à ce moment-là qu'il a mis fin à l'appel. Je l'ai rappelé, mais il n'a pas répondu. Je lui ai ensuite envoyé un message, mais il n'y a pas répondu non plus. Et il ne l'a toujours pas fait.

Haller baissa les yeux sur ses notes et laissa planer cette réponse dans la salle.

— OK, reprit-il enfin. Parlons de la ligne bleue. Votre carte montre que son détenteur suivait celui du portable vert, non ?

— Oui et non. Il y a des indications de temps dans ces données. Elles montrent que si le téléphone bleu suivait le même chemin que le vert, il traînait de vingt à quarante secondes derrière avant d'atteindre chaque marqueur géographique jusqu'au moment où le vert s'est arrêté devant le stand de Flip.

— Cela indique-t-il que le portable bleu suivait le vert ?

— Oui.

Bosch avait déjà formulé sa réponse lorsque Morris se dressa pour encore une fois objecter qu'elle était purement spéculative. Mais à nouveau Coelho la rejeta en déclarant qu'étant donné l'expérience et l'expertise de Bosch dans les données de tours, elle était acceptable.

— Que s'est-il passé lorsque Roberto Sanz – le portable vert – s'est arrêté devant le stand de Flip pour rencontrer l'agent MacIsaac ? reprit Haller.

Cette fois Morris ne perdit pas de temps pour élever son objection.

— Pose des faits qui ne sont pas avérés ! lança-t-il.

— Une fois encore, je vais accepter la réponse du témoin. Maître Morris, j'ai dans l'idée que vous savez très bien où cela nous conduit et je trouve que vos interruptions incessantes brisent la fluidité des débats et gênent la cour dans sa compréhension de l'affaire. Attendez d'avoir une objection qui se tienne, je vous en prie. Objection rejetée. Poursuivez maître Haller.

Haller attendit que Bosch lui réponde. Mais celui-ci n'en fit rien.

— Avez-vous besoin que je vous repose la question ? lui demanda Haller.

— Si cela ne vous gêne pas.

— Aucun problème. D'après ces données et votre relevé, comment le portable bleu se déplaçait-il lorsque Roberto Sanz s'est arrêté devant le stand de Flip pour rencontrer l'agent MacIsaac ?

— Le portable bleu est passé devant, répondit Bosch en se servant de son doigt pour montrer le chemin qu'avait suivi l'appareil, et il s'est arrêté à la station d'essence ARCO du croisement suivant. Où il est resté au moins une heure.

— Qu'entendez-vous par « au moins une heure » ? Ces données seraient donc incomplètes ?

— Non. Mais à ce moment-là le portable bleu a cessé de transmettre ses coordonnées GPS à la tour.

— Il a disparu ? Tout simplement ?

— Voilà.

— Cela signifie-t-il qu'il a été éteint ?

— Oui. Ou mis en mode avion de façon à ne plus envoyer de signaux aux tours du secteur.

— Bon, revenons en arrière. Comment êtes-vous tombé sur ce portable bleu ?

— Hier, à la fin de la séance, l'huissier vous a donné le numéro de téléphone de la sergente Sanger que vous lui aviez demandé quand elle témoignait. Je l'ai noté et l'ai cherché dans les données de la tour que j'avais reçues d'AT&T. Je l'y ai trouvé et je l'ai tracé.

— C'était le portable de Sanger ?! Elle suivait Sanz ? s'écria Haller en montrant la carte posée sur le chevalet et forçant sur son étonnement.

— On le dirait bien.

— Mais arrivé à la station d'essence, voilà que le portable s'arrête ?

— Exact.

— Et quand s'est-il remis en service, cela toujours à suivre ces données ?

— Ce numéro avec accès par AT&T n'apparaît plus dans aucun relevé de tour d'Antelope Valley de cet endroit de la station d'essence ARCO jusqu'à vingt-deux minutes après l'appel au 911 que passe Lucinda Sanz pour signaler des coups de feu. Cela indique que pendant tout ce temps l'appareil était éteint, en mode avion ou hors de portée des tours de la zone.

— Et où l'appareil se trouve-t-il lorsqu'il finit par réémettre après la fusillade ?

— Dans un restaurant de Palmdale, le Brandy's Café.

— L'avez-vous filé à partir de cet endroit ?

— Oui, c'est la deuxième ligne bleue sur la carte, répondit Bosch en la montrant à nouveau. Elle part du café et revient à la scène de la fusillade devant chez Lucinda Sanz.

— Combien de minutes le portable bleu a-t-il été éteint en tout ?

— Quatre-vingt-quatre.

— Et c'est pendant ces quatre-vingt-quatre minutes que Roberto Sanz a été abattu, n'est-ce pas ?

Morris bondit sur ses pieds en hurlant :

— Objection ! Votre Honneur, ce ne sont là que des fantasmes ! Je supplie la cour de mettre un terme à ces pures et simples spéculations et insinuations alors que pas un gramme de preuve n'étaie l'hypothèse de l'innocence de Lucinda Sanz dans le meurtre de son ex-époux !

— Votre Honneur, dit Haller, le témoin a travaillé sur trois cents homicides. Il sait ce qu'il fait et ce qu'il dit. Avec son tir de barrage d'objections, maître Morris essaie seulement de…

— Assez ! s'écria Coelho. L'objection est rejetée pour les mêmes raisons qu'avant. Poursuivez, maître Haller.

— Merci, Votre Honneur. Monsieur Bosch, en dehors d'éteindre son portable, de le mettre en mode avion ou de se trouver hors d'atteinte d'une tour, y a-t-il d'autres explications au fait que le portable de la sergente Sanger n'a plus eu la moindre connexion avec aucune des tours d'Antelope Valley ?

— Non, aucune que je voie.

— Votre Honneur, je n'ai plus de questions à poser au témoin, lança Haller du lutrin.

Huitième partie

SUBPOENA DUCES TECUM[1]

1. Assignation avec documents à produire.

CHAPITRE 34

Le salon sur le toit du Conrad Los Angeles nous offrait une vue superbe sur toute la ville – le genre de vue qui vous la fait aimer parce qu'elle vous rappelle que dans les rues à vos pieds, rien n'est impossible.

Mais il n'était pas question de ça. Pas plus pour Bosch, Arslanian et Cisco que pour moi. Assis là, nous pleurions en silence tout ce que nous avions perdu dans la journée. Le témoignage de Bosch avait été le seul instant de lumière pour Lucinda Sanz, mais il s'était avéré que même cela était trop bon pour être vrai. La juge Coelho avait accédé à la demande de Morris qui voulait plus de temps pour étudier les données d'AT&T que nous avions présentées. Elle avait suspendu la séance jusqu'au lundi matin suivant, donnant ainsi à Morris et à ses serviteurs trois jours – voire cinq s'ils faisaient des heures supplémentaires et travaillaient tout le week-end – pour trouver des moyens de miner l'impact des preuves établies par Bosch lors de son témoignage.

Cela dit, sa décision n'était rien à côté du fait d'avoir perdu le témoignage et la reconstitution du crime établie par Arslanian. Son arrêt nous tuait notre affaire et je me retrouvais non seulement en colère contre Morris, mais aussi profondément déçu par une juge qui avait refusé d'asseoir une loi nouvelle en acceptant cette reconstitution à base d'intelligence artificielle. Ainsi nous étions assis là, devant une vue à couper le souffle dans toutes les directions, et aucun d'entre nous n'y voyait la moindre beauté. Le ciel s'assombrissait de la même manière que les chances de liberté de Lucinda Sanz.

— Je suis vraiment désolée, Mickey, reprit Arslanian. Si seulement j'avais...

— Non, Shami, lui renvoyai-je. C'est ma faute, à moi. J'aurais dû voir venir le coup. J'aurais dû vous demander des précisions sur cette plateforme.

— Mais tu vas faire appel de cette décision, non ? demanda Bosch.

— Évidemment. Mais comme je l'ai dit au tribunal, en attendant, Lucinda retourne à Chino. Et ce sont d'années et d'années d'incarcération que nous parlons. Même si nous l'emportons, ça montera à la Cour suprême, et ça, c'est du cinq à six ans de plus. On aura peut-être la chance de changer la loi, mais à ce moment-là Lucinda, elle, aura déjà purgé sa peine.

— Et ce que tu racontes toujours sur le fait qu'on ne peut pas ne pas avoir entendu la cloche qui sonne ? voulut savoir Cisco. Coelho a bien vu toute la démonstration, non ? Elle l'a peut-être virée du procès-verbal, mais elle sait que c'était du solide.

— Y a ça, oui, dis-je en hochant la tête, mais elle sait qu'elle est surveillée de près par l'attorney général et se pliera en quatre pour que ça ne fasse pas partie de son arrêt.

— C'est ma faute, répéta Arslanian.

— Vous oubliez, d'accord ? Le capitaine du bateau qui coule, c'est moi. Tout est de mon fait et je coule avec.

— Pas si tu remets Sanger à la barre et prouve qu'elle a menti, fit remarquer Bosch. Coelho t'en doit une, et elle le sait. Démontre que Sanger est une menteuse et elle pourrait te donner MacIsaac. Et si lui, nous le collons à la barre, on aura la vraie histoire et elle incriminera Sanger et pas Lucinda.

Je bus un grand coup de mon soda à la canneberge et hochai à nouveau la tête.

— Je ne pense pas que Coelho croie me devoir quoi que ce soit, dis-je. Les juges fédéraux sont nommés à vie. Ils ne regardent jamais en arrière à moins qu'un tribunal ne les y oblige.

Cela nous valut un nouveau silence. Je vidai mon verre et cherchai la serveuse.

— Une autre tournée ? demandai-je.

— Moi, ça va, dit Bosch.

— Une autre bière, dit Cisco.

— Moi aussi, ça va, dit Arslanian.

Aucune serveuse en vue. Je me levai avec mon verre, attrapai celui de Cisco et me retournai pour gagner le bar.

— Dommage qu'on n'ait pas ces tampons à résidus de poudre, lança Arslanian.

— Ça n'aurait aucune importance, dis-je en pivotant sur les talons. Ces gars-là ne sont pas idiots. Ils auraient remplacé ceux dont ils se sont servis avec Lucinda par d'autres qui, eux, seraient couverts de traces de poudre.

— Ça, je le sais, me répondit Arslanian. Et je sais aussi que ces preuves ont été détruites lorsque l'affaire a été jugée. Mais ce n'est pas de les tester pour voir s'il y reste de la poudre que je parle. S'ils ont été frottés sur les mains de Lucinda, il y a eu transfert de cellules de son épiderme en plus de la moindre trace de poudre. Les trois quarts des gens, avocats de la défense compris, ne pensaient pas vraiment à l'ADN de contact à l'époque. Mais aujourd'hui ces tests d'ADN sont si précis qu'on pourrait prouver si ces tampons ont été utilisés sur elle.

J'en laissai presque tomber mes deux verres. Je les reposai vite sur la table.

— Attendez une minute, dis-je. Il se pourrait bien que vous veniez de…

Je cessai de parler tellement mon esprit fonçait dans tous les documents que j'avais lus dans la première mise en cause de Lucinda.

— De quoi ? me pressa Arslanian.

— Le dossier du district attorney dans le premier procès, dis-je. On en a une copie dans l'échange des pièces entre les parties. Et il y avait un ordre de recherche de transfert de preuves dans le dossier. Frank Silver ne faisait que suivre la routine. Il a exigé une part de l'échantillon prélevé pour pouvoir effectuer un test de résidu de poudre dans un laboratoire à lui. Et comme il y avait deux échantillons, le juge en a fait transférer un à son labo. Sauf qu'après Silver a forcé Lucinda à plaider coupable et que ça n'a plus eu d'importance.

— Tu es en train de nous dire que ce tampon pourrait être encore à ce labo ? demanda Cisco.

— J'ai vu plus étrange, lui répondis-je. Le dossier est à l'arrière de la Lincoln.

— Je reviens dans cinq minutes, lança Bosch en se levant pour gagner l'ascenseur.

Je regardai Cisco.

— Passe-moi ton portable, lui dis-je. Il y a des chances que Silver ne prenne pas un appel venant de moi.

Cisco sortit son téléphone, le déverrouilla et me le tendit. Je pris mon portefeuille et y fouillai jusqu'au moment où je trouvai la carte de visite professionnelle que des mois auparavant j'avais extraite de la fente pratiquée dans le mur à côté de la porte du bureau de Silver. Je m'en étais emparé au cas où j'aurais eu besoin de lui.

J'appelai le numéro de portable qui y était inscrit et tout gaillard, Silver décrocha.

— Frank Silver à l'appareil. En quoi puis-je vous être utile ?

— Ne raccrochez pas.

— Qui êtes-vous ?

— Haller. J'ai besoin de votre aide.

— Vous avez besoin de mon aide ? répéta-t-il. Des conneries, oui ! Vous avez besoin de mon aide pour me coller un 504 aux fesses et donc… dormez bien.

— Ne raccrochez pas, Silver, je ne plaisante pas. J'ai besoin de votre aide. Et vous savez très bien que je n'ai pas enclenché la procédure. C'était juste pour vous tenir.

Il y eut un silence.

— Vaudrait mieux que ce ne soit pas un coup monté, reprit-il enfin.

— Ce n'en est pas un. J'ai besoin que vous repensiez au moment où vous travailliez l'affaire. Vous avez obtenu que le juge ordonne de vous faire envoyer un échantillon d'élément de preuve de test de résidu de poudre collecté sur la personne de Lucinda. Vous vous rappelez ?

— Si c'est dans le dossier, je l'ai bien fait effectuer.

— Vous ne vous rappelez pas ?

— Vous me croyez ou pas, mais j'ai hérité de quelques affaires depuis cette époque ! Je ne peux pas me rappeler tous les détails de chacune d'elles !

— OK, OK, je comprends. Moi non plus. Mais savez-vous de quel labo vous vous serviez ou alors, si la cour a jamais récupéré cet élément de preuve ? Je ne me rappelle pas avoir vu le moindre rapport de labo dans le dossier.

Encore une fois il y eut un silence et ce fut presque comme si j'entendais Silver se demander comment il allait me la jouer.

— Vous voulez donc le nom de mon labo, dit-il enfin.

— Allons, Silver ! Ne foutez pas en l'air cette chance qui vous est offerte ! Ce labo a-t-il encore ce test de résidus de poudre ?

— En fait, je pense que oui. Mais il ne le rendra qu'à moi.

— Pas de problème. Nous avons besoin de confirmer qu'il existe. Et si c'est le cas, vous pourriez être le héros de toute cette affaire.

— Je vous rappelle dans la matinée.

— Ce se…

Il avait raccroché, je rendis son portable à Cisco.

— À quel labo a-t-il fait appel ? me demanda Arslanian.

— Il joue les timides. Il ne nous rendra rien ou ne nous donnera cette preuve, si elle existe encore, que s'il est certain d'en obtenir tout le crédit.

— Ce mec est un loser, constata Cisco.

— Ouais, dis-je. Mais nous, il faut qu'on joue le jeu ou nous n'aurons pas notre preuve.

Bosch revint de la Lincoln avec le dossier. Je le mis vite au courant.

— Et donc, on attend jusqu'à demain ? demanda-t-il.

— Commençons par voir ce qu'il y a dans le dossier, lui renvoyai-je.

Je l'ouvris et en feuilletai les premières motions jusqu'au moment où je tombai sur la requête de Silver demandant une analyse indépendante de l'élément de preuve. Elle avait été acceptée, le juge de la cour supérieure Adam Castle ordonnant d'envoyer un des tampons à résidus de poudre au laboratoire indépendant de l'Applied Forensics à Van Nuys.

— On pourrait même avoir eu de la chance ! m'exclamai-je. Un des tampons à résidus a été expédié à l'Applied Forensics. Silver ayant obtenu un ordre de transfert du tribunal, il est probable que ce labo n'ait pas été autorisé à le détruire ou à le transférer sans l'ordre d'un juge. Si cet ordre existait, il figurerait au dossier. Tout cela signifie que l'élément de preuve devrait toujours être au labo, même cinq ans après.

— Comment fait-on pour le récupérer ? demanda Cisco.

— On ne le récupère pas, répondis-je. Je n'ai jamais eu recours à ce labo, mais eux m'ont déjà approché pour m'avoir comme client. Et c'est un labo tout ADN. Il ne nous reste plus qu'à obtenir de Silver qu'il leur demande de tester ce tampon pour de l'ADN de contact.

— Pas seulement ça, me reprit Arslanian. Il y aura très vraisemblablement de l'ADN de contact de l'individu qui a frotté ce tampon, mais aussi de la personne qui a été testée. Il faut donc qu'on donne l'ADN de Lucinda au labo pour procéder à une comparaison.

— On a son ADN ? demanda Cisco.

— Pas encore, répondis-je. Mais j'ai un plan pour l'avoir. Toute la question est de savoir si on peut obtenir les résultats de cette comparaison avant lundi pour la réouverture de l'audience.

— On pourra si je mets la pression sur l'Applied Forensics, dit Arslanian. J'y campe et je leur montre comment procéder une étape après l'autre.

— Non, Shami, dis-je. Vous, il faut que vous rentriez chez vous.

— Je vous en prie, laissez-moi faire. J'en ai besoin.

— Bon, d'accord, dis-je en hochant la tête. Vous trois, vous filez à l'Applied Forensics dans la matinée. Comme il est probable que Silver s'y rende lui aussi, soyez-y à l'ouverture. Moi, je vais aller voir Coelho, mais j'attendrai que vous me donniez les nouvelles avant de frapper à sa porte.

— Comment être sûr que Silver ne nous joue pas un mauvais tour ? demanda Bosch.

— Je vais l'appeler demain matin, lui répondis-je. S'il devient un problème, Cisco lui fera entendre raison.

Tout le monde se tourna vers lui, il acquiesça d'un signe de tête.

CHAPITRE 35

À dix heures, le mercredi matin venu, je me postai sur le banc du couloir qui longe le prétoire de la juge Coelho. Maintenant que l'audience en *habeas corpus* avait été suspendue, je savais qu'à cette heure-là, la salle serait plongée dans le noir. Je vérifiais si j'avais des messages sur mon portable lorsque la porte de la salle s'ouvrit sur une des journalistes qui avaient suivi les séances de lundi et de mardi. Jeune, cheveux noirs et séduisante, elle avait quelque chose de sérieux dans son attitude. Je n'arrivai pas à la remettre parmi tous les autres journalistes que j'avais rencontrés lors de procès précédents.

— Maître Haller, me lança-t-elle, je suis surprise de vous voir ici. Non parce que, avec ce report d'audience jusqu'à lundi…

— Il faut que je voie le greffier, lui répondis-je. Vous êtes journaliste, non ? Vous avez assisté aux deux premiers jours du procès.

— Oui. Je m'appelle Britta Shoot, dit-elle en me tendant la main.

— Shoot[1] ? Non, vraiment ? dis-je en la lui serrant.

— Oui, je sais. La coïncidence est un peu forte vu que cette affaire tourne autour d'un coup de feu.

1. Soit « tirer » en anglais.

— Pour qui travaillez-vous ?

— Essentiellement pour moi… Je suis en free-lance. Mais j'ai publié des articles dans le *New York Times, The Guardian, The New Yorker*, des tas de publications. J'écris souvent sur la technologie et suis en ce moment même en train de rédiger un livre sur le géorepérage et la manière dont les forces de l'ordre s'en servent de plus en plus – celle aussi dont certains avocats de la défense comme vous y ont recours – et les problèmes de confidentialité que cela pose au regard du Quatrième Amendement[1].

— Intéressant. Comment avez-vous entendu parler de cette affaire ?

— Euh, par une source qui m'a appris que ce géorepérage allait être évoqué. Et ça c'est sûr, votre témoin Bosch s'y est beaucoup référé hier. J'aimerais l'interviewer… lui et vous… si vous avez un moment.

— Il faudra attendre que tout cela soit terminé. Les juges fédéraux n'apprécient guère que les avocats et leurs témoins parlent du procès avec les médias.

— C'est un projet à long terme. Votre juge n'en verrait rien avant la sortie du livre et je peux attendre. Je sais que vous avez les mains pleines, surtout après l'arrêt qu'elle a pris sur la reconstitution. Et l'introduction de l'intelligence artificielle dans les tribunaux est un autre sujet sur lequel j'aimerais écrire.

Elle posa son étui d'ordinateur à côté de moi sur le banc, en ouvrit la fermeture Éclair et me tendit une carte de visite professionnelle ne contenant que son nom et son numéro de téléphone.

— C'est mon portable, dit-elle.

— Index 405… vous êtes venue de San Francisco ? lui demandai-je.

1. Il protège les citoyens américains contre toute perquisition et saisie de bien non motivée par de sérieuses présomptions de culpabilité.

— Oui, j'y retourne un peu plus tard dans la journée, mais vous pouvez être sûr que je reviendrai ici lundi matin.

— Surtout ne ratez pas ça !

— Pourquoi ? Il y aura une surprise ?

— Peut-être. Nous verrons. Pourquoi étiez-vous dans cette salle ?

— Je voulais une copie de votre demande de données de la tour et une autre, de ce que vous avez présenté à la cour comme pièce à conviction. J'ai bien eu la première, mais le coût à payer pour avoir cette sortie d'imprimante était un peu au-dessus de mon budget.

— C'est vrai qu'avec le un dollar ou pas loin qu'ils demandent par page pour l'avoir… Mais tenez.

Je sortis mon portefeuille, y trouvai une carte de visite professionnelle et la lui tendis.

— Si vous revenez lundi, je vous en donnerai un exemplaire, lui dis-je.

— Un grand merci à vous, mais… vous êtes sûr ?

— Oui. Aucun problème.

— C'est vraiment sympa. Vous m'épargnez beaucoup de temps et d'argent. J'aurais dû attendre la fin de la journée pour qu'ils me copient tout ça et maintenant, je peux reprendre un avion plus tôt.

J'observai sa carte de visite.

— Cool, dis-je. Peut-être qu'un jour, vous pourrez me rendre un service. M'interviewer pour votre livre ou disons, me faire un petit profil dans le *New York Times*, hein ?

— Qui sait ? dit-elle en souriant. À lundi.

— À lundi. Je serai là.

Je la regardai descendre le couloir pour rejoindre l'ascenseur, me demandai qui était sa source et me dis que ce devait être quelqu'un du bureau de l'attorney général qui savait que j'avais eu mes données cellulaires de tours sur ordre de Coelho.

Je sortis mon portable et cherchai « géorepérage » dans Google. C'était la première fois que j'entendais ce terme. J'étais à la moitié d'un article de la *Harvard Law Review* sur les problèmes liés au Quatrième Amendement dans la traque d'individus avec recours aux données cellulaires lorsque mon portable sonna. C'était Bosch.

— Donne-moi de bonnes nouvelles, lui lançai-je.

— Des bonnes et des mauvaises, me répondit-il. L'élément de preuve est toujours là et ils n'en ont utilisé que la moitié pour faire leur test. Il reste donc l'autre moitié au frigo, et elle est en parfait état.

— D'accord, et la mauvaise, c'est quoi ?

— Qu'à l'époque, ton second couteau Silver les a arnaqués. Quand Lucinda est partie en prison, il n'a plus eu besoin du résultat du test de résidu de poudre et a décidé de ne pas les payer. Du coup, ils refusent de donner l'échantillon jusqu'à ce qu'on les paie.

— Et la facture s'élève à combien ?

— À quinze cents dollars.

— Tu as une carte de crédit, Harry ? Tu paies et tu fais passer ça en note de frais. Tu seras remboursé.

— C'est ce que je me suis dit, mais il y a autre chose. Silver s'agite beaucoup pour qu'on le paie, lui aussi.

— Une vraie fouine ! Personne n'est payé pour ça. Où est-il ? Laisse-moi lui parler.

— Ne quitte pas. Il est avec Cisco et Shami et je pense que Cisco a envie de lui faire une clé au cou et de serrer.

— OK, mais pas tout de suite. Passe-le-moi et voyons s'ils acceptent d'être payés par carte pour l'ancienne facture.

— Ne quitte pas, répéta-t-il.

J'entendis une portière qu'on ouvrait, puis refermait et compris que Bosch m'appelait de sa voiture. Puis il y eut un autre bruit de porte lorsqu'il entra dans le labo de l'Applied

Forensics. Des voix étouffées se firent entendre, puis Frank Silver fut à l'autre bout du fil.

— Mick, lança-t-il, vous avez appris la bonne nouvelle ?

— Oui. Mais j'ai aussi appris que vous faisiez du raffut pour qu'on vous paie ?

— C'est grâce à moi que cette histoire s'arrange et chez moi, le temps, c'est de l'argent. Je ne demande que deux à trois mille dollars.

— Un, nous ne savons pas encore ce qu'on a au labo. Deux, il va falloir que je règle la facture que vous n'avez pas payée il y a cinq ans de ça. Et dernier point, et c'est le plus important, vous êtes témoin dans cette affaire, Silver. Si je vous file même seulement dix centimes et que Morris l'apprend, vous ne pourrez plus témoigner.

— Je vous ai déjà dit que je ne témoignerais pas. Il n'est pas question que je vous laisse me jeter aux chiens en arguant d'une représentation inefficace.

— Il y a longtemps qu'on n'en est plus là, Frank. Vous n'avez pas à vous inquiéter. Si on a le résultat qu'on espère avec l'Applied Forensics, je vais avoir besoin de vous à la barre pour expliquer tout ça. Comment cet élément de preuve est arrivé au labo et pourquoi il y est toujours cinq ans plus tard. Pour vous, ce sera le moment ou jamais d'être le héros.

— J'aime assez. Mais après, je me fais payer.

— Écoutez, il est possible qu'il y ait de l'argent de la CIA quand tout sera fait et dit, mais non, vous ne vous faites pas payer avant que nous le soyons tous.

— De la CIA ? C'est quoi, ce truc ?

— De l'argent fédéral pour les avocats de la défense… au titre de la loi sur la justice pénale. Ça ne va pas loin, mais c'est déjà quelque chose et tout ce qu'on aura sera pour vous. Je suis sur le point de m'entretenir avec la juge Coelho et je soulèverai la question avec elle. Et maintenant, repassez-moi Harry.

— OK, Mick. À propos, je l'aime bien Harry, mais je n'aime pas du tout l'autre grand mec.

— Vous n'êtes pas censé l'apprécier. Repassez-moi Harry.

Je me levai et fis les cent pas dans le couloir en attendant. J'essayais de contenir mon excitation à l'idée de tout ce que cela pouvait signifier. Puis j'entendis à nouveau Harry Bosch.

— Mick ?

— Oui. Ils acceptent ta carte de crédit ?

— Oui, je la leur ai donnée.

— D'accord. Que fait Shami ?

— Elle est en train de faire le tour du labo. Ils l'adorent. J'imagine qu'elle est assez connue dans son domaine.

— Ça oui ! Quand elle aura fini de se promener, dis-lui de les préparer à recevoir un ordre du tribunal pour chercher de l'ADN sur la pièce à conviction et le comparer à l'échantillon qui devrait arriver à la fin de la journée.

— Ce sera fait. Et on veut ça en accéléré, non ?

— On les paiera pour. On a besoin de leur retour au plus tard lundi.

— D'accord. Et toi ?

— Je me prépare à voir la juge pour essayer de mettre tout ça en route.

— Bonne chance !

— Merci. Je vais en avoir besoin.

Je raccrochai et gagnai la porte du prétoire.

CHAPITRE 36

Toutes les lampes du prétoire étaient éteintes à l'exception de l'ampoule au-dessus du box du greffier à droite du banc de justice. De son nom Gian Brown, ce dernier sortait à peine de la fac de droit de l'université de Californie du Sud, mais était déjà plus qu'habitué à me voir déposer des motions et autres demandes de citations à comparaître pour la juge Coelho depuis ces derniers six mois. Chaque fois il me disait que cette tâche me serait plus facile si je me contentais de lui envoyer les documents nécessaires par courriel, mais jamais je ne le faisais. Je voulais qu'il me connaisse et s'habitue à moi. Qu'il m'aime bien. J'avais appris qu'il appréciait un caramel macchiato de temps en temps et lui en apportais de la cafétéria du bâtiment, même si à chaque coup il protestait en disant que ce geste ne me vaudrait aucun traitement de faveur de sa part ou de celle de la juge. À quoi je lui répondais invariablement que je ne cherchais pas à en obtenir parce que je n'en avais aucun besoin.

Sauf ce jour-là.

— Maître Haller, vous devez savoir qu'aujourd'hui, c'est fermé, non ?

— J'ai dû oublier, lui renvoyai-je.

Il sourit, et moi aussi.

— Mais laissez-moi deviner, reprit-il. Vous avez une motion à nous soumettre.

— Non, j'ai quelque chose à vous demander. Et c'est du lourd. J'ai besoin de voir la juge pour qu'elle lance un *Subpoena duces tecum* plus qu'urgent. Elle est là ?

— Euh, oui. Mais elle a mis sa pancarte « Ne pas déranger ».

Sur quoi il me montra un petit témoin rouge installé sur la demi-cloison de son box. Tout à côté se trouvait le bouton qu'il poussait quand, toutes les parties ayant pris place dans le prétoire, on n'y attendait plus qu'elle.

— Gian, insistai-je, j'ai besoin que vous l'appeliez ou que vous la sonniez parce qu'elle va vouloir entendre ce que j'ai à lui dire.

— Hmm…

— S'il vous plaît, Gian. C'est important dans cette affaire. Il est capital que ce SDT soit porté à son attention le plus rapidement possible. En fait, je pense qu'elle sera en colère contre vous si jamais elle apprend qu'il y a eu du délai à cause d'une petite lumière rouge.

— OK, bon, laissez-moi aller voir si sa porte est ouverte.

— C'est ça. Merci. Et si elle est fermée, frappez-y.

— Nous verrons. Vous, vous ne bougez pas jusqu'à ce que je revienne.

Il se leva, franchit la porte à l'arrière de son box pour passer dans le couloir conduisant à la chambre de la juge.

J'attendis trois minutes jusqu'à ce qu'enfin la porte s'ouvre à nouveau. Brown la repassa seul. En faisant non de la tête.

— Sa porte est fermée, dit-il.

— Eh bien mais, vous avez frappé ?

— Non. Il est clair qu'elle ne veut pas être dérangée.

Sans même y penser, je me mis sur la pointe des pieds et me penchai par-dessus la demi-cloison du box. Puis je tendis la main vers le bouton d'appel. Les pieds en l'air, je me retrouvai en équilibre sur le rebord du box épais de quinze centimètres.

— Hé! s'exclama Brown.

J'appuyai sur le bouton et y laissai mon doigt jusqu'à ce que mon poids me ramenant en arrière, mes pieds retouchent le sol.

— Mais qu'est-ce qui vous prend, bordel ? hurla Brown.

— Gian, il faut que je la voie. C'est une urgence.

— Aucune importance. Vous n'aviez aucun droit de faire ça. Et vous allez quitter ce prétoire tout de suite!

Je levai les mains en l'air et commençai à m'éloigner de son box à reculons.

— Je serai dans le couloir, l'informai-je. Et j'y resterai toute la journée ou jusqu'au moment où elle...

J'entendis un bourdonnement dans le box. Brown rejoignit son bureau et décrocha son téléphone.

— Oui, madame la juge...

Je repartis vers le box tandis qu'il continuait d'écouter.

— C'est maître Haller, l'informa-t-il. Il a appuyé sur le bouton parce que je refusais de vous déranger.

Arrivé au box, je me penchai par-dessus la demi-cloison.

— Madame la juge, lui lançai-je en haussant la voix, il faut absolument que je vous voie.

Brown couvrit le téléphone de sa main et me tourna le dos.

— Il dit que c'est pour un STD et qu'il y a une question de temps... Oui, lui, et il est toujours là.

Il écouta encore quelques secondes, puis il raccrocha et me parla sans cesser de me tourner le dos:

— Elle dit accepter de vous voir. Vous pouvez y aller.

— Merci, Gian. Je vous dois un macchiato.

— Ne vous donnez pas cette peine.

— Extra caramel.

Je rejoignis le couloir, Coelho s'y tenait devant la porte ouverte de sa chambre. Au lieu d'une robe noire, elle portait un jean et un chemisier boutonné en velours.

— Il vaudrait mieux que ce soit du solide, maître Haller, m'avertit-elle.

Puis elle se retourna, me précéda dans son bureau et ajouta :

— Je vous prie d'excuser ma tenue décontractée. À cause de la suspension de séance, nous sommes fermés toute la journée et je pensais rattraper mon retard dans mes écritures.

Elle parlait des décisions et arrêts de la cour qu'elle devait rédiger, et je le savais. Elle s'installa à son bureau et m'indiqua un des fauteuils en face d'elle.

— *Subpoena duces tecum,* reprit-elle. Vous avez quelque chose derrière la tête dont vous ne voulez surtout pas que maître Morris soit au courant. Enfin... pour le moment.

— C'est cela, Votre Honneur.

— Asseyez-vous, je vous prie. Et dites-moi.

— Merci. La question de temps est essentielle, madame la juge. Nous venons d'apprendre ce matin même qu'un élément de preuve du procès initial n'a pas été jeté après le jugement d'il y a cinq ans. Le premier avocat de Lucinda Sanz avait reçu la moitié d'un élément de preuve à faire tester de manière indépendante... un des tampons à résidus de poudre qu'on lui avait censément frotté sur les mains et les vêtements.

— Et vous êtes en train de me dire qu'il est toujours disponible ?

— Il se trouve au laboratoire indépendant où son avocat Frank Silver l'avait apporté, l'Applied Forensics de Van Nuys. Nous avons aussi appris que les techniciens n'avaient pas utilisé tout ce matériel quand ils ont procédé au test des résidus de poudre. Ils ont encore un bout du tampon non testé.

— Et que voulez-vous faire avec exactement ?

— Madame la juge, j'ai besoin que vous ordonniez qu'on fasse subir un test ADN à ma cliente présentement incarcérée au centre de détention fédéral. J'ai aussi besoin que vous envoyiez un ordre scellé enjoignant à l'Applied Forensics de comparer son ADN à celui de l'élément de preuve non testé toujours en sa possession.

Elle me dévisagea longuement en essayant de relier les pointillés.

— Bon alors, expliquez-moi ça lentement, dit-elle.

— Notre hypothèse a toujours été, et ce depuis le début, que la preuve par test de restes de poudre retenue contre Sanz lors du premier procès était un coup monté. Il ne pouvait pas en aller autrement dans la mesure où elle n'avait pas tiré un seul coup de feu. Qu'elle a donc été frottée avec des tampons à résidus de poudre par l'adjointe Sanger et qu'un peu plus tard, ces tampons ont été échangés contre d'autres qui étaient contaminés et testés positif. Ce test ADN que nous vous demandons d'ordonner devrait présenter de l'ADN de contact de Sanz – soit un certain nombre de ses cellules épithéliales – sur le tampon de l'Applied Forensics s'il a effectivement touché sa peau.

— Ce qui signifie que ce test que vous me demandez d'ordonner fonctionnera dans les deux sens. Si on trouve de l'ADN de Sanz sur ce tampon, votre hypothèse sera reconnue fautive. Vous êtes certain de vouloir courir ce risque, maître Haller ?

— Absolument, madame la juge. Nous y sommes tous favorables.

— « Nous » ? Vous avez discuté de ce risque avec votre cliente ? Non parce que vous savez où ça la mène si on trouve son ADN sur ce tampon à résidus de poudre ?

— Elle n'ignore rien de ce qui se passe et elle aussi, elle est complètement partante. Elle est innocente et elle sait qu'il n'y aura pas trace de son ADN sur ce tampon.

Ce n'était pas un mensonge. Lucinda m'avait appelé en PCV de son centre de détention la veille au soir et je l'avais informée qu'il restait peut-être un tampon à test de poudre du premier procès. Après quoi, je lui avais longuement expliqué ce qu'un test ADN pouvait prouver et elle m'avait alors répondu ce que je venais de dire à la juge : qu'elle était innocente et que si on lui en donnait la chance, elle ferait ce test.

— Votre Honneur, ajoutai-je, les données cellulaires de la tour et la reconstitution, même si elles ont été rejetées par la cour, montrent clairement l'innocence de ma cliente. Et ce test le fera encore plus.

— J'admire la confiance que vous avez en votre cliente et en ce qu'à vous croire, montrera cet élément de preuve, dit Coelho. Mais alors pourquoi avez-vous besoin que cet ordre de la cour soit sous scellé ?

— Parce que jusqu'au moment où nous aurons le résultat, je crains qu'on ait droit à une entrave à la justice.

— Oh, allons, maître Haller. Vous le croyez vraiment ? Vous pensez que quelqu'un va entrer à l'Applied Forensics par effraction et y voler cet élément de preuve ?

— C'est une possibilité, madame la juge. Depuis que j'ai pris ce dossier, mon enquêteur et moi avons été cambriolés chez nous, même s'il semblerait que rien ne nous ait été pris. Mon bureau a été saccagé et mon ordinateur détruit… on a déversé du sirop d'érable sur le clavier. Il s'agit là de manœuvres d'intimidation et je demande donc à la cour de sceller cet ordre jusqu'à ce que nous ayons le résultat du test. Dès que nous l'aurons, la cour pourra en faire part à tout le monde si elle le désire.

— Ces cambriolages ont-ils été notifiés à la police ?

— Oui, mon enquêteur et moi y avons laissé une main courante et je peux exiger que le LAPD nous en fasse des copies si la cour en a besoin. Mais comme je vous l'ai dit, le temps presse. J'ai aussi déposé une demande de nettoyage des lieux et de remboursement pour mon ordinateur auprès de mon assurance. Et celle-ci aurait refusé de la prendre en considération sans nos déclarations à la police. Toujours est-il qu'autrefois on urinait ou déféquait sur vos affaires quand on voulait vous intimider, mais aujourd'hui, avec ces tests d'ADN, il faut se montrer plus futé. C'est pour ça qu'ils se sont servis de mon propre sirop d'érable… offert par ma fille.

— Charmant.

Elle marqua une pause un instant, comme si elle se demandait s'il fallait croire à ces cambriolages sans exiger d'en voir les preuves officielles.

— Avec quelle rapidité ces tests peuvent-ils être effectués ? me demanda-t-elle enfin.

— Si nous arrivons à faire parvenir l'ADN de Lucinda Sanz à l'Applied Forensics avant la fin de la journée, nous aurons le résultat lundi au plus tard.

— Ça ne va pas être facile de demander aux marshals du centre de détention d'agir aussi rapidement.

— Vous pourriez me donner votre réquisition et un ordre de vous me donnant un accès immédiat à ma cliente.

Elle fit non de la tête et se mit à écrire sur un bloc-notes.

— Non, on ne va pas faire ça, dit-elle. Je vais exiger du service des US marshals qu'ils s'occupent de collecter cet ADN et de le livrer au labo. De cette façon, il n'y aura pas de problèmes de suivi des éléments de preuve si jamais ça marche comme vous le pensez et espérez.

— Certainement, Votre Honneur, lui renvoyai-je. C'est très astucieux.

— Ne soyez pas obséquieux, maître Haller. Ça ne vous va pas bien.

— Oui, Votre Honneur.

— Je vais vous préparer ça tout de suite et vous en faire passer des copies dans moins d'une heure. Cela me prendra probablement le même temps que vous pour aller acheter un macchiato à mon greffier à la cafétéria afin de vous excuser.

Je gardai le silence, elle leva le nez de dessus ce qu'elle écrivait.

— Eh oui, il m'a parlé de ces macchiatos, dit-elle. Et chaque fois. Il ne voulait pas qu'il y ait le moindre soupçon de favoritisme.

— J'ai bien compris, dis-je.

— Vous pouvez disposer. Attendez dans le prétoire. Gian vous apportera ces documents dès qu'ils seront prêts.

— Oui, Votre Honneur. Merci.

Je me levai et me dirigeai vers la porte. J'étais ravi, mais essayai de n'en rien montrer. Je posai la main sur le bouton de porte, mais me retournai pour regarder Coelho. Elle avait déjà fait pivoter son fauteuil pour être face à son ordinateur, mais Dieu sait comment elle savait que je n'avais toujours pas quitté la pièce.

— Autre chose, maître Haller ? me demanda-t-elle.

— Vous dites profiter de cette journée pour rédiger des choses. À cause de la suspension de séance ?

— Oui, c'est cela.

— Envisageriez-vous de reconsidérer votre décision sur la reconstitution du Dr Arslanian ? Je pense, madame la juge, que vous auriez ainsi une chance d'introduire une innovation d'importan…

— N'exagérez pas, maître Haller. À votre place, je filerais avant de tout perdre.

— Oui, Votre Honneur.

J'ouvris la porte et sortis.

CHAPITRE 37

Ce dimanche-là, l'équipe Lucinda Sanz, qui comprenait maintenant, et à regret, Frank Silver, se réunit sans sa cliente dans le faux prétoire de la faculté de droit de Southwestern. En ma qualité d'ancien étudiant qui ne me donnait pas grand-chose hormis un profil public essentiellement positif – surtout depuis l'affaire Ochoa –, j'avais le droit d'accéder à ses bâtiments quand ils n'étaient pas pris. Nous nous étions donc installés dans le petit prétoire avec banc de justice, box des témoins et galerie de taille réduite réservée au public. Le lendemain serait le jour où nous gagnerions – ou perdrions – notre procès en *habeas corpus* et je voulais que tous ceux qui le pouvaient répètent ce qu'il allait falloir faire.

Les résultats d'ADN que nous attendions de l'Applied Forensics depuis le vendredi précédent n'étaient toujours pas arrivés et j'avais passé les deux derniers jours à travailler mon alignement de témoins tel le manager d'un club de baseball qui prépare l'ordre dans lequel vont passer ses batteurs lors du premier match des World Series. Je devais décider qui jouerait le coup amorti, qui serait capable de voler une base et qui de nettoyer l'adversaire. Il fallait que je devine ce que l'équipe adverse expédierait comme balles à mes frappeurs et que je prépare ces derniers au mieux.

Les US marshals n'avaient pas livré le tampon d'ADN de Lucinda Sanz au labo avant le mardi après-midi et cela seulement après que j'étais retourné au tribunal, avais à nouveau franchi le barrage d'un Gian Brown en colère en le baratinant et demandé à la juge d'allumer un grand feu sous les fesses desdits marshals.

Avec de tels retards, l'Applied Forensics ne pouvait nous garantir ses résultats que lundi midi au plus tôt. Il fallait donc que je planifie l'ordre de passage de mes témoins et fasse répéter l'équipe en partant du principe que je n'aurais ces résultats qu'à ce moment-là – et qu'ils innocenteraient ma cliente.

Le premier à la batte serait Harry Bosch. Je n'avais pas d'autre choix à moins qu'ayant pris ses cinq jours pour analyser les données cellulaires, Hayden Morris ait renoncé à l'interroger. Mais cela me semblait peu probable. Au minimum, il allait tenter de décrédibiliser Bosch qui, vieux et assez largement hors circuit, comptait certes des décennies d'expérience dans les enquêtes pour homicides, mais n'avait encore jamais eu recours à un géorepérage dont Britta Shoot venait juste de m'apprendre le nom. Cela faisait de lui une proie de choix et je devais reconnaître que l'attaquer sous cet angle était ce que j'aurais fait si j'avais été procureur dans cette affaire. Bref, je devais m'assurer que Harry soit bien armé et prêt pour l'audience du lendemain matin.

J'espérais que son contre-interrogatoire durerait toute la matinée et que j'aurais les résultats de l'Applied Forensics en ma possession lorsque le moment serait venu d'appeler de nouveaux témoins à la barre. S'il se terminait tôt, je devrais faire traîner un nouvel interrogatoire de Bosch qui nous conduise à la pause déjeuner, peut-être même plus tard dans la journée.

Dès que Bosch serait remercié, ce serait à Frank Silver de venir à la barre. Il aurait pour tâche d'expliquer à la juge comment un bout du tampon de test aux résidus de poudre censément passé sur les mains de Lucinda Sanz avait été retrouvé en parfait état dans un laboratoire de Van Nuys cinq ans après y avoir été transféré. Après Frank, ce serait au tour de Shami Arslanian de témoigner avant le technicien du labo ayant procédé aux comparaisons d'ADN. Que Stephanie Sanger ne soit assurément pas membre de mon équipe n'empêcherait pas que son retour à la barre constitue l'événement principal de la séance mais là, aucune répétition ne pouvait m'y préparer. Ce serait à moi de jouer et la seule chose que je savais était que les questions que je lui poserais devraient faire entendre tous les renseignements que je voulais à Coelho. Je pressentais que Sanger ne s'effondrerait pas à la barre et s'en tiendrait au minimum de mots dans ses réponses sous serment.

Tel était pour l'heure l'ordre de passage de mes témoins, mais il y a toujours des variables. Le plan consistait à se servir des preuves ADN et des dénégations de Sanger pour forcer Coelho à prendre la décision d'obliger l'agent du FBI MacIsaac à répondre à mes questions. Le but ultime de la manœuvre ? Qu'un agent du FBI confirme sous serment que Roberto Sanz coopérait avec lui dans une enquête sur sa propre unité. Que j'y parvienne et Lucinda Sanz sortirait libre du prétoire, je n'en doutais pas.

La répétition se passa plutôt bien. J'installai Cisco Wojciechowski au banc de justice afin que les témoins sentent bien qu'une présence intimidante les observait pendant leur témoignage. Bosch se montra bon à la barre – il avait témoigné des centaines d'heures durant toute sa carrière. Shami Arslanian, elle, fut aussi charmante et professionnelle qu'à son habitude et dans le rôle de Stephanie Sanger, Jennifer Aronson m'abreuva de sarcasmes et de réponses en un mot, mais je réussis à polir les questions à lui renvoyer et remplis mon contrat. La seule mouche dans le potage fut un Silver qui ne cessa de gonfler sa valeur et ses compétences en réponse à mes premières questions. Cela m'obligea à revoir la façon dont j'allais devoir l'interroger lorsqu'il témoignerait pour de bon.

Pour moi, la journée avait été bonne. Nous nous quittâmes à cinq heures de l'après-midi et j'emmenai tout le monde, même Silver, dîner tôt Chez Musso. Un solide esprit de camaraderie soudant l'équipe, nous levâmes tous nos verres, remplis d'alcool ou non, à la victoire de Lucinda Sanz et jurâmes de faire de notre mieux pour elle.

Il était plus de vingt heures lorsque je me garai dans mon sous-sol. J'avais l'intention de me coucher tout de suite afin d'être frais et dispos le lendemain matin. Je fermai mon garage et montai lentement l'escalier. J'étais à trois marches de chez moi lorsque je vis un homme assis sur un des tabourets de bar au bout de ma terrasse. Il me tournait le dos, les pieds sur le repose-pieds. Il donnait l'impression de se détendre et contemplait les lumières de la ville. Il ne manquait qu'une bouteille de bière dans le tableau.

Il me parla sans se retourner.

— Ça va faire deux heures que je vous attends, me lança-t-il. Je me disais qu'un dimanche soir, vous seriez chez vous.

J'avais les clés dans ma main et la porte étant en haut des marches, je savais que je pouvais arriver à la poignée et l'ouvrir avant qu'il me tombe dessus. Mais quelque chose me disait que si on avait eu l'intention de m'intimider ou de me faire mal, je n'aurais pas eu affaire à un seul type assis tranquillement au bout de ma terrasse de devant. J'alignai les clés dans ma main afin que l'une d'entre elles dépasse entre mes doigts et inflige quelques dommages au cas où je devais lui donner un coup de poing. Et j'avançai prudemment. Je m'approchais de l'inconnu lorsque je ressentis comme une décharge électrique : il portait un masque balistique noir qui lui couvrait toute la figure.

— Détendez-vous, reprit-il. Si j'avais voulu vous descendre, vous seriez déjà par terre.

— Alors, c'est pour quoi, ce masque ? lui demandai-je. Et qui êtes-vous, bordel ?

Il posa ses pieds sur la barre du bar et se détourna de la vue.

— Je vous croyais plus astucieux, Haller, me renvoya-t-il. Je ne veux évidemment pas que vous voyiez mon visage.

Je compris soudain à qui j'avais affaire.

— Le très fuyant agent MacIsaac, dis-je.

— *Bravo*[1] !

— Quelque chose me laisse entendre que vous n'êtes pas venu ici pour m'assurer que vous allez témoigner.

— Non, je suis ici pour vous assurer que je ne le ferai pas et que vous, vous allez devoir laisser tomber tout ça.

— J'ai une cliente innocente et je pense que vous pouvez m'aider à le prouver. Je ne peux donc pas « laisser tomber tout ça ».

— Vous aider à le prouver n'implique pas forcément que je doive témoigner.

Je réfléchis longuement à ces mots en fixant du regard les yeux derrière les fentes ovales du masque. Avant que je puisse formuler ma question suivante, il m'en posa une :

— Pourquoi croyez-vous que je ne puisse pas témoigner ? Pourquoi l'attorney général serait-il prêt à défier un juge fédéral s'il fallait en arriver là ?

— Parce que le Bureau sera bien embarrassé par ce qui sera révélé au procès : à savoir que le FBI a été d'accord pour laisser Lucinda Sanz repartir en prison alors que ce sont les actes d'un de ses agents qui ont conduit à la mort de son ex-époux.

Il rit. D'un rire qu'étouffait son masque, mais que j'entendis et qui me mit en colère.

— Vous allez le nier même ici ? lui lançai-je. Sanger vous a vu rencontrer Sanz. Une heure plus tard, celui-ci était mort et Lucinda portait le chapeau et partait en prison. Pendant ce temps-là, au Bureau… vous regardez ailleurs ?

— Je veux vous aider, mais vous ne savez strictement rien de ce qui s'est passé, me contra-t-il.

1. En français dans le texte.

— Ne me prenez pas pour un idiot, agent MacIsaac. Pourquoi refusez-vous de témoigner et c'est quoi, ce masque, bon sang ?

— On pourrait discuter à l'intérieur ? Je n'aime pas trop parler dehors.

— Non, on ne va pas entrer chez moi. Pas tant que vous ne m'aurez pas dit pourquoi vous êtes vraiment ici.

— Si vous voulez me tenir ici pour m'avoir sur caméra de surveillance, c'est râpé.

Je me retournai et regardai la caméra Ring que j'avais fait installer sous la poutre de l'auvent après mon cambriolage six mois plus tôt. Une casquette de baseball des Dodgers en couvrait la lentille.

— Mais c'est quoi, ça, merde ? m'écriai-je.

— Je ne suis même pas censé être ici, me répondit-il. Je suis venu parce que je comprends ce que vous faites. Mais notre affaire à nous remonte à plus de cinq ans. Depuis, nous sommes passés à autre chose et je travaille sur un dossier où il en va de la sécurité nationale. Je ne peux pas être vu dans un tribunal parce que je ne peux pas prendre de risques dans cette affaire. Des gens pourraient mourir. Vous comprenez ?

— Vous êtes en train de me dire que vous ne pouvez pas me montrer votre visage parce que vous êtes sous couverture ?

— En partie, oui.

— Il n'y a pas de caméras dans ce prétoire. On pourrait même se débrouiller pour vous faire témoigner dans la chambre de la juge. Pour ce que j'en ai à foutre, vous pourriez même porter votre masque.

Il fit non de la tête.

— Je ne peux même pas m'approcher de ce tribunal. Il est sous surveillance.

— De qui ?

— Pas question de causer de ça. Ça n'a rien à voir avec votre affaire. L'essentiel là-dedans, c'est que vous devez laisser tomber. Nous ne pouvons pas nous permettre que ceci ou cela s'étale dans les médias. Il pourrait y avoir des photos dont ces gens pourraient se servir. Et si ça se produit, je suis mort et l'affaire sur laquelle je travaille aussi.

— Je suis donc censé me contenter de laisser ma cliente repartir en prison pendant que vous, vous continuez à bosser sur votre truc d'intérêt national.

— Écoutez, au début j'ai cru que c'était elle qui avait fait le coup, d'accord ? Pendant toutes ces années, je lui en ai voulu parce que tuer Roberto Sanz mettait un point final à notre enquête. Mais voilà que vous arrivez et moi, je suis l'affaire et je commence à voir ce que vous, vous voyez. Je pense que vous tenez quelque chose, mais je ne peux pas vous aider au tribunal.

— Bon alors, que pouvez-vous faire pour moi ? Pour elle ?

— Vous dire que Roberto Sanz n'était pas un héros, mais que d'une certaine façon, il essayait d'en être un.

— La fusillade au Flip n'avait rien d'une embuscade. Il les arnaquait. Dites-moi quelque chose que je ne sais pas.

— Il avait accepté de porter un micro. Le jour où nous nous sommes retrouvés, il m'a dit qu'il était prêt. Nous allions faire tomber toute l'unité. Mais une heure plus tard, tout était fini.

— Parce que Sanger vous avait vus.

— Je ne savais pas.

— C'est évident. Permettez que je vous pose une question : c'est Roberto qui vous avait contacté ou l'inverse ?

— C'est lui qui est venu nous voir. Il voulait se racheter et tenter de remettre les choses au droit. La clique à laquelle il appartenait allait trop loin.

— Dites-moi : s'il s'est fait tuer juste après que vous l'avez vu, comment pouviez-vous penser que c'était son ex qui l'avait abattu ?

Pour la première fois, MacIsaac parut réfléchir sérieusement à la question.

— Par arrogance, répondit-il. Nous appartenons au FBI. Nous ne commettons pas ce genre d'erreurs. Pour moi, cette rencontre ne posait pas de problèmes. J'avais du renfort et nous n'avions vu personne le suivre à la trace. Et quand j'ai lu les preuves retenues contre votre cliente, l'histoire des restes de poudre et autres, j'ai dû croire ce que je voulais croire. On a arrêté l'enquête et on est passés à autre chose.

— Et pendant ce temps-là, une innocente a macéré cinq ans en cellule. Superbe, l'histoire ! Tout ça avec l'argent de nos impôts ! Vous allez devoir me donner quelque chose, MacIsaac, ou tout ça sort au grand jour. Que vous veniez ou ne veniez pas à la barre, je vais tout révéler. J'ai déjà commencé. Et si j'obtiens de la juge qu'elle vous oblige à témoigner et que ça vous pète votre couverture, je m'en moque : Lucinda Sanz ne retournera pas en prison. Est-ce que vous comprenez ?

— Je comprends. Et j'ai quelque chose pour vous. C'est pour ça que je suis ici. Je veux faire un échange. Sanz m'a dit des choses pendant cette rencontre : cette clique était du menu fretin. Ses membres travaillaient pour quelque chose de bien plus gros.

— Qui ?

— Plutôt « quoi ». Mais entrons chez vous pour en parler.

— C'est quoi, cette obsession que vous avez d'entrer chez moi ?

— On est exposés, ici.

Je savais qu'à l'intérieur ou à l'extérieur de chez moi, je ne pouvais pas faire confiance à cet homme. Mais je devais savoir ce qu'il savait.

Je me rendis compte que j'avais toujours la main gauche serrée en un poing d'où dépassait ma clé telle une arme. Je la relâchai et ma clé retomba dans ma paume.

— OK, dis-je. Entrons.

Neuvième partie

UNE VRAIE CROYANTE

CHAPITRE 38

Bosch était inquiet. La répétition de la veille s'était bien passée. Dans le rôle de l'attorney général adjoint Hayden Morris, Mickey Haller l'avait interrogé sérieusement, en appuyant sans pitié sur son inexpérience dans l'art de recourir aux données cellulaires dans une enquête pour homicide. Bosch avait bien résisté, autant de son propre avis que de celui de Haller, et pensait être prêt à contrer tout ce que Morris lui jetterait à la figure. Mais maintenant, alors qu'assis dans le box des témoins, il attendait que Coelho rouvre la séance, il se sentait inquiet parce que Morris n'était pas seul à sa table. À côté de lui se tenait une femme en qui il reconnaissait une ancienne procureure du comté. Elle s'y connaissait et était si impitoyable qu'on lui avait donné le surnom de Maggie McFierce[1]. C'était aussi l'ex-épouse de Haller et la mère de son unique enfant.

Maggie McPherson avait jadis pris un congé pour aider son ex le jour où il avait été accusé de meurtre. Haller ayant fini par être blanchi, elle était retournée à Ventura où elle dirigeait l'unité des Major Crimes au bureau du district attorney. Mais ces infos étaient manifestement anciennes et il était maintenant clair qu'elle travaillait pour l'attorney général. Elle s'était lancée dans un tête-à-tête avec Morris et assise à la table de

1. Soit Maggie McFéroce.

l'accusation, elle lui chuchotait des choses à l'oreille. Devant elle s'empilait l'épaisse sortie d'imprimante contenant les données d'AT&T que Haller avait transmises lors de l'échange des pièces entre les parties. Morris avait engagé une star et Bosch savait que c'était elle qui allait mener son contre-interrogatoire.

Il jeta un coup d'œil à la table de la requérante pour voir si Haller montrait le moindre signe d'inquiétude ou donnait des indications sur la manière dont il entendait jouer le coup. Mais c'était surtout le retour de Lucinda Sanz de la souricière qui le préoccupait. Enfin elle prit place à côté d'Haller : le marshal l'attacha à l'anneau de la table et Haller regarda toute la salle. Il y remarqua la journaliste dont il avait parlé à Bosch, lui adressa un hochement de tête et poursuivit son inspection. Bosch accrochant son regard, Haller lui adressa un signe – paume de la main à plat – pour lui enjoindre de rester calme.

Bosch pensa qu'il était tout aussi surpris que lui par la présence de Maggie McPherson, mais l'avocat à la Lincoln avait l'air cool, calme et en possession de ses moyens.

Témoigner dans des affaires criminelles n'avait rien de nouveau pour Bosch. Il s'était présenté à la barre des centaines de fois. En y pensant pendant le week-end, il s'était rendu compte que le premier jour où on lui avait demandé de témoigner remontait à 1973, dans une affaire de drogue. Agent de patrouille à l'époque, il n'arborait qu'une seule barrette sur la manche de son uniforme. Il avait trouvé trente grammes de marijuana en palpant un type qui traînait près du lycée de Dorsey High. Après toutes ces années, il se rappelait encore clairement le suspect qu'il avait interpellé. Légalement, l'individu s'appelait Junior Teodoro et, âgé de vingt ans, avait laissé tomber ses études dans cet établissement. Une alerte avait été lancée le matin même à l'appel pour faire savoir qu'un dealer s'était installé près de l'école. Quand Bosch et son partenaire du moment avaient repéré Teodoro, ils avaient bondi si rapidement sur lui qu'ils l'avaient coincé en possession de la marchandise.

Bosch avait témoigné lors de l'audience préliminaire. Après que Teodoro avait été déféré devant la cour, son avocat et lui avaient négocié un plaider-coupable, et si Bosch se rappelait si bien l'affaire, c'était parce que Junior Teodoro avait eu droit à sept ans de prison pour quelque chose qui, cinquante ans plus tard, n'était même plus considéré comme un crime. Bosch avait souvent réfléchi à la manière dont le passage du temps peut changer ce qui jadis était considéré comme juste en quelque chose qui a cessé de l'être, et de loin. Il repensait à la façon dont cette arrestation et la lourde condamnation qui avait suivi avaient affecté l'existence de Teodoro. Lorsqu'il travaillait encore au LAPD, Bosch avait suivi son parcours dans le système judiciaire de la Californie en y cherchant son nom de temps en temps. Pour Teodoro, l'entrée de la prison n'avait plus été fermée que par une porte tambour. Chaque fois que Bosch le trouvait, Teodoro était ou de retour en taule ou en liberté conditionnelle après en être sorti. Un demi-siècle plus tard, Bosch se sentait toujours hanté par le rôle qu'il avait joué en lançant Teodoro dans ce chemin. C'était même ce qui l'inquiétait maintenant – que d'une manière ou d'une autre, son témoignage interdise à Lucinda Sanz de l'emporter dans sa tentative de retrouver la liberté et que cela le hante jusqu'à la fin de ses jours.

Morris et McPherson ayant fini de se chuchoter des choses à l'oreille, cette dernière s'empara d'une mince mallette posée sur le sol et en sortit un bloc-notes. Elle y porta quelques mots et, prête à l'apporter au lutrin avec elle, le posa sur les sorties d'imprimante. Puis elle jeta un coup d'œil à Bosch et le surprit en train de la fixer du regard. Et sentant peut-être son inquiétude, elle lui sourit. Dans toutes les affaires auxquelles il avait pris part, aucune n'avait eu McPherson comme procureure, mais il savait qu'au prétoire, c'était une vraie tueuse. Il comprit alors qu'il n'y avait aucune sympathie dans son sourire. C'était le genre de sourire qu'a le chat pour la souris qu'il a bloquée dans un coin.

L'ordre de se lever ayant été proféré par le marshal du prétoire, la juge Coelho s'installa au banc de justice et remarqua Bosch dans le box des témoins.

— Asseyez-vous, je vous prie, dit-elle. Je vois que l'inspecteur Bosch est déjà en place, mais avant que nous démarrions son contre-interrogatoire, nous avons quelques points à régler.

Plutôt que de s'asseoir, Bosch se tourna pour sortir du box.

— Ne vous inquiétez pas, inspecteur Bosch, reprit Coelho. Ça ne devrait pas prendre longtemps. Vous pouvez vous asseoir.

Il s'exécuta et remarqua qu'elle l'avait appelé « inspecteur Bosch ».

— Maître Morris, enchaîna-t-elle, je vois que vous avez élargi votre équipe.

— Oui, Votre Honneur, répondit-il en se levant pour s'adresser à la cour. C'est l'assistante de l'attorney général, Margaret McPherson, qui procédera à l'interrogatoire de M. Bosch. Elle est connue pour son expertise dans les matières sur lesquelles il a témoigné la semaine dernière.

— Eh bien, voilà qui répond à la question de savoir s'il y aura un contre-interrogatoire, dit la juge. Maître Haller, avez-vous quelque chose que vous aimeriez porter à l'attention de la cour ?

— Bonjour, Votre Honneur, dit Haller en se levant. En fait, oui. La plaignante s'oppose à l'ajout de Mme McPherson à l'équipe de l'État de Californie au motif qu'il y a conflit d'intérêts.

Morris se releva d'un bond.

— Un instant, maître Morris, lui lança Coelho. De quelle nature est ce conflit, maître Haller ?

— Mme McPherson et moi avons un moment été mari et femme.

Bosch se retourna pour voir la réaction de la juge. Il était clair qu'elle ignorait tout du passé marital des deux avocats qu'elle avait en face d'elle.

— Intéressant, fit-elle remarquer. Je n'en avais pas conscience. Quand avez-vous été mariés ?

— Cela remonte à assez loin, Votre Honneur, lui répondit Haller. Mais il nous en reste une fille aujourd'hui adulte et des liens qui se poursuivent ainsi que des différends sur la dissolution de ce mariage et ses conséquences.

— Comment cela, maître Haller ?

— Votre Honneur, je crois que Mme McPherson nourrit quelque ressentiment concernant sa carrière de procureure du comté de Los Angeles qui serait... contrariée par ses relations avec moi. Je ne voudrais pas que cela interfère avec la possibilité que ma cliente ait droit à une écoute juste et impartiale des faits mentionnés dans sa motion.

— Maître Morris, lança Coelho en concentrant son attention sur lui, avez-vous l'intention d'amener un conflit extérieur à cette procédure dans cette cour ?

— Aucunement, Votre Honneur. Comme je l'ai déjà dit officiellement, Mme McPherson est l'experte en données cellulaires au bureau de l'attorney général de Californie. C'est même pour cette raison qu'elle a été débauchée du bureau du procureur du comté de Ventura. Il s'agit d'un domaine assez récent du droit fréquemment qualifié de « nouveaux éléments de preuve » lorsqu'il est mentionné dans un mémoire d'appel ou d'*habeas corpus*. Grâce à l'ajournement que la cour nous a accordé, j'ai apporté le matériel qui nous a été transmis la semaine dernière à notre experte, Mme McPherson, qui l'a analysé pour se préparer au contre-interrogatoire de ce témoin. Il n'y a aucun conflit, Votre Honneur. Je crois comprendre que ce mariage est dissous depuis bien plus longtemps qu'il n'a existé. Il n'y a aucun problème de droit de garde dans la mesure où leur unique enfant est aujourd'hui adulte et vit en toute indépendance. Il n'y a donc aucune dispute entre eux, madame la juge. En fait, il y a deux ans de cela, Mme McPherson s'est même mise en congé du bureau du procureur de Ventura pour offrir son aide juridique à maître Haller lorsque celui-ci a été accusé d'un crime.

— Tout cela est-il vrai, maître Haller ?

— Il est exact qu'il n'y a entre nous aucun problème de droit de garde ni autre, madame la juge. Mais à plus d'une occasion, il m'a été reproché des revers, des rétrogradations et des altérations dans la carrière de Mme McPherson et, ainsi que je l'ai dit plus tôt, je ne voudrais pas que la moindre rancœur prive Lucinda Sanz d'une juste et impartiale écoute de sa demande.

Coelho fronça les sourcils, et Bosch comprit pourquoi. C'était à elle, la juge, qu'il revenait d'être juste et impartiale. L'argument de Haller frappait la mauvaise cible, mais avant même qu'elle puisse s'exprimer, Maggie McFierce attaquait :

— Puis-je être entendue, Votre Honneur ? lança-t-elle. Tout le monde parlant de moi, il me semble que je devrais avoir l'autorisation de répondre.

— Allez-y, madame McPherson. Mais soyez brève. Nous ne sommes pas au tribunal des affaires familiales et je ne veux pas que cette audience se transforme en analyse d'un mariage qui a capoté et des griefs qui pourraient encore en découler.

— Je serai très heureuse d'être brève, dit McPherson. Le fait est que je n'ai aucun grief contre mon ex-mari. L'union d'une procureure et d'un avocat de la défense fut compliquée, mais s'est achevée il y a longtemps. Comme maître Haller, je suis passée à autre chose et notre fille est maintenant une femme qui trace sa propre route dans le monde. Maître Morris n'était même pas au courant de notre passé marital lorsqu'il est venu me voir la semaine dernière pour me demander de jeter un coup d'œil sur le matériel qui nous avait été donné dans l'échange entre les parties. Ce n'est qu'au moment où j'ai commencé à travailler ce dossier que je me suis aperçue qu'il s'agissait d'une affaire de mon ex-mari et que le témoin n'était autre que M. Bosch, que j'ai croisé de temps en temps. J'en ai immédiatement informé maître Morris, mais en lui précisant, comme je le fais maintenant devant cette cour, que maître Haller et moi n'avions aucun conflit d'intérêts. Nos relations de parents d'une jeune femme ne sont en rien conflictuelles et je n'ai aucun grief contre lui, sa cliente ou son témoin.

— Je ne suis pas certaine que ç'ait été si bref que cela, mais la cour apprécie l'honnêteté de l'avocate, dit Coelho. Autre chose, maître Haller ?

— Je m'en remets à vous, répondit-il d'un ton qui sentait la défaite.

Il savait comment cela allait tourner.

— Très bien, dit-elle. Il est de la responsabilité de cette cour de rester juste et impartiale dans l'écoute des éléments de preuve et dans l'établissement de la vérité des faits. Et j'ai l'intention de faire respecter ce devoir. Cette objection n'est pas retenue. Maître Haller, y a-t-il maintenant autre chose que vous voudriez soulever devant nous avant qu'il soit procédé à l'interrogatoire du témoin ?

— Pas pour l'instant, madame la juge.

Coelho marqua une pause et regarda Haller. Bosch savait qu'elle s'attendait à ce qu'il annonce avoir d'autres éléments de preuve à échanger avec l'attorney général. Mais il n'y avait toujours pas de résultats de l'analyse d'ADN ordonnée la semaine précédente, et cela signifiait que Haller ne saurait pas s'il avait d'autres preuves pour aider Lucinda Sanz à l'emporter avant que Shami Arslanian ne l'appelle de l'Applied Forensics où elle s'était installée pour superviser le travail.

— Très bien, répéta Coelho. Alors procédons. Madame McPherson, le témoin est à vous.

CHAPITRE 39

Tout cela ne rappelait que trop à Bosch à quel point il s'était écarté de sa mission. Maggie McFierce était une vraie croyante, une procureure qui n'avait jamais cédé à la tentation de ne plus chercher la justice pour rejoindre un secteur privé des plus rémunérateurs. Elle n'avait jamais dévié de cette voie et si ses fonctions et les structures pour lesquelles elle travaillait avaient changé de nature, elle était, elle, restée fidèle à sa vocation. Alors que lui, Harry Bosch, auparavant comme elle un vrai croyant, était sur le point de se faire pilonner de questions à la barre de la même façon que tant de témoins de la défense qu'il avait vus par le passé.

McPherson allait prouver que tel le mercenaire de la défense qu'il était devenu, il mentirait comme un mercenaire, arrondirait les angles et ne chercherait que le truc qui obscurcit la vérité, voire la cache entièrement. Il ne faisait aucun doute qu'elle s'était renseignée sur lui et connaissait ses points faibles. Et ce fut tout de suite qu'elle tenta de les exploiter.

— Monsieur Bosch, lança-t-elle, depuis combien de temps travaillez-vous comme enquêteur de la défense ?

— Euh, en fait, je ne l'ai jamais fait.

— Mais vous travaillez bien pour maître Haller, n'est-ce pas ?

— Je travaille effectivement pour lui, mais sur un projet qui n'implique aucun travail de défense.

— N'avez-vous pas travaillé pour la défense de maître Haller lorsqu'il a été accusé d'un crime ?

— Plutôt comme conseiller. Comme vous l'avez été. Parce que vous pensez n'avoir jamais, vous, travaillé pour la défense ?

— Ici, ce n'est pas moi qui réponds aux questions.

— Excusez-moi.

— Vous êtes donc en train de dire à la cour que pour vous, travailler pour Lucinda Sanz, une meurtrière reconnue et condamnée, n'est pas du travail de défense ?

— Maître Haller m'a embauché pour étudier des affaires impliquant des condamnés qui se proclament innocents. Il voulait que j'étudie leurs dossiers pour voir si l'un d'entre eux semblait plausible ou digne d'un examen plus approfondi. Le cas de Lucinda Sanz en faisant partie, j'ai...

— Merci, monsieur Bosch, je ne vous ai pas demandé de me détailler toute l'affaire. Mais diriez-vous donc que travailler sur le cas de Lucinda Sanz n'est pas du travail de défenseur ?

— Exactement. Ce n'est pas du travail de défenseur. C'est du travail qui porte sur la vérité.

— Très astucieux, ça, monsieur Bosch. Mais qu'arrive-t-il dans votre prétendue recherche de la vérité si vous tombez sur un élément de preuve qui prouve que quelqu'un est bien coupable du crime pour lequel il a été condamné ?

— J'informe maître Haller que ça ne marche pas et nous passons à autre chose. Je prends le dossier suivant et...

— Et tel que vous venez d'en délimiter les contours, ce scénario vous est-il jamais arrivé ?

— Euh... oui. En fait même, il y a à peine quelques mois.

— Expliquez donc cela à la cour.

— Eh bien, il y avait un type, un certain Coldwell, qui avait été condamné pour avoir embauché un tueur à gages afin d'assassiner son partenaire dans une affaire d'investissements. C'est assez largement le témoignage de ce tueur à gages qui lui avait valu sa condamnation. Ce mercenaire avait d'ailleurs été accusé lui aussi, mais comme il coopérait avec le procureur... Il avait déclaré avoir touché vingt-cinq mille dollars en liquide pour faire le boulot. Un autre élément de preuve à charge incluait les comptes bancaires dudit Coldwell. L'accusation avait été en mesure de montrer que vingt-cinq mille dollars exactement s'y étaient accumulés sous forme de retraits et de chèques que celui-ci rédigeait pour des amis qui les touchaient et lui en restituaient le montant.

— Qu'est-ce qui vous a fait croire à son innocence ?

— Je n'y ai pas cru, mais pour moi, son dossier pouvait mériter un deuxième examen. Lorsque je l'ai interrogé, Coldwell m'a affirmé pouvoir expliquer ces vingt-cinq mille dollars et me donner des renseignements qu'il avait eus en prison et qui tous accableraient le tueur à gages. Je vous épargne les détails de l'histoire, mais j'ai alors déterminé qu'il était coupable et nous avons laissé tomber.

— Non, je vous en prie, ne nous épargnez pas les détails. Qu'est-ce qui le rendait coupable... à vos yeux ?

— Il m'a raconté qu'il avait donné cet argent à une maîtresse et qu'il n'avait pas pu le mentionner à son procès parce qu'il était encore marié et que c'était son épouse qui réglait ses frais d'avocat. S'il avait présenté cette maîtresse à la barre, son épouse lui aurait coupé les vivres. Mais comme il se trouve que deux ou trois ans après sa condamnation, sa femme avait divorcé d'avec lui, il était maintenant prêt à se servir de sa maîtresse. Il m'a aussi raconté qu'un des détenus transférés de la prison où ce tueur à gages avait terminé, à savoir celle de Soledad, lui avait dit que son tueur à gages se vantait d'avoir fait porter le chapeau de ce crime à Coldwell.

— OK, arrêtons là. Je pense qu'il est temps de passer à l'affaire qui nous occupe.

Haller éleva aussitôt une objection.

— Votre Honneur, c'est Mme McPherson qui a ouvert cette porte, dit-il. Et voilà que tout soudain elle veut la claquer parce qu'elle sait que terminer cette histoire pourrait montrer que notre témoin est intègre et que cela ne colle pas avec le plan du procureur de l'État de s'en prendre à sa crédibilité.

Coelho n'hésita pas un instant à soutenir cette objection.

— La défense a raison, dit-elle. Cette porte a bien été ouverte, et en grand, par l'accusation et moi, j'aimerais entendre la fin de l'histoire. Le témoin continuera donc de répondre s'il a encore des choses à dire.

Haller fit un signe de tête à Bosch, remercia la juge et se rassit.

— J'ai appelé l'Administration pénitentiaire et pu déterminer que le tueur à gages et le détenu transféré mentionné par Coldwell ne s'étaient jamais trouvés dans la même aile de cellules et n'auraient donc jamais pu se croiser alors qu'ils étaient tous les deux incarcérés dans cette prison, ce qui lui flanquait toute son histoire par terre. Après, j'ai parlé avec la maîtresse, mais ce n'était pas une bonne menteuse. Il ne m'a fallu qu'environ vingt minutes pour lui casser son histoire. Elle a reconnu que Coldwell ne lui avait pas donné ses vingt-cinq mille dollars et qu'elle avait, elle, menti sur ce point parce qu'il lui avait promis cet argent lorsqu'il sortirait de prison et attaquerait l'État de Californie pour condamnation et incarcération frauduleuses. Et là, c'était fini. On a laissé tomber… Mickey et moi.

— Ainsi, monsieur Bosch, ce que vous voulez faire savoir à la cour, c'est que vous décidez en fonction de ce que vous voyez.

— Je ne sais pas si c'est une question, mais oui, je décide en fonction de ce que je vois.

— OK, d'accord, parlons donc de l'affaire Sanz et de la façon dont vous la voyez. D'accord, monsieur Bosch ?

— C'est pour ça que je suis ici.

— Savez-vous ce qu'est le géorepérage, monsieur Bosch ?

— Oui, c'est une espèce de grand mot pour dire comment on suit un portable à l'aide de ses données cellulaires.

— C'est devenu un outil fort utile pour les forces de l'ordre, n'est-ce pas ?

— Oui.

— Dans votre interrogatoire, vous avez déclaré avoir travaillé sur des centaines d'homicides, exact ?

— Exact.

— Dans combien de ces affaires avez-vous eu recours au géorepérage ?

— Aucune. Cette technologie n'est apparue qu'après mon départ à la retraite.

— D'accord, et donc combien de fois y avez-vous eu recours en qualité d'enquêteur privé ?

— Aucune.

— Et en tant qu'enquêteur ne travaillant pas pour la défense mais pour maître Haller ?

— C'est la première fois, dans cette affaire.

— Dans une seule affaire donc. Diriez-vous que cela fait de vous un expert en géorepérage ?

— Un expert ? Je ne sais pas ce qui en ferait un. Je sais lire et placer ces données sur une carte, si c'est cela que vous voulez dire.

— Comment avez-vous appris à lire et placer ces données sur une carte ?

— J'ai eu un peu d'aide de la part de maître Haller qui, lui, s'était familiarisé avec le géorepérage au cours d'affaires précédentes. Mais j'ai surtout appris en étudiant le guide des ressources internes du FBI à l'usage des agents travaillant dans ce genre d'enquêtes. L'ouvrage a été établi par l'équipe du Bureau spécialisée dans l'analyse des données cellulaires et, en gros, se résume à un manuel d'utilisation pour ses agents. C'est très détaillé – ça fait plus d'une centaine de pages – et je l'ai lu deux fois avant de travailler sur les données que nous avions reçues dans cette affaire.

McPherson ne s'attendait pas à une réponse aussi complète et passa vite aux sarcasmes pour masquer l'erreur qu'elle avait commise en posant cette question.

— C'est donc aussi simple que ça, dit-elle. On suit un cours en ligne et on devient un expert.

— Ce n'est pas à moi de dire si je suis un expert ou pas, lui renvoya-t-il. Mais c'était bien le cours en ligne du FBI, si vous tenez à lui donner ce nom. Il a été conçu pour que n'importe quel agent puisse suivre et porter sur une carte les déplacements d'un téléphone portable. Et si vous suggérez que je m'y suis mal pris ou me suis trompé, je proteste. Je pense m'y être bien pris et cela pose des tas de questions sur la culpabilité de Lucinda Sa…

— Je demande que la réponse du témoin soit considérée comme une non-réponse.

McPherson jeta un coup d'œil au banc de justice, mais avant même que Coelho puisse réagir, Haller se leva.

— Comme une non-réponse ? répéta-t-il. Il n'a même pas eu le temps de la terminer !

— Contentons-nous de passer à la question suivante, dit Coelho qui n'avait pas envie d'en débattre avec les deux parties. Poursuivez, madame McPherson.

Haller se rassit. Bosch le regarda pour la première fois depuis le début de son interrogatoire. Haller y alla d'un hochement de tête et d'un petit coup de poing dans sa poitrine, où Bosch vit un encouragement pas vraiment secret à continuer dans cette voie.

— Monsieur Bosch, reprit McPherson, en attirant à nouveau son attention sur elle. Êtes-vous malade ?

Haller se dressa d'un bond.

— Mais qu'est-ce que c'est que ça, Votre Honneur ?! s'écria-t-il. L'accusation n'a aucun droit de poser des questions sur la santé du témoin ! Quel rapport cela a-t-il avec quelque sujet que ce soit ici devant cette cour ?

— Madame McPherson, qu'êtes-vous en train de faire ? demanda Coelho en lui jetant un regard sévère.

— Votre Honneur, lui répondit celle-ci, si la cour me permet, ce que je fais ici deviendra tout à fait clair et maître Haller en est conscient. Si elle affecte son travail, la santé du témoin constitue un vrai problème.

— Vous pouvez poursuivre, jugea Coelho. Mais en faisant attention.

— Merci, Votre Honneur, dit McPherson avant de recentrer son attention sur la barre et de demander :

— Monsieur Bosch, êtes-vous présentement soigné pour un problème médical ?

— Non, répondit Bosch.

McPherson eut l'air surpris, mais le masqua rapidement.

— Mais n'avez-vous pas été soigné récemment pour un problème médical ?

Bosch hésita comme s'il réfléchissait à la manière de formuler sa réponse.

— J'ai été soigné au début de cette année.

— Soigné pour quoi ?

Haller, qui semblait sentir où cela pouvait conduire, se remit debout pour élever une objection.

— Votre Honneur, demander à un témoin son numéro de téléphone la semaine dernière a fait sortir maître Morris de ses gonds. Mais aujourd'hui, il serait OK de ramener le passé médical d'un témoin dans notre affaire ? N'y aurait-il donc plus de limites à la violation de la vie privée dans cette enceinte ?

— Maître Haller n'a pas tort sur ce point, madame McPherson, dit Coelho.

— Votre Honneur, l'état de santé du témoin est important dans cette affaire et je peux montrer pourquoi si j'ai l'autorisation de continuer, la contra McPherson. Maître Haller le sait et c'est pour cela qu'il sort de ses gonds à lui.

— Faites vite, madame McPherson, dit la juge. Ma patience est à bout.

Haller se rassit et Coelho informa Bosch qu'il devait répondre à la question.

— J'ai été soigné pour un cancer, dit-il. J'ai pris part à un essai clinique qui s'est terminé il y a presque six mois.

— Et ce traitement a-t-il été couronné de succès ?

— Les médecins semblent le penser. Ils m'ont dit que je suis en rémission partielle.

— Et ce traitement n'avait-il pas pour but de tester une drogue thérapeutique ?

— Si.

— Laquelle ?

— En fait, il s'agit d'un isotope. Le lutétium 177, je crois.

— Subissiez-vous ce traitement lorsque vous travailliez sur cette affaire ?

— Oui. Il se réduisait à une matinée par semaine, sur une durée de douze jours.

— Et quels sont les effets secondaires possibles dus à ce lutétium 177 ?

— Euh, eh bien… de la nausée, des acouphènes, une grande fatigue. Il y en a toute une liste, mais en dehors de ceux que je viens de mentionner, je n'en ai pas vraiment eu.

— La confusion mentale et la perte de mémoire ?

— Euh… je crois que cela figure dans la liste, mais je n'en ai pas été atteint.

— Avez-vous éprouvé une quelconque déficience cognitive lorsque vous travailliez sur ce dossier ?

— Votre Honneur ? Vraiment ? lança Haller les bras étendus en un geste d'imploration.

Coelho lui montra sa chaise vide.

— Votre objection a été refusée, dit-elle. Asseyez-vous, maître Haller.

Ce dernier obéit lentement.

— Avez-vous besoin que je répète ma question ? reprit McPherson à l'adresse de Bosch.

— Non, je m'en souviens, merci. La réponse est non, je n'ai éprouvé aucune déficience cognitive.

— En avez-vous parlé à un médecin ou passé un test cognitif ces six derniers mois ?

— Non, je ne l'ai pas fait.

McPherson baissa les yeux sur un document qu'elle avait apporté au lutrin avec elle.

— Avez-vous rapporté un cambriolage à la police au début de l'année ?

— Euh… oui, en effet.

— Et cela s'est-il produit alors qu'on vous soignait à l'isotope 177 ?

— Oui.

McPherson demanda à Coelho la permission de s'approcher du box des témoins avec un document qu'elle qualifia d'élément de preuve de l'accusation numéro un avant d'en donner une copie à la juge et à Haller. Bosch regarda ce dernier la lire et vit l'inquiétude se dessiner dans ses yeux. Haller se remit debout et éleva une objection au motif que ce document ne lui avait pas été soumis dans l'échange des pièces entre les parties.

— Présenté à charge comme preuve du contraire, Votre Honneur, dit McPherson. Le témoin vient de nous déclarer qu'il n'avait eu aucun problème cognitif.

— Accepté, dit Coelho.

Bosch se prépara au pire tandis que McPherson s'approchait de lui avec un exemplaire du document avant de regagner le lutrin.

— Monsieur Bosch, dit-elle, ceci est-il la déclaration que vous avez faite à la police sur le prétendu cambriolage dont vous avez été victime à votre domicile de Woodrow Wilson Drive ?

— Euh… ça y ressemble. C'est bien mon adresse. Mais c'est la première fois que je vois ce rapport.

— Eh bien, vous avez été officier de police, non ? Ce document vous paraît-il officiel ?

— Oui.

— Pourriez-vous donc lire le paragraphe rédigé par l'officier qui vous a reçu et que j'ai surligné en jaune ?

— Euh, oui. Il y est dit : « Lorsque nous l'avons interrogée, la victime nous a semblé perdue… peu certaine qu'un cambriolage ait eu lieu. La victime est malade et sous traitement. Possibilité de… démence. Fouille des lieux alors effectuée. Aucun signe de cambriolage. Aucun suivi exigé. »

Bosch eut l'impression d'avoir la nuque et le dos en feu. Il n'en revenait pas de ce que l'officier de police avait écrit.

— Je n'étais pas perdu ! s'exclama-t-il. Parce que rien ne m'avait été pris, je n'étais pas certain qu'il y ait eu un cambriolage. C'est tout. Et ce mot de « démence », c'est lui qui l'a écrit. Pas…

— Votre Honneur, je demande de supprimer ce commentaire du témoin du dossier comme ne répondant pas à la question, lança McPherson.

— Demande acceptée, dit Coelho. Avez-vous d'autres questions, madame McPherson ?

— Non, Votre Honneur, répondit celle-ci en quittant le lutrin pour aller se rasseoir à côté de Morris.

Un grand silence s'emparant de la salle, Bosch remarqua que plus personne ne le regardait, même pas Haller. On aurait dit que tout le monde était gêné pour lui. Il avait envie de hurler « Je n'ai pas perdu la tête ! », mais savait que cela n'aurait fait que renforcer ce que suggérait McPherson.

— Maître Haller, dit enfin la juge, voulez-vous réinterroger le témoin ?

Haller se leva et rejoignit lentement le lutrin.

— Oui, merci, madame la juge, dit-il. Monsieur Bosch, combien de fois vous êtes-vous rendu au pénitencier d'État de Chino pour aller voir notre cliente Lucinda Sanz au cours de cette enquête ?

Bosch lâcha des yeux le rapport de police toujours posé devant lui.

— Quatre fois, répondit-il. Une fois avec vous, les trois autres seul.

— C'est à peu près à une heure de route d'ici, non ?

— Si.

— Vous servez-vous d'un quelconque GPS pour vous y rendre ?

— Euh, non. Je sais où c'est.

— Vous ne vous êtes donc jamais perdu, ni non plus n'êtes-vous allé trop loin sur l'autoroute au point de rater la bonne sortie ?

— Non.

— Vous m'y conduisez souvent lorsque nous travaillons ensemble, n'est-ce pas ?

— C'est vrai.

— Je ne pense pas vous avoir jamais vu recourir à une application de type GPS… Pourquoi donc ?

— Je ne m'en sers pas. Je sais où je vais.

— Merci. Je n'ai pas d'autres questions.

Dixième partie

LE GRAND MAÎTRE DE L'EMBROUILLE

CHAPITRE 46

[illegible]

CHAPITRE 40

Je demandai qu'on passe à la pause du matin dès que Bosch fut excusé. Coelho nous accordant un quart d'heure, Maggie McFierce s'empara de sa fine mallette en cuir et fila hors du prétoire avant même que je puisse la rejoindre. Cela n'avait aucune importance : j'étais beaucoup plus inquiet pour Bosch. Je le retrouvai à la rambarde.

— Ne dis rien ici, lui enjoignis-je. Allons dans une salle de conférence.

Nous quittâmes le prétoire. Le couloir était vide. Aucun signe de Maggie. Nous gagnâmes une salle de réunion d'avocats un étage plus bas. Espace restreint avec une table, des chaises et quatre murs sans fenêtres, je me sentis pris de claustrophobie dès que nous entrâmes.

— Assieds-toi, lançai-je à Harry. Je ne sais pas à quoi tu penses, mais tu oublies. Le flic qui a écrit ce rapport est un gros con qui s'y croit, tout comme Maggie et Morris. Qu'ils aillent se faire foutre !

— Comment a-t-elle su pour mon traitement à UCLA ? Ça n'a pas pu faire partie des éléments d'échange entre les parties. Elle…

— Je suis navré, mec. C'est de ma faute. La dernière fois que nous avons dîné ensemble avec Hayley, j'ai mentionné que tu travaillais pour moi et que j'avais réussi à t'inclure dans ce traitement de pointe. C'était avant que Maggie travaille pour l'attorney général et je n'arrive pas à croire qu'elle se soit servie de ça. Je suis désolé, Harry.

Bosch hocha la tête.

— Bon mais… jusqu'où cela nous démolit-il ?

— Je ne sais pas. Pour moi, Coelho voit bien que tu n'as aucun problème. Tout ça, c'est des conneries. Et ce que ça montre, c'est que leur prétendue experte en géorepérage a dû jouer la carte de la diffamation parce qu'elle n'avait rien à redire à ton témoignage. Et ça, la juge ne l'aura pas manqué.

Je sortis mon portable, l'allumai et attendis qu'il s'initialise.

— Ce sont toujours les avocats de la défense qui sortent ce genre de merdes « tuons-le-messager », reprit Bosch. Jamais le district attorney ou l'attorney général.

— C'était un coup bas, dis-je. Et je vais m'assurer qu'elle le sache.

— Ne te donne pas cette peine. C'est terminé. A-t-on quelque chose de l'Applied Forensics ?

— Shami y est. Aux dernières nouvelles, ils y travaillent toujours.

J'ouvris un message à envoyer à Maggie et commençai à le rédiger :

> *Maintenant je sais pourquoi tu n'as pas invité Hayley à venir nous voir au tribunal. C'était un coup bas, Mags. Comment as-tu pu faire une chose pareille ?*

Je relus ce que j'avais écrit, l'envoyai et consultai ma montre. Nous devions être de retour au prétoire dans cinq minutes.

— OK, ça va ? demandai-je à Bosch.

— Ça va, me répondit-il. Mais je ne pense pas qu'avoir déclaré que je ne me perds pas en conduisant suffise à réparer les dégâts.

— C'est ce que j'ai trouvé de mieux sur le moment. Mais il n'y a pas que ça : la semaine dernière, ton témoignage a été complet et professionnel. Tu maîtrisais parfaitement la question des données cellulaires recueillies par les tours et Coelho l'a vu et entendu. Elle ne fondera pas uniquement sa décision sur ce qui vient de se produire. Pour moi, on est bon, et ce que je veux maintenant, c'est que tu ailles trouver Frank Silver et que tu me le ramènes. Nous allons avoir besoin de son témoignage dès que nous aurons les résultats de Shami… si nous les avons à temps.

— Et Sanger ?

— Ce sera la dernière à passer… après que nous aurons eu les résultats ADN.

— Et MacIsaac ?

— Pas de MacIsaac. Je ne vais pas prendre ce chemin.

— Quoi ? Je croyais que tout ça, c'était pour que la juge…

— Tout a changé. Nous n'arriverons jamais à avoir MacIsaac à la barre et nous nous en passerons.

— Comment sait-on que Coelho ne lui ordonnera pas de témoigner ?

— Parce qu'il m'a rendu visite hier soir.

— Quoi ?!

— Après le dîner, quand je suis arrivé chez moi, il était assis sur ma terrasse. Il est sous couverture dans une histoire où il y va de la sécurité nationale et personne ne le laissera s'approcher du tribunal.

— Ce sont des conneries ! Les types du FBI se servent toujours de ce truc de la sécurité du pays quand ils ne veulent pas…

— Je l'ai cru.

— Pourquoi ?

— Parce qu'il m'a donné quelque chose. Quelque chose dont je vais pouvoir me servir contre Sanger.

— Quoi ?

— Je ne peux pas te le dire pour l'instant. Il faut que je comprenne certaines choses avant et je te le dirai quand ce sera fait.

Bosch me regarda comme si je venais de lui annoncer que je ne lui faisais plus confiance.

— Écoute, je te mettrai dans la boucle dès que je peux. Maintenant, il faut que je retourne au prétoire et toi, il faut que tu me retrouves Second couteau Silver.

— OK, dit-il en acquiesçant d'un signe de tête.

Il se leva et se tourna vers la porte.

— Et je suis vraiment désolé, Harry, répétai-je. Pour ce que Maggie nous a sorti là-bas.

— Ce n'est pas de ta faute, dit-il. Je t'avertis dès que j'ai Silver prêt à y aller.

Quand nous arrivâmes dans le couloir, il partit d'un côté et moi de l'autre – vers le prétoire. Avant que j'y parvienne, Maggie m'envoya un message.

Un jour, un avocat m'a dit que tout était bon quand il faut prouver des choses au tribunal. Ah oui… Je crois même que cet avocat, c'était toi.

Je décidai de ne pas lui répondre. Au lieu de cela, j'appelai Shami Arslanian.

— Où en est-on ? lui demandai-je.

— On vient juste d'avoir les résultats, me répondit-elle. Je suis en train de les lire.

Je m'accrochai. Tout était là.

— Et… ? la pressai-je.

— Il y avait de l'ADN sur le tampon, me répondit-elle. Et ce n'était pas celui de Lucinda.

Tout d'un coup, presque sans le vouloir, je gagnai un des bancs en marbre du couloir et m'y assis, mon portable à l'oreille.

Enfin, je sentais que nous allions gagner et que Lucinda Sanz sortirait libre du tribunal.

— Mickey, tu es toujours là ? reprit Arslanian.

— Euh, oui. Je me disais seulement… C'est incroyable !

— Il y a une complication.

— Laquelle ?

— L'ADN provient de deux personnes. Dont une inconnue. Mais on a déjà identifié l'autre parce qu'il appartient à un ancien technicien de l'Applied Forensics. Ils font toujours des comparaisons avec les membres de leur personnel pour vérifier qu'il n'y a pas eu de contamination.

— Qu'est-ce que ça veut dire, Shami ?

— Le technicien qui a matché ne travaillant plus ici depuis quatre ans, cela signifie qu'à un moment donné, quand l'élément a été apporté ici, il n'a pas été géré correctement et a été contaminé avec l'ADN du type. Encore une fois, c'est d'ADN de contact que nous parlons, et à l'époque, personne n'avait de protocole à suivre pour ça.

Je fermai les yeux.

— Bon sang ! Chaque fois que je pense avoir décroché le gros lot, quelque chose part de travers et on se retrouve avec rien.

— Je suis désolée, Mickey. Mais l'important là-dedans, c'est qu'il n'y a pas d'ADN de Lucinda sur le tampon à test de poudre et que ça prouve ta théorie. Et tu me dis que tu ne pourras pas te servir de ça au prétoire ?

— Je ne sais pas. Je ne sais vraiment pas, mais j'ai besoin que tu reviennes au tribunal aussi vite que possible avec le rapport que tu as, quel qu'il soit. Trouve le nom du technicien et tout ce qu'il y a à savoir sur cette contamination. Il faudra sans doute que tu expliques tout ça dans une audience en certification des preuves par la juge. Je vais lui en faire la demande.

— D'accord, Mickey. J'attrape un Uber.

Je raccrochai et tentai de me calmer en invoquant le fantôme de Legal Siegel. *Aspire tout cela en toi. C'est ton heure. Et ta scène. Désire y entrer. Prends-en possession. Ravis-la.*

Je me levai du banc et réintégrai le prétoire.

CHAPITRE 41

Malgré mon objection, la juge Coelho tint l'audience en vérification des preuves à huis clos. Soit en latin, *in camera*, expression qui a tout l'air du contraire d'une audience privée. Je m'y étais opposé parce que si Coelho refusait l'introduction des résultats d'ADN dans les pièces à conviction, je voulais que le monde entier le sache et partage mon outrage. Mais les arguments que j'avançai pour une audience publique tombant dans les oreilles d'une sourde, je me retrouvai assis à côté de Hayden Morris, en face de Coelho et de son énorme bureau. La présence de ma cliente n'ayant pas été jugée nécessaire, Lucinda attendait encore une fois à la souricière que j'aille lui dire comment tout s'était passé.

— Avant que nous commencions, nous devons informer maître Morris de ce qui se joue depuis ces cinq derniers jours, lança Coelho. Mercredi dernier, maître Haller est venu me voir pour me dire que des éléments de preuve du premier procès avaient été retrouvés. Il m'a demandé d'émettre un ordre scellé l'autorisant à tester ces pièces.

— De quels éléments de preuve s'agit-il ? demanda Morris. Et de quels tests parlons-nous ?

— Cela devenant compliqué, maître Morris, je vais laisser maître Haller l'expliquer en détail.

Elle m'adressa un signe de tête et je commençai mon histoire.

— Oui, Votre Honneur, dis-je. Lors du premier procès il y a cinq ans de cela, l'avocat de la défense, un certain Frank Silver, a demandé qu'on lui rende une partie d'un élément de preuve afin de pouvoir la tester de manière indépendante. Il y avait deux tampons de test à résidus de poudre dont on disait s'être servi pour frotter les mains, les bras et les vêtements de Lucinda Sanz. Comme vous le savez, ce test des résidus de poudre était au cœur même de l'accusation du procureur. La cour a donc confié un de ces deux tampons à la défense afin qu'elle procède à un test de résidus de poudre de manière indépendante.

— Cela s'est passé avant le plaider-coupable de la plaignante ? voulut savoir Morris.

— Exactement, lui répondis-je. Ce tampon a donc été envoyé à l'Applied Forensics, un laboratoire indépendant de Van Nuys toujours opérationnel aujourd'hui. C'est à ce moment-là que les négociations du plaider-coupable ont commencé et comme nous le savons tous, Lucinda Sanz en a accepté les termes. Elle est partie en prison après avoir plaidé *nolo contendere*, et Silver ne s'est jamais donné la peine de retourner à l'Applied Forensics pour y reprendre les tampons. Nous avons appris cette nouvelle mercredi, nous avons vérifié et découvert qu'ils étaient toujours au labo… en gros parce que Silver n'avait pas payé la note.

— Vous plaisantez, non ? lança Morris en hochant la tête. Cela me fait l'effet d'un coup monté comme ce n'est pas permis. Votre Honneur, pourquoi sommes-nous même seulement en train d'écouter ça ?

— Laissez continuer maître Haller, dit Coelho.

— Vous pensez ce que vous voulez, lançai-je à Morris, mais mercredi, j'ai demandé à Mme la juge qu'elle donne l'ordre de faire tester le dernier tampon pour de l'ADN. S'il avait été frotté sur les mains et sur les vêtements de ma cliente, on devait forcément y découvrir son ADN – son ADN de contact – et j'ai une experte en médecine légale qui m'appuie sur ce point. Mme la juge a donc ordonné aux US marshals de transmettre l'ADN ma cliente à l'Applied Forensics pour analyse.

— Je me moque de savoir qui vous appuie sur ce point, déclara Morris. Tout cela est incroyablement inhabituel et en violation des protocoles. Ce tampon aurait dû être géré ou par le labo des services du shérif ou par celui des affaires criminelles du ministère de la Justice et pas du tout par une espèce de labo de troisième zone de la Valley.

Il avait lâché tout cela sur un ton qui laissait entendre que toute la San Fernando Valley n'était qu'un repaire d'entreprises et d'individus de ladite « troisième zone ».

— Maître Haller m'a demandé de sceller cet ordre, intervint Coelho. Il voulait que cet élément de preuve soit analysé de manière privée parce qu'il redoutait qu'une agence gouvernementale n'invoque une obstruction à la justice. J'étais d'accord avec lui et cet ordre a été scellé jusqu'à obtention des résultats. Si nous devions aller plus loin dans cette voie, vous aurez la possibilité de faire tester cet élément par un laboratoire de votre choix, maître Morris. Et donc, maître Haller, je suppose que vous avez demandé cette audience parce que vous avez ces résultats.

— Oui, Votre Honneur, lui répondis-je. Ces résultats sont arrivés et le tampon contient bien des traces de poudre. Deux profils d'ADN ont également été trouvés et comparés à celui de ma cliente, et il n'y a pas de correspondance. Ce tampon n'a jamais été frotté sur son corps, et cela démontre qu'elle a été piégée dans l'assassinat de son ex-époux.

— Cela ne prouve rien du tout, me contra Morris. C'est absolument incroyable ! C'est la cour qui est présentement manipulée par ce... par ce grand maître de l'embrouille. Votre

Honneur, cet élément de preuve, si l'on tient à le qualifier ainsi, n'est clairement pas admissible.

— J'ai l'impression que cette décision, c'est à la cour de la prendre, maître Morris, lui décocha la juge. Mais peut-être aimeriez-vous nous expliquer comment cette cour a été manipulée. Je suis certaine que maître Haller a des témoins et des documents pour appuyer tout le processus qu'il a suivi ces cinq derniers jours. Je suis aussi certaine que son experte en médecine légale, dont nous avons déjà entendu un témoignage, se tient prête à nous faire part de son opinion d'experte sur le fait qu'un tampon frotté sur le corps et les vêtements d'un individu ne peut qu'avoir récolté l'ADN dudit individu. Où est donc votre manipulation de la cour ?

— Votre Honneur, je suis désolé d'avoir pu laisser entendre que je m'en prenais à l'intégrité de la cour, s'empressa de dire Morris. Telle n'était pas mon intention. Mais cette histoire est tirée par les cheveux. Il s'agit là d'un feu d'artifice de la onzième heure tiré par un avocat qui entend distraire la cour des preuves indiscutables et directes d'une culpabilité qui n'a jamais cessé d'être.

— S'il s'agit d'un feu d'artifice de la onzième heure, je suis certaine que ce laboratoire le mettra en lumière, lui renvoya Coelho, un rien d'agacement dans la voix.

— Mais il y a une complication, dis-je.

— Quelle complication ? me demanda Coelho en faisant passer son agacement sur moi.

— Comme je l'ai dit, deux profils d'ADN ont été trouvés sur le tampon à test de résidus de poudre et l'un d'eux n'est toujours pas identifié. L'autre l'a été comme étant celui d'un technicien qui a cessé de travailler à l'Applied Forensics.

Morris leva les mains en l'air d'exaspération.

— De ce fait, tout cela est entaché et inadmissible, dit-il. C'est incontestable.

— Encore une fois, il y a bien une question à se poser et c'est à la cour d'en décider, lâcha Coelho.

— Je dirais, moi, qu'il n'y a rien d'« entaché » dans tout cela, dis-je. La pièce a été présentée aux fins d'analyse de résidus de poudre et a été gérée par le technicien du laboratoire selon le protocole requis, qui n'était pas celui de la recherche d'ADN de contact. Il y a cinq ans de cela, il n'y avait que très peu de labos qui avaient un protocole à suivre dans ce type de recherches. Et en plus, ce n'était pas le but que Frank Silver cherchait à l'époque où il a soumis la pièce à ce labo.

— Aucune importance, me renvoya Morris. Tout cela est entaché et ne sera pas accepté car inadmissible, Votre Honneur.

Je regardai Coelho. C'était à elle, et pas à Morris, que s'adressait mon argumentation, mais je ne voulais pas qu'elle arrête sa décision tout de suite.

— Votre Honneur, dis-je, j'aimerais soumettre une motion à la cour.

— Et voilà ! lança Morris en levant les yeux au ciel.

— Maître Morris, lui renvoya Coelho, vos sarcasmes commencent à me lasser. Quelle est votre motion, maître Haller ?

Je me penchai par-dessus le rebord de son bureau afin de réduire la distance qui nous séparait et de garder Morris hors de mon champ de vision. C'était entre Coelho et moi que ça se jouait.

— Madame la juge, si c'est la vérité que nous cherchons, si cela l'est vraiment, dis-je, la cour devrait ordonner que cet ADN non identifié découvert sur le tampon à résidus de poudre soit comparé à celui de la sergente Sanger.

— C'est hors de question ! aboya Morris. Ça ne se produira pas et ne prouverait rien de toute façon. Même s'il y avait de l'ADN de Sanger dessus, on irait où ? Comme s'il n'était pas officiel que c'est elle qui a recueilli l'élément de preuve !

— Ça prouve le coup monté, dis-je. Qu'elle a donné aux enquêteurs des tampons à résidus de poudre utilisés mais pas sur les mains de Lucinda Sanz. C'est la preuve de l'innocence de ma cliente et la preuve aussi que Sanger est coupable !

— Votre Honneur ! s'écria Morris. Vous ne pouvez pas…

— Je vous arrête tout de suite, maître Morris, lui renvoya-t-elle. Voici ce que nous allons faire. Je vais prendre en considération la requête de maître Haller, réfléchir à la question de son admissibilité et rendrai ma décision après avoir effectué quelques recherches.

Je fronçai les sourcils. Je voulais qu'elle décide tout, tout de suite. Les juges et les jurés sont pareils. Plus ils mettent de temps à décider, plus il est vraisemblable que leur arrêt sera contraire aux vœux de la défense.

— Nous allons donc prendre notre pause déjeuner maintenant et nous rouvrirons la séance à treize heures, enchaîna Coelho. Veillez à ce que votre prochain témoin soit prêt à ce moment-là, maître Haller.

— Votre Honneur, je ne suis pas en mesure de mettre mon prochain témoin à la barre, dis-je.

— Et pour quelle raison ?

— Parce que je ne saurai pas qui faire témoigner avant que vous ayez pris votre décision sur ces questions. C'est votre arrêt qui me l'indiquera.

— Très bien, dit-elle en hochant la tête. Nous repoussons donc la réouverture de l'audience à quatorze heures. Vous aurez mon arrêt à ce moment-là.

— Merci, madame la juge, dis-je.

— Merci, Votre Honneur, dit Morris.

— Messieurs, vous pouvez disposer, conclut-elle. J'ai du travail à faire. Pourriez-vous demander à Gian de revenir prendre ma commande pour le déjeuner ? Je n'aurai pas le temps de quitter mon bureau.

— Oui, madame la juge, lui répondis-je.

Morris et moi nous levant à l'unisson, je suivis ce dernier hors de la salle.

— Je ne sais pas comment tout ça va tourner, dis-je dans son dos dès que je fus dans le couloir. Mais histoire d'être prêt à toute éventualité, veillez à ce que la sergente Sanger soit de retour au prétoire à quatorze heures.

— C'est pas mon boulot, mec, me renvoya-t-il. C'est votre témoin.

— Qui travaille pour vous et décroche son téléphone quand vous l'appelez. Vous faites ce qu'il faut pour qu'elle soit là ou je dis à la juge que je vous ai informé de mon désir de la rappeler à la barre et que vous avez refusé de coopérer. Vous pourrez lui expliquer pourquoi à ce moment-là.

— Parfait.

Nous arrivions à la porte du prétoire lorsqu'il me regarda prudemment par-dessus son épaule. Mais je ne fis rien pour le coller contre le mur comme la fois précédente. Et lui n'y alla d'aucun commentaire qui m'y aurait incité. Je compris alors quelque chose. Je tendis le bras et posai ma main sur la porte pour l'empêcher de l'ouvrir.

— Qu'est-ce que vous faites ? me lança-t-il. Vous allez encore me sauter dessus ?

— Vous saviez, non ? lui dis-je.

— Je savais quoi ?

— Pour mon ex. Vous l'avez amenée ici pour faire monter la pression et me déséquilibrer parce que vous connaissiez notre situation.

— Je ne vois pas de quoi vous parlez. Je n'avais pas la moindre idée du fait que vous deux aviez été mariés.

— Oh que si ! Vous le saviez. Et qui est le grand maître de l'embrouille maintenant, hein, Morris ?

J'ôtai ma main de la porte, il l'ouvrit et la franchit sans ajouter un mot.

CHAPITRE 42

L'équipe Sanz eut un long déjeuner de travail au Drago Centro. J'y rapportai ce qui s'était passé à l'audience *in camera* et nous préparâmes la fin de partie, celle-ci dépendant de l'arrêt de Coelho. Si elle acceptait les résultats du labo, la stratégie était évidente : je me servirais de Silver et d'Arslanian pour introduire et la pièce et la chronologie des faits avant de tout mettre en lumière en rappelant Sanger à la barre et en lui montrant, solides preuves à l'appui, que les tampons à résidus de poudre qu'elle avait confiés aux enquêteurs n'avaient jamais été frottés sur les mains de Lucinda Sanz. Mais si Coelho déclarait les résultats du labo inadmissibles au dossier, je ne me retrouverais qu'avec Sanger et pas grand-chose pour appuyer un quelconque interrogatoire hostile. L'agent MacIsaac m'avait bien donné un tuyau, mais ce n'était guère plus qu'un sous-entendu que Sanger pourrait écarter d'un revers de la main comme on chasse une mouche de son visage.

— Tu paries que la juge va réagir comment ? avait voulu savoir Bosch à un moment donné.

— D'abord, je ne parierais pas, lui avais-je répondu. C'est bien trop serré. Tout se réduit à un choix entre la morale et la loi. Que lui enjoint de faire la loi ? Mais que lui dit son cœur, lui ?

— Merde ! s'était écrié Cisco. Alors tu n'auras plus rien pour t'attaquer à Sanger. Game over.

— Peut-être pas. J'ai eu de la visite hier soir. Celle de l'agent MacIsaac. Il est venu me voir pour me faire savoir que jamais il ne témoignerait dans notre affaire et que l'attorney général était prêt à le soutenir, voire à désobéir à une citation à comparaître émanant d'un juge fédéral. Cela dit, il ne venait pas les mains vides. Il m'a en effet expliqué pourquoi Roberto Sanz avait contacté le Bureau et s'était porté volontaire pour qu'on lui mette un micro. C'était parce que Sanger…

Je les avais alors informés de ce que MacIsaac m'avait donné et nous avions passé le reste du repas à nous creuser la tête pour trouver le moyen de porter le fait à la connaissance de la cour. Il était clair que cela se réduirait à la façon dont j'interrogerais Sanger en cherchant l'occasion de la confondre… plus facile à dire qu'à faire.

Après avoir terminé notre plat de pâtes, nous nous entassâmes dans le Navigator avec Bosch au volant pour nous ramener au tribunal. Nous sortions de l'ascenseur et nous approchions du prétoire lorsque je vis Sanger en train d'attendre sur un banc dans le couloir. Elle me fixa sans broncher, comme si elle me mettait au défi de la provoquer. Alors je sus que d'une façon ou d'une autre, je ferais tout ce que je pouvais pour la faire tomber après que Coelho aurait arrêté sa décision.

Je m'installai à la table de la requérante et attendis que Lucinda soit amenée au prétoire et que Coelho l'y suive. Je n'ouvris pas ma mallette. Je voulais commencer par savoir quelle direction prendre. Je levai les yeux vers l'aigle en colère et me calmai.

Les questions de Lucinda furent aussi rapides que furieuses dès qu'elle revint de la souricière.

— Qu'est-ce qui se passe, Mickey ? me lança-t-elle. Je ne savais pas ce qui était en train d'arriver et j'ai attendu un temps fou !

— Je m'excuse, Cindi. Des réponses, nous allons en avoir très bientôt. Nous sommes allés voir la juge dans son cabinet et je lui ai présenté des preuves qui montrent clairement que le test aux résidus de poudre est fautif. Que c'est un coup monté.

— Par qui ?

— Quelqu'un dans l'entourage de votre ex-mari. Probablement Sanger vu que c'est la seule qui vous a testée.

— Ça veut dire que c'est elle qui a tué Robbie ?

— Ça, je ne le sais pas, Cindi, mais si j'ai besoin de convaincre la juge que c'est quelqu'un d'autre que vous, c'est elle que je vais montrer du doigt. Elle est pile au milieu de toute cette affaire et si ce n'est pas elle, elle sait qui c'est.

Son visage s'assombrit de colère. Elle avait passé cinq ans en prison pour le crime de quelqu'un d'autre et avait peut-être enfin un nom et un visage sur lesquels concentrer sa colère et ses accusations. Je la compris.

— Mais écoutez, repris-je. Il y a des problèmes avec l'élément de preuve que nous avons retrouvé et nous allons devoir attendre que la juge accepte de l'inclure au dossier. C'est pour ça que tout a pris du retard. Elle est restée dans son bureau pour y travailler.

— OK, dit Lucinda. J'espère qu'elle fera ce qu'il faut.

— Moi aussi.

Je me tus et songeai à la façon dont je réagirais à tous les arrêts que pouvait prendre Coelho. Cela me conduisit à un plan qui, je le pensai, pourrait sauver la situation si sa décision allait contre nous. J'envoyai dans l'instant une série d'instructions à Harry Bosch et à Shami Arslanian. Bosch se trouvait dans le couloir et surveillait Frank Silver au cas où celui-ci aurait décidé de prendre la poudre d'escampette plutôt que de passer à la barre. Arslanian y était elle aussi et attendait de voir si on allait lui redemander de témoigner.

Avant que Bosch me réponde pour confirmer qu'il comprenait mon plan, Coelho sortant de son bureau, je fus obligé d'éteindre mon portable. Elle alla droit au but.

— Bien, lança-t-elle, réouverture de l'audience en *habeas corpus* dans le procès Lucinda Sanz contre État de la Californie. Y a-t-il, messieurs, quelque chose dont il faudrait débattre avant que j'arrête mes décisions sur les requêtes qui m'ont été soumises ?

Je m'attendais à moitié à ce que Morris reprenne les arguments qu'il lui avait présentés *in camera* bien qu'il fût clair qu'elle avait déjà dépassé tout ça et était prête à rendre ses décisions. Mais non, Morris décida de ne rien ajouter au dossier, ni moi non plus. Je jetai un coup d'œil à Lucinda et lui adressai un sourire encourageant alors même qu'elle ne savait pas à quel point les minutes suivantes étaient importantes.

— Très bien, reprit Coelho. Dans les motions présentées à la cour ce matin, je commencerai par celle de l'État qui affirme que l'élément de preuve n'est pas recevable dans la mesure où il y aurait eu contamination et mauvaise gestion du laboratoire qui a procédé à l'analyse du tampon de test aux résidus de poudre soumis par la défense. Le déroulé factuel montre que cette contamination due à un technicien du laboratoire s'est produite il y a plusieurs années, à une époque où cet élément de preuve lui était soumis dans des circonstances et selon des protocoles différents. Cette contamination ne s'est pas produite lors de la dernière analyse qui a été menée. Il est aussi à noter que l'ADN de ce technicien était prêt aux fins de comparaison, comme il est de pratique standard dans les laboratoires d'ADN certifiés qui doivent vérifier s'il n'y a pas eu de contamination de l'échantillon par un membre du personnel.

Je compris que l'argument de contamination de Morris n'allait pas l'emporter. Coelho se préparant à le descendre, je commençai à avoir des montées d'espoir et d'excitation.

— Pour moi, ce qui est important ici, ce n'est pas de savoir à qui appartenait l'ADN trouvé sur l'élément de preuve, mais bien à qui il n'appartenait pas, reprit Coelho. L'ADN de la requérante n'a pas été trouvé sur l'élément de preuve et cela est aussi troublant pour la cour que disculpatoire pour la plaignante.

Je regardai Lucinda. Il était clair qu'elle n'avait pas compris le jargon juridique dont Coelho s'était servie dans sa décision, mais je la rassurai d'un demi-sourire.

— Il y a eu et dans cette affaire et dans l'enquête qui a été menée quelque chose de fautif et ce, dès le début, enchaîna Coelho, et la cour espère qu'un examen sérieux de ladite enquête sera effectué après ce procès. Cela dit, la cour est aussi troublée par la défense de la plaignante en ce qui concerne les premières charges retenues contre elle.

Et là, je le sentis : la tuile menaçait. Coelho n'allait pas accepter notre élément de preuve pour arrêter sa décision finale sur notre demande.

— Pour fonder une motion en *habeas corpus* il faut avoir de nouveaux éléments prouvant qu'il y a eu détention abusive du plaignant, lança Coelho, et je suis au regret de dire que votre élément de preuve n'est pas nouveau. Il n'a pas bougé d'un laboratoire depuis cinq ans alors qu'il aurait été possible d'y accéder et de tester l'ADN de la requérante dès que l'affaire a donné lieu à des poursuites. Il est faux de dire, comme l'avance la plaignante, qu'on ne pouvait pas avoir d'ADN de contact à l'époque. De grandes affaires criminelles du passé montrent en effet que le recours à des analyses d'ADN de contact remonte à bien avant celle qui nous occupe, dont celle de Casey Anthony accusée du meurtre de sa fille en Floride et l'enquête sur la mort de JonBenét Ramsey au Colorado. Il incombe donc à cette cour de décider si cet élément de preuve est nouveau ou si, étant accessible, il aurait pu être analysé il y a cinq ans de cela, soit avant que la plaignante accepte de plaider *nolo contendere* pour ce crime.

Je n'arrivais pas à le croire. Je baissai la tête et me trouvai même incapable de regarder ma cliente.

— La cour conclut que non, reprit la juge. Cet élément de preuve aurait pu, ou dû, être invoqué par la défense il y a cinq ans et est donc exclu de ces poursuites. Il pourra servir le cas échéant à la plaignante pour une plainte en assistance inefficace de son avocat dans la phase initiale de cette affaire, mais cela ne fait partie ni de cette motion ni donc de cette audience.

Je bondis de mon siège.

— Votre Honneur, m'écriai-je, ces affaires que vous mentionnez sont des exceptions ! Elles ont donné lieu à d'énormes enquêtes très coûteuses en temps et en argent. On n'avait pas recours à cette découverte scientifique dans les affaires ordinaires. Le premier avocat de ma cliente s'est certes montré inefficace, mais pas sur ce point. Personne n'avait recours à cette technique à l'époque.

— Mais quelqu'un aurait pu le faire, maître Haller, et tout le problème est là.

— Non ! Vous n'allez pas faire ça !

Abasourdie par mon éclat, Coelho me regarda longuement.

— Je vous demande pardon ? finit-elle par dire.

— Vous ne pouvez pas faire ça !

— C'est exactement ce que je viens de faire. Et vous allez devoir…

— C'est mal. J'élève une objection. C'est une preuve d'innocence, madame la juge. Vous ne pouvez pas vous contenter de la jeter parce qu'elle ne colle pas avec l'application de la loi !

Elle marqua une pause, puis reprit sur un ton égal.

— Faites attention, maître Haller. Cet arrêt a été prononcé. Si vous pensez qu'il pèche, il existe des recours, mais ne vous avisez pas de me défier dans ce prétoire. Si vous avez un autre témoin, appelez-le à la barre et nous poursuivrons.

— Non, je ne le ferai pas, lui renvoyai-je. C'est une imposture. Vous avez tué notre reconstitution et maintenant, vous nous tuez ça ? Ma cliente est innocente et chaque fois vous avez refusé les preuves qui le démontrent.

Elle marqua une autre pause sans que s'apaise sa colère contre moi. Celle-ci donnait l'impression de bouillonner dans ses yeux.

— En avez-vous terminé, maître Haller ? me lança-t-elle comme un coup de poignard.

— Non, je n'en ai pas terminé. J'élève une objection. Cet élément de preuve est nouveau. Et il n'est pas vieux de cinq ans. Il a été établi en laboratoire ce matin même. Comment pouvez-vous prétendre qu'il n'est pas nouveau et renvoyer en prison cette femme, la mère d'un jeune enfant, pour un crime qu'elle n'a pas commis ?

— Maître Haller, je vous offre une dernière chance de vous rasseoir et de vous taire, dit Coelho. Vous êtes dangereusement près de l'outrage à magistrat.

— J'en suis désolé, Votre Honneur, mais je refuse d'être muselé. Parce que cette cour ne le fait pas, je me vois obligé de dire la vérité. Vous avez jeté la reconstitution du crime et ça ira, je n'en mourrai pas. Mais l'ADN… l'ADN prouve que ma cliente a porté le chapeau pour ce crime. Comment pouvez-vous donc rester assise là et nous dire que cette preuve n'est pas admissible ? Dans n'importe quelle autre cour de ce pays, ce serait la preuve que…

— Maître Haller ! hurla-t-elle. Je vous avais averti. Je vous prononce ici coupable d'outrage à la cour. Marshal, veuillez placer maître Haller en détention provisoire. Vous êtes dans une cour fédérale, maître Haller. Répliquer à la cour et en insulter un arrêt pourrait marcher dans un tribunal d'État, mais pas ici.

— Vous ne me ferez pas taire ! lui hurlai-je en retour. C'est mal et tout le monde le sait dans cette salle.

Je fus poussé en avant par Nate qui me fit baisser la tête sur la table avant de me tirer brutalement les bras dans le dos et de me menotter. Puis d'une main il m'attrapa par le col, me remit en position debout, me fit pivoter et me poussa vers la souricière.

— Une nuit en prison vous apprendra peut-être à respecter cette cour ! cria Coelho dans mon dos.

— Lucinda Sanz est innocente ! lui renvoyai-je alors qu'on me faisait franchir la porte d'une autre poussée. Vous le savez, je le sais, tout le monde le sait dans cette salle !

La dernière chose que j'entendis avant que la porte ne soit refermée fut Coelho donnant l'ordre d'ajourner la séance jusqu'au lendemain.

C'était exactement ce que j'espérais.

Onzième partie

CONCERT DE KLAXON

CHAPITRE 43

Bosch avait pris le volant du Navigator, Arslanian assise à côté de lui sur le siège passager. Ils avançaient lentement sur l'autoroute 101 direction nord et la circulation était dense.

— Vous pensez qu'elle va le garder enfermé toute la nuit ? demanda Arslanian.

— Ça m'en a tout l'air, répondit Bosch. On dirait bien qu'il lui a fait péter un plomb. Je n'aurais pas détesté être là pour voir ça !

— Il risque d'y être en danger ?

— Ils vont probablement l'isoler. La dernière chose dont a envie un juge est de voir un avocat qu'elle a collé en détention se faire brutaliser.

— Bon mais, il va passer toute la nuit à la souricière ?

— Non, ils vont l'emmener au MDC.

— Au… MDC ?

— Au Metropolitan Detention Center… c'est la prison fédérale. Ceux qui ne passent qu'une nuit en taule ne sont pas détenus à la souricière. Ils sont tous conduits au MDC en bus à la fin de la journée. Haller est probablement à bord d'un de ces bus à l'heure qu'il est, ou alors il n'est pas impossible que les marshals l'y emmènent en solo à cause de son statut de VIP.

— Je l'espère.

— Il s'en sortira. Je suis certain qu'il a pris tout cela en compte avant de péter un câble avec la juge. Quand il a été accusé de meurtre il y a quelques années de ça, il a passé trois mois à la prison du comté et a réussi à ne pas s'y faire molester. Vous avez entendu parler de ça, non ?

— Oh que si ! J'étais prête à y aller si c'était nécessaire, mais vous et le reste de l'équipe avez fait le boulot.

— Oui, y compris Maggie McFierce, qui m'a joliment charcuté à la barre aujourd'hui.

— Vous savez, j'ai envisagé de devenir avocate, d'ajouter un diplôme de droit à ceux que j'avais déjà, mais je me suis dit : « Nan ! Y a trop de zones grises et de loyautés qui changent dans tout ça. Je m'en tiendrai au côté scientifique de la chose. »

— Bien vu.

— Toujours est-il que je ne peux tout simplement pas croire cet arrêt de la juge sur la preuve ADN.

Bosch garda le silence. C'était ce que Haller avait prévu au déjeuner. Coelho avait choisi de s'en tenir à la loi, et pas à ce qui était juste. Aucune zone grise là-dedans.

— Elle sort, dit-il.

Arslanian regardant par le pare-brise, Bosch changea de couloir pour ne pas perdre le véhicule qu'ils suivaient.

— Où pensez-vous qu'elle aille ? demanda-t-elle.

— Aucune idée, répondit-il. Je ne pense pas qu'elle habite aussi loin que ça de l'AV.

Sanger pilotait un pick-up Rivian. Il y en avait si peu sur les routes qu'il était facile de le suivre. Cela permettait à Bosch de rester bien en arrière et de ne pas se faire repérer. Mais en prenant la sortie de Ventura Boulevard, il comprit qu'il allait se retrouver seulement deux voitures derrière elle au feu rouge. Si elle vérifiait dans ses rétros, elle pourrait reconnaître le Navigator et les deux personnes qui s'y trouvaient.

C'était un virage à deux voies. Le Rivian roulait sur celle de gauche, juste devant un autre pick-up. Bosch s'arrêta derrière celui-ci et abaissa son pare-soleil. Sur le plateau du véhicule étaient posés un porte-tuyaux et du matériel d'entretien de climatiseur qui les dissimulaient.

Sur le bas-côté de la route, un SDF tenait un panneau demandant de l'aide sous n'importe quelle forme. Rien ne lui tombant du Rivian, il se mit à longer l'accotement en levant bien haut son panneau en carton.

De sa place au volant, Bosch voyait aussi bien le côté du pick-up devant lui que le véhicule de Sanger, dont la vitre côté conducteur s'abaissa. De la fumée de cigarette s'en échappa lorsque Sanger passa la main et le bras dehors, avant de jeter quelque chose qui tomba juste à côté du sac à dos et du casier à bouteilles de lait en plastique du SDF.

— Elle vient de jeter quelque chose par sa vitre, dit-il. Pour moi, c'est un mégot. Ça devrait marcher, non ?

— Oh que oui ! Aucun doute. Vous le voyez ?

— Je crois.

— Prenons-le.

— On risque de la perdre si on s'arrête.

— Aucune importance. On n'a pas besoin de plus que ce mégot, il faut qu'on l'amène au labo tout de suite.

Le feu passant au vert, le Rivian partit en trombe, traversa le passage aérien par la gauche et gagna Ventura Boulevard. Bosch jeta un coup d'œil dans son rétro et s'aperçut qu'il avait deux voitures derrière lui. Il mit ses warnings et arrêta le Navigator aussi loin qu'il pouvait sur l'accotement. Mais il n'y avait pas assez de place pour qu'il ne dépasse pas un peu sur la voie de circulation en ouvrant sa portière pour en descendre.

Un concert de Klaxon se déclencha. Pas démonté pour autant, Bosch mit le Navigator en stationnement, en descendit et repéra le SDF coincé dans l'espace restreint entre le véhicule et le mur de soutènement en béton courant le long de la rampe de sortie.

— Hé, mais merde, quoi ! lui lança le SDF. Vous avez failli me rouler dessus !

— Désolé.

Bosch referma la portière et gagna l'endroit le plus proche du casier à bouteilles en sortant son portable. Il s'immobilisa et se mit à genoux, ces derniers lui expédiant aussitôt des signaux de détresse au cerveau. Il regarda autour de lui et vit le mégot, là, sur du gravier en vrac. Il ouvrit son application photo et en prit un cliché *in situ* – exactement comme il l'avait trouvé – juste au cas où on mettrait en doute la façon dont il avait recueilli cet élément de preuve. Il rangea son portable, sortit un sachet Ziploc de la poche de sa veste et en se servant de ce dernier comme d'un gant, il s'empara du mégot et l'enferma à l'intérieur.

Enfin il se releva, pivota sur les talons et regagna le Navigator. Le SDF se tenait toujours au même endroit, l'air perdu.

— Mec, c'est à moi, cette cigarette ! lança-t-il. C'est mon coin, là. J'en suis le proprio.

— C'est juste un mégot, lui renvoya Bosch. Elle l'a fumée jusqu'au filtre.

— Et alors ? C'est quand même à moi. Tu veux l'acheter ?

— Combien ?

— Dix dollars ?

— Pour un mégot de cigarette ?

— Dix dollars, mec. C'est le prix.

Bosch glissa la main dans sa poche et sortit son argent. Il n'avait qu'un billet de dix et de vingt, il lui tendit celui de dix.

— Ça te ferait rien de reculer un peu pour que je puisse remonter dans ma voiture ?

— Pas de problème, boss.

Il lui prit le billet de dix et recula.

Bosch remonta dans le Navigator, referma la portière et tendit le sachet à Arslanian en jetant un coup d'œil dans le rétroviseur pour voir s'il pouvait se remettre dans la voie de circulation.

— Ce sera parfait, dit Arslanian en examinant le contenu du sachet sans l'ouvrir. On a eu de la chance.

— C'est pas trop tôt, lui renvoya Bosch.

— Je croyais qu'on allait la suivre jusqu'à Antelope Valley et plus. Et qu'après il faudrait fouiller dans ses poubelles.

— Moi aussi. Et donc… Applied Forensics ?

— Absolument. Je les appelle pour qu'ils soient prêts à nous recevoir. En leur amenant ça tout de suite, on devrait avoir ce dont on a besoin demain matin.

Le feu passant au vert, Bosch engagea brutalement le Navigator dans la circulation juste devant une voiture, ce qui déclencha un second concert de Klaxon du conducteur en colère. Bosch leva une main en l'air pour le remercier et continua de rouler. Ils se dirigeaient vers Van Nuys lorsque Bosch comprit enfin.

— Elle est entrée chez moi par effraction, dit-il.

— Qui ça ?

— Sanger.

— À quel moment ?

— Il y a environ sept mois. Je n'en étais pas certain jusqu'à maintenant. J'avais senti de la fumée de cigarette en arrivant chez moi et la porte était ouverte.

— Elle vous a pris quelque chose ?

— Non. Elle voulait juste faire passer un message. Tactique d'intimidation, répondit-il en souriant et en hochant la tête. Mais ça n'a pas marché, parce que je ne savais plus si j'avais laissé la porte ouverte ou si je perdais la tête. Vous savez bien… la démence. Je me disais que cette odeur de cigarette était peut-être un effet secondaire de l'isotope qu'ils me pompaient dans le corps.

— Ça doit faire plaisir de savoir qu'il y a vraiment eu entrée par effraction, ce qui semble un rien bizarre quand on dit ça tout haut.

— Oui, vous avez sans doute raison.

Il repensa au rapport de police dont s'était servie Maggie McFierce pour le mettre dans l'embarras devant la cour et suggérer qu'il perdait la tête. Enfin il se sentit légitime.

Douzième partie

LE CHAMP DE LA PREUVE

CHAPITRE 44

CHAPITRE 44

Le matin venu, les marshals me ramenèrent au tribunal fédéral par le bus de sept heures. Je passai les deux suivantes dans la grande cellule avec d'autres détenus attendant leur transfert dans des tribunaux précis, chacun avec sa souricière. Je portais la tenue bleue de détenu fédéral et ne savais pas trop ce qui était arrivé à mes vêtements, portefeuille et téléphone portable. Enfin je me retrouvai dans la souricière de la juge Coelho. Lucinda y était déjà, dans la cellule voisine. Nous ne pouvions pas nous voir, mais nous pouvions nous entendre.

— Mickey, me murmura-t-elle, ça va ?

— Ça va, oui. Comment vous sentez-vous ?

— OK. Je n'arrive pas à croire qu'ils vous aient gardé toute la nuit.

— La juge voulait prouver quelque chose.

Nate arriva dans la zone de détention, déverrouilla ma cellule et me tendit un sac en papier brun.

— Vos vêtements, dit-il. Habillez-vous. La juge veut vous voir.

Je fouillai dans le sac. Mon costume n'était plus qu'une boule enroulée au-dessus de mes chaussures.

— Où est mon portable ? demandai-je. Et mon portefeuille et mes clés ?

— À l'abri dans mon bureau. Vous les retrouverez quand la juge me dira de vous les rendre. Vous avez cinq minutes. Habillez-vous.

— Pas question de m'habiller avec ça. Mon costume est froissé. Vous m'emmenez voir la juge, je reste comme ça.

— Ce sera à elle de juger… sans jeu de mots.

— Très bonne, celle-là, Nate !

— Je vous mets la chaîne ventrale et vous menotte ou vous avez l'intention de vous tenir correctement ?

— Pas besoin de tout ça.

Il me fit sortir de la cellule.

— Tenez bon, Lucinda ! lançai-je en passant devant sa cellule pour gagner la porte du prétoire.

On me fit traverser la salle plongée dans le noir, à l'exception de l'unique ampoule allumée au-dessus du box de Gian Brown.

— Je peux le lui amener ? lui demanda Nate.

— Elle l'attend, lui répondit Gian en évaluant ma tenue.

— Vous êtes certain de ne pas vouloir remettre vos vêtements ? me demanda-t-il.

— Sûr et certain.

Le marshal ouvrit la petite porte du box, nous le traversâmes pour rejoindre le couloir conduisant à la chambre de la juge. Nate frappant à sa porte, nous entendîmes Coelho nous prier d'entrer.

Nate me poussa en avant et me fit asseoir dans un des fauteuils en face de son bureau. La juge s'installa.

— J'avais ordonné qu'on vous rende votre costume et que vous le remettiez, maître Haller.

— Mon costume est foutu, lui renvoyai-je. C'est un Canali. En soie italienne malheureusement roulée en boule dans un sac en papier pour la nuit. J'ai besoin de mon portable pour demander qu'on m'en livre un autre.

— Vous l'aurez. Nate, veillez à ce qu'il soit prêt pour maître Haller quand nous aurons fini. Vous pouvez retourner au prétoire.

Il eut l'air d'hésiter.

— Vous êtes certaine que je peux partir, madame la juge ? demanda-t-il.

— Je suis sûre qu'il ne m'arrivera rien, lui répondit-elle. Je vous appellerai quand le moment sera venu de récupérer maître Haller. Vous pouvez disposer.

Nate quitta la pièce et referma la porte derrière lui. Coelho me regarda un moment, me jaugeant avant de décider ce qu'elle allait dire.

— Je suis navrée qu'on en soit arrivés là, maître Haller, lança-t-elle, mais votre manque de respect à l'endroit de la cour ne pouvait pas rester impuni. J'espère que vous avez profité de cette nuit pour réfléchir à la manière dont vous vous êtes conduit dans mon prétoire et que vous pouvez m'assurer que cela ne se reproduira pas.

J'acquiesçai d'un hochement de tête.

— J'ai réfléchi à beaucoup de choses, madame la juge, et je m'excuse pour mes actes et mes paroles. Je suis contrit. Cela ne se reproduira pas, je vous le promets.

La seule chose que j'avais décidée pendant la nuit que j'avais passée dans une cellule à une place absolument glaciale était que plus jamais je ne lui servirais du « Votre Honneur ».

— Très bien, dit-elle. Vos excuses sont acceptées. Vous n'êtes plus sous injure à la cour et peut-être pourrons-nous accélérer la livraison de votre costume afin que vous n'y perdiez pas toute votre matinée. Je vais ordonner à toutes les parties d'être de retour à onze heures afin de reprendre les débats.

— Merci, dis-je. J'aimerais assez quitter cette tenue le plus rapidement possible.

— Je viens de sonner Gian, et Nate aura tous vos biens.

— Pourriez-vous vous assurer que la sergente Sanger soit avertie de bien se trouver au prétoire lorsque vous ordonnerez la reprise de la séance ? Ce sera très vraisemblablement mon prochain témoin.

— Je vais le lui ordonner.

Cinq minutes plus tard j'étais de retour au prétoire et y sortais mon téléphone portable d'un sac en plastique. Le premier appel que je passai fut pour Bosch.

— Mick, ils t'ont libéré ?

— Oui, à la minute. Qu'est-ce qui se passe ? Où es-tu ?

— On est à l'Applied Forensics. On y a apporté un mégot de cigarette de Sanger et il y a un quart d'heure de ça, Shami m'a dit qu'il leur fallait encore deux heures.

— OK, ça, je peux gérer. Dès que tu sais quelque chose, tu m'envoies un message.

— D'accord.

Je raccrochai, puis j'appelai Lorna Taylor.

— Oh, mon Dieu, Mickey, ça va ?

— Maintenant oui.

— Où es-tu ?

— Au prétoire. J'ai besoin que tu me trouves un costume, une chemise et une cravate et que tu me les apportes ici.

— Pas de problème. Quel costume veux-tu ?

— Le Hugo Boss. Le gris à fines rayures claires. Et une chemise Oxford bleu ciel et n'importe quelle cravate rose. Tu sais où est la clé, non ?

— Au même endroit ?

— Au même endroit.

Je prononçai mes paroles suivantes en murmurant pour que Gian et Nate ne m'entendent pas.

— Lorna, ne te presse pas. Ne te pointe pas avec le costume avant midi et demi au minimum. Harry et Shami ont besoin de ça.

— C'est compris.

Je repris ma voix normale et ajoutai :

— OK, comme je serai probablement de retour dans ma cellule, apporte tout ça au marshal. Il s'appelle Nate.

— Pigé. Je pars tout de suite pour aller chez toi.

— Merci.

Je raccrochai, me levai, me présentai à Nate et l'informai que j'aimerais attendre à la souricière pour pouvoir parler avec ma cliente et me changer dès l'arrivée de mon nouveau costume.

J'étais en train d'être ramené à ma cellule lorsque je m'aperçus que je n'avais rien mangé et aurais dû demander à Lorna de m'apporter une barre énergétique. Le vide que je sentais à l'estomac était renforcé par l'inquiétude que m'inspirait ce qui se passait à l'Applied Forensics. Je savais que c'était le dernier moment du pari que je faisais depuis ces deux derniers jours. Très vite j'en serais à celui où on l'emporte ou on meurt.

CHAPITRE 45

L'audience en *habeas corpus* ne reprit pas avant quasiment quatorze heures grâce au temps fou que mit Lorna à m'apporter mon costume. La juge n'était pas très enchantée de ce retard, mais moi, je l'étais parce que enfin, je disposais de tout ce dont j'avais besoin pour affronter une dernière fois Stephanie Sanger à la barre des témoins. Bosch et Arslanian s'étaient montrés à la hauteur. Arslanian était dehors dans le couloir et prête à témoigner, Bosch, lui, s'étant déjà assis au premier rang de la galerie, à côté du dessinateur de Channel 5.

Coelho ayant rouvert la séance et m'ayant invité à commencer, je rappelai la sergente Stephanie Sanger à la barre. La juge l'avertit à nouveau qu'elle était toujours sous serment.

— Cela fait plaisir de vous revoir, sergente Sanger, attaquai-je. Aujourd'hui, j'aimerais vous interroger sur des témoignages et des éléments de preuve qui nous sont arrivés la semaine dernière. Et plus précisément sur ces données cellulaires analysées par mon enquêteur.

— C'est une question ? me lança-t-elle.

— Pas encore, sergente Sanger. Mais commençons donc par ceci : le jour où l'adjoint Roberto Sanz a été assassiné sur la pelouse devant le domicile de son ex-épouse, étiez-vous en train de le suivre ?

Elle me dévisagea de ses yeux brillants comme des poignards avant de me répondre.

— Oui, dit-elle, je le suivais.

Je hochai la tête et portai quelques mots sur mon bloc-notes. Même si Maggie McFierce avait pu entamer la crédibilité de Bosch à la barre, ces données contenaient des faits irréfutables que Sanger n'était pas en mesure de nier. Il n'empêche : je fus surpris par cette réponse sans détour à ma première question. Elle me déstabilisa parce que je m'attendais à devoir lui en poser plusieurs avant qu'elle finisse par reconnaître qu'elle avait suivi Roberto Sanz. Mon bloc était couvert de questions de suivi dont je n'avais maintenant plus besoin. Cela m'obligea à sauter à pieds joints dans une série de questions que je n'aurais jamais dû poser.

— Vous reconnaissez donc avoir suivi Roberto Sanz le jour de sa mort ?

— Oui, je viens de le faire.

— Pourquoi le suiviez-vous ?

— Parce qu'il me l'avait demandé.

Ça y était. Il avait suffi d'une seule question aussi improvisée que malvenue pour que nous soyons en territoire inconnu, et je ne doutais pas que ce qui en sortirait serait une histoire toute faite qui expliquerait ces données cellulaires irréfutables. Je compris que si je ne la lui faisais sortir et ne tentais pas de la contrôler tout de suite, ce serait Hayden Morris qui le ferait lors de son contre-interrogatoire. Il fallait que je règle ça dans l'instant avant de reprendre le chemin que j'avais prévu de suivre.

— Pourquoi Roberto Sanz vous avait-il demandé de le suivre ? lui demandai-je.

— Parce qu'il allait retrouver un agent du FBI et craignait qu'on ne l'ait piégé. Il voulait que je fasse attention au cas où quelque chose tournant de travers, il aurait besoin que je me porte à sa rescousse.

Sanger et l'attorney général adjoint ne faisaient pas autre chose que ce que j'avais fait tout au long de ces séances : souligner les points négatifs avant de se les approprier. S'il ne semble pas génial d'avoir suivi la victime du meurtre, on assure que c'est la victime qui vous l'a demandé et comme il n'y a plus personne de vivant pour le nier...

— Il aurait eu besoin que vous le sauviez d'un agent du FBI ?

— Pas nécessairement à ce moment-là, me répondit-elle. Probablement plus tard, si quelqu'un avait à témoigner de sa rencontre avec un agent du FBI durant laquelle il aurait refusé ce qu'on lui demandait.

— Il ne vous a donc jamais fait part de ce que voulait le FBI ?

— Il n'en a jamais eu le temps.

— Alors comment savez-vous qu'il a profité de cette rencontre pour tout refuser ?

— Parce qu'il m'avait dit avant que c'était cela qu'il comptait faire.

L'histoire n'avait pas grand sens examinée de près, mais je savais que si je continuais à patauger dans cette boue, il pouvait y avoir toutes sortes de pièges cachés dans lesquels je risquais de tomber. J'avais déjà fait assez de dégâts en donnant à Sanger une chance d'expliquer ces données. J'improvisai du mieux que je pouvais.

— Et vous n'avez jamais rédigé de rapport sur tout cela ? Ni non plus n'en avez parlé à ceux qui ont enquêté sur son assassinat ?

— Non, jamais.

— Roberto Sanz se fait assassiner après une rencontre secrète avec un agent du FBI et vous ne vous dites pas que ça pourrait intéresser les enquêteurs des Homicides ?

— Non.

— Et pourquoi donc ?

— Je pensais que ça pouvait entacher sa réputation. Il était mort, son ex-épouse l'avait tué, je ne voyais pas l'intérêt qu'il y aurait eu à parler de tout ça.

Une fois encore, je lui avais ouvert une porte de sortie. Il fallait absolument que je trouve un moyen de m'extraire de ce marécage.

— Bon d'accord, dis-je, passons à autre chose. Pouvez-vous, s'il vous plaît, détailler à la cour le protocole que vous avez suivi en pratiquant le test du résidu de poudre sur la personne de Lucinda Sanz le soir où son ex-époux a été assassiné ?

— En fait, c'est assez simple, répondit-elle. Les tampons nous arrivent par paquets de deux et…

— Permettez que je vous interrompe. Pouvez-vous nous dire ce que vous entendez par « tampons » ?

— Ce sont des disques de mousse avec un adhésif au carbone qui retient les résidus de poudre lorsqu'on les passe sur les mains et les bras d'un individu.

— Vous en avez donc ouvert un paquet de deux pour tester Lucinda Sanz ?

— Exact.

— Portiez-vous des gants ?

— Oui.

— Pourquoi, sergente Sanger ?

— Pour ne pas risquer de contaminer ces tampons. Parce que je porte et manie une arme à feu, mes mains auraient pu présenter des traces de poudre à canon. Dans notre service et dans toutes les agences du maintien de l'ordre, le protocole standard exige de porter des gants lorsqu'on soumet un suspect au test des résidus de poudre.

— Vous me dites donc qu'à ce moment-là, Lucinda Sanz était déjà une suspecte ?

— Non, je vous parlais du protocole général. Dans l'affaire précise à laquelle vous vous référez, Mme Sanz n'était pas considérée comme suspecte à ce moment-là. Nous la prenions essentiellement comme un témoin jusqu'au moment où nous aurions tous les faits.

— Pourquoi étiez-vous donc alors si pressée de la tester aux résidus de poudre si elle n'était encore qu'un témoin ?

— Parce que, et d'un, les résidus de poudre finissant par tomber de la peau, il vaut toujours mieux pratiquer ce test dans les deux heures qui suivent un incident où il y a eu tir d'arme à feu. Quatre heures plus tard, c'est inutile. Et de deux, à ce moment-là nous ne savions pas à quoi nous avions affaire et nous ne voulions rien laisser au hasard. J'ai donc pratiqué ce test et il s'est avéré positif. Et je pense avoir déjà dit tout cela.

— Pas de problème, sergente Sanger. Nous voulons seulement être certains d'avoir bien compris. Comment avez-vous découvert que ce test était positif ?

— L'enquêteur en chef m'a appelée pour me remercier de l'avoir pratiqué aussi rapidement. Son résultat positif était très solide, m'a-t-il dit.

Je demandai à la juge d'exclure des minutes la deuxième partie de la réponse de Sanger comme ne répondant pas à ma question, mais Coelho refusa et m'ordonna de passer à autre chose.

— Et donc, vous avez tout fait selon les règles… c'est bien ça, sergente Sanger ?

— C'est bien ça.

— Vous avez enfilé des gants, ouvert le paquet, pratiqué le test et scellé les tampons dans un sachet pour le labo.

— Exactement.

— Aucune contamination possible.

— Voilà.

— Et vous avez confié ce sachet à l'adjoint Keith Mitchell pour qu'il le fasse passer aux enquêteurs des Homicides ?

— Oui.

Morris se dressa pour élever une objection.

— Votre Honneur, lança-t-il, maître Haller a déjà couvert le sujet dans son interrogatoire. Pourquoi faisons-nous donc perdre tout ce temps à la cour ?

— Je me demandais la même chose, maître Haller, lâcha Coelho.

— Madame la juge, les questions qui vont suivre devraient nous ouvrir de nouveaux horizons, lui renvoyai-je.

— Très bien, dit-elle. Mais ne traînez pas, maître Haller.

Je jetai un coup d'œil à mon bloc-notes, me calmai et formulai ma question suivante.

— Sergente Sanger, savez-vous ce qu'est l'ADN de contact ?

Morris fut prompt à se redresser d'un bond.

— Consultation, s'il vous plaît, madame la juge ? lança-t-il.

Coelho nous fit signe d'approcher d'un geste de la main.

— Venez, dit-elle.

Morris et moi gagnâmes le banc de justice, Coelho se penchant en avant pour entendre l'objection de mon adversaire.

— Votre Honneur, dit celui-ci, maître Haller repart dans des questionnements que la cour a déclarés inadmissibles hier. J'ignore s'il prépare le terrain pour un autre de ses éclats que la cour s'empressera de rejeter, mais il est manifestement en train de dériver vers des zones interdites.

— C'est absolument faux, madame la juge ! m'écriai-je. Je n'ai aucune intention de poser à ce témoin des questions sur l'absence totale d'ADN de Lucinda Sanz sur le tampon de test de résidus de poudre. L'arrêt de la cour d'hier est parfaitement clair.

— Je me disais bien qu'une nuit en prison vous aiderait à ne plus revenir sur ce qui a été rejeté hier, me lança Coelho.

— Je confirme, madame la juge. Vous pouvez même me renvoyer en prison si je recommence avec la présence ou l'absence de l'ADN de ma cliente.

— Très bien, poursuivez donc. Mais prudemment. L'objection est rejetée.

Nous regagnâmes nos places et je vérifiai mes notes.

— Donc, sergente Sanger : le terme d'ADN de contact vous est-il connu ?

— Je sais ce que c'est, mais ne suis pas experte en la matière. Pour ça, nous avons un labo.

— Eh bien, vous n'aurez pas besoin d'être une experte en la matière pour répondre à cette question : comment se fait-il qu'alors que vous dites avoir suivi le protocole en testant Lucinda Sanz aux résidus de poudre, votre propre ADN se soit retrouvé sur au moins un des tampons que vous auriez censément frottés sur ses mains et ses bras ?

Morris bondit de sa chaise comme sous l'effet d'une décharge électrique et ouvrit grand les bras.

— Votre Honneur, lança-t-il, maître Haller vient de faire exactement ce qu'il a juré de ne plus faire !

— Absolument pas ! m'écriai-je aussitôt. J'ai demandé au témoin si…

— Je vous arrête tout de suite, dit Coelho. Je veux vous voir tous les deux en mon cabinet immédiatement. Pause d'un quart d'heure pour tout le monde.

Sur quoi, elle quitta le banc de justice dans un tourbillon de robe noire, Morris et moi sur ses talons.

CHAPITRE 46

Toujours revêtue de sa robe, Coelho nous regarda de derrière son bureau.

— Asseyez-vous, nous ordonna-t-elle. Maître Haller, je me retrouve encore une fois à perdre patience avec vous et n'arrive pas à croire que c'est parce que vous appréciez la qualité de l'hébergement au Metropolitan Detention Center.

— Non, madame la juge, je ne l'apprécie pas.

— Alors je ne comprends pas ce que vous fabriquez. Comme maître Morris l'a déjà expliqué, vous marchez dangereusement près du feu. J'ai statué que les résultats du labo présentés hier n'étaient pas recevables et voilà que vous interrogez à nouveau le témoin sur des résultats de laboratoire.

Je hochai la tête pour lui marquer mon accord au fur et à mesure qu'elle parlait et repris ainsi :

— Madame la juge, vous avez décidé que la défense aurait pu tester les tampons aux résidus de poudre pour avoir l'ADN de Lucinda Sanz lors de la première enquête. Vous avez aussi décidé qu'il ne s'agissait donc pas d'une nouvelle preuve mise en lumière pour satisfaire les exigences de l'*habeas corpus*, mais bien plutôt d'une bourde commise par l'avocat de la défense à l'époque et donc inadmissible. Comme je l'ai dit lors de notre consultation, ce n'est pas vers cela que je me dirige.

— Où vous dirigez-vous donc alors ?

— Le témoin vient d'affirmer avoir suivi le protocole lorsqu'elle a fait subir le test des résidus de poudre à Lucinda Sanz. Elle aurait mis des gants, ouvert le paquet de tests et frotté les tampons sur ses bras et ses mains avant de les resceller dans le paquet. Je suis prêt à fournir à la cour la preuve que l'ADN de la sergente Sanger se trouve sur le tampon transmis à la défense il y a cinq ans de cela et conservé en lieu sûr à l'Applied Forensics depuis lors.

— Vous avez effectué une comparaison avec son ADN ?

— Oui, madame la juge.

— Où avez-vous donc obtenu son ADN étant donné qu'il ne s'agissait pas d'une analyse ordonnée par le tribunal ?

— Sanger est une fumeuse. Son ADN a été recueilli sur un mégot de cigarette qu'elle a jeté hier après l'audience. Mon enquêteur et mon experte en médecine légale l'ont collecté et porté à l'Applied Forensics aux fins de comparaison avec l'ADN non identifié retrouvé sur le tampon de l'affaire Sanz. Ceci pour que vous le sachiez : cette analyse n'a pas nécessité un nouvel examen du tampon de test aux restes de poudre, ce qui aurait nécessité un ordre de votre part. Nous avons seulement procédé à une comparaison entre l'ADN recueilli sur le mégot de sa cigarette et le profil ADN inconnu découvert lors de la première analyse des preuves. Nous venons d'en avoir le résultat juste avant l'ouverture de l'audience d'aujourd'hui. Il s'agit bien de l'ADN de Sanger et j'ai le droit de lui demander comment il est arrivé là.

Morris y alla d'un grognement qu'il finit par tourner en une objection.

— Cela est tout aussi inadmissible aujourd'hui qu'hier, dit-il. En plus de quoi, il est impossible d'obtenir une analyse d'ADN en moins de vingt-quatre heures.

— Pas si on est prêt à y mettre le prix, lui renvoyai-je. Surtout si votre experte en médecine légale est reconnue d'un bout à l'autre du pays et que c'est elle qui supervise l'opération.

— Où pensez-vous donc aller avec tout ça, maître Haller ? me demanda Coelho.

— Mais au même endroit que depuis le début de cette affaire. Lucinda Sanz a été piégée pour le meurtre de son ex-époux. La pièce maîtresse de ce piège n'est autre que les restes de poudre trouvés sur ses mains. Non seulement cela implique qu'elle aurait tiré un coup de feu, mais laisse aussi entendre qu'elle aurait été prise en flagrant délit de mensonge… à partir de quoi, les enquêteurs n'ont plus cherché d'autres coupables possibles. La requérante affirme qu'à un moment donné, entre le test effectué sur Sanz et avant que Mitchell ne transmette cet élément de preuve aux enquêteurs des Homicides, ces tampons ont été remplacés par d'autres préalablement imprégnés de résidus de poudre. Vous voulez donc savoir, madame la juge, où je vais avec tout ça ? Je vais m'en prendre directement à Sanger parce que je veux savoir comment il se fait que son ADN s'est retrouvé sur ce tampon.

Coelho avait gardé le silence en suivant mon argumentation, je pris le temps d'en rajouter avant Morris.

— Il s'agit d'un nouvel élément de preuve, madame la juge, enchaînai-je. Ce n'est pas quelque chose que la première défense aurait pu sortir dans la mesure où le nom de Sanger n'apparaît même pas dans les rapports de police de l'époque. Vous avez rejeté la reconstitution du crime et l'ADN d'hier, mais mis ensemble ces éléments disent clairement ce qui s'est passé. Et aujourd'hui Stephanie Sanger va jusqu'à reconnaître qu'elle a vu Roberto Sanz retrouver un agent du FBI, mais ne l'a pas rapporté aux enquêteurs. Pourquoi ? Parce que c'est elle qui a tué Sanz et qu'elle a piégé l'ex-épouse de ce dernier pour lui faire porter le chapeau.

Coelho continua de me regarder sans vraiment me voir. Elle reprenait mes arguments les uns après les autres afin de vérifier la logique de ma théorie. Morris, lui, semblait l'avoir déjà rejetée, probablement parce que c'était celle d'un avocat de la défense et qu'il avait été formé à ne jamais accepter quoi que ce soit de la partie adverse.

— Purs fantasmes, dit-il. Votre Honneur, vous ne pouvez tout simplement pas considérer cela comme valable. Ce ne sont qu'écrans de fumée et jeux de miroirs... soit exactement ce pour quoi maître Haller est célèbre.

Coelho cessa de réfléchir et me regarda.

— C'est donc pour cela que vous êtes célèbre, maître Haller ? me demanda-t-elle. Pour vos écrans de fumée et vos jeux de miroirs ?

— Euh, j'espère que c'est pour plus que cela, madame la juge, lui renvoyai-je.

Elle hocha la tête, mais resta indéchiffrable. Jusqu'au moment où enfin elle prononça la formule magique que j'attendais.

— Je vous donne l'autorisation de poursuivre, dit-elle. Maître Haller, vous pouvez poser vos questions au témoin et nous verrons où cela nous mène.

— Votre Honneur, s'écria Morris, je ne puis qu'élever une objection ! Ce n'est que pure...

— Maître Morris, vous avez déjà présenté votre objection et je viens de la rejeter. N'est-ce pas assez clair pour vous ?

— Si, madame la juge, lui répondit Morris d'une petite voix.

— Merci, Votre Honneur, lançai-je à mon tour.

Avec cet arrêt, elle avait retrouvé grâce à mes yeux.

Elle resta en son cabinet tandis que nous la quittions, moi sur les pas de Morris, pour rejoindre la salle d'audience. Il garda le silence d'un bout à l'autre et avança à vive allure comme pour ne pas m'avoir dans son dos.

— On a perdu sa langue ou c'est parce que ça pèse de savoir qu'on est du mauvais côté de l'affaire ? lui lançai-je.

Il n'eut pour toute réaction que celle de me tendre son poing avec un majeur bien dressé en l'air. Après quoi, il franchit la porte du prétoire sans se donner la peine de me la tenir ouverte.

— Sympa, le mec, dis-je.

Une fois dans la salle, je m'aperçus que la place où Bosch s'était assis était vide. Je repassai dans le couloir en espérant l'y trouver avec Arslanian avant que la juge ne rouvre la séance.

Je découvris Shami sur un banc près de la porte, mais toujours aucun signe de Bosch.

— La juge accepte l'ADN de Sanger, lui dis-je. Vous allez devoir témoigner pour le mégot de cigarette… comment vous l'avez collecté et le reste.

— Mais c'est génial, Mickey! s'écria-t-elle. Je suis prête.

— Où est Harry ? On pourrait avoir besoin de lui si la juge veut voir ses photos de la cigarette.

— Il a suivi Sanger dehors quand elle a quitté le prétoire et m'a dit qu'il tenait à l'avoir à l'œil au cas où elle voudrait filer.

— Sérieux ?

— Instinct de flic, je dirais.

Je n'avais jamais douté des instincts de Bosch, mais la réponse d'Arslanian me donna à réfléchir à la manière dont j'allais bien pouvoir plaider si Sanger avait mis les voiles.

Treizième partie

L'HOMME EN NOIR

CHAPITRE 47

Bosch aurait voulu s'approcher plus près d'eux pour entendre leur conversation, mais il ne pouvait pas prendre ce risque. Il avait vu le type assis au dernier rang de la galerie, et ce type était de toute évidence connu de Sanger. Si elle ou lui le voyait, il était plus que vraisemblable qu'ils mettent un terme à ce qui ressemblait fort à une chaude empoignade. Bosch se contentait donc d'observer la scène de loin en se servant d'un abribus de Spring Street en face de la cour comme d'un écran.

Sanger et l'individu à qui elle parlait se trouvaient dans l'espace fumeurs sis au nord du tribunal. Elle se tenait à côté d'une urne en béton de la taille d'une poubelle qui servait de cendrier. Elle fumait, au contraire de l'homme à qui elle s'adressait, celui-ci ayant l'air d'un Latino aux yeux de Bosch. Petit et brun de peau, il avait des cheveux d'un noir de jais et une moustache qui s'étendait bien au-delà de la commissure de ses lèvres. L'entretien tenait de la confrontation. L'homme était entièrement vêtu de noir tel un prêtre et s'inclinait légèrement vers Sanger en parlant. Sanger, elle, se penchait vers lui et hochait vigoureusement la tête comme si elle n'était d'accord avec rien de ce qu'il lui disait.

Bosch consulta sa montre. La suspension de séance était presque terminée et il lui faudrait au moins cinq minutes pour franchir les contrôles de sécurité et prendre un ascenseur. Il se retourna vers le coin fumeurs et vit l'homme se pencher encore plus près de Sanger et lui attraper le devant de l'uniforme d'une main, la chose se produisant si vite que Sanger ne se débattit pratiquement pas. Puis de sa main libre, il sortit l'arme de Sanger de son étui, en appuya la gueule sur le flanc de l'officière et tira vite trois coups de feu en se servant du corps de sa victime pour atténuer le bruit des déflagrations. Enfin il la poussa contre l'urne où elle finit par basculer sur le sol. Une femme qui passait sur le trottoir poussa un cri et s'enfuit en courant.

L'homme au pistolet ne releva même pas les yeux. Il fit le tour de l'urne, tendit le bras et tira encore un coup de feu pour achever Sanger d'une balle en pleine tête. Après quoi, il pivota sur les talons, sortit calmement de la zone fumeurs, traversa le parvis du tribunal, regagna rapidement le trottoir de Spring Street et partit vers le sud, l'arme à la main.

Bosch quitta son poste d'observation et monta les marches de la cour pour arriver à la zone fumeurs. Sanger était morte et, les yeux vides et grands ouverts, elle regardait fixement le ciel. Le dernier projectile l'avait atteinte pile au milieu du front, son sang trempant sa tenue et le ciment à côté d'elle.

Bosch pivota sur les talons. Le tueur se trouvait maintenant à une rue de distance dans Spring Street. Un marshal en uniforme avait franchi les lourdes portes en verre du tribunal après avoir entendu les coups de feu et le hurlement de la passante. Bosch se dirigea vers lui.

— Une adjointe du shérif vient d'être abattue. L'assassin est en train de descendre Spring Street, lui dit-il en lui montrant l'homme en noir du doigt.

— Où est l'adjointe ?

— Dans la zone fumeurs. Elle est morte.

Le marshal courut dans la direction indiquée, sortit sa radio d'un holster de son ceinturon et se mit à hurler :

— Coups de feu, officier à terre ! Zone fumeurs nord ! Je répète : coups de feu, officier à terre !

Bosch jeta un coup d'œil dans la rue. Le tueur avait dépassé City Hall et arrivait à la hauteur de First Street. Il allait disparaître.

Bosch se lança à sa poursuite, sortit son portable et appela le 911, une opératrice lui répondant dans l'instant.

— Il vient d'y avoir une fusillade devant le tribunal fédéral. Un homme a tué une adjointe du shérif avec l'arme de la victime. Je le poursuis dans Spring Street, direction sud. Je ne suis pas armé.

— OK, monsieur, un instant. Qui s'est fait tuer ? Une adjointe du shérif, dites-vous ?

— C'est ça. Elle s'appelle Stephanie Sanger. Les US marshals sont sur place et je poursuis l'assassin. J'ai besoin de renforts au croisement de Spring et First Street. Il est en train de passer devant le PAB, littéralement.

Le Police Administration Building donne sur le trottoir est de Spring Street. Bosch, qui continuait de suivre le tireur, vit celui-ci passer sur le trottoir ouest et longer l'ancien bâtiment du *Los Angeles Times*. En traversant la rue, il avait regardé derrière lui comme s'il voulait éviter une voiture, mais pour Bosch il cherchait seulement à savoir si quelqu'un le suivait. À plus d'un pâté de maisons de l'homme en noir maintenant, Bosch n'avait toujours pas attiré son attention.

— Je pense qu'il va prendre Second Street, direction ouest, enchaîna-t-il.

— Vous êtes de la police, monsieur ?

— Je suis retraité du LAPD.

— Alors vous devez vous arrêter et attendre l'arrivée des policiers. Ils sont en route.

— Je ne peux pas. Ce type est en train de s'enfuir.

— Monsieur, il faut que vous…

— Erreur. Il n'a pas pris Second Street. Il est toujours dans Spring et se dirige vers Third Street au sud.

— Écoutez-moi, monsieur, vous devez arrêter de faire ce que vous faites et…

Bosch raccrocha et glissa son portable dans sa poche. Il savait qu'il allait devoir accélérer l'allure s'il ne voulait pas perdre de vue le tireur. Il arrivait pile au croisement de Spring et Second Street lorsque ce dernier tourna au coin de Third Street et disparut. Bosch se mit à courir et traversa dès qu'il eut une ouverture dans la circulation pour atteindre le trottoir ouest.

Arrivé à Third Street, il tourna à droite et s'aperçut que l'homme en noir n'était plus qu'à un demi-pâté d'immeubles de Broadway – il avait traversé la rue pour rejoindre le trottoir sud. Bosch resta sur le côté nord et ralentit l'allure pour ajuster sa respiration : Third Street montant légèrement, il s'était mis à souffler. Le flot d'adrénaline qui avait envahi son sang lorsqu'il avait assisté à ce meurtre en plein jour commençait à faiblir.

Le tueur traversa Broadway en dépit du feu rouge piéton et tourna à gauche une fois de l'autre côté. Lorsque enfin Bosch arriva au coin de la rue, le feu piéton était passé au vert et clignotait. Il traversa et vit l'homme en noir s'engouffrer dans Grand Central Market.

Enfin il entendit des sirènes, mais loin, et se dit que les renforts qu'il avait demandés se dirigeaient vers la scène de crime au lieu de gagner l'endroit qu'il avait indiqué à l'opératrice du 911.

Le marché grouillait de clients en train d'acheter de l'épicerie ou de faire la queue devant quantité d'étals. Bosch y entra et crut d'abord avoir perdu l'homme en noir. Mais soudain celui-ci apparut au milieu de l'escalier reliant les deux étages du bâtiment. Parvenu en haut des marches il regarda derrière lui, mais ne s'arrêta pas sur Bosch perdu dans la foule des chalands. Il devait chercher des flics au lieu d'un vieux monsieur en costume.

Bosch remarqua que le tueur ne tenait plus son arme à la main et que le pan de sa chemise lui était sorti du pantalon. Cela lui fit comprendre qu'il n'avait toujours pas jeté son pistolet. Il l'avait coincé dans sa ceinture sous sa chemise.

Le tireur sortit de ce marché long d'un bloc entier d'immeubles par Hill Street et sans la moindre hésitation se jeta dans le flot de voitures pour traverser. Parvenu au même endroit, Bosch le vit franchir le tourniquet du funiculaire d'Angels Flight et monter dans la cabine qui attendait.

Bosch savait qu'il ne devait pas aller plus loin. Il ne pouvait pas faire la même chose que l'homme en noir sans s'exposer à sa vue. Il resta de l'autre côté de la rue et regarda le portail se refermer et la cabine commencer à monter lentement jusqu'au terminus de Bunker Hill.

Connu pour servir le plus petit parcours ferroviaire du monde, le funiculaire de « L'envol des Anges » comprend deux cabines antiques qui montent et descendent une pente d'un dénivelé de quarante-cinq mètres. En contrepoids l'une par rapport à l'autre, elles se croisent au milieu du trajet. Bosch traversa Hill Street au moment où la deuxième arrivait au tourniquet du bas. Il y monta avec quatre ou cinq autres passagers, s'installa sur un des bancs en bois et, anxieux, attendit qu'elle remonte la pente en grondant.

En haut des voies se trouve une esplanade encerclée par les tours de verre du quartier financier. Bosch avait gagné la sortie supérieure de la cabine de façon à être le premier à en descendre lorsqu'elle arriverait au terminus. C'était là que se trouvait le guichet où il devrait payer un dollar pour pouvoir franchir le tourniquet du haut. Il prit son argent dans sa poche et s'aperçut que sa plus petite coupure était un billet de vingt. Il le glissa dans la fente.

— Gardez la monnaie et laissez-moi passer, lança-t-il.

Il franchit le tourniquet et enfin à l'air libre, il balaya entièrement le paysage du regard, mais n'y vit pas l'homme en noir.

Puis il repéra une ouverture entre l'une des tours et le musée d'art contemporain sur sa droite. Il s'y dirigea au petit trot. Arrivé à Grand Avenue, il balaya encore une fois des yeux ce qui l'entourait, mais il n'y avait toujours aucun signe de l'homme en noir. Il avait disparu.

— Merde ! gronda Bosch.

Il haletait. Il se pencha en avant et posa les mains sur ses genoux pour reprendre son souffle. Il transpirait sérieusement.

— Ça va, monsieur ?

Il releva la tête. La femme tenait un sac du magasin de souvenirs du musée à la main.

— Oui, ça va, lui répondit-il. Je suis juste un peu essoufflé. Mais merci.

Elle reprit son chemin, il se redressa et examina une dernière fois la rue dans les deux sens dans l'espoir d'y découvrir l'homme en noir. Piéton ou voiture, rien ne retint son attention. Le tireur pouvait avoir pris une bonne dizaine de directions après être descendu du funiculaire.

C'est alors que Bosch entendit sonner son portable. C'était Haller.

— Mick, dit-il.

— Mais où es-tu, bordel ? J'ai besoin de toi ici, Harry ! s'écria Haller. Il se passe des trucs. L'huissier a reçu un appel et…

— Sanger est morte.

— Quoi ?!

— Elle est morte. Quelqu'un l'a abattue avec sa propre arme de service alors qu'elle était dehors, dans la zone fumeurs.

— Ah merde !

— J'ai essayé de suivre le type, mais je l'ai perdu à Bunker Hill.

— Tu as vu le meurtre ?

— De loin. Il va falloir que je parle aux flics pour leur donner ce que je sais.

— Absolument.

— Et il se passe quoi maintenant ? Pour l'affaire, je veux dire.

— Aucune idée. J'imagine que la juge va lever la séance pour la journée. C'est incroyable.

— Elle a rejeté l'ADN encore un coup ?

— Non, c'est bon. Arrêt en notre faveur, mais je ne sais pas ce qui va se passer sans la présence de Sanger.

Bosch comprit que Haller n'aurait pas eu le droit de se servir de son portable dans la salle d'audience.

— Où es-tu ? demanda-t-il.

— Dans le couloir. La juge vient de m'envoyer vous y chercher, toi et Sanger. Qui l'a abattue ?

— Je n'en sais rien, mais il était dans le prétoire aujourd'hui même. Dans la galerie réservée au public. Je l'ai vu.

— Latino ?

— Oui.

— Je l'ai vu, moi aussi. Mais je ne me rappelle pas l'avoir repéré avant.

— Moi non plus. Je vais revenir, mais j'ai des chances d'être coincé avec la police un bon moment.

— Compris. Je vais voir ce que veut faire Coelho.

Bosch raccrocha, enfila Grand Street direction nord, tourna à droite dans First Street et se dirigea vers l'hôtel de ville, content que ce soit en pente descendante pour l'essentiel du trajet. Lorsque enfin il arriva au tribunal, tout le côté Spring Street du bâtiment était barré par un ruban jaune, l'ensemble de la zone grouillant d'officiers du LAPD, des services du shérif et des US marshals.

Bosch rejoignit un officier du LAPD debout à côté du ruban jaune. D'après son badge, il s'appelait French.

— Monsieur, lui dit celui-ci, le tribunal est fermé.

— Je suis témoin, lui renvoya Bosch. À qui dois-je parler ?

— Témoin de quoi ?

— De l’assassinat de l’adjointe. J’ai poursuivi le tireur, mais l’ai perdu de vue.

L’officier parut soudain en état d’alerte.

— Bien, dit-il, ne bougez pas d’ici.

L’officier French recula d’un pas et se mit à parler dans sa radio.

Alors qu’il attendait, Bosch vit un van de Channel 5 s’arrêter le long du trottoir et une femme parfaitement coiffée descendre de la cabine côté passager, un micro déjà dans la main.

Quatorzième partie

EL CAPITAN

CHAPITRE 48

À la fin de la matinée du vendredi suivant, la juge Coelho me convoqua au tribunal. Trois jours s'étaient écoulés depuis qu'elle avait ajourné l'audience en *habeas corpus* à la suite du meurtre de Stephanie Sanger. J'avais, moi, passé l'essentiel de ce temps à lire et à regarder des reportages sur cet assassinat en attendant le moment où les médias relieraient les pointillés. Enfin ce matin-là, un article était paru dans le *Times*. Rédigé par James Queally, leur plus ancien chroniqueur judiciaire, il plongeait dans le passé le plus profond de Sanger et c'était probablement à cause de cela que Coelho m'avait sommé de la rejoindre.

Queally rapportait en effet que Sanger avait fait partie d'une clique du shérif appelée « Los Cucos » et que les inspecteurs qui avaient enquêté sur son assassinat avaient découvert des liens entre elle et un cartel mexicain qui l'avait compromise et l'obligeait à obéir à ses ordres, certains incluant une série d'assassinats de membres de cartels rivaux en Californie. L'article donnait aussi des détails sur celui de Roberto Sanz, depuis sa commission jusqu'à la demande de son ex-épouse d'en être acquittée. Ce papier du *Times* était le premier à révéler que Sanger était en train de témoigner dans ce procès en *habeas corpus* lorsqu'elle avait été tuée à l'extérieur du tribunal.

Des sources anonymes avaient informé le journal que l'hypothèse de travail des enquêteurs était que Sanger avait été tuée pour qu'elle ne puisse pas témoigner et être alors forcée de coopérer avec les autorités.

Je m'étais entretenu avec Queally et lui avais officieusement seulement fait part et de ce que je pensais et de ce que je savais être la vérité. Sans lui donner le nom de l'agent MacIsaac, je lui avais rapporté ce que celui-ci m'avait dit chez moi un peu plus tôt dans la semaine, à savoir que le jour de son assassinat, Roberto Sanz avait informé l'agent du FBI que Sanger et d'autres adjoints du shérif membres des Cucos étaient sous la coupe du cartel de Sinaloa opérant à Los Angeles. Je lui avais aussi expliqué ma propre hypothèse de travail fondée sur le fait que Sanger avait suivi Roberto Sanz et que l'ayant vu en compagnie d'un agent du FBI, elle l'avait abattu. Parti de là, Queally avait alors confirmé les faits et en avait débusqué d'autres, le tout faisant la une tant de l'édition papier que de la version numérique du journal.

Lorsque j'arrivai au prétoire, Morris m'y attendait déjà et ne se donna pas la peine de me saluer. Muet comme la tombe, il avait pris place à la table de l'État et ne réagit même pas lorsque je lui lançai un petit salut décontracté incluant l'huissier et Milly, la sténographe.

Gian Brown l'ayant appelée pour lui signaler que toutes les parties étaient arrivées, Coelho lui ordonna de nous faire entrer, Morris, la sténo et moi. Nous nous mîmes en route en silence, Morris donnant l'impression d'avoir vécu plusieurs nuits d'insomnie.

La juge avait accroché sa robe à un cintre de la porte du fond de son cabinet. Elle portait un pantalon noir et un chemisier blanc.

— Messieurs, je vous remercie d'être venus, lança-t-elle. Permettez que Milly s'installe pour que je puisse vous donner mon arrêt officiel dans l'affaire Sanz.

— La présence de Lucinda est-elle nécessaire ? lui demandai-je.

— Je ne pense pas pour ce qui est de cette réunion, me répondit-elle. Cela étant, j'ai ordonné aux marshals de la faire venir du Metropolitan Detention Center pour la séance de cette après-midi.

Cela me fit comprendre que l'affaire n'était pas close… au moins pour le moment.

Nous nous assîmes sans faire de bruit tandis que la sténo gagnait un coin de la pièce derrière le bureau de la juge, prenait place sur un tabouret rembourré déjà là et immobilisait ses doigts au-dessus de sa machine.

— Bien, ceci encore une fois officiellement dans l'affaire Lucinda Sanz contre État de la Californie, entonna-t-elle. Maître Haller, où en êtes-vous dans la présentation de vos arguments ?

Je savais qu'elle allait me poser la question et m'y étais préparé.

— À la lumière de ce qui vient de transpirer et du fait que je ne puis poursuivre mon interrogatoire du témoin Sanger, je suis prêt à en rester là et à passer à ma dernière plaidoirie. Si tant est qu'elle soit nécessaire, Votre Honneur.

Elle s'attendait à cette réponse, elle hocha la tête.

— Maître Morris ?

L'attorney général adjoint semblait sentir qu'il en allait de toute l'affaire. Dès le début, il prit un ton défensif.

— L'État de Californie est prêt à poursuivre, dit-il. Nous avons des témoins, dont un rapportera que Lucinda Sanz lui a avoué avoir tué son mari.

Je souris.

— Vous n'êtes pas sérieux, si ? lui demandai-je. Votre témoin est un rien faiblard, Morris. Condamnée pour meurtre, elle a concocté cet aveu à partir d'articles de journaux qu'elle avait demandé à son frère de lui sortir de la bibliothèque du centre-ville et de lui lire au téléphone.

Je sentis qu'il ne savait rien de ce frère et comprenait soudain que son équipe n'avait pas évalué correctement son témoin.

— Un seul jour, repris-je. C'est tout ce qu'il a fallu pour retrouver ce frère et je m'apprêtais à le faire venir à la barre. Mais ça n'a plus d'importance maintenant. Avez-vous lu le journal d'aujourd'hui ? Sanger était une tueuse et c'est elle qui a abattu Roberto Sanz, cela ne fait aucun doute. Mon enquêteur a assisté à l'assassinat. Elle se disputait avec un type qu'elle connaissait manifestement... et l'a laissé s'approcher trop près d'elle pour lui prendre son arme. Bosch a passé une nuit entière à examiner des photos d'identité avec les flics, la DEA et le reste, et le type qu'il a identifié est un *sicario* du cartel de Sinaloa. Un tueur à gages !

Morris hocha la tête comme s'il voulait repousser la vérité.

— Lucinda Sanz n'a rien contesté, répéta-t-il.

Il était revenu à son mantra : Lucinda n'avait pas contesté avoir tué son ex-mari et quand on est innocent, on ne fait pas ça.

— Elle n'avait pas le choix, lui renvoyai-je. C'était de ça qu'il s'agissait : elle s'était fait piéger. Elle avait un mauvais avocat et la preuve qui la condamnait, c'était Sanger qui l'avait fabriquée. Et nous, nous étions à mi-chemin de le démontrer lorsque Sanger a été abattue.

— Madame la juge, dit-il en se tournant vers Coelho sans même me regarder, nous avons le droit de présenter nos arguments. Haller a présenté les siens, nous présentons les nôtres.

— Vous n'avez aucun droit, maître Morris. En tout cas pas dans mon prétoire et pas avant que je vous dise ce à quoi vous pouvez prétendre.

— Je m'excuse, Votre Honneur, dit-il. Je me suis mal exprimé. Ce que je voulais dire, c'est que...

— Je n'ai pas besoin de vous entendre, l'interrompit-elle. Je suis prête à rendre mon arrêt. Je voulais seulement vous mettre au courant. Nous nous réunirons au prétoire à quatorze heures et j'annoncerai ma décision. Ce sera tout pour l'instant, messieurs. Vous pouvez disposer.

— Vous ne pouvez pas faire ça! s'écria Morris. L'État de Californie s'élève vigoureusement contre le fait qu'une cour rende sa décision avant que l'État ait présenté tous ses arguments!

— Maître Morris, lui renvoya-t-elle, s'il conteste ma décision, l'État de Californie aura tout loisir d'interjeter appel. Cela étant, je pense qu'après avoir examiné l'affaire de près, la cour d'appel décidera de ne pas se ridiculiser. Nous sommes en suspension de séance et maintenant tout ceci est officieux. Je vous verrai tous les deux au prétoire à quatorze heures. En attendant, allez donc vous restaurer comme il faut.

— Merci, Votre Honneur, dis-je, et je me levai.

Morris avait l'air paralysé et semblait incapable de se lever de sa chaise.

— Vous pensez partir un jour, maître Morris ? lui lança Coelho.

— Euh, oui, je m'en vais.

Il se renversa en arrière, puis se pencha en avant et se servit de son élan pour quitter son siège.

Cette fois, ce fut moi qui pris le commandement des opérations et une fois arrivé à la porte du prétoire, la lui tins ouverte en grand pour le laisser passer le premier.

— Après vous, lui lançai-je.

— Allez vous faire foutre! me renvoya-t-il.

J'acquiesçai d'un signe de tête: celle-là, je l'avais vue venir.

Une fois dans la salle, je vérifiai l'heure et m'aperçus que j'avais deux bonnes heures avant que l'audience ne reprenant, Coelho profère le verdict qui, je le pensais, mettrait fin à l'affaire. Il n'empêche: je ne pensais pas avoir le temps de me rendre au DMC pour préparer Lucinda avant que les marshals n'entament la procédure visant à l'amener au prétoire. J'envoyai un SMS à Bosch pour lui demander de passer me prendre au pied du tribunal.

En franchissant les lourdes portes d'entrée, je vis Bosch au volant du Navigator. Je jetai un coup d'œil le long de la façade du bâtiment et regardai la zone fumeurs côté nord. Elle était toujours interdite et je me demandai si l'on avait oublié de reprendre le ruban jaune ou si l'on enquêtait encore à l'endroit même où Sanger avait été abattue.

J'ouvris la portière du Navigator et sautai dans la cabine.

— Harry, lui lançai-je, on a vaincu la muraille d'El Capitan ! Allons manger.

— Où ça ? Et ça veut dire quoi ?

— Je t'ai déjà parlé du mal qu'on a à vaincre la muraille d'El Capitan au parc de Yosemite. La juge va rendre son arrêt cette après-midi et ce sera en notre faveur. Allons donc Chez Nick et Stef déguster un bon steak. C'est toujours ce que je mange quand je gagne.

— Parce que tu es sûr que c'est gagné ? C'est la juge qui te l'a dit ?

— Pas exactement en ces termes, mais je le sens. Mon baromètre tribunal me dit que c'est fini.

— Et que Lucinda va sortir libre ?

— Ça dépend. Coelho pourrait annuler la condamnation et la libérer. Mais elle pourrait aussi renvoyer l'affaire au procureur du district et le laisser décider s'il faut la refaire juger ou pas. Si c'est le cas, elle pourrait garder Lucinda en prison jusqu'à ce que la décision soit prise ou que le bureau de l'attorney général décide de faire appel ou pas. On le saura certainement à quatorze heures.

Bosch y alla d'un sifflement alors qu'il s'insérait dans la circulation.

— Tout ça parce que tu as sorti une aiguille de la meule de foin ! Étonnant ! On fait une bonne équipe, Harry.

— C'est-à-dire que…

— Oh, allons ! Ne gâche pas la fête.

— OK, d'accord. Mais j'attends que ce soit officiel. Je n'ai pas de thermomètre prétoire, moi.

— Faut que j'appelle Shami. Elle voudra certainement être dans la salle pour ça.

— Et Silver ?

— Second couteau Silver pourra le lire dans les journaux. Pas question de lui rendre service. Il a coûté cinq ans de prison à Lucinda.

Bosch acquiesça d'un signe de tête.

— Qu'il aille se faire foutre, conclut-il.

— Qu'il aille se faire foutre, répétai-je.

— Et Eric, le fils de Lucinda ? On le fait venir ?

— Oui, bonne idée. J'appelle Muriel pendant le déjeuner et je vois s'ils peuvent venir. J'ai besoin qu'ils apportent des vêtements pour Lucinda. Juste au cas où.

Bosch ayant pris la route du restaurant, je sortis mon portable et envoyai des SMS à James Queally, Britta Shoot et tous les journalistes que je connaissais pour les avertir de l'audience de quatorze heures. Je voulais que tout le monde soit là.

CHAPITRE 49

À quatorze heures, la salle était pleine à craquer. Dans les deux premières rangées de la galerie, les membres des médias se tassaient épaule contre épaule. Avec tout le mystère qui l'entourait, le meurtre de Sanger était la plus grosse histoire du moment et grâce à l'article du *Times* il paraissait clair que l'affaire allait se dénouer au prétoire numéro trois du tribunal de l'US District.

Derrière les deux premières rangées envahies par les médias se trouvaient plusieurs membres de la famille de Lucinda Sanz, dont sa mère, son fils et son frère, en plus d'un assortiment d'observateurs, d'avocats de la défense et de procureurs qui savaient que ce prétoire était l'endroit où il fallait se montrer. Au dernier rang, tout au fond dans un coin, Maggie McPherson avait pris place avec Haley. J'étais content de voir ma fille, mais m'expliquais mal que mon ex ait pris la décision de venir, surtout après tout ce qu'elle avait déployé d'efforts contre ma cliente.

Le moment était capital, et cela se sentait de manière palpable dans l'air. L'impression qu'il allait se passer quelque chose d'inhabituel, voire d'extraordinaire monta encore d'un cran lorsque Lucinda arriva de la souricière – et cette fois pas dans la tenue bleue des détenues du MDC. Sa mère lui avait apporté des vêtements que je lui avais fait passer juste à temps pour qu'elle puisse se changer avant l'audience. Elle portait une robe d'intérieur mexicaine de couleur bleue avec manches courtes et fleurs brodées le long de l'ourlet du bas. Fini la queue-de-cheval serrée, elle avait laissé retomber ses cheveux et ils lui encadraient le visage. Le silence s'abattit sur la salle lorsque Nate l'escorta jusqu'à notre table et la menotta à l'anneau – pour la dernière fois, il fallait l'espérer.

— Vous êtes superbe! murmurai-je à Lucinda. Je sens que la journée sera bonne. Votre fils, votre mère et d'autres membres de votre famille sont là pour voir ça.

— C'est embêtant si je me retourne pour regarder ? me demanda-t-elle.

— Bien sûr que non! Ils sont là pour vous!

— Bon.

Elle se retourna, regarda le public et des larmes lui montèrent immédiatement aux yeux. Elle fit un poing de sa main et le porta à sa poitrine. Je ne pense pas avoir été aussi ému dans un prétoire. Lorsqu'elle se retourna pour cacher ses larmes à sa famille, je lui passai mon bras autour des épaules et me penchai tout près d'elle pour lui parler.

— Il y a beaucoup d'amour pour vous dans cette salle, lui murmurai-je.

— Je sais. Ils ne m'ont jamais abandonnée.

— Ils savaient la vérité. Et aujourd'hui, ils vont l'entendre.

— J'espère.

— Je le sais.

Le silence qui régnait dans la galerie semblait accroître la tension, qui redoubla lorsque quatorze heures arrivant, puis passant, il n'y eut toujours aucun signe de Coelho. Les minutes parurent durer des heures. Enfin, à quatorze heures vingt-cinq, Nate ordonna à tout le monde de se lever lorsque la juge prit place au banc de justice. Elle tenait un fin dossier à la main et rentra dans le vif du sujet dès le début.

— Veuillez vous asseoir, lança-t-elle. Nous sommes donc officiellement de retour pour l'affaire Lucinda Sanz contre État de la Californie et il me semble que nous faisons salle comble. Je tiens donc à faire savoir que la cour ne tolérera aucun éclat ou manifestation d'aucune sorte dans la galerie. Nous sommes ici dans le temple de la loi et j'attends de la retenue et du respect de tous ceux qui franchissent ces portes.

Sur quoi elle marqua une pause et parcourut le public des yeux comme si elle y cherchait quelque contestation. Je la vis arrêter un instant son regard lorsqu'elle arriva à l'endroit où Maggie McPherson s'était assise, puis elle continua de balayer la salle des yeux sans que personne ne défie son autorité jusqu'au moment où elle me repéra et Morris après moi. Alors elle demanda s'il y avait de nouvelles questions à régler avant d'énoncer son verdict.

— Oui, Votre Honneur, déclara Morris en se levant. L'État de Californie, et avec lui le peuple de Californie qu'il représente, renouvelle son objection contre la manière dont la cour a décidé de jouer à saute-mouton avec ses arguments.

Je me levai, prêt à le contrer.

— De jouer à saute-mouton avec ses arguments ? Le choix des mots est intéressant, maître Morris. Mais comme je vous l'ai dit précédemment en privé, le levier dont dispose l'État de Californie est de faire appel des décisions de la cour.

— Dans ce cas, l'État demande que nous poursuivions jusqu'à ce qu'il y ait une décision d'appel.

— Cela ne se produira pas, maître Morris. Interjetez donc appel, mais moi je suis prête et vais prononcer mon arrêt aujourd'hui même. Autre chose ?

— Non, Votre Honneur, répondit-il.

— Non, Votre Honneur, répétai-je.

— Très bien, dit Coelho.

Elle ouvrit le dossier qu'elle avait apporté, chaussa des lunettes et se mit en devoir de lire les attendus de son arrêt à haute voix. Je jetai un coup d'œil à Lucinda assise à côté de moi et lui adressai un petit signe de la tête.

— L'ordonnance d'*habeas corpus*, lança Coelho, est un pilier fondamental de notre système judiciaire. Le juge de la cour suprême John Marshall a écrit il y a presque deux cents ans de cela que c'est le moyen sacré de faire libérer ceux qui peuvent avoir été emprisonnés sans cause suffisante. Elle sauvegarde notre liberté et nous protège de l'arbitraire et des actes illégaux de l'État.

« Il est aujourd'hui de mon devoir de décider si l'État de Californie a commis un acte illégal en emprisonnant Lucinda Sanz pour le meurtre de Roberto Sanz. La question est d'autant plus compliquée que la requérante, Mme Sanz, ne s'était pas opposée à l'accusation d'homicide involontaire. Après avoir soigneusement examiné les éléments de preuve et les témoignages présentés lors de nos audiences et prenant en considération ce qu'il est advenu hors de cette enceinte ce week-end, la cour reconnaît que la plaignante ne pouvait voir dans le plaider-coupable qui lui était proposé autre chose que la lumière au bout d'un long tunnel. Qu'elle y ait été forcée par son avocat à l'époque – ce n'était pas vous, maître Haller – ou qu'elle ait conclu qu'elle n'avait pas d'autre choix que celui d'accepter un plaider-coupable ne revêt aucune importance aux yeux de cette cour. Ce qui a de l'importance, en revanche, est l'obligation que lui confèrent la Constitution et la Déclaration des droits d'accorder cette libération quand la sentence émise par une cour de l'État constitue une violation caractérisée de la loi. Aux yeux de cette cour, la requérante a établi cette violation en lui présentant de nouveaux éléments qui démontrent clairement qu'elle a été victime d'une falsification des preuves à son encontre.

Je serrai le poing et me tournai vers Lucinda.

— Vous allez rentrer à la maison, lui murmurai-je.

— Il y aura un autre procès ?

— Non. Pas quand il y a falsification des preuves. C'est fini.

Parce que je m'étais tourné vers Lucinda, je ne vis pas Morris se dresser pour élever une objection.

— Votre Honneur ? lança-t-il.

Coelho leva les yeux de dessus le document qu'elle lisait.

— Maître Morris, vous feriez mieux de ne pas m'interrompre, et vous allez vous rasseoir. Je sais ce qu'est votre objection et je l'ai rejetée. Asseyez-vous. Tout de suite !

Morris retomba sur son siège comme un sac de linge sale.

— Je poursuis, reprit-elle, et espère ne plus être interrompue.

Elle baissa de nouveau la tête, retrouver l'endroit où elle s'était arrêtée lui prenant un moment.

— Les actes perpétrés par les services du shérif, et plus particulièrement commis par feu la sergente Sanger, ont endommagé l'intégrité de l'enquête et des poursuites qui ont suivi au point de la teinter à jamais de doute raisonnable. Il en résulte qu'*habeas corpus* oblige, l'arrêt de cette cour est d'accorder la libération à la requérante. La condamnation de Lucinda Sanz est annulée.

Coelho referma son dossier, ôta ses lunettes et le public gardant le silence, regarda Lucinda droit dans les yeux.

— Madame Sanz, reprit-elle, vous n'êtes plus accusée de ce crime et votre liberté et vos droits de citoyenne vous sont tous restaurés. Je ne puis, moi, que vous présenter les excuses de cette cour pour les cinq années que vous avez perdues. Que Dieu vous protège ! Vous êtes libre de partir et la séance est close.

J'eus l'impression que ce ne fut qu'au moment où elle quitta le prétoire que tous ceux qui étaient encore là reprirent leur souffle. Mais alors ce fut une véritable explosion de voix excitées qui monta dans la salle. Lucinda se tourna vers moi, me passa un bras autour du cou et me serra contre elle.

— Mickey, je ne vous remercierai jamais assez, dit-elle tandis que ses larmes barbouillaient le costume Canali que je venais de faire nettoyer à sec. Je n'arrive pas à y croire ! Ce n'est pas possible.

Alors qu'elle me tenait encore, Nate rejoignit notre table, lui libéra le poignet et se mit en devoir de lui ôter sa menotte.

— Elle peut partir d'ici ou il faut qu'elle repasse à la souricière ? lui demandai-je.

— Non, elle est libre d'y aller. La juge l'a libérée, me répondit-il. À moins qu'elle ait laissé des trucs dans sa cellule et qu'elle veuille les récupérer.

— Non, je n'y ai rien laissé, dit-elle, et merci d'avoir été gentil avec moi.

— Pas de problème, répondit-il. Bonne chance à vous.

Il pivota et regagna son bureau près de la porte donnant sur les cellules.

— Lucinda, vous avez entendu, lui dis-je. Vous êtes libre. Allez donc voir vos parents.

Elle les regarda par-dessus mon épaule. Ils l'attendaient dans la galerie – son fils avec sa mère, son frère et plusieurs cousins. À l'exception d'un seul, tous avaient le visage couvert de larmes, y compris ceux dont les vêtements n'arrivaient pas à couvrir les tatouages disant leur allégeance à la White Fence.

— Je peux juste y aller ? Juste comme ça ? insista-t-elle.

— Vous pouvez, lui répondis-je. Si vous voulez voir les médias après votre fils et les autres, je leur dis de vous retrouver devant le tribunal où ils pourront installer leurs caméras.

— Vous pensez que je devrais ?

— Oui, je le pense. Dites-leur ce que vous avez subi ces cinq dernières années et demie.

— D'accord Mickey. Mais d'abord ma famille.

J'acquiesçai d'un signe de tête. Elle se leva, franchit le portillon de la galerie et fut vite dans les bras de son fils et de tous les membres de sa famille avec lui.

Je considérai longtemps la scène et entendis que quelqu'un m'appelait du premier rang. Queally. Je gagnai la rambarde, les autres journalistes se serrant pour m'entendre.

— Pour ceux d'entre vous qui auraient besoin de filmer, commençai-je, ma cliente et moi tiendrons une conférence de presse devant la cour, côté nord de Spring Street. Préparez vos caméras et vos questions et je vous y retrouve.

Je me retournai pour jeter un coup d'œil à la table de l'attorney général adjoint et vis que Morris était déjà parti. Il avait dû filer lorsque Lucinda et moi nous serrions l'un contre l'autre et fêtions ainsi notre victoire et sa défaite. En regardant le fond de la salle, je découvris que ma fille et mon ex-épouse étaient toujours assises au dernier rang. Je franchis le portillon, descendis l'allée centrale et me glissai sur un siège de la rangée maintenant vide devant elles.

— Félicitations, papa, me lança Hayley. Ç'a été incroyable.

— J'appelle ça une « marche à la résurrection », et on n'en voit pas tous les jours. Merci d'être venue, Hay.

— J'aurais tout raté si maman ne m'avait pas appelée.

Je regardai Maggie sans trop savoir comment procéder. Heureusement ce fut elle qui commença.

— Félicitations, dit-elle. J'étais manifestement du mauvais côté dans cette affaire. Excuse-moi auprès de Harry, s'il te plaît.

— T'excuser de quoi ? voulut savoir Hayley.

— Je te le dirai dans la voiture, répondit Maggie.

D'un hochement de tête, je fis savoir que ça ne me gênait pas.

— Et maintenant quoi ? reprit Maggie. Tu vas attaquer l'État et lui réclamer des millions ?

— Si c'est ce que veut ma cliente. Il va falloir que je lui en parle.

— Oh allez, tu sais très bien que tu vas le faire et que tu gagneras.

Il y avait de la tension dans sa voix. Il fallait encore qu'elle me reprenne sur ma victoire. Je laissai filer. Maggie ne me tenait plus aussi fort qu'avant et j'étais arrivé à un point où ses déceptions à mon endroit ne m'importaient plus.

— On verra, dis-je seulement. Ça aide quand l'adversaire a falsifié des preuves.

Hayley pointant quelque chose dans mon dos, je me retournai et découvris Gian Brown debout à la rambarde.

— Madame la juge aimerait vous voir, me dit-il.

— Tout de suite ?

Il acquiesça, je compris que ma question était idiote.

— J'arrive dans une seconde.

Je me retournai vers ma fille.

— Tu pourras passer fêter ça ce soir ? lui demandai-je.

— Bien sûr. Où allez-vous aller ?

— Je ne sais pas. Chez Dan Tana, Musso, Mozza ? C'est toi qui choisis.

— Non, toi. Envoie-moi juste un SMS pour me dire où ce sera et à quelle heure.

Je regardai Maggie.

— Tu peux venir, toi aussi, tu sais, lui dis-je.

— Je pense que tu devrais fêter ça avec ta fille, me répondit-elle. Amuse-toi bien. Tu l'as bien gagné.

J'acquiesçai.

— Bon, eh bien, vaudrait sans doute mieux que j'aille voir ce que veut la juge, dis-je.

— Ne la fais pas attendre, me lança Maggie.

Je descendis la rangée jusqu'à l'allée centrale et y arrivai juste au moment où Bosch entrait par la porte du couloir.

— T'étais là ? lui demandai-je. On a gagné. Lucinda est libre.

— Oui, j'ai vu, me répondit-il. J'étais au fond de la salle.

— Où est Shami ? Elle a vu ça, elle aussi ?

— Elle était là, mais elle est repartie à l'hôtel. Elle va essayer d'attraper un dernier vol pour New York ce soir. Je vais la conduire à l'aéroport.

Un besoin soudain auquel je ne m'attendais pas me venant, je tendis les bras et serrai Harry contre moi. Il se raidit, mais ne se dégagea pas.

— On a réussi, Harry, lui soufflai-je. On a réussi !

— C'est toi qui as réussi, me renvoya-t-il.

— Non, pour ça, il faut une équipe. Et un client innocent.

Nous nous séparâmes gauchement et regardâmes Lucinda qui, toujours entourée par sa famille, tenait la main de son fils dans la sienne encore menottée quelques instants plus tôt.

— C'est beau, dit Harry.

— Oui, dis-je.

Nous gardâmes un instant le silence, puis je vis Gian se mettre debout et me regarder depuis son enclos. Je lui fis un signe de tête – oui, j'arrivais.

— Faut que j'aille voir la juge, mais deux choses, Harry, repris-je. Dès que j'ai fini avec Coelho, nous donnerons une conférence de presse devant le tribunal, côté Spring Street. Je sais que ce n'est pas ton truc, mais j'aimerais que tu sois avec moi, si tu veux bien.

— Et la seconde ?

— Dîner ce soir. Pour fêter ça. Hayley va venir. Amène Maddie si tu veux.

— Ça, je suis pour. Je vérifie avec elle. Où ce sera ? Et à quelle heure ?

— Je t'envoie un SMS, lui répondis-je en commençant à gagner la rambarde. J'espère te voir ce soir. Tu mérites d'y être. Appelle Shami et vois si elle ne pourrait pas revenir pour la conférence de presse. Et pour le dîner. On pourra la conduire à l'aéroport après.

— Je l'appelle.

Je le laissai, franchis le portillon et traversai l'espace réservé à la bataille des preuves pour aller voir la juge.

La porte de son cabinet était ouverte, mais je passai la main à l'intérieur et frappai quand même. Coelho se tenait derrière son bureau et s'était débarrassée de sa robe noire.

— Entrez, maître Haller, me lança-t-elle. Prenez un siège.

Je fis ce qu'elle m'ordonnait. Elle écrivait des choses dans un bloc-notes, je me tus pour ne pas l'interrompre. Enfin elle reposa son stylo dans le logement adéquat d'une parure de bureau des plus raffinées avec son nom gravé sur une plaque de cuivre, et me regarda.

— Félicitations, reprit-elle. La requérante a eu un remarquable avocat pour la défendre dans cette affaire.

— Merci, Votre Honneur, dis-je en souriant. Et merci d'avoir coupé droit dans tout ce qui n'était qu'écrans de fumée propres à égarer l'esprit pour vite arriver à un arrêt aussi juste que perspicace. Vous savez, je ne me risque que rarement dans des cours fédérales parce que... eh bien... les trois quarts du temps on n'y a droit qu'à des espèces de combats à la David contre Goliath, mais là, après cet exem...

— Je sais ce que vous avez fait, maître Haller, m'interrompit-elle.

Je marquai une pause. Le ton qu'elle avait pris était devenu trop grave pour une simple réunion entre un juge et un avocat après une audience.

— Qu'ai-je donc fait, Votre Honneur ? lui demandai-je.

— J'ai pris une longue pause déjeuner pour revoir tout ce qui m'a été présenté avant que j'arrête ma décision, me répondit-elle. Cela inclut mes actes et arrêts précédents et c'est là que j'ai compris ce que vous faisiez dans mon prétoire.

— Eh bien, madame la juge, lui dis-je, j'ai le sentiment que vous allez devoir me l'expliquer parce que je ne vois vraiment pas...

— Vous m'avez, et volontairement, forcée à vous inculper d'outrage à magistrat, me lâcha-t-elle.

— Mais madame la juge, je ne vois pas ce…

— Il fallait que vous ayez le temps de procéder à votre test d'ADN avant de poursuivre, ne le niez pas.

Je baissai les yeux sur mes mains et lui parlai sans la regarder.

— C'est que euh… je crois que pour ça je vais devoir invoquer le Cinquième Amendement, madame la juge.

Elle garda le silence, je la regardai à nouveau.

— Je devrais déposer une plainte au barreau de Californie pour conduite indigne d'un avocat, reprit-elle. Mais cela pourrait abîmer sérieusement vos états de service et votre réputation et comme je l'ai dit, vous êtes un redoutable avocat et nous en avons besoin de bien d'autres comme vous dans notre système judiciaire.

Je commençai à respirer mieux. Elle voulait me faire peur, pas me détruire.

— Cela étant, ce que vous avez fait ne saurait pas rester sans conséquences, enchaîna-t-elle, et je vais donc vous infliger un outrage à magistrat, maître Haller. Encore une fois, et j'espère que vous avez une brosse à dents dans votre mallette parce que vous allez passer une autre nuit au MDC.

Sur quoi, elle décrocha son téléphone de bureau et appuya sur une touche. Je savais que Gian serait à l'autre bout du fil.

— Pouvez-vous me renvoyer le marshal Nate ? dit-elle.

Et elle raccrocha.

— Mais madame la juge, n'y a-t-il pas une amende que je pourrais payer ? lui demandai-je. Un don que je pourrais faire à l'organisme de charité préféré de la cour ou un…

— Non, il n'y a rien de tout cela.

Nate entra dans la pièce.

— Nate, dit-elle, conduisez maître Haller en cellule, je vous prie, dit Coelho. Il va passer la nuit au MDC.

Nate eut l'air perdu et ne bougea pas.
— Pour outrage à magistrat, expliqua-t-elle.
Nate avança et me prit par le bras.
— Allons-y, dit-il.

CHAPITRE 50

La nuit fut longue et marquée par les hurlements incessants d'un de nos codétenus. Sans rime ni raison, juste le signe répété d'une maladie mentale. Dormir n'étant pas une option, je passai le temps assis sur le maigre matelas de ma cellule enténébrée et, le dos appuyé au mur en béton et du papier toilette enfoncé dans les oreilles, je songeai à ce que j'avais fait dans ma vie et dans mon travail et envisageai l'avenir.

L'affaire Lucinda Sanz me faisait l'effet d'une espèce de tournant, comme s'il était peut-être temps de partir dans une autre direction. Traquer des affaires pour nourrir la machine, faire la une et me payer des panneaux d'affichage et des publicités dans les arrêts de bus… je ne voyais pas que ce soit mon but final et ne pouvais même plus envisager que ça en vaille la peine.

Mais prendre un tournant vers quoi ?

Ma longue nuit de déplaisir prit fin une heure avant l'aube lorsqu'on m'apporta mon petit déjeuner – une pomme et un sandwich au saucisson de Bologne dans du pain blanc. Je n'avais rien avalé depuis mon déjeuner avec Bosch la veille, ce petit déjeuner de prison me parut aussi bon que tout ce que j'avais pu manger Chez Dupar ou aux Four Seasons.

La cellule était munie d'une fenêtre de dix centimètres de largeur à l'épreuve de toute évasion. À peine quelques instants après que la lumière du matin eut commencé à y filtrer, un gardien ouvrit la porte de ma cellule, jeta par terre un sac contenant mon costume et m'ordonna de m'habiller. J'allais être libéré.

Il y avait là des hommes et des femmes détenus depuis des semaines, voire des mois, mais mes seize heures de manque de sommeil et d'isolation m'avaient suffi. Et cette fois, elles m'avaient changé. Quelque chose s'était déclenché avec Jorge Ochoa et avait atteint son paroxysme avec Lucinda Sanz : un besoin de changement.

Au poste de libération, on me tendit un sachet hermétique contenant mon portefeuille, ma montre et mon téléphone portable. Je regardai ces objets et me demandai si j'allais en avoir encore besoin.

Quelques instants plus tard, je franchis une porte en acier, retrouvai le soleil et entamai ma propre marche à la résurrection.

REMERCIEMENTS

D'habitude j'utilise cet espace pour remercier celles et ceux qui m'ont aidé à rechercher des faits, à écrire et à éditer ce livre. Comme le dit Mickey Haller à la fin de l'affaire Sanz, cela nécessite d'avoir une équipe. Ceux qui m'ont aidé savent qu'ils l'ont fait et je les remercie de leurs efforts et d'avoir fait partie de l'équipe. Mais cette fois ce sont aux lecteurs de mon travail et aux libraires et aux bibliothécaires du monde entier qui me suivent depuis plus de trente ans que je veux exprimer ma reconnaissance. Merci. Je vis une existence merveilleuse de raconteur d'histoires. Je la chéris, respecte ce que cela signifie et sais que rien de tout cela n'aurait été possible sans vous.

Dans la collection
Robert Pépin présente…

Kent ANDERSON
Un soleil sans espoir

Pavel ASTAKHOV
Un maire en sursis

Federico AXAT
L'Opossum rose
Le Promontoire du reptile

Alex BERENSON
Un homme de silence
Départ de feu

Lawrence BLOCK
Entre deux verres
Le Pouce de l'assassin
Le Coup du hasard
Et de deux…
La Musique et la nuit

C. J. BOX
Below Zero
Fin de course
Vent froid
Force majeure
Poussé à bout

Stéphanie BUELENS
La Femme qui gênait

CHI Wei-jan
Rue du Dragon-Couché

Lee CHILD
Elle savait
61 heures
La cause était belle
Mission confidentielle
Coup de chaud sur la ville
(ouvrage numérique)
Jack Reacher : Never go back

(Retour interdit)
La cible était française
Bienvenue à Mother's Rest
Formation d'élite
Simples déductions
Minuit, dernière limite
Les Temps du passé
Un homme de parole

James CHURCH
L'Homme au regard balte

Michael CONNELLY
La lune était noire
Les Égouts de Los Angeles
L'Envol des anges
L'Oiseau des ténèbres
Angle d'attaque
(ouvrage numérique)
Volte-Face
Le Cinquième Témoin
Wonderland Avenue
Intervention suicide
(ouvrage numérique)
Darling Lilly
La Blonde en béton
Ceux qui tombent
Lumière morte
Le Coffre oublié
(ouvrage numérique)
Dans la ville en feu
Le Poète
Los Angeles River
La Glace noire
Mulholland, vue plongeante
(ouvrage numérique)
Les Dieux du verdict
Billy Ratliff, 19 ans
(ouvrage numérique)
Mariachi Plaza
Deuil interdit
Le Cadavre dans la Rolls
Jusqu'à l'impensable
Le Dernier Coyote
Créance de sang
Sur un mauvais adieu
La Défense Lincoln
Chronique du crime
Echo Park
En attendant le jour
Une vérité à deux visages
À genoux
Nuit sombre et sacrée
Incendie nocturne
Le Verdict du plomb
Séquences mortelles
L'Innocence et la loi
L'Épouvantail
Les Ténèbres et la Nuit
Les Neuf Dragons
L'Étoile du désert

Miles CORWIN
Kind of Blue
Midnight Alley
L.A. Nocturne

Martin CRUZ SMITH
Moscou, cour des miracles
La Suicidée
Le Pêcheur de nuées
Dilemme en Sibérie
Place de l'Indépendance

Matt GOLDMAN
Retour à la poussière
Et la glace se fissure

Steve HAMILTON
La Deuxième Vie de Nick Mason
L'équation était simple

Chuck HOGAN
Tueurs en exil
Gangland

Melodie JOHNSON HOWE
Miroirs et faux-semblants

Fabienne JOSAPHAT
À l'ombre du Baron

James KESTREL
Cinq mois de décembre

Andrew KLAVAN
Un tout autre homme

Mike KNOWLES
Fuir ses morts

Michael KORYTA
La Rivière perdue
Mortels Regards
Le témoin ne répond plus

Stuart MACBRIDE
Surtout, ne pas savoir

Russel D. McLEAN
Ed est mort

Robert McCLURE
Ballade mortelle

Alexandra MARININA
Quand les dieux se moquent

Graham MOORE
Tenir

James S. MURRAY et Darren WEARMOUTH
Le Passager de trop

T. Jefferson PARKER
Signé : Allison Murrieta
Les Chiens du désert
La Rivière d'acier

P. J. PARRISH
Une si petite mort
De glace et de sang
La tombe était vide
La Note du loup

George PELECANOS
Une balade dans la nuit
Le Double Portrait
Red Fury
La Dernière Prise
À peine libéré

Henry PORTER
Lumière de fin

James RAYBURN
La Vérité même
L'Otage introuvable

Sam REAVES
Homicide 69

Craig RUSSELL
Lennox
Le Baiser de Glasgow
Un long et noir sommeil

Thom SATTERLEE
Le double était parfait

Roger SMITH
Mélanges de sangs
Blondie et la mort
Le sable était brûlant
Le Piège de Vernon
Pièges et Sacrifices
Un homme à terre
Au milieu de nulle part

p.g. sturges
L'Expéditif
Les Tribulations de l'Expéditif
L'Expéditif à Hollywood
De facto grosso

Peter SWANSON
La Fille au cœur mécanique
Parce qu'ils le méritaient
Chacune de ses peurs

David SWINSON
La Fille de Kenyon Street
Le Chant du crime

Joseph WAMBAUGH
Bienvenue à Hollywood
San Pedro, la nuit

Photocomposition Belle Page

Achevé d'imprimer sur Roto-Page en octobre 2024
par l'Imprimerie Floch à Mayenne
pour le compte des Éditions Calmann-Lévy
21, rue du Montparnasse, 75006 Paris

PAPIER CERTIFIÉ

N° d'éditeur : 7562380/03 – N° d'imprimeur : 105724
Dépôt légal : septembre 2024
Imprimé en France